KB264997

피에타

THE INSTRUMENTALIST

피에타

해리엇 컨스터블 장편소설 이은선 옮김

다산책방

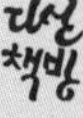

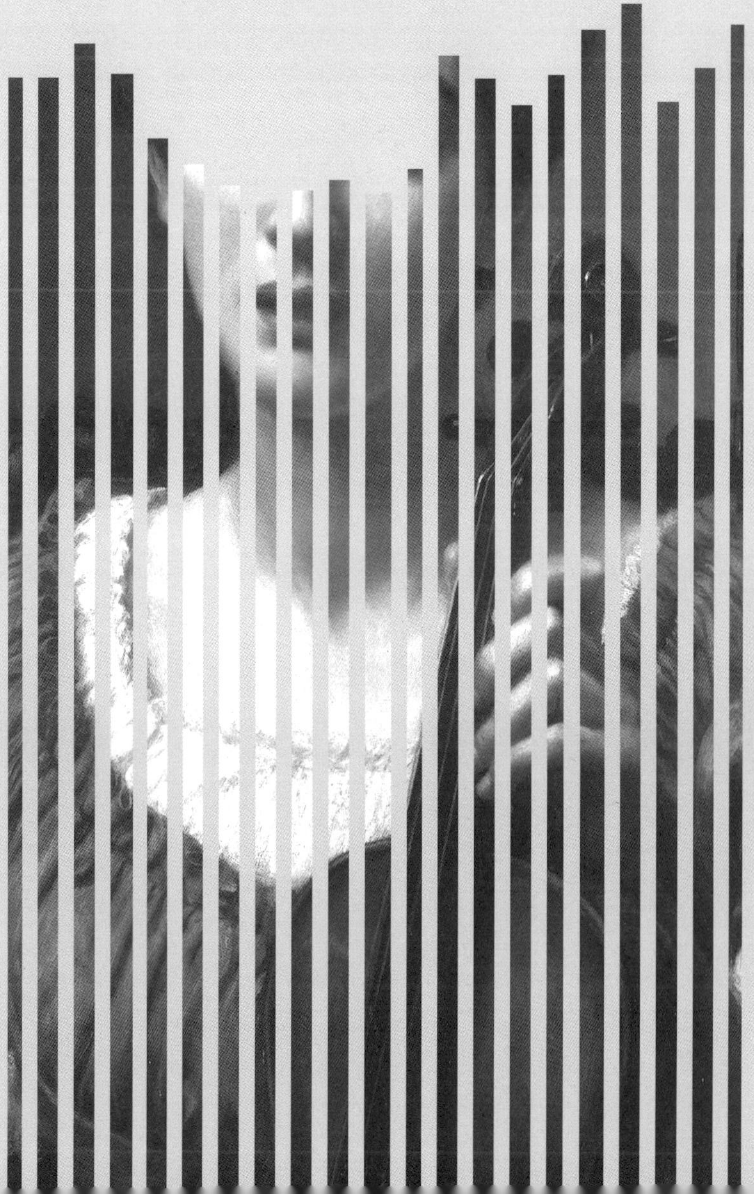

✳

차례

우노
13

두에
125

트레
297

콰트로
371

작가의 말 479

감사의 말 484

나를 사랑으로 키워주었고
도전적이고 호기심 많은 천성을 받아들여 주었던
엄마, 아빠께 바친다.

시간의 바다 속으로 가라앉은 과거는 대부분 영영 수장된다.
하지만 어쩌다 한 번씩 물길이 갈라지며
숨겨진 보물이 눈 깜빡할 동안이나마 언뜻 보일 때가 있다.

_마거릿 애트우드, 『증언들』

역사적 사실

1696년, 갓난아이 하나가 베네치아에 있는 오스페달레 델라 피에타 보육원의 담벼락에 뚫린 구멍을 통해 입소했다. '안나 마리아 델라 피에타'라는 이름을 받은 이 아이는 18세기를 대표하는 바이올리니스트로 성장했다. 그녀의 스승은 안토니오 비발디였다.

우노
UNO

1

1695년 베네치아

땅거미가 질 무렵, 산마르코 광장에서 마랑고나 종*이 울린다. 구릿빛 주둥이에서 쏟아져 나온 그 진동음은 대성당의 둥근 지붕 위를 미끄러지고, 진창을 흠뻑 머금은 운하에 일렬로 떠 있는 거룻배들을 훑고, 보도와 나무문 사이 틈새로 스며든다. 나무문 뒤편의 어두침침하게 불을 밝힌 좁은 복도에 서 있던 여자아이가 고개를 든다.

어떤 사람들에게 그 종소리는 시간을 상징한다. 또 어떤 사람들에게는 주일, 의회 소집, 처형을 의미한다. 하지만 그녀에게는 같은 일을 하는 동료들과 함께 길거리로 나가도 된다는 뜻이다. 이제 저녁 영업을 시작할 시간이 됐다는 뜻이다.

---

* 아침저녁으로 일을 시작하는 시각과 끝나는 시각에 울리는 가장 큰 종.

그녀는 자신의 직업을 상징하는 노란색 스카프를 두르고 밖으로 나간다. 그녀의 집은 산폴로 지구에서도 루가 데이 오레시 뒤편에 숨겨져 있는 유곽이다. 여행객과 마을 주민들이 날마다 다리를 건너 산마르코로 들어오면 맞닥뜨리는 큰길이 이곳 루가 데이 오레시다. 늘 손님이 있는 곳이니 입지가 훌륭하다 할 수 있다.

그녀가 몸을 돌리자 구두 굽이 자갈과 부딪히는 소리가 울려 퍼진다. 유곽을 나선 그녀는 내장을 파는 푸줏간 모퉁이를 지나 리알토 다리로 직행한다. 먼저 나온 여자에게 고개를 끄덕이고 평소처럼 가장자리 지정석에 자리를 잡는다. 그런 다음 외투와 스카프를 개켜서 다리 아래 자갈 위에 놓는다. 일하는 동안에는 소지품을 여기에 깔끔하게 보관한다는 것이 암묵적인 합의 사안이다.

이제 하이웨이스트 스타일의 초록색 리넨 원피스가 드러난다. 깊게 파인 사각형 네크라인을 따라 리본이 엮여 있다. 그녀는 옷깃을 붙잡아 가슴이 드러날 때까지 어깨 아래로 내리고 색이 옅은 벽돌 위에 앉아 다음 손님을 기다린다. 손님은 대개 남자고 혼자며 술 냄새를 풍기는 경우가 많다.

여기 이렇게 앉아 있자니 심장이 쿵쾅거리지만 전보다는 덜하다. 고작 열일곱 살 나이지만 이젠 감당 못 할 일도 없겠다는 느낌이다. 평균적으로 하루에 세 명. 6개월이 됐으니 거쳐간 고객이 거의 600명이다. 그녀는 생각의 박자에 맞춰 발끝을 두드린다. 오늘 밤도 또 다른 하루일 뿐이다.

그는 단골이 아니다. 남자고 혼자인 건 맞지만 한 번도 본 적 없는 얼굴이다. 태도가 사무적인 건 상관없지만, 눈이 무서울 정도로 새까맣고 나이가 그녀보다 마흔 살은 많아 보인다.

"얼른 가지." 그는 보는 사람이 있을까 봐 걱정하는 것처럼 어깨 너머를 흘끗거리며 이렇게 말한다. 그에게서 장작 연기와 담배 냄새가 난다. 목소리는 낮고 거칠다.

그녀는 유곽으로 앞장선다. 그의 체중이 실리자 나무 계단이 삐걱거린다. 툴툴대던 그는 부딪히지 않게 고개를 숙이며 문지방을 넘는다. 빨간 모자와 주석 단추가 달린 외투를 보면 해군 공창에서 일한다는 걸 알 수 있다. 거기에서는 하루면 전함 한 대를 만들 수 있다는 얘기를 그녀도 들은 적 있다.

거무스름한 나무 기둥이 달린 넓은 침대가 있고 몽땅한 양초 몇 개가 불을 밝힌다. 그들의 그림자가 벽 위에서 깜빡이며 너울거린다. 그녀는 심호흡을 하고 등 뒤로 문을 닫는다.

9개월이 지나자 피부를 찢을 듯이 배가 불러온다. 호흡을 할 때마다 숨 막히는 찌릿한 통증이 느껴지기 시작하자 그녀는 날이 밝기도 전에 눈을 뜬다. 그녀는 계획한 대로 보풀이 인 노란색 스카프를 두르고 수를 놓고 있었던 천 조각을 주머니에 챙긴다.

맨 첫 번째 관문이 계단이다. 통증이 핏빛으로 펄떡거린다. 저 아래 깊숙한 데가 뜨끈하게 찢어지는 느낌과 함께 다리에서 힘이 풀리자 그녀는 쪼개진 난간동자를 붙잡는다. 어찌어찌 길거리로 나서지만 이내 무릎을 꿇으며 엎드려서 배를 부여잡는다. 제때 도착할 수 있을까? 여기서 멀진 않지만 이런 상태로는……

그녀는 멈추면 안 된다고 속으로 중얼거린다. 갈 수 있다고 결론을 내린다.

비틀거리며 일어나 벽돌담에 몸을 기대고 계속 길을 걸어간다. 물웅덩이를 밟자 거기에 비친 그녀의 모습이 둘로 갈라진다. 몇 블록밖에 안 되는 거리가 한도 끝도 없게 느껴진다. 너무 아파서 숨이 턱 막힌다. 15분 만에 훨씬 더 심해졌다.

문을 세 번 두드리자 쪼글쪼글한 백발의 산파가 비척비척 다가와 문을 빼꼼 연다. 그녀의 시선이 젊은 여자가 부여잡고 있는 불룩한 배로 향한다. 산파의 표정이 짜증에서 걱정으로 바뀐다. 문이 활짝 열린다.

"이걸 물어." 산파가 검은 점박이 개가 물고 있던 뼈를 빼앗아 그녀에게 건네며 말한다.

개가 으르렁거린다. 젊은 여자도 같이 으르렁거린다. 그녀는 짐승처럼 이를 악문다. 안에서부터 갈가리 찢기기라도 하는 듯 새빨간 고통이 작렬한다. 눈이 부시다.

정신을 잃기 전에 마지막으로 떠올린 느낌이 그거다. 눈이 부시다는 것.

조산소의 이 조그맣고 어두컴컴한 방에서 이틀이 지난다. 찢겼던 몸이 회복되려면 아직 멀었지만 자리를 비켜주어야 한다. 다른 젊은 여자가 비명을 지르고 있다.

"이제 가봐." 산파가 말한다.

"하지만 어디로요?" 여자는 묻는다. 무사히 아이를 낳다니 생각지도 못했던 일이다.

산파가 노란색 스카프를 돌려준다. 그녀는 그 안에서 꿈틀거리는 존재를 보고 깜짝 놀란다. 거의 잊고 있었던 것이다. 그것은 얼룩덜룩하고 쪼글쪼글하며 시퍼렇다. 산파가 숟가락을 집어서 마지막으로 설탕물을 몇 방울 먹인다. 여자는 팔다리를 꼼지락거리는 그것과 씨름하지만 집중은커녕 아무 생각도 할 수가 없다. 이윽고 눈이 뒤집히고 통증이 양쪽 허벅지에 작렬한다. 그녀의 눈물이 그것의 얼굴 위로 떨어진다. 그것은 화가 나서 울부짖는다.

여자는 미로 같은 뒷골목과 다리를 헤치며 한동안 정처 없이 걷는다. 지쳐서 기운이 하나도 없고 아직 아물지 않은 몸에서는 계속 피가 난다. 밤새 귀를 찢는 울부짖음과 싸워야 했지만 이제 드디어 잠잠해졌다.

새벽이 다가오자 짙은 안개가 스멀스멀 운하를 덮는다. 계속 걸어야 한다. 그래야 이것이 조용히 있어줄 것이다. 창문 꼭대기가 뾰족하고 화려한 건물들이 등장한다. 비취색 운하를 바짝 등지고 있는 이 건물들 사이로 계단을 네 개 내려가자 운하가 나온다. 운하가 찰싹찰싹 계단을 때리며 속삭인다.

이리 와. 이리 와.

물이 차갑지만 봄날의 이른 아침인 걸 생각하면 꽤 상쾌하게 느껴진다. 그녀는 그것을 부둥켜안고 물속으로 점점 더 깊숙이 들어간다.

그렇다. 이것이 해결책이다. 이렇게 평온하고 잔잔할 수가 없다. 여자는 몸을 뒤로 젖혔다가 숨을 쉬듯 자연스럽게 그것과 함께 물속으로 내려간다.

하지만 춥고 축축한 데다 산소가 부족해서 놀랐는지 그것이 울음을 터뜨린다. 갑자기 다시 씩씩대고 진짜처럼 살아 움직이며 그녀의 품 안에서 버둥거린다.

그만하라고, 조용히 있으라고, 그녀는 애원한다. 조금만 있으면 된다. 이제 정말이지 조금만 있으면 된다.

하지만 어찌나 길길이 날뛰는지 더는 붙잡고 있을 수가 없다. 둘은 수면을 가르며 고개를 내밀고 요란하게 헐떡이며 숨을 마시고 생을 붙잡는다.

그것은 그녀의 손을 전보다 세게 잡고 이제는 악을 쓴다기보다 칭얼거린다. 이때 저 멀리서 어떤 음 하나가 길고 우아하게 허공을 가른다. 그녀는 그것을 물 밖으로 내던져 흠뻑 젖은 외투로 감싸고서 달린다.

산타마리아 델라 파바 성당은 무늬가 새겨진 거대한 문을 활짝 열고, 맨 처음 등장할 미사 참석자를 기다리고 있다. 여자는 물을 뚝뚝 흘리고 이를 딱딱 부딪히며 비틀비틀 안으로 들어간다. 그것은 그녀의 품 안에 잠잠히 안겨 있다. 신부가 잰걸음으로 또각, 또각, 또각 통로를 걸어온다.

"창녀는 출입 금지요." 그는 이렇게 말하며 그녀를 우뚝한 나무문 쪽으로 떠민다. 수놓은 실크 사제복이 산들바람에 펄럭인다.

"부탁드릴게요…… 신부님." 그녀는 애원하며 외투를 들춰 품에 안은 그것을 보여준다.

못마땅하던 신부의 표정이 혐오로 바뀐다. 그는 그녀를 다시 밀친다. 면전에서 문이 쾅 닫히면서 순간 획 하고 바람이 불어온다. 그녀는 땅바닥으로 쓰러져 다리를 벌리고 앉는다. 숨을 마셨다가 뱉는 순간 벼락 같은 통증이 다시 허벅지를 관통한다.

그런 몸을 보며 인상을 쓰는데, 허공에서 달콤한 향이 풍긴다. 근처 빵집에서 버터, 설탕, 밀가루가 한데 어우러진 냄새가 흘러나오고 있다.

가슴이 욱신거리고 그것이 다시 울부짖기 시작한다. 해결책은 간단하다. 그것은 짐승이다. 어떻게 하면 되는지 그녀는 이미 알고 있다. 그녀는 힘없이 원피스를 당겨 가슴을 내놓는다. 그것은 득달같이 달려들어 젖을 빨기 시작한다.

그녀를 발견한 여자도 한때 매춘부였다. 외모는 시들었어도 회복력은 잃지 않았다. 그녀는 그 매춘부가 사는 허름한 집 방바닥에서 눈을 뜬다. 여러 개의 쿠션과 담요가 그녀를 감싸고 있다. 벽에 붙여놓은 얄팍한 테이블 위에 트럼프가 가득 담긴 상자가 놓여 있다. 여자가 김이 모락모락 나는 커피를 건넨다. 그녀는 컵을 입에 대고 후후 분 다음 한 모금 마신다. 몸속으로 스며드는 온기에 눈물이 핑 돈다.

이제 매춘부가 허리를 숙이고 말을 건넨다. 그러는 한편 한 손으로는 그녀의 허리를 주무르고 다른 손으로는 그녀의 옆 바닥에 놓인 빈 쟁반과 잔을 집는다. 말을 하면서도 그녀와 눈을 맞추지는 않는다.

"몸이 다 회복될 때까지 여기서 지내고 나중에 월말 되면 갚아. 내 유곽에 취직시켜 줄 수도 있어. 손님들이 네 얼굴을 좋아할 거야. 찢어진 데가 낫기만 하면 말이지."

매춘부가 허리를 펴자 쟁반과 잔이 서로 부딪쳐 쨍그랑거린다. 그녀가 잔으로 가리킨다.

"아이는 피에타에 갖다줘. 2주 정도 몸을 추스르고 나서. 하지만 그보다 더 늦게는 안 돼. 아이가 더 커지면 구멍을 통과하지 못할 테니까."

"피에타가 뭔데요?" 여자는 조용히 묻는다.

"거기서 저 아이를 잘 키워줄 거야. 공부도 시키고 기회도 주고 하면서. 심지어 악기도 가르친다니까?" 이건 대화가 아니다. 매춘부는 답을 기다리지 않고 몸을 돌려서 방 밖으로 나간다.

여자는 그녀의 뒷모습을 바라보며 눈을 깜빡인다. 나지막이 옹알대는 소리와 함께 뭔가가 꿈틀거린다. 안에서 뭔가가 점점 부풀어 오르는 것이 느껴지자 그녀는 마음의 준비를 한다. 하지만 아프지가 않다. 그 대신 좀 더 강하고 끈질기며 기분 좋은 감정이 느껴진다. 그녀는 이유를 궁금해하며 아래를 내려다본다. 자기가 갓난쟁이 딸을 안고 있다는 사실을 처음으로 알아차린다.

그 후 일주일쯤 그녀는 태어나서 가장 행복한 시기를 보낸다. 아이가 집중하고 그녀와 눈을 맞추며 이 사람이 자기 엄마라는 사실을 배워나가는 과정을 지켜본다. 그녀는 아이에게 젖을 먹이고 꼭 끌어안고 뺨을 쓰다듬고 흘린 침을 닦아준다. 둘은 이제 분리됐지만 그래도 근본적인 공감대가 있다. 그들은 현재도 그렇고 앞으로도 그렇고 영원히 서로의 일부일 것이다.

그녀는 아이에게서 풍기는 따뜻한 젖 냄새를 마시며 나중에 아이에게 해주고 싶은 말을 생각한다. 그녀도 진작 그런 말을 누군가에게 들었더라면 얼마나 좋았을까.

그녀는 아이에게 도망치라고 할 것이다. 꿈을 꾸라고 할 것이다. 안에 있는 것을 쏟아내라고 할 것이다. 그리고 나중에 딸아이가 무슨 일을 하면서 살면 좋겠느냐고, 뭐가 되면 좋겠느냐고 물으면 아무거나 하라고 말할 것이다. 네 세상을 알록달록하게 밝힐 수 있는 거라면 뭐든 좋다고.

정해진 기일이 사흘 남았을 때 그녀는 딸과 돈을 들고 도시 반대편으로 걸어간다. 얼마 되지 않지만 모아둔 돈으로 여왕에게나 어울릴 법한 예쁜 베네치아 종이를 살 생각이다.

그녀가 그 돈으로 살 수 있는 가장 좋은 제품을 고르자 상점 주인은 못마땅한 듯 코를 킁킁거린다. 초록색이 점점이 박혀 있는 두툼한 크림색 종이다. 사흘 치 식비보다 더 비싸지만 상관없다.

그 옆 가게에 ‘스크리바’라고 적힌 팻말이 걸려 있다. 까만 쇠 종 한가운데에 밧줄이 매달려 있다. 그녀가 종을 세 번 울리자 손에 잉크 얼룩이 묻어 있는 잘생긴 남자가 나온다.

“이렇게 써주세요.” 남자가 그녀의 말을 종이 위에 동글동글하니 예쁘게 받아 적는다. 그녀는 종이를 조심스럽게 접어서 외투 아래에 넣는다.

다시 매춘부의 집으로 돌아간 그녀는 협탁에서 한 장 슬쩍한 카드를 주방에서 들고 온 과도로 비스듬히 이등분한다. 그러고는 그중 한쪽을 코르셋 사이에 넣는다.

다시 동이 트고 이제 영원한 아픔으로 기억될 날이 밝는다.

"오늘을 넘기면 안 돼." 매춘부가 말한다.

그녀는 아이를 노란색 스카프로 싸고 발치를 두툼하게 덮은 안개를 헤치며 다시 길거리로 나선다. 어질어질한 미로를 부리나케 걸어가는 동안 치맛자락이 발목을 때리고 심장은 쿵쾅거린다. 쇼윈도 앞을 지나자 그 안에 놓인 금색 가면이 그녀를 비웃는다. 그녀 안의 동물적인 본능이 습격을 걱정하는 먹잇감처럼 고개를 번쩍 들고 있다. 주변의 온갖 움직임과 소리에 그 어느 때보다 촉각을 곤두세우며 외투로 덮은 아이를 두 손으로 감싸안는다.

얼른 가야 해, 꾸물거리지 말고, 정신 바짝 차리고. 좌회전, 우회전, 우회전, 좌회전, 우회전. 수상한 소리가 들리면 당장 달리는 거야. 그녀는 속으로 다짐한다. 달리자.

하지만 가는 내내 사방이 고요하다. 옆쪽 골목길을 통해 피에타로 다가가는 동안 그녀의 걸음이 느려진다. 이 마지막 몇 걸음을 옮기는 데 시간이 얼마나 걸릴지는 절대 알 길이 없을 것이다.

그녀는 쇠창살을, 담벼락에 뚫린 구멍을 물끄러미 쳐다본다. 그녀의 일부분이고 그녀를 자부심으로 불타오르게 했던 이 다혈질의 에너지 덩어리를, 죽지 말라고 그녀를 붙잡았던 이 존재를 여기에 두고 가야 한다.

못하겠다. 그녀가 딸을 좀 더 세게 끌어안고 휘청거리며 뒷걸음질 치는 순간, 어디에선가 칭얼대는 소리가 들린다.

담벼락에 뚫린 구멍 아래에 상자가 몇 개 놓여 있다. 이런저런 잡동사니, 먹다 버린 음식물과 쓰레기가 잔뜩 담겨 있는 것처럼 보이는데, 그중 한 상자에서 난 소리다. 그녀는 가까이 다가가 상자 뚜껑을 들추고는 터져 나오려는 비명을 삼킨다.

추워서 파랗게 질렸고 뭔지 모를 동물 발톱에 온몸을 긁힌 아이가 안에서 마지막 숨을 몰아쉬고 있다. 구멍을 통과하기에는 덩치가 너무 커 보인다.

그녀는 심호흡을 하고 손가락을 아이의 목에 대보지만 맥이 잡히지 않는다. 그녀는 아이의 눈을 아주 조심스럽게 감기고 천을 들어서 얼굴을 덮어준다.

이 광경이면 충분하다.

그녀는 일어나 딸을 마지막으로 한 번 바라보고 벽에 뚫린 구멍 안에 조심스럽게 넣는다. 접은 쪽지와 반쪽의 카드를 포대기 안에 넣는다. 아이의 머리에 입을 맞추고 다시 일어나 종을 울린다. 그런 다음 몸을 돌린다. 감히 돌아보지 못하고 영영 사라진다.

쪽지에는 이렇게 적혀 있다. "잘 가라, 우리 아가. 너를 사랑하는 사람이 있었다는 걸 알아주길."

담벼락 저편에서는 삶의 속도가 다르다.

"오늘의 첫 아이네요." 추가 종의 주둥이를 땡그랑 하고 때리자 클라라 수녀가 이렇게 외치며 마당으로 뛰쳐나가 구멍에서 꿈틀거리는 갓난쟁이 여자아이를 꺼낸다.

"1696년 4월 15일." 그녀가 알려주자 마달레나 수녀가 이름이 가득 적힌, 줄로 묶인 큼지막한 공책에 세부사항을 적는다.

키아라 델라 피에타, 1687년 2월 20일, 무늬를 새긴 동전, 어머니가 남긴 쪽지와 함께 입소. 파울리나 델라 피에타, 1695년 4월 29일, 자수를 놓은 천과 함께 입소. 아가타 델라 피에타, 1695년 4월 29일, 시구詩句, 상자 때문에 머리에 생긴 상처와 함께 입소.

그들은 포대기에서 아이를 꺼내 대야 앞으로 데려가 씻긴다. 전염병은 없는지 피부를 살피고, 몇 가닥 되지 않는 머리칼도 살펴 이가 없는지 본다. 화로에서 꼬챙이가 달구어진다. 지글거리며 살이 타는 냄새에 이어 악을 쓰는 소리가 들린다. 꼬챙이를 거두자 아이의 왼쪽 위 팔뚝에 시뻘겋게 부푼 'P' 자가 남는다. 상처에 붕대가 감긴다. 신부가 세례를 베푼다. 그런 다음 그들은 다시 서류철로 주의를 돌린다.

아이는 헉헉대며 떨리는 숨을 몰아쉰다. 아파서 괴로워한다. 하지만 눈빛만큼은 살아 있다. 투지로 이글거리는 눈이다.

"이름을 뭐라고 할까요?" 마달레나 수녀가 묻는다.

클라라 수녀는 그 작은 손으로 그녀의 손가락을 잡고 있는 아기를 내려다본다. 실눈을 뜨고 집중한다.

"안나 마리아 델라 피에타." 그녀가 선언하자 아기가 손가락을 잡은 손에 힘을 준다. "이 아이한테선 뭔가가 느껴져요."

2

 그녀는 단상에 서서 마음을 가다듬는다. 기다리던 일생일대의 순간이다. 조금 있으면 그녀에게 마에스트로 인증서가 수여될 것이다. 음악의 대가로서 공식 인정을 받는 것이다.

 안나 마리아가 살아온 모든 생애가 이 순간만을 위한 것 같다. 모든 선택, 모든 맥박이 서로 연결된 느낌이다. 조명은 눈이 부시고 객석에서는 열기가 뿜어져 나온다. 그녀에게 고정된 수천 명의 시선이 느껴진다. 그 안에는 흠모와 존경이 담겨 있다. 그리고 무게가 실려 있다. 그 시선들이 빽빽하고 생생하고 찬란하게 허공을 가른다. 그녀는 그것을 허파 깊숙이 들이마신다.

 그리고 잠시 후에 들리는 키득거림.

 그녀는 미간을 찌푸리며 상상의 세계에서 현실로 돌아온다. 연단은 생활관의 나무 싱글 침대고 인증서는 손수건이다.

턱이 뾰족하고 비쩍 마른 파울리나가 장난조로 목소리를 깔고서 우렁차게 외친다. "본인은 영광스러운 직무를 맡은바 이 인증서를…… 이 인증서를……." 그녀의 집중력이 흐트러지며 분위기가 망가질 위기에 봉착한다.

안나 마리아가 한쪽 입꼬리만 달싹이며 조그맣게 속삭인다. "수여하노니."

파울리나는 뱃속에서 보글보글 솟아오르는 웃음을 삼킨다.

어떤 사람들에게는 이것이 어린애 장난일지 몰라도 안나 마리아에게는 아니다. 이 아이들이 본능적으로 아는 것들이 있다. 어떤 아이들은 자기가 불같이 화를 낼 수 있다는 걸 안다. 어떤 아이들은 권력이란 잡는 사람이 임자라는 걸 안다. 어떤 아이들은 이른 나이에 잔인한 죽음을 맞을 수도 있다는 걸 안다. 또 어떤 아이들은 자기가 위대한 인물이 될 운명을 타고났다는 걸 안다.

안나 마리아 델라 피에타는 위대한 인물이 될 운명을 타고났다.

그녀는 활시위가 화살을 알고 번개가 폭풍을 알고 물이 하늘을 아는 것처럼, 여덟 살 때부터 그렇다는 걸 알았다. 그녀의 발가락 하나가 비스듬히 튀어나왔고 수요일에 나오는 고기에서는 생선 맛이 나며 계이름의 도는 초록색이라는 걸 아는 것처럼 그렇다는 걸 분명하게 알았다. 그건 이 세상의 수많은 일들처럼 확실의 영역에 있다. 그렇기에 이 단상에 서서 허리춤에 손을 얹고 인증서를 받는 건 꿈을 꾸는 것처럼 자연스러운 일이다.

그녀는 헛기침을 하며 친구를 독려한다.

파울리나의 얼굴에서 웃음기가 사라진다. 그녀는 고개를 끄덕인다. 진지하게. "이 인증서를 수여하노니 이 시대 최고의 거장 안나 마리아 델라 피에타는 앞으로 나와주시기 바랍니다."

안나 마리아는 미소를 지으며 객석을 향해 팔을 벌린 뒤 단상에서 손을 내밀어 우아하게 증서를 건네받는다.

관객이 미친 듯이 환호성을 지른다. 생활관 한쪽 구석의 의자에서 벌떡 일어나 얼굴을 환히 빛내며 박수를 친다. 그도 그럴 것이, 오늘도 안나 마리아의 절친한 친구 아가타가 관객의 역할을 맡고 있다. 그녀는 안나 마리아처럼 검은 머리지만 키가 더 작고 더 말랑말랑하다. 안나 마리아가 헝클어진 짧은 곱슬머리로 눈을 덮어가며 몇 번이고 허리 숙여 인사하는 동안 함성과 환호가 이어진다. 그녀는 단상에서 내려와 팬의 손을 잡는다.

"저는 평생 이 영광스러운 순간을 꿈꾸어 왔어요. 그라치에, 그라치에, 그라치에."* 안나 마리아는 말한다.

파울리나가 키득거리자 두 뺨에 홍조가 돈다. 그녀는 상대를 꿰뚫어 보는 듯한 파란 눈 한 쪽으로 안나 마리아와 눈을 맞춘다. 다른 쪽 눈이 있어야 할 곳에는 움푹 들어간 구멍뿐인데, 눈꺼풀을 대충 꿰매서 살이 벌겋고 쭈글쭈글하다. "이제 내 차례야, 내 차례."

"한 번만 더 하고." 안나 마리아는 어떻게 소감을 좀 더 근사하게 바꾸는 게 좋을지 고민하며 다시 단상으로 올라간다. "그런 다음 너한테 넘길게."

* 이탈리아어로 '감사하다'라는 뜻이다.

동이 트자 산마르코 광장의 종이 울린다. 석호潟湖를 내려다보는 당당한 오스페달레 델라 피에타 건물에서 광장까지는 걸어서 5분도 안 된다. 초록색 덧문이 달린 유리창 안쪽에서는 300명의 고아 소녀들이 벌써부터 일어나 일을 하고 있다. 하얀 옷을 입고 서로의 뒤를 따라 쉴 새 없이 흐르는 개울처럼 복도를 이동한다.

5층짜리 이 건물의 꼭대기 층에서 안나 마리아가 침대 커버를 벗기고 있을 때 짙은 보라색의 종소리가 그녀의 감각을 채운다.

시 플랫이네. 그녀는 속으로 생각한다.

안나 마리아는 창살 사이로 손을 넣어 조그만 창문을 살짝 연다. 시원한 아침 공기가 쏟아져 들어온다. 그녀는 숨을 크게 들이쉬고 테라코타 기와와 그 너머를 내다보며 새로운 하루가 일으키는 소음에 귀를 기울인다. 저 아래에서 누군가가 자갈길을 달리고 있다. 수레바퀴가 덜거덕거리는 소리, 어린애가 비명 지르는 소리, 개가 짖는 소리도 들린다. 한 시간쯤 지나 온 세상이 길거리와 운하로 쏟아져 나오고 베네치아가 다시금 살아나면 소음이 최고조에 달할 것이다.

하루의 첫 번째 일과는 예배실에서 미사를 드리는 것이다. 아이들은 웅얼거리며 수녀 앞에서 기도문을 읊는다.

그다음 차례는 식당에서 귀리죽을 먹는 것이다. 안나 마리아는 항의하는 뜻에서 덩어리진 거친 죽을 숟가락으로 때린다. 다음은 허드렛일이다. 빨래, 바닥 닦기, 바느질, 다림질, 장작 패기, 물 끓이기, 묵은 때 벗기기, 청소. 날마다 정오 기도를 드린 다음에서야 자유의 시간이 찾아온다.

수녀들이 성가와 찬송가를 연습하는 동안 안나 마리아는 살금살금 도망친다. 원형 돌계단을 한 번에 두 칸씩 건너가며 다락방으로 올라간다.

침대를 오른쪽으로 옮기자 바닥이 삐걱거린다. 그녀는 침대 위로 올라가 그 뒤편 덧문의 걸쇠를 만진다. 긁히는 소리와 함께 걸쇠가 풀리자 안나 마리아는 앞으로 기어가 조그만 평상 위로 올라간다. 전에는 여기에 빨래를 널었지만 폭풍의 여파로 쪼개지고 갈라지고 나서는 방치됐다. 요즘은 건물 반대편의 좀 더 넓은 평상을 쓰기 때문에 여긴 온전히 그녀 차지다.

안나 마리아의 얼굴 위로 햇살이 쏟아진다. 발아래에서 널빤지가 삐걱거린다. 그녀는 지저분해진 헐렁한 면 원피스 자락을 잘 모은 뒤 뜨거워진 나무 위에 책상 다리를 하고 앉는다. 그리고 흐뭇해하는 표정으로 그녀의 왕국을 둘러본다.

그녀의 도시는 길이 물로 이루어져 있다. 활기차고 다채로우며 시끌벅적한 삶이 온 사방에서 숨 쉰다.

안나 마리아는 오케스트라를 향해 손을 들고 지휘할 준비를 한다. 유쾌한 콧노래를 흥얼거리며 좁은 길을 활주하는 곤돌라 사공들에게 신호를 준다. 광장에서 "대추야자 1데나로, 레몬 1리라!"를 외치는 과일 장수들에게도 신호를 준다. 빗을 만들고 칼을 갈고 나무를 깎으며 각자 자기들이 만든 노래를 부르는 사람들에게도. 익살꾼의 춤을 보며 손뼉 치는 관객에게, 비명을 지르며 창공으로 솟구치는 갈매기들에게도. 돌아가는 베틀에 맞춰 발을 두드리며 실을 잣는 사람들에게도, 석호를 내려다보며 광을 내는 구두닦이들에게도. 유리병을 쨍그랑거리는 우유 배달부에게도, 마당에서 비명을 지르며 나무를 돌고 있는 그녀의 친구들에게도. 왼편의 지하 수로에서 오페라를 부르는 남자와 오른편의 탑에서 땡그랑거리며 정오를 알리는 종에게도.

그리고 이제 색깔들에게도 신호를 준다. 파란색과 노란색과 초록색과 빨간색, 보라색과 주황색과 흰색과 갈색. 알록달록한 세상이 그녀의 눈앞에서 폭발한다. 도시 위로 둥실둥실 떠오른 여러 색깔과 빛깔들이 오선지에 그려진 음표처럼 대롱대롱 매달려 아래에서 들리는 소리와 어우러진다. 그러다 물고기 떼처럼 한데 뒤섞여 소용돌이치자 그녀의 얼굴 위로 미소가 번진다.

이 아이는 말을 배우기 전에 음부터 알았고 모든 음에는 색이 있었다.

뒤에서 파울리나와 아가타가 문 양옆에 딱 붙어서 서로 밀치며 기어 나온다.

파울리나가 말한다. "미안. 기도를 다시 하느라 늦었어."

아가타는 고개를 끄덕이며 눈알을 굴린다.

"파티에 온 걸 환영해." 안나 마리아는 앞을 똑바로 쳐다보며 말한다. "내 음악의 나라에 온 걸 환영해."

1704년, 피에타에서의 생활은 극과 극의 조합이다. 생선 내장을 제거하는가 하면 하프를 뜯기도 한다. 발가락을 찧는가 하면 교향곡을 연주하기도 한다. 고통과 만행이 있는 곳에 음악과 노래가 있다. 그리고 안나 마리아와 파울리나와 아가타가 있다.

우정이 시작된 시점이라거나 특별히 친해진 계기는 없었다. 그냥 친자매처럼 항상 서로의 곁에 있었을 뿐이다.

안나 마리아는 파울리나의 목덜미에 고개를 묻는다. 아가타와 팔짱을 낀다. 아가타가 머리를 돌리자 손바닥 크기로 움푹 들어간 자리가 보인다. 목 바로 위 오른쪽이고 오므린 손처럼 오목하다. 직모 몇 가닥이 그 위를 덮고 있지만 그 자리에는 머리칼이 나지 않는다.

"언젠가는 우리가 여길 다스릴 거야." 안나 마리아가 그녀의 도시를 내다보며 말한다. "진짜로 그렇게 될 거야. 지금처럼 그러는 척하는 게 아니라. 우리는 베네치아가 자랑하는 음악의 왕이 될 거야. 관객들이 우리 발치에 엎드릴 거야."

"온몸에 보석을 두를 테고!" 파울리나가 카랑카랑하게 외친다.

"파리하고 로마에도 다녀올 거야." 안나 마리아가 말한다.

"하루 종일 크림 프리텔라*를 먹을 테고!"

"그리고 아무도 우리한테 이래라저래라 하지 않을 거야."

아가타가 조그맣게 앓는 소리를 낸다.

안나 마리아는 그녀의 옆구리를 찌른다. "프리텔라 때문에 그러지, 그치?"

아가타는 삐딱하게 미소를 지으며 고개를 끄덕인다.

그들은 그 동그란 페이스트리 튀김을 딱 한 번 먹어봤다. 사육제 때 누가 피에타에 기증한 것이었다. 리본을 두른 바구니에 담겨 있었고 버들고리 사이로 레몬 껍질과 달콤한 반죽 냄새가 스며 나왔

---

* 이탈리아식 튀긴 도넛.

다. 다른 아이들이 들개처럼 달려들었지만 안나 마리아가 어찌어찌 세 개를 낚아채 파울리나, 아가타와 함께 여기 이 지붕 위에서 입술에 설탕 가루를 묻혀가며 희희낙락 먹어치웠다.

안나 마리아도 그 맛을 떠올리며 한숨을 쉰다. 그녀가 뒤로 몸을 젖히자 아가타와 파울리나도 따라 한다. 그들은 누워서 구름이 지나가는 머리 위 하늘을 물끄러미 올려다본다.

태양이 구름 뒤로 숨자 안나 마리아의 얽은 얼굴에 그늘이 생긴다. 2년 전에 앓은 홍역 흉터다. "나이를 먹으면 없어져서 네 원래 모습이 될 거야." 클라라 수녀는 이렇게 말하지만 안나 마리아는 이미 원래 모습으로 사는 느낌이다. 늘 그랬다. 게다가 외모에는 관심이 거의 없다. 이곳에서는 누구든 남들과 다른 부분이 하나씩 있다.

파울리나가 원피스 매무새를 바로잡고 쪼글쪼글해진 부분을 편다. 아가타는 안나 마리아를 쳐다보며 이제 또 어떤 일이 벌어질지 기다린다. 갈매기 한 마리가 빠른 속도로 내려오자 안나 마리아는 큰 소리로 말을 건다. 아가타는 그걸 보며 폭소를 터뜨리고 파울리나는 같이 깍깍거린다.

잠시 후에 파울리나가 옆으로 몸을 돌려 안나 마리아의 손을 잡는다. "쌍둥이 하자." 그녀는 손바닥끼리 서로 맞대며 이렇게 말한다.

파울리나는 어찌나 가냘픈지, 석호에서 바람이 불어오면 날아가지 않을까 싶을 정도다. 산들바람에 옅은 금발 몇 가닥이 그녀의 얼굴 주변에서 나부낀다. 아가타가 안나 마리아의 위로 몸을 내밀어 파울리나를 찌른다.

"알았어. 그럼 세쌍둥이 하자." 파울리나는 웃음을 터뜨린다.

종이 한 번 울리자 안나 마리아는 벌떡 일어난다. 드디어 오후다. 오후에는 음악 수업이 있다.

"저게 뭐지?" 교실로 달려 들어간 안나 마리아가 묻는다. 비스듬한 덮개가 달렸고 다리는 얇은 커다란 악기에 시뇨레 콘티가 기대어 서 있다. 나무 재질에 우아한 소용돌이무늬가 새겨져 있다. 하지만 전에 쳐본 적 있는 하프시코드는 아니다. 그보다 더 크다.

"어서 와라, 안나 마리아." 그가 금발의 긴 곱슬머리를 뒤로 넘기며 말한다. 그는 키가 크고 호리호리하며 턱은 각이 졌고 뺨에는 보조개가 있다. 사람들은 그를 보고 우아하다고 한다. 이곳의 나이 많은 원생들 중 일부는 그를 가지고 싶다고 한다. 안나 마리아는 그게 무슨 뜻인지 모르겠고 무슨 뜻인지 알아볼 생각도 없다.

"이건 포르테피아노라는 악기다. 시뇨레 크리스토포리의 가장 최근 발명품이지. 안에 현을 뜯는 장치를 설치한 게 아니라 망치로 현을 때리게 되어 있어. 덕분에 연주자가 음량을 훨씬 섬세하게 조절할 수 있단다, 알겠니?"

안나 마리아는 까치발을 하고 나무로 된 가장자리를 부여잡고 악기 속으로 고개를 들이민다. 당장이라도 현을 때릴 듯이 위에 매달려 있는 조그만 나무망치가 보인다.

"시뇨레 크리스토포리께서 한 대를 우리에게 기증해 주셨단다. 아주 감사한 일이지."

"한번 쳐보고 싶어요." 이제 두 손을 허리춤에 얹은 안나 마리아는 가슴을 내밀며 말한다.

시뇨레 콘티는 그녀를 잠깐 쳐다본다. "플루트 수업을 잘 들으면 쳐볼 수 있는 기회를 주마. 하지만 먼저 자리에 앉아라."

수업이 끝난 뒤에도 그녀가 남아서 끈질기게 조르자 시뇨레 콘티는 두 손 들고 포르테피아노를 내어준다. 그녀는 반질반질한 건반을 손끝으로 훑는다. 그에게 멜로디 한 줄을 배워서 몇 번 시험 삼아 쳐본다.

경쾌하네. 그녀는 생각한다. 하지만 그녀가 찾던 악기는 아니다.

지난 1년 동안 배운 플루트와 오보에처럼 머릿속에서 색이 펼쳐지기는 하지만 칙칙하고 뒤죽박죽이다. 그녀가 세운 계획에 걸맞지 않다.

안나 마리아 델라 피에타는 세계적으로 유명한 이 보육원의 오케스트라, '필리에 디 코로'의 최연소 단원이 될 것이고 열여덟 살이면 마에스트로로 등극할 것이다. 세계가 그녀를 알게 될 것이다. 역사상 가장 위대했던 음악가로 그녀를 기억하게 될 것이다.

시뇨레 콘티의 교실에서 나와 보니 복도가 고요하다. 그는 곧장 저녁을 먹으러 가라고, 또다시 늦은 이유는 자기가 수녀님들에게 설명하겠다고 한다.

그녀는 흠집투성이 신발로 돌바닥을 때려가며 3층 복도를 부리나케 뛰어간다. 회색 벽에는 금이 갔고 천장은 낮다. 복도 끝에서 창살 달린 창문을 통해 쏟아지는 햇살이 급속도로 희미해져 가고 있다. 그녀가 미끄러지며 방향을 돌려 나선형 계단 앞에 다다랐을 때

낭랑한 소리가 귀에 꽂혀 그대로 걸음을 멈춘다.

왔던 길을 되짚어 그 소리를 따라가 보니 문 하나가 열려 있다. 틈새로 안을 들여다보니 새빨간 곱슬머리를 어깨까지 기르고 20대로 진입한 지 얼마 되지 않은 듯한 남자가 보인다.

그는 꼬리가 짧은 소박한 갈색 상의에 크림색 반바지를 입고서 환한 불빛을 맞으며 벽난로를 마주 보고 있다.

한쪽 팔에는 바이올린을, 다른 팔에는 활을 들었다. 그가 실룩이고 움찔거리며, 거칠고 뻣뻣하게 활을 긋는다. 뭔가에 씐 게 분명하다. 의사를 불러와야 하는 걸지도 모른다. 아니면 신부님을. 하지만 안나 마리아의 발이 움직일 줄 모른다. 그 소리에 붙들려 옴짝달싹할 수가 없다.

그녀는 남자의 손가락과 손놀림을 유심히 들여다본다. 활이 앞뒤로 허공을 가르자 그녀의 머리 속에서 알록달록한 물결이 넘실대기 시작한다. 호박색, 금색, 귤색과 흰색, 은색과 황토색과 옅은 포도색. 빛깔들이 그녀의 눈앞에서 폭발한다. 그녀는 휘청거리지 않으려고 문틀을 붙잡는다. 이 악기가 이런 식으로 연주되는 것은 여태껏 본 적이 없다. 그녀의 이름을 부르는 건가 싶을 만큼 이토록 또렷하고 선명하게 말을 거는 연주는 여태껏 들어본 적이 없다. 꼭 제5의 원소 같아. 그녀는 생각한다. 흙, 공기, 불, 물, 그리고 이것.

하지만 굴곡과 반전이 너무 심하다. 무서울 정도다. 그녀는 이 순간에서 벗어나 도망칠까 고민한다. 하지만 몸속 깊숙한 데서 긴장이 풀리고 있다. 음들이 친숙하게 느껴진다. 그녀가 아는 소리인 듯하다. 빛깔들이 차곡차곡 겹쳐지며 하나의 풍경이 만들어진다. 초록색 산과 보라색 꽃, 주황색 햇빛, 작렬하는 흰색. 이런 풍경이 그녀의 눈앞에서 흔들리고 움직인다. 그녀는 까닭 없이 뺨을 타고 흐른 눈물을 닦는다.

이제 또 한 가지 사실이 분명해진다. 이 악기를 연주해 봐야만 한다.

그녀는 남자가 있는 방 맞은편의 조그만 벽장에 들어가 더께가 앉은 잉크병 선반에 등을 바짝 대고 숨는다. 문이 닫혀서 잠기지 않게 발가락으로 막고 먼지 섞인 공기를 들이마신다. 그의 연주가 그칠 때까지 기다린다. 케이스에 달린 걸쇠가 딸깍하고 잠기는 소리, 삐걱거리며 문이 열리는 소리, 점점 멀어지는 구둣발 소리를 듣고 있다가 어둠을 박차고 나온다.

바이올린은 있고 남자는 없다.

안나 마리아는 천천히, 침착하게 그 악기를 향해 다가간다. 걸쇠를 풀고 케이스 안에 담긴 보물을 드러낸다. 윤기가 흐르는 본체, 길고 매끈한 활이 벨벳으로 완벽하게 감싸여 있다. 설탕시럽처럼 따뜻하고 달콤한 감정이 그녀를 관통하자 호흡이 편안해진다.

그녀는 팔을 뻗어 조그만 손으로 본체를 훑는다. 나무가 조약돌처럼 반질반질하고 차갑다. 그녀는 몸을 앞으로 숙여 광택제와 오래된 책 냄새를 맡는다. 입안 가득 침이 고인다.

목 아래로 손을 넣어 바이올린을 꺼낸다. 남자가 그랬던 것처럼 거만하게 턱까지 올린다.

지판에 손가락을 얹고 그가 어떤 식으로 짚었는지 흉내 내본다.

크게 호들갑을 떨며 활을 왼쪽에서 오른쪽으로 긋는다.

끼이익 하는 끔찍한 소리가 방 안 가득 울려 퍼지고, 활이 덜거덕거리며 현과 부딪치자 짧게 끊기는 날카로운 소리가 연달아 그 뒤를 잇는다.

우아하지가 않잖아. 그녀는 속으로 중얼거린다. 하지만 다시, 그리고 또다시 시도해 본다.

자세를 바꾸려는 순간.

"지금 뭐 하는 거냐?" 뒤에서 누군가가 이렇게 쏘아붙인다.

심장이 철렁 내려앉는다. 그녀는 천천히 어깨 너머로 고개를 돌린다.

머리칼이 불이 난 것처럼 새빨간 그 남자가 문 앞에 서 있다.

"그거 다시 내려놓아라." 그가 조용히 말한다. "그리고 좋게 말할 때 나가라."

저녁 시간. 그들은 돌벽 위로 아치 형태의 천장이 얹혀 있고 길쭉한 나무 테이블이 세 개 놓인, 피에타 1층의 식당에 자리를 잡고 앉는다. 벤치 아래로 구멍을 때운 검은 신발을 신은 수백 쌍의 발이 흰색 무명 치마로 덮여 있다. 접시 달그락거리는 소리, 나지막이 대화를 나누는 소리가 들린다. ("리본 바꿔줄게. 하지만 그 이상은 바라지 마." "천천히 먹어. 그러다 사레들겠다.")

파울리나는 접시에 담긴 갈색 스펀지 비슷한 것을 들쑤시기만 하다가 의심스러워하며 혀로 건드려본다.

"이게 뭘까?" 그녀는 숟가락을 빼서 다시 한번 그 안에 담긴 것을 살핀다.

안나 마리아는 바이올린을 얼른 케이스에 다시 넣는 동안 자신을 지켜보고 있던 남자를 생각하느라 말을 듣지 못한다. 테이블 아래에서 무릎이 후들거린다.

"안나 마리아?"

그녀는 눈을 깜빡이며 다리를 진정시키려고 그 위에 손을 얹는다. 그런 다음 테이블 위로 몸을 내밀어 파울리나가 내민 숟가락 냄새를 맡고 얼굴을 찡그린다.

"삶은 뇌 아닐까?" 그녀는 말한다.

아가타가 옆구리를 찌르며 그러지 말라는 뜻에서 고개를 젓는다. 하지만 너무 늦었다. 파울리나가 비명을 지르는 바람에 식당을 메운 백 명이 넘는 학생들이 일제히 그들을 쳐다본다.

"조용히 해라, 이 바보 같은 녀석." 한쪽 구석의 나무 의자에 앉아 있던 마달레나 수녀가 인상을 쓰며 그들 쪽으로 성큼성큼 다가온다. 그녀는 허리가 불룩하고 손에는 굳은살이 박였고 체구가 건장한 여자로, 모든 고아를 완벽하게 경멸했고 여기 있는 동안 오래된 포도주처럼 나이를 먹었다.

조용히 있는 게 파울리나가 할 일이다. 하지만 참지 못하고 헛구역질을 하기 시작한다. 그녀는 벌떡 일어나 돌을 쌓아서 만든 아치를 지나 주방으로 달려간다. 채소 껍질과 잔반을 모아 두는 한쪽 구석의 큼지막한 나무 상자 앞에 아슬아슬하게 도착해 속을 게운다. 시큼한 냄새를 풍기는 갈색의 그 토사물은 오늘 저녁에 쓰레기 바지선에 실려 거름으로 쓰일 도시 저편의 농장으로 운반될 것이다.

뿔피리 소리가 들리면 안나 마리아는 침대에서 그 색깔을 보고 무슨 음인지 알아차릴 것이다.

이번에는 안나 마리아와 아가타가 웃음을 터뜨렸다가 마달레나 수녀가 경고하는 눈빛으로 노려보자 꾹 참는다. 잽싸게.

잠시 후에 파울리나가 평소보다 핼쑥해진 얼굴로 돌아온다. 이제 그녀의 접시에는 아까보다 두 배 더 많은 양이 담겨 있다. 그녀는 천천히 손을 들어 입을 가린다.

"그거 다 먹어라." 마달레나 수녀가 악취처럼 그녀의 위로 스멀스멀 다가와서 말한다. 파울리나의 눈에 눈물이 고인다. "남기면 회초리 맞을 줄 알아. 다시 와서 확인할 테다."

그녀가 사라지자마자 아가타가 테이블 위로 몸을 내밀어 파울리나의 접시를 자기 쪽으로 끌고 온다. 그런 다음 안나 마리아를 쳐다보며 그 큼지막한 적갈색 눈을 동그랗게 뜨고 입 모양으로 말한다. "도와줘, 응?"

안나 마리아는 입을 오므리고 접시에 담긴 곤죽을 쳐다본다. 그 안에서 뭔가가 꿈틀거리고 있는 것 같다. 하지만 눈물범벅이 된 얼굴로 부들부들 떨며 숨을 쉬고 있는 파울리나가 눈에 들어온다.

안나 마리아는 한숨을 토한다. "나눠서 해치우자."

아가타는 고개를 끄덕이고 심호흡을 하며 숟가락을 집는다. 파울리나는 이제 자리에서 일어나 얼른 테이블 건너편으로 돌아가 두 친구의 뺨에 입을 맞춘다.

안나 마리아는 천천히 씹다가 우둘투둘하고 질긴 뭔가가 혀에 닿자 얼굴을 찡그린다. 뒤편에 앉은 두 아이가 나누는 대화 쪽으로 관심이 간다.

"또?" 한 아이가 속삭인다.

그녀의 친구가 대답한다. "어제 일이야. 올해 들어 세 명째고."

"범인이…… 까마귀일까?"

안나 마리아는 숟가락을 내려놓고 파울리나를 쳐다본다. "저게 무슨 소리야?"

파울리나는 그녀를 잠깐 빤히 쳐다본다. "떠도는 소문이 있는데……." 그녀는 말을 멈추고 그들 쪽을 쳐다보는 사람이 없는지 테이블 저쪽을 확인한다. "어떤 남자가 있대. 어떤 짐승. 밤에 와서 피에타의 여자아이를 데려간대."

"짐승이라고?" 안나 마리아는 헉하고 숨을 토한다.

아가타는 태연하게 계속 씹으며 고개를 젓는다. 씹던 걸 삼키고 나서 입 모양으로 말한다. "그냥 하는 말이야."

파울리나가 방어하는 조로 말한다. "떠도는 소문이라고 했잖아. 몇몇 애들이 생활관에서 수군대고 있더라고. 우리를 겁주려고 하는 말인 게 분명해." 그녀는 다시 테이블 저쪽을 흘끗 쳐다본다.

"그 남자가 오면 어떤 일이 벌어지는데?" 안나 마리아는 묻는다.

파울리나는 눈을 반짝이며 자세를 바꾼다. 안나 마리아는 테이블 위로 몸을 숙인다.

"먼저 안개가 스멀스멀 운하 위로 피어올라서 오는 길의 모든 걸 덮어버려. 그런 다음 소리가 들려. 쓰윽, 쓰윽, 쓰윽. 이 소리는 좀 큰 애들만 들을 수 있어. 걔네들 말로는 뼛속으로 스머드는 소리래."

안나 마리아의 얼굴 위로 공포가 번진다. 파울리나의 눈이 더 동그래진다.

"그러면 비몽사몽간에 일어나서 맨발로 그 소리가 들리는 쪽으로 걸어가게 된대. 운하로 나가는 문 앞에 다다르면 가만히 서서 그 남자가 올 때까지 물만 쳐다보게 된대. 남자는 뱃머리에 매단 등불이 흔들리는 곤돌라 위에 서 있어. 몸통은 인간이지만 머리는⋯⋯." 그녀는 자기가 말을 해놓고 무서운지 숨을 크게 들이마신다. "까마귀야. 반짝이는 까만 눈과 길고 까만 부리가 달린."

안나 마리아는 벤치를 움켜쥔다.

"그 남자가 다가오는데 쓰윽, 쓰윽, 쓰윽, 노 젓는 소리만 들려. 그 소리에 이끌린 여자애들이 그놈의 손을 잡고 배 위에 올라타면—"

옆에서 비명 소리가 들린다. 어떤 여자애가 친구의 말을 듣고 웃음을 터뜨린 것이다.

"그래서?" 안나 마리아는 따져 묻는다. "그러면 어떻게 되는데?"

"그러면 남자가 그 애를 데려가. 그들을 덮었던 안개가 걷히면 아무도 보이지 않지. 여자애의 비명 소리를 끝으로 아무 소리도 들리지 않고."

안나 마리아는 숨을 터뜨린 다음에서야 얼마간 자기가 숨을 참고 있었다는 사실을 알아차린다.

아가타가 안나 마리아의 팔뚝을 다시 두드린다. "그냥 떠도는 소문이야."

그래, 그냥 떠도는 소문이겠지. 안나 마리아는 속으로 중얼거리며 애써 미소를 짓는다. 하지만 테이블 아래에서 무릎이 다시 후들거리기 시작한다. 평소 같으면 이런 얘기를 듣고 당황하지 않았을 것이다. 바이올린을 만졌다가 들키는 바람에 신경이 곤두섰던 모양이다. 그녀는 웃음소리 비슷한 걸 터뜨리며 창문과 그 너머의 운하 쪽을 흘끗 쳐다본다. 안개를 헤치는 곤돌라 소리가 들리지 않게 손바닥으로 귀를 꽉 막고 싶지만 기를 쓰고 참는다.

3

기둥 위 지붕에 뚫린 네모난 창문 사이로 스며든 달빛이 안나 마리아를 적신다. 그녀는 침대에 누워 이런저런 소리를 들으며 귀를 간질이는 부스스한 검은색 곱슬머리를 만지작거린다. 전에는 열네 살이 안 된 다른 친구들처럼 머리를 어깨까지 길렀지만, 아팠을 때 심하게 엉켜서 빗을 수 없는 지경에 이르자 수녀들이 바짝 깎아버렸다. 클라라 수녀는 날마다 한숨을 쉬며 덥수룩하기가 꼭 까마귀 깃털 같다고 투덜거린다.

올해에만 셋이라. 안나 마리아는 저녁 식사 때 들은 대화를 떠올린다. 몸속으로 퍼지는 한기가 느껴지자 이불을 좀 더 바짝 끌어당긴다.

마달레나 수녀가 부기를 가라앉히려고 손마디를 꺾어가며 생활관을 이리저리 걷는다. 아이들이 모두 잠들었는지 확인하는 것이다.

안나 마리아는 그 소리가 질색이라 손으로 귀를 막고 싶지만 그랬다가는 아직 깨어 있다는 사실을 들키고 말 것이다. 뚝뚝거리는 소리가 점점 커지자 그녀는 눈을 질끈 감는다.

큼지막한 손이 나무로 된 침대 프레임을 붙잡는 것이 느껴진다. 누군가가 위에서 몸을 숙인다. 이불이 움직인다. 그녀는 긴장한다.

하지만 잠시 후에 손이 거두어지고 발소리가 점점 멀어진다. 안나 마리아는 숨을 내뱉으며 다시 한번 눈을 뜬다.

이제 마달레나 수녀와 클라라 수녀는 구석을 지키고 있다. 둘이 나란히 있으니 우스워 보인다. 마달레나 수녀는 체구가 워낙 건장하고 클라라 수녀는 워낙 왜소하다. 그들은 매일 밤마다 두툼한 수첩에 메모를 끼적인다. 누가 말을 안 듣는지, 누가 아픈지, 내일 각자 어떤 허드렛일을 해야 하는지.

빨래만 안 했으면. 안나 마리아는 생각한다. 빨래만 안 했으면.

옆에서는 파울리나가 쌔근쌔근 숨소리를 내가며 시체처럼 자고 있다. 두 팔을 옆구리에 딱 붙이고 똑바로 누워 있는데, 멀쩡한 쪽 눈의 흰자위가 보여서 섬뜩하다. 안나 마리아는 그녀를 보고 미소를 짓는다. 아기 토끼 파울리나. 깍지 낀 두 손을 가슴에 꼭 붙인 채 말을 하고 음식을 우아하게 오물거리며 먹는다고 붙여진 별명이다.

예전에 클라라 수녀가 말하길 시골에 있는 호화로운 별장 옆에는 토끼를 키우는 섬이 있다고 했다. 해자로 에워싸인 조그맣고 외진 풀밭에 북슬북슬한 그 녀석들이 수백 마리 살고 있다는 것이었다. 안나 마리아는 거기가 천국이겠다는 생각이 들었다. 그곳으로 가서 무릎 위로 폴짝 뛰어오르는 녀석들을 안아보고 싶었다. 하지만 그것도 잡아먹으려고 키우는 토끼라는 얘기를 듣기 전까지였다. 그녀는 요리사가 상자에 담긴 살아 있는 토끼들을 피에타 주방으로 들고 가 한 마리씩 끄집어내 잡고 누르는 모습을 본 적이 있었다. 녀석들은 칼을 맞기 직전까지 다리를 버둥거렸다.

안나 마리아를 중심으로 파울리나의 반대편에서는 아가타가 매트리스 밖으로 팔다리를 내밀고 누워 있다. 그녀의 뒤통수가 보이자 안나 마리아의 속이 울렁거린다. 마달레나 수녀 말로는 베이비 박스에 들어가기에는 너무 컸는데도 억지로 넣다 보니 그렇게 된 거라고 했다. 아가타가 말을 하지 못하는 것도 그 때문이라고 했다.

그 너머에서 백여 명의 다른 아이들이 이리저리 뒤척이고 코를 골고 훌쩍거린다.

그녀는 입김을 한 줄기 내뱉으며 몸서리친다. 곤돌라는 물론이고, 까마귀 머리를 하고 뱃전에 서 있다는 남자를 떠올리고 싶지 않다. 그 생각을 억지로 떨쳐버리고 그날 있었던 일들을 되새겨 보기로 한다.

성악 수업 때 음정이 맞지 않았다. 이건 고쳐야 할 부분이다. 그리고 플루트로 내고 싶었던 낭랑한 소리를 내지 못했다. 그녀는 시뇨레 콘티에게 배운 호흡 훈련을 해본다. 3초 동안 마시고 5초 동안 내쉬고, 3초 동안 마시고 5초 동안 내쉬고…… 눈꺼풀이 감긴다.

그녀는 뒤로 몸을 눕히지만 매트리스 위로 쓰러지는 게 아니라 얼음처럼 차가운 물속으로 풍덩 떨어진다. 아무리 발버둥 쳐도 점점 더 깊숙이 가라앉을 따름이다. 그녀는 눈을 뜬다. 위에서 알록달록한 건물들이 속도가 느려지고 소리가 일그러진 음악에 맞춰 떨리고 흔들거린다. 그녀는 물결치는 수면을 움켜쥐지만 그래도 계속 아래로…… 아래로 끌어내려진다. 비명을 지르자 입에서 터져 나온 물방울이 위로 떠오른다. 그녀는 비명을 지르고 지르고 지르고 또 지르다가—

목을 거머쥐고 숨을 헐떡이며 벌떡 일어난다.

파울리나가 옆에서 그녀의 팔을 쓰다듬고 있다. "진정하고 숨 쉬어. 또 나쁜 꿈 꾼 거야. 이번 주 들어 다섯 번째네."

파울리나가 그녀를 자기 침대로 데려가 좀먹은 따끔따끔한 이불을 들춘다. 안나 마리아는 친구의 야윈 몸이 틀처럼 꼭 맞게 그녀를 감싸는 것을 느낀다.

근처에 뭔가가 숨어 있기라도 한 것처럼 생활관의 어둠이 차갑고 불길하게 느껴진다. 뱃전에 흔들리는 등불 하나를 매달아 놓은 곤돌라가 안나 마리아의 머릿속에 떠오른다.

"그 남자가 와서 우리도 잡아갈까?" 그녀는 이불을 움켜잡으며 속삭인다.

"응?" 파울리나가 묻는다.

"그 까마귀 인간 말이야. 모든 애들을 데려갈까?"

"몇 명만 데려간댔어. 그리고 음악이……." 그녀는 말을 멈추고 마달레나 수녀가 이쪽으로 오고 있지 않은지 확인한다. "음악이 우리를 보호하는 역할을 한다 그랬고."

"어떤 식으로?"

"나도 몰라. 재능 있는 애들은 살려준다는 거 아닐까?"

안나 마리아는 그 말을 꼭 붙든다. 가장 재능이 뛰어난 아이들이 모인 곳이 보육원의 오케스트라다. 그녀는 애초에 계획했던 대로 그 안에 들어가 어둠 속의 이 괴물로부터 자신을 지킬 것이다.

재능 있는 애들은 살려준다잖아. 그녀는 되뇐다.

반들반들하고 조그만 친구의 손을 잡자 쿵쾅거리던 심장이 조금씩 진정된다. 매일 밤마다 그랬듯이 오늘도 여기에 이르러 드디어 선잠 속으로 빠져든다.

음악실 창문을 통해 따뜻한 바람이 산들산들 불어 들어온다. 3층에서 가장 작은 음악실이지만 책상 하나에 방석 깔린 나무 의자를 일렬로 놓고 드문드문 보면대를 설치할 수 있을 만큼은 된다. 안나 마리아는 늘 그러듯 제일 먼저 들어와서 다리를 꼬고 한가운데 놓인 의자에 앉아 있다. 그녀의 오른쪽에는 가장자리가 돌로 덮인 벽난로가 있다. 격자무늬 철창이 달린 뒤편의 창문은 눈곱만큼만 열려 있다.

그림자 하나가 바닥을 가로지른다. 파울리나와 아가타가 등장할 때가 됐다. 그녀는 오는 길에 어쩌다 발을 헛디뎠는지 친구들에게 얘기하고 싶어서—

안나 마리아의 심장이 철렁 내려앉는다. 갈색 연미복을 입은 빨간 머리 남자가 문 앞에 서 있다.

"시뇨레 콘티는 어디 가셨어요?" 그녀는 불쑥 이렇게 묻고 만다. 수요일 늦은 오후다. 지금은 플루트 수업 시간이다.

남자는 날렵하고 뻣뻣하게 방 안으로 들어온다. 재킷 꼬리를 뒤로 휙 떨치고 협탁에 케이스를 내려놓고 걸쇠를 푼다. 고개를 돌리지도, 그녀를 쳐다보지도, 그녀의 질문에 대답하지도 않는다. 그녀의 손바닥이 축축해진다. 그의 방에 몰래 들어가 제 것이 아닌 물건에 손을 댔으니 벌을 받을 게 분명하다. 하지만 어떤 벌일까? 얼마나 괴로워하며 기다려야 어떤 벌인지 알 수 있을까?

같은 수업을 듣는 다른 아이들이 들어오기 시작한다. 파울리나는 선생님이 이미 와 있는 걸 보고 조그맣게 비명을 지르며 얼른 안나 마리아에게 달려간다. 잠시 후에 등장한 아가타는 치맛자락에 손을 닦아 옷 위에 시커먼 손자국을 남긴다. 칸디다와 체칠리아가 뒤따라 들어온다. 둘은 태어난 지 몇 시간 만에 여기 맡겨진 쌍둥이인데, 늘 그러듯 손을 잡고 있다. 학생들은 길어서 뭐든 감추기 좋은 흰색 원피스 안에서 악보를 꺼내고 자리를 잡고 앉는다. 다들 궁금해하는 눈빛으로 불청객을 빤히 쳐다본다.

"앞으로 내가 너희를 가르칠 거다." 그는 전면의 칠판 앞으로 다가간다. 목소리가 이상하다. 일부러 저음을 내려고 애를 쓰는 것처럼 음정이 떨린다. "너희는 바이올린을 배우게 될 거다."

아가타와 파울리나가 안나 마리아를 쳐다본다. 이 악기는 열두 살이 넘은 아이들에게만 허용되어 왔다. 지금까지 그들은 배운 적이 없었다.

그가 자기 이름을 적고 그 아래에 줄을 두 번 긋자 분필 가루가 둥실둥실 바닥으로 떨어진다.

안나 마리아는 숨이 턱 막히는 것을 느낀다. 그녀도 아는 이름이다. 두말하면 잔소리인 것이, 그 이름을 모르는 사람은 없다. 그는 탁월한 바이올린 연주로 이 공화국 전역에서 유명한 마에스트로다.

베네치아 출신의 주목할 만한 인물에다, 아주 잘나가고 또 거만하다고 다른 선생님들이 수군대는 소리를 들은 적 있다. 안나 마리아는 의자 가장자리를 붙잡는다. 그녀가 거장의 심기를 건드렸다.

하지만 그녀의 기대와 다르다. 상상 속에서는 이보다 키가 크고 더 잘생겼는데, 지금은 어디가 아픈 사람처럼 어깨가 구부정하고 바이올린을 쥐지 않은 맨손에는 힘이 없다. 그 손을 어쩔 줄 몰라 하는 것처럼 보인다.

그녀는 자기 손을 내려다보았다가 다시 그를 쳐다본다. 손바닥을 얽은 뺨 위에 얹는다.

"오늘은……." 그는 말을 멈추고 거칠게 숨을 들이쉬더니 아무 무늬 없는 손수건에 대고 몇 번 기침을 한 다음 말을 잇는다. "오늘은 기본기를 익힐 거다. 어떤 식으로 바이올린을 들고 어떤 식으로 서면 되는지 배우고 지판을 짚지 않은 채로 활을 켜볼 거다."

역시나 그는 조금 특이하다. 하지만 상관없다. 안나 마리아는 그의 연주를 들었다. 그 엄청난 속도, 소환해낸 빛의 향연. 이 남자는 그녀에게 존경을 받을 만하다. 그렇다는 것을, 손목의 희미한 파란색 핏줄을 두드리는 맥박처럼 분명하고 강렬하게 느낄 수 있다.

그녀는 이제 똑바로 앉아서 집중한다. "어떤 식으로 서면 되는지"라는 그의 말에 허리를 쭉 펴고 어깨를 뒤로 젖히고 배를 쏙 집어 넣는다.

그의 바이올린이 담긴 케이스를 흘끗 쳐다본다. 바이올린이 아늑하게 자리를 잡고서 우아하게 기다리고 있다.

아이들이 악기를 꺼내려고 일제히 벽장 앞으로 달려가느라 실랑이가 벌어진다. 스무 개 정도 되는 케이스가 안쪽 선반에 드문드문 담겨 있다. 돈 많은 후원자들이 쓰다가 기증한 거라 낡았고 흠집투성이다. 안나 마리아는 제일 멀쩡한 악기를 향해 달려들지만 손이 닿기 전에 다른 아이가 낚아채 간다.

"밀지 말고 한 명씩."

그녀는 그것마저 없어지기 전에 가운데 칸에 있는 녀석으로 만족하기로 한다. 이건 그의 바이올린보다 색이 옅고 활의 말총이 몇 가닥 삐져나왔지만 목을 잡아보니 느낌이 좋다.

이제 그들은 다시 한 줄로 선다. 그가 그들 앞을 성큼성큼 걸어서 지나간다. 소나무와 향냄새가 풍긴다. 신부님이랑 비슷하네. 그녀는 생각한다. 예배실에서 맡았던 냄새다.

안나 마리아 앞에 다다르자 그는 속도를 늦추고 바로 앞에서 꾸물거린다. 그녀의 손목을 두드리는 맥박이 빨라진다.

그는 안나 마리아 쪽으로 고개를 돌리고 시선을 맞추지 않은 채 이렇게 말한다. "바이올린 내려놔라."

안나 마리아의 옆에서 파울리나가 그 말에 따르려고 한다. 그가 손뼉을 세게 한 번 치자 파울리나는 번쩍 허리를 편다. "너 말고." 그가 말한다.

안나 마리아는 그를 올려다본다. "시뇨레."

"내려놔라. 당장."

심장이 목젖을 막는다. 그녀는 몸을 돌려서 뒤편 의자에 바이올린을 내려놓는다. 음악실이 고요해진다.

"손." 그는 의자 뒤로 가서 등받이 위쪽의 가로대를 잡으라고 손짓한다.

채찍을 맞을 것이다. 그녀도 안다. 채찍이 한복판을 가르며 공기가 너울거리고 손마디가 화끈거리는 게 상상이 된다.

그는 서리처럼 서늘한 회색 눈으로 그녀를 쳐다본다. "이 아이는 자기 마음대로 규칙을 무시해도 된다고 생각한다. 남의 물건을 만지고 가져도 된다고 말이다."

안나 마리아는 턱을 앙다문다. 모든 아이들이 지켜본다. 숨소리조차 그들 사이의 허공을 가르지 않는다.

그가 말한다. "거기 서서 네 위치를 파악하도록 해라."

그녀는 아무 말도 하지 않지만 그에게서 시선을 돌리지 않을 것이다. 먼저 눈을 피하지 않을 것이다.

그는 이제 안나 마리아를 무시한 채 아이들 사이를 걸어 다니며 몇몇 바이올린의 줄감개를 조인다. 그러고는 다른 아이들에게 말한다. "자, 이제 복부, 그러니까 배에 힘을 주며 바이올린을 들어서 턱에 대고 나처럼 손을 얹어라."

그는 자기 바이올린을 들어서 가장 굵은 현 위에서 활을 긋는다. 그러자 진한 초록색 소리가 나고 안나 마리아의 팔에 소름이 돋는다.

아이들은 동요하며 불안해한다. 몇 명은 안나 마리아를 흘끗 쳐다본 뒤에 그의 손놀림을 따라 한다. 바이올린들이 한데 뭉뚱그려져 높고 불안정한 음을 낸다.

"붓으로 캔버스에 그림을 그리듯 천천히, 부드럽게 긋도록. 덜거덕거리지 말고."

초록색이 좀 더 선명해진다. 따뜻하고 싱그럽게 안나 마리아의 머릿속에서 물결친다.

"좋아. 이제 집게손가락으로 가장 얇은 줄을 짚어라. 그게 E현이다. 그런 다음 새 부리를 다루듯 활을 살그머니 잡고 위에서 아래로 그어라."

아이들은 그가 시키는 대로 한다.

"손끝을 써라. 손으로 현을 뭉개지 말고." 그는 아이들 사이를 누비며 몇 명의 손을 바로잡아 준다.

안나 마리아는 왼쪽을 쳐다본다. 얇은 현이 파울리나의 손가락을 파고들고 있는데, 그녀는 오직 힘만 주고 있다. 안나 마리아는 이 작은 조절 하나로 소리가 좀 더 깨끗해진다는 사실을 깨닫는다. 활을 켜자 여러 가지 색이 눈앞에 펼쳐진다. 하나는 아주 선명하고 하나는 희미하며 하나는 올리브색처럼 어둡다.

안나 마리아의 호흡이 무겁고 깊어진다. 그녀는 선생님의 가르침, 이 악기를 다루는 섬세한 원칙에만 집중한다.

선생님이 가장 굵은 현의 스크롤 끝 쪽을 집게손가락으로 짚으며 그게 라음이라고 설명하자 안나 마리아의 머릿속이 노란색으로 빛난다. 하지만 같은 현에서 2.5센티미터 아래를 집게손가락으로 짚자 한 음 높은 시음이 된다. 같은 현을 네 번째 손가락으로 짚으니 레음이 되는데, 그건 블루베리 같은 보라색이다.

바로 그 순간 안나 마리아는 무한한 가능성을 간파한다. 그녀는 현을 따라 위아래로 움직이는 파울리나의 손가락을 보며 쏟아져 나오는 다채로운 물결에 전율한다.

"아주 좋아." 그가 학생들 사이를 걸으며 말한다.

안나 마리아는 그 자리에 못 박힌 듯이 서서 파울리나의 손가락과 바이올린과 소리에 집중한다. 의자 등받이를 붙잡고 있는 그녀의 손마디가 점점 하얘진다.

"정말 훌륭하다. 계속 연습하면 이런 연주도 할 수 있을 거다."

그는 그들 앞에서 바이올린을 턱에 대고 활로 현 하나를 앞뒤로 빠르게 긋는다. 팔꿈치로 허공을 찔러가며 격하고 화려한 연주를 쏟아낸다.

안나 마리아는 더 이상 참을 수 없는 지경에 이른다. 그녀는 앞에 놓인 바이올린에 달려들어 그 매끈한 나무를 턱 아래에 괸다. 그 느낌에 온몸이 떨리는 희열을 느낀다. 마치 몸의 일부 같다.

그녀는 더듬더듬 손으로 모양을 잡고 현을 세게 누른다. 콧구멍을 벌렁거리고 입술을 앙 다물어가며 집중해 그가 남긴 빛깔의 흔적을 좇는다. 빨강, 노랑, 초록 그리고 파랑. 빨강, 빨강, 파랑, 초록, 파랑, 초록, 파랑. 이제는 바이올린도 사라진다. 안나 마리아도 사라진다. 그저 빛깔과 소리와 어떤 감정만 남을 뿐이다. 그 감정은 자기 영혼을 찾은 육체의 평온과 확신이다.

"어디서 감히……." 그가 이렇게 말하고 있지만 그녀는 멈출 수가 없다.

그녀의 자리까지는 딱 두 걸음이다. 그가 안나 마리아의 어깨를 붙잡고 그녀를 치려고 손을 든다. 안나 마리아가 비틀거리자 턱에 괴었던 바이올린이 미끄러진다. 하지만 그녀는 다시 집어 들고 연주한다. 그것이 옳은 방향이다. 바이올린이 향유처럼 따뜻하고 부드럽게 그녀를 위해 노래를 불러준다. 그도 분명 느꼈을 것이다. 그도 분명 들었을 것이다.

빛깔들이 음악실을 가르며 비명을 지른다. 안나 마리아의 팔꿈치 아랫부분이 아파오고 가운뎃손가락에서 손등으로 이어지는 가는 힘줄의 존재를 난생처음 느끼고 얼굴을 찡그린다. 하지만 굴복하지 않을 것이다. 포기하지 않을 것이다.

그녀는 마음을 굳게 먹는다. 하지만 손은 내려오지 않는다. 마침내 안나 마리아는 무아지경에서 깨어나기라도 한 것처럼 연주를 멈춘다. 바이올린을 천천히 옆으로 내린다. 짙은 침묵이 그녀를 감싸고 고동친다. 그녀는 좌우를 두리번거린다. 모든 아이들이 빤히 쳐다보고 있다. 잠시 후 그녀의 시선이 선생님의 시선과 부딪친다.

그 순간 온 세상이 와해된다. 음계와 그림자와 공간이 모두 사라지고 시간 속에 박제된 그들 두 사람만 남는다. 그는 가슴을 들썩이지만 얼굴에는 아무 표정이 없다. 화가 나서일까, 놀라서일까? 이 긴장감이 그녀에게는 기분 좋게 느껴진다. 흥분이 영혼 깊은 데서 진율을 일으키고 있다.

그가 어색하고 뻣뻣하게 말한다. "좋아. 오늘 수업은 여기까지 하자."

이 말과 함께 그녀는 현실로 돌아온다. 공포가 몰려든다. 그녀는 쿵쾅거리는 심장을 달래며 벽장으로 달려간다.

그가 무슨 조치를 내릴까? 그녀에게서 무엇을 앗아갈까?

안나 마리아는 친구들과 함께 정신없이 악기를 넣다가 딸깍하는 소리를 듣고 멈춘다.

그녀는 고개를 돌리고, 썰고 씹어서 통째로 삼킬 수 있을 것처럼 느껴지는 기대를 품고 기다린다.

"너는 말고." 그가 조용히 말한다. "넌 남아라."

4

리알토 수산시장의 갈매기들은 만족을 모른다. 도미 한 점, 정어리 한 조각을 먹어보겠다고 매대를 향해 우박처럼 달려든다. 손님들은 머리 위로 손을 흔들며 고개를 숙인다.

"저리 가라, 저리 가." 생선 장수들은 외치며 하늘을 향해 빗자루를 휘두른다. 그러면 녀석들은 미친 듯이 퍼드덕거리며 깍깍대고 화를 낸다. 그 소음이 아치문을 지나 그 너머의 골목길까지 전해지는데, 배가 고파서 짜증이 난 새 한 마리가 그곳에서 다른 전략을 시도해 보기로 한다.

녀석은 위로 날아오른다. 하얀 날개를 펄럭이며 건물 사이 굴뚝을 지나 높이, 더 높이. 산들바람에 깃털을 부스럭거리며 시원한 데서 더운 곳으로, 어둠에서 빛으로. 그곳은 공기가 더 맑고 잔잔하다.

새는 눈부시게 파란 하늘 위로 솟구친다. 등 위에서 산산이 부서

지는 따뜻한 오후의 햇살을 맞으며 잠깐 활공하다가 바람결에 실려
온 짭짤한 생선 냄새를 맡고 새롭게 방향을 정한다. 거기에 맞춰 날
개를 움직인다. 남서쪽으로.

곤돌라 사공들이 쓴 빨간 모자가 이글거리는 그란데 운하를 가
로지른다. 적갈색 지붕, 돔 모양의 교회, 너울거리며 구불구불 이어
지는 운하를 지나자 다음 먹잇감을 염탐하기에 완벽한 지점이 눈에
들어온다. 녀석은 동그라미를 그리며 하강해 석호가 내려다보이는
어느 건물의 얼룩덜룩하게 이끼가 긴 둥그스름한 기왓장 위에 노란
발을 얹는다.

2층 아래에서 안나 마리아가 바이올린을 손에 들고 쿵쾅거리는
심장을 달래며 서 있다.

"다시 해봐라." 그가 말한다.

"네, 시뇨레?"

"지금 내 앞에서 아까 그 곡을 다시 연주해 보라고."

"죄송합니다, 시뇨레. 제가 생각 없이—"

"얼른." 그는 말허리를 자르고 쏘아붙인다.

그가 어떤 식으로 어깨를 부여잡았는지 그 느낌이 아직까지 남아
있다. 그녀는 바이올린을 들어서 색을 머릿속에 떠올리며 연주한다.

연주를 마치고 보니 그의 뺨이 파리하다.

"전에 배운 적 있구나. 누구한테 배웠지?"

"전에요, 시뇨레?"

"그래, 전에."

"배운 적 없어요, 시뇨레."

"그런 식으로 시뇨레, 시뇨레 하지 말고!"

안나 마리아는 움찔하며 침을 꿀꺽 삼킨다. 그의 빨간 곱슬머리가 한 터럭 삐져나와 있다. 그녀의 시선이 흘끗 그쪽으로 향한다. 그는 잽싸게 손을 올려 머리칼을 매만진다.

옆 음악실에서 탁, 탁, 탁 하고 책상을 두드리는 소리가 흘러들어온다. 마치 그녀의 안에서 탈출하려고 애를 쓰는 심장 소리 같다.

안나 마리아는 숨을 들이마시고 다시 한번 말한다.

"전에 배운 적 없어요. 바이올린은요. 오늘이 처음이에요. 플루트하고 오보에는 제법 잘 불고 매일 오후에 수업을 듣고 있어요. 포르테피아노도 쳐봤고 노래 연습도 하지만 마달레나 수녀님은 그만하래요. 들으면 귀가 아프다고."

그의 입술이 실룩거린다. 그는 성인이긴 하지만 10대를 벗어난 지 얼마 되지 않았다. 뭔지 모를 자세 때문에 더 어려 보이기도 한다. 집중하느라 이마에 주름이 잡히고 눈썹 사이로 두 줄의 깊은 평행선이 등장한다. 하지만 눈가에는 아무 변화가 없다. 미소의 흔적이 전혀 없다.

"몇 살이니?" 그가 묻는다.

그녀는 턱을 내민다. "여덟 살이요."

그는 한 발 앞으로 다가온다. "너는 네가 나보다 똑똑하다고 생각하니, 여덟 살짜리가?"

"아뇨, 시뇨레. 그러니까…… 아뇨."

"그럼 나보다 한 수 위라고 생각하니?" 이번에는 그가 뺨을 붉히며 이렇게 묻는다.

그녀는 고개를 저으며 조그맣게 대답한다. "그렇게 생각하지 않아요."

그는 이 대답에 만족스러워하는 표정으로 그녀를 잠깐 쳐다본다.

"따라 해봐라."

빨간색과 분홍색 음들이 길게 이어지다가 그의 손가락이 위아래로 실룩거리자 잠깐 장난스럽게 헝클어진다. 그녀는 열심히 지켜보며 움직임과 빛깔의 순서를 애써 머리에 담는다. 연주의 마지막을 장식한 높은 라음이 어찌나 선명한지 그녀는 자기 눈이 동그래지는 것을 느낄 수 있을 정도다.

그가 뻣뻣하게 고개를 끄덕인다. 네 차례라는 뜻이다.

그녀는 바이올린을 다시 들어서 몸에 갖다 댄다. 눈을 감고 활이 이끄는 대로 맡기자 소리의 떨림이 몸속을 뒤흔든다.

안나 마리아는 말문을 트기 전부터 박자와 음의 높낮이와 선율을 이해했다. 음악이 그녀의 뼈이자 살이자 그 밖의 모든 것이다. 하지만 이런 적은 처음이다. 꺼풀을 하나 더 헤치고 그녀 안의 좀 더 깊은 곳에 들어 있던 뭔가를 찾은 느낌이다.

그녀는 마지막으로 활을 긋고 그를 올려다본다.

"한 번 더."

그는 세 번 더 그녀를 시험하는데, 연주가 점점 더 빠르고 공격적이고 격해진다. 그녀는 따라가 보려고 하지만 색이 너무 많아서 굽이치며 몰려와 서로 부딪친다. 그녀는 이를 악물고 눈을 부릅뜨고 집중한다. 하지만 손가락끼리 서로 엉켜서 마음과 달리 실수를 연발한다.

"죄송해요. 따라 하고 싶은데—"

그가 손을 든다. 그녀는 하고 싶었던 말을 삼킨다.

"너처럼 연주하는 여자아이는 처음 본다. 그것도 이렇게 어린 나이에 말이지."

안나 마리아는 미간을 찌푸린다. 자신이 여자아이라는 사실을 심각하게 생각해 본 적은 없다. 그녀는 대답하려고 입을 벌리지만 그는 몸을 돌리고 자기 바이올린 케이스를 향해 걸어간다. 거기서 네모난 송진을 꺼내 활털에 대고 천천히 문지른다.

정적이 그녀의 귓전에서 포효한다. 이게 뭐지? 이제 그만 나가봐야 하나?

그가 문득 그녀를 쳐다본다. "궁금하구나, 이곳의 여자아이들에게 야망이 있는지."

그녀는 화들짝 놀라며 말한다. "네. 저는 선생님 같은 바이올린 연주자가 되고 싶어요."

하마터면 세계에서 가장 훌륭한 바이올린 연주자가 되고 싶다고 덧붙일 뻔하지만 참는다. 그녀가 이런 소리를 하면 다른 친구들은 웃음을 터뜨린다.

그는 짧게 폭소한다. "나는 단순한 바이올리니스트가 아니다, 여덟 살짜리야. 나는 작곡가야. 연주자는 잊히기 마련이지."

그녀의 뺨이 화끈거린다. "연주자들도 사람들의 기억 속에 남아요."

"몇 년 동안은 그럴지도. 하지만 얘기가 다르지. 작곡가들은 영원히 기억에 남으니까."

그녀는 다시 체중을 이쪽 발에서 저쪽 발로 옮긴다. 하고 싶은 말이 있지만 참아야 할지 모른다. 그녀의 얼굴 바로 위까지 올라왔던 그의 손바닥이 아직까지도 느껴진다. 하지만 그녀도 모르게 그 말이 쏟아져 나와버린다.

"배우고 싶어요. 선생님이 가르쳐주시면 좋겠어요."

그는 휙 하니 몸을 돌려서 바이올린 케이스를 탁 닫고 문 쪽으로 성큼성큼 걸어간다. 그러고는 문지방 앞에서, 꿈이 만들어지기도 하고 깨어지기도 하는 낭떠러지 위에서 고개를 보일락 말락 하게 돌린다.

"화요일, 두 시. 혼자 오거라."

다음 날 아침, 어떤 소문 하나가 바람에 날리는 깃털처럼 피에타에 퍼진다. 다들 흥분한 투로 속삭인다. "스페인 국왕이 방문하신대!"

수녀들이 아침 식사 시간에 그 얘기를 꺼낸다. 국왕이 보육원의 그 유명한 오케스트라를 만나면서 유럽 대륙 순회 여행의 피날레를 장식하고 싶어 한다는 것이다.

그래서 안나 마리아는 얼룩덜룩한 스테인드글라스를 두 손으로 꼭 짚고 앞마당의 예배실 창문 앞에 까치발을 하고 선다. 촛불 하나가 안에서 깜빡거린다. 문이 모두 닫혀 있어서 몰래 들어갈 수는 없다. 하지만 필리에 디 코로의 연주 소리가 유리창과 창틀 사이의 틈을 넘어서 흘러나온다. 위풍당당한 곡이다. 진분홍색, 청록색, 하얀색, 이런 대담한 색상들이 눈앞에 펼쳐진다. 그녀는 왕을 흘끗이나 마 보고 싶어서 자세를 바꿔보지만 보이는 것이라고는 사람들의 움직임과 흐릿한 형체와 유리창에 비친 자신의 선명한 초록색 눈동자뿐이다.

몸을 바짝 갖다 대자 유리창에 입김이 서려 석호에 덮인 안개처럼 부연 동그라미가 만들어진다. 그녀는 손을 들어서 혀를 내밀어가며 조심스럽게 그 한복판에 이름 머리글자를 적는다. 잠시 후에 누군가가 그녀의 이름을 부른다. 목소리에 가시가 돋쳤고 퉁명스럽다. 헉하고 비명을 지르며 얼른 숨은 그녀는 피에타 본관으로 미끄러지듯 달려간다.

얼마 남지 않았다고 속으로 중얼거린다.

본관에 들어가 보니 파울리나와 아가타가 생활관에서 꺅꺅대며 웃고 있다. 파울리나는 커도 너무 큰 감색의 기다란 망토를 걸쳤다.

"주님의 가호가 네게 임할지어다." 그녀가 기도하는 것처럼 무릎 꿇고 앉은 아가타에게 말한다. 아가타는 엄숙한 표정으로 성호를 긋는다. 안나 마리아가 다가가도 두 친구는 알아차리지 못한다.

"그리고 주님의 가호가 너의 그 풍성한 망토에 임할지어다." 안나 마리아는 파울리나의 귀에 대고 속삭인다.

파울리나는 그야말로 펄쩍 뛴다. 안나 마리아는 폭소를 터뜨리고, 자기도 입어보려고 금실로 수가 놓아진 망토를 잡아당기며 묻는다. "이거 어디서 났어?"

"으흠."

세 아이는 눈을 동그랗게 뜨고 고개를 돌린다.

클라라 수녀는 겉보기에는 작고 뾰족하고 차가운 고드름 같지만 보기보다 마음씨가 따뜻하다.

"너희 셋은 도대체 왜 그러니?" 그녀가 혀를 끌끌 차며 그들에게로 다가온다. "말을 하는 대신 비명을 지르고, 걷는 대신에 뛰어다니니 말이다."

"저희 뛰어다니지 않아요!" 안나 마리아는 말한다.

"그리고 절대 그냥 화를 내는 법이 없고 아예 노발대발하잖니?" 클라라 수녀가 손을 내민다. 안나 마리아는 내키지 않지만 그 손 위에 망토를 얹는다.

"이거 누구 거니?"

파울리나는 바닥을 흘끗거리며 중얼거린다. "시뇨레 콘티요."

클라라 수녀는 한숨을 쉰다. "당장 원래 있던 자리에 가져다 놓아라."

그들이 일제히 문밖으로 돌진하자 뒤에서 그녀가 외친다. "너희 셋 모두 말 좀 들어! 안 그러면 다음번에는 마달레나 수녀님을 보낸다!"

그날 밤에 안나 마리아는 조그만 침대에 누워서 물에 빠져 죽는 꿈을 꾸지도, 부글대는 속을 달래며 그날 있었던 일을 되새기지도, 친구들과 수녀들이 내는 소리에 짜증을 내지도 않는다. 오늘 밤에는 딱 한 가지 생각에 집중한다. 작곡가가 되어야겠다고.

이제 와 생각해 보니 누가 봐도 분명하다. 지금까지는 열여덟 살 이전에 마에스트로로 등극하겠다는 계획이 전부였다. 하지만 기억

되지 못할 거면 위대한 인물이 된들 무슨 소용일까? 반드시 기억되고 말아야 한다. 그게 전부다.

그것이 홍역을 앓은 뒤로 그녀가 줄곧 품어온 진실이다.

그때 안나 마리아는 여섯 살이었다. 처음에는 가슴 한군데에 빨간색의 조그만 반점이 돋아나며 시작됐다. 반점은 달구어진 부젓가락처럼 시뻘겠고 가려워서 긁느라 밤새 잠을 설쳤다. 다음 날 아침이 되자 몸통 전체가 성이 났다. 그녀는 의무실로 옮겨져 다른 친구들과 격리됐다. 거기서 나쁜 꿈을 꾸다 간간히 견딜 수 없는 가려움 때문에 눈을 떴다. 발진이 어깨를 지나 얼굴로까지 번졌고 기운이 점점 빠졌으며 열이 났다. 얕은 숨을 몰아쉬며 누워 있었을 때 침대 발치에 어떤 형체가 등장했다. 베일이나 침대 시트처럼, 산들바람이 아니라 다른 시커먼 어떤 것이 내뱉는 숨결에 의해 너풀거리는 형체였다. 뭔가가 그녀를 기다리고 있었다.

그녀는 매트리스 가장자리를 부여잡고 눈을 질끈 감았다. 문이 삐걱거리는 소리가 들리자 눈앞에서 파란색이 번쩍거렸고, 새가 지저귀는 소리가 들리자 하얀색이 파도처럼 밀려왔다. 여러 가지 색상들이 머릿속을 스치고 지나가는 동안 눈물이 뺨을 타고 흘러내렸다. 베일이 무서웠고, 어딘지 모를 어두컴컴한 공간에 계속 혼자 있는 것도 무서웠다. 하지만 그게 다가 아니었다. 그녀 안의 특별한 무언가가 절대 빛을 보지 못할 수도 있다는 생각에 괴로웠다.

그러던 어느 날 저녁, 잠에서 깨어나 보니 심장이 북처럼 쿵쾅거렸다. 안나 마리아는 이러다 심장이 가슴 밖으로 튕겨져 나오겠다는 생각을 하며 내려다보았다. 거기에 그녀의 트럼프가 놓여서 힘겹게 숨을 쉴 때마다 위아래로 움직이고 있었다. 대각선으로 잘린 하트 퀸. 금색 점과 소용돌이무늬로 장식된 알록달록한 축제용 가면의 왼쪽 눈과 뺨이 남은 위쪽 절반.

그녀는 놀라며 손을 아래로 뻗었다. 평소 침대 옆 수납장에 넣어 두는 카드였고 여기 들고 온 기억이 없었던 것이다. 안나 마리아는 카드를 꼭 쥐고 그녀를 마주 쏘아보는 그 눈을 응시했다. 그녀에게 싸우라고 말하는 것 같았다. 그래서 더욱 세게 쥐고 날카로운 단면을 문지르자 강력한 뭔가가 몸을 관통하는 것이 느껴졌다. 그녀 안에 살아 있는 이 에너지와 힘, 이 독창성의 숨통을 틔워 주어야 한다. 계속 살아 숨 쉬게 해야 한다.

이후 며칠에 걸쳐 수포가 터지고 고름이 나왔다. 흉터가 생기면서 다시 가려워지기 시작했다. 그녀는 원래도 야심만만했지만 이제는 전보다 더 생생하게 펄떡거리는 야망으로 허벅지가 따끔거리고 뼈 마디가 간지러웠다. 사람들의 기억 속에 남는다면 절대 외롭지 않을 것이다. 의무실을 박차고 친구들 곁으로 돌아갔을 때 단단히 결심한 게 하나 있었다. 깊은 구렁 속으로 조용히 사라지지 않겠다고 말이다.

옆에서 부스럭거리다 조그맣게 턱 하는 소리가 들린다. 고개를 돌려 보니 잠에서 깬 아가타가 한쪽 팔을 뻗어 안나 마리아의 매트리스 위에 손바닥을 얹어놓고 있다. 지붕에 뚫린 네모난 창문으로 스며든 달빛이 그녀를 비춘다.

"또 나쁜 꿈 꿨어?" 아가타가 다른 쪽 손으로 주먹을 쥐어서 자기 이마에 대고 누르며 입 모양으로 묻는다.

"아니." 안나 마리아는 조그맣게 속삭이고 친구와 마주 볼 수 있게 몸을 돌린다. "생각하고 있었어."

아가타는 고개를 갸우뚱하고 묻는다. "무슨 생각?"

"작곡가 생각들."

아가타는 미간을 찌푸린다.

"작곡가들은 영원히 기억되거든."

아가타는 눈썹을 치켜올리고 미소를 짓는다. 안나 마리아의 손을 잡아서 깍지를 낀다.

안나 마리아는 말한다. "응. 이제는 알겠어, 아가타. 내가 뭘 하고 싶은지 알겠어."

아가타는 안나 마리아의 손을 더 세게 꼭 쥐고 엄지손가락으로 안나 마리아의 손목을 가만히 문지른다. 다른 쪽 팔을 들어서 쳐다보며 주먹으로 하늘을 때린다.

안나 마리아는 그걸 보며 미소를 짓는다.

생활관 문이 열리는 소리에 이어 마달레나 수녀의 그림자가 문지방 위로 등장한다.

"잘 자." 아가타가 입 모양으로 말하자 안나 마리아도 똑같이 따라 한다. 아가타는 금세 눈을 감고 눈알을 좌우로 굴리다 꿈나라로 떠난다. 안나 마리아는 다시 생각에 잠긴다.

마에스트로로 등극하기 전에는 곡을 발표하지 못할 것이다. 그러려면 앞으로 최소한 10년은 기다려야 한다. 그때쯤 곡을 발표할 수 있을 만큼 실력을 쌓으려면 지금 바로 연습에 들어가야 한다. 그녀의 발이 이불 아래에서 춤을 추기 시작한다. 당장 곡을 쓰기 시작해야겠다.

"네가 바이올린에 엄청난 소질을 보인다고 들었다." 마달레나 수녀는 이보다 더 불쾌한 소식은 없다는 듯이 안나 마리아를 위아래로 훑어보며 말한다. 흰색 두건과 베일 때문에 노화한 피부와 눈 아래로 시커멓고 불룩하게 처진 살이 더 도드라져 보인다.

다음 날 아침이고 그들은 마달레나 수녀의 사무실에 앉아 있다. 1층에 있는 창문이 없는 작은 방인데, 책상과 의자를 하나씩 놓으면 꽉 찬다. 책꽂이에는 큼지막한 가죽 장정본이 빼곡히 꽂혀 있다. 그들의 머리 위 촛대 뒤에서 촛불 하나가 깜빡인다.

엄청난 소질이라고? 안나 마리아는 생각한다. 가슴이 부풀어 오른다. 그녀는 바이올린을 들고 또다시 단상에 서 있다. 마에스트로. 객석에서 환호성이 들린다. 마에스트로!

"안색이 안 좋구나. 어디 아프니?"

마달레나 수녀가 안나 마리아의 면전에 대고 날카롭게 박수를 치자 그녀는 현실로 돌아온다.

"어디, 아프니?" 그녀가 아까보다 천천히, 더 크게 같은 질문을 반복한다.

안나 마리아는 짜증을 감추느라 애를 먹는다. 그녀는 지난주에도 마달레나 수녀에게 같은 질문을 들었고, 오늘 여기로 오는 길에 클라라 수녀에게도 들었다.

"아뇨, 아픈 데 없어요. 그냥 입술에 핏기가 없는 거예요." 피부와 막상막하인 우윳빛. 전부터 늘 그랬다.

"아까 바이올린 얘기를 하셨는데……?"

"그래." 마달레나 수녀는 고개를 들지도 않는다. "매일 오후에 개인 레슨을 받도록 해라. 다른 음악 수업은 중단하고."

안나 마리아는 잠깐 곰곰이 생각한다.

"그럼 이제는 파울리나, 아가타하고 더는 같이 수업 못 들나요?"

책상이 덜커덩거린다. 양피지 몇 장이 펄럭펄럭 바닥으로 떨어진다. 마달레나 수녀가 책상을 손바닥으로 내리친 것이다.

"베네치아에서 가장 장래가 촉망되는 음악가가 일대일로 가르쳐 주겠다는데 친구들을 못 만날까 봐 걱정하니? 정신 좀 차리시지요, 아가씨. 이제 그럴 때도 됐다고 본다만."

안나 마리아는 자기도 모르는 새 이미 고개를 끄덕이고 있다. "할게요. 좋아요."

"그래. 머리 단정하게 빗고 선생님이 시키는 대로 하거라. 말썽을 부릴 것 같은 기미가 보이면 당장 취소야. 알겠니?"

안나 마리아는 손을 들어서 헝클어진 곱슬머리를 손가락으로 빗고 손바닥으로 애써 눌러본다.

"알겠어요."

그날 오후에는 안나 마리아의 모든 감각이 환하게 깨어 있다. 잠금장치가 딸각하고 해제되는 소리, 쇠문이 끼이익 하고 열리는 소리, 어두컴컴하고 추운 피에타 부지를 가로질러 그 너머의 엄청난 세상으로 나아가는 조그만 발의 기세와 잠재적 능력에 모든 감각의 초점이 맞추어져 있다. 그녀는 가장 나은 일을 맡았다. 주방에서 쓸

물을 길어 오는 것.

그녀는 대로에서 벗어나 한 걸음, 한 걸음 음미해 가며 인파를 뚫고 천천히 광장으로 움직인다. 날씨는 화창하고 공기는 차갑다. 숄을 좀 더 단단히 여미고 광장 한복판에 있는 우물을 향해 걸어가는데, 대리석 입구에 줄줄이 매달린 고드름이 반짝거린다. 이 도시에는 창살 사이로 쏟아진 빗물을 받아놓는 이런 우물이 천 개도 넘게 있다.

그녀는 줄을 서서 기다리며 활기를 마시고 풍경을 감상한다. 벨벳 블레이저를 입은 남자아이들이 환호성을 지르며 삼실로 만든 공을 쫓아 뛰어다닌다. 하늘 위로 뻥 차올린 그 공이 열린 창문 안으로 들어간다. 노인이 고개를 내밀고 뭐라 구시렁거리지만, 아이들이 돌려달라고 계속 외치자 금세 빙그레 웃으며 아래로 던져준다.

우물가 웅덩이에서는 비둘기들이 깃털을 헤집고 구구거리며 먹을 감는다. 레이스 칼라가 달린 긴 망토를 입은 키 큰 여자들은 자기들 장갑과 같은 색의 목줄을 매단 조그만 개를 데리고 나와서 산책시킨다. 방금 머리에 하얗게 분을 뿌린 어떤 남자는 자수를 놓은 재킷 주머니에 실크 손수건을 넣고 곤돌라에 올라탄다. 그냥 남들 앞에 얼굴을 보이기 위해 집을 나선 길이다.

다들 알 만한 인물인가. 안나 마리아는 이런 생각을 하며 두레박을 끌어 올린다. 두레박이 벽에 부딪히자 물이 튀어서 아래로 쏟아진다.

언젠가는, 지금으로부터 머지않은 미래에 안나 마리아 델라 피에타도 그리될 것이다. 다들 알 만한 인물이.

피에타에는 음악실이 네 개 있다. 3층에 일렬로 자리 잡은 그곳에서는 나무와 송진 냄새가 난다. 때는 오후고 벽 틈새로 흘러나온 구슬픈 선율이 복도에 서 있던 안나 마리아에게 닿는다. 그녀는 까치발을 하고 소리가 들린 곳을 향해 몸을 돌린다.

아가타가 포르테피아노 앞에 앉아 음악에 맞춰 몸을 흔들어가며 검은색과 흰색 건반을 두드리고 있다. 가운데로 가르마를 탄 머리칼은 흐트러졌고 움푹 들어간 뒤통수에는 그늘이 졌다.

그 소리는 진하고 채도가 낮은 자주색이다. 하지만 벨벳 망토처럼 화려하게 펄럭인다.

안나 마리아는 살금살금 다가가—

"야호!" 하고 외치며 두 손가락으로 친구의 갈비뼈를 찌른다. 아가타는 벌떡 일어나 몸을 홱 돌린다.

반은 웃고 반은 씩씩대며, 아가타는 격하게 두 팔을 흔드는 동시에 해서는 안 될 말들을 입 모양으로 쏟아낸다. 안나 마리아는 항복한다는 뜻에서 두 손을 든다.

하지만 아가타는 고개를 저으며 복수심으로 눈을 번뜩인다. 포르테피아노의 낮은 음 건반을 눌러 앞으로 어떤 일이 벌어질지 경고한다. 그러더니 앞으로 달려든다. 안나 마리아는 옆으로 펄쩍 피해 포르테피아노를 끼고 돈다. 둘이서 포르테피아노를 사이에 두고 술래잡기를 벌이다 안나 마리아가 미끄러지자 아가타가 들이받는다. 둘은 동굴 같은 포르테피아노 아래 바닥에 서로 등을 맞대고 누워서 숨을 헐떡이며 깔깔댄다.

비둘기 한 마리가 석조 창턱에 내려앉아 깃털을 헤집으며 편안하게 자리를 잡고 볕을 쪼인다.

"그나저나 소리가 훨씬 좋아졌다. 실력이 금세 느네?" 호흡이 정상으로 돌아오자 안나 마리아가 말한다. 불과 몇 달 전만 해도 한 손으로 기본적인 코드와 음계를 뚱땅거리던 아가타가 이제는 간단한 곡을 유려하고 우아하게 연주하고 있다.

고맙다는 뜻으로 아가타가 손을 뒤로 내밀어 그녀의 팔을 꼭 쥐는 게 느껴진다.

모든 게 더 이상 바랄 나위가 없다. 안나 마리아는 바이올린 레슨을 받을 학생으로 선발됐고, 아가타는 포르테피아노 연주 실력이 늘었고, 파울리나는 노래와 오보에에 소질이 있다는 평가를 받고 있다. 안나 마리아는 맞대고 있는 아가타의 등을 지그시 누르며 심호흡을 한다.

이 상태로 시간이 흐른다. 잠시 후 친구의 몸이 그녀의 등에서 멀어지는 게 느껴진다. 그녀는 웃으며 술래잡기가 다시 시작되려나 보다고 생각한다. 하지만 쿵 하는 소리가 들린다. 머리가 바닥에 부딪히는 소리다.

"아가타?" 안나 마리아는 몸을 홱 돌린다. "아가타?" 아까보다 더 빠르고 크게 친구의 이름을 부른다.

안나 마리아의 시야 가장자리에 금이 간다. 아가타의 눈이 뒤집혀 흰자위가 보인다.

안나 마리아는 비틀비틀 일어나 도와달라고 외치며 복도로 뛰쳐나간다.

두 수녀가 아가타를 들것에 옮겨서 들고 나가며 마지막 말을 남긴다. "교실로 돌아가 있거라."

　의무실은 피에타 본관 뒤편의 마당에 자리 잡은 휑뎅그렁한 공간이다. 안나 마리아는 두툼한 검은색 문에 한 손바닥을 대고 서 있는데, 차가운 아침 공기 때문에 손끝이 빨갛다. 그 문을 밀어 열어야 하지만 바로 옆 탁아실에서 아이들의 울부짖는 소리가 들리고 냄새가 스며 나온다. 시큼하고 코를 톡 쏘는, 고통과 공포의 냄새다. 속이 울렁거린다. 그때 파울리나가 안나 마리아의 팔꿈치를 잡고 앞장선다.

　한 줄마다 열 개씩, 세 줄로 침대가 놓여 있다. 그중 한 침대가 두툼한 커튼으로 동그랗게 가려져 있다. 그 뒤에서 중얼중얼 기도하는 소리가 흘러나온다. 가운데 줄의 어느 침대에서는 여자아이 하나가 이불을 턱밑까지 덮고 몸을 웅크린 채 조용히 잠을 자고 있다. 다른 침대는 모두 비었는데 한 군데만 예외다.

　맨 끝자리 그곳에 그들의 친구가 있다.

　아가타는 퇴원 준비를 모두 마치고 침대 가장자리에 걸터앉아 있다. 원피스 자락이 바닥에 쓸린 채 평소보다 상기된 얼굴로 겸연쩍은 표정을 짓고 있다.

　안도감이 안나 마리아의 온몸에 번진다.

　"나 보고 싶었어?" 아가타가 두 손을 심장 위에 얹었다가 벌리며 입 모양으로 묻는다.

　"안 그랬는데." 안나 마리아는 음흉하게 미소를 지으며 대답한다.

　그 말을 듣자마자 파울리나가 나무란다. "안나 마리아!"

하지만 이제는 아가타도 덩달아 웃고 있다.

안나 마리아는 침대 옆자리에 앉아 친구의 손을 꼭 쥔다. "당연히 보고 싶었지."

"어떻게 지냈어?" 아가타가 묻는다.

"우리 걱정은 하지 말고! 너야말로 좀 어때?" 파울리나는 친구의 뺨을 붙잡고 안색을 살핀다.

커튼 뒤에서 수녀가 등장한다. 체구가 작고 말을 할 때면 허리춤에 손을 얹는 수녀다.

"너희 지금 기도하는 시간 아니니?"

"마달레나 수녀님께서 아가타를 잘 챙겨서 데려오라고 저희를 보내셨어요." 안나 마리아는 얼른 대답한다.

수녀는 인상을 쓰지만 더 몰아붙이지는 않는다.

"이제 괜찮은 건가요?" 파울리나가 묻는다.

"아무 이상 없어. 고기를 잘못 먹어서 그런 걸 거야. 그럼 이제 그만 가봐라. 얼른." 그녀는 손을 휘휘 저으며 그들을 내쫓는다.

아가타는 두 친구와 나란히 한쪽씩 팔짱을 끼고 침대에서 일어난다. 그들은 의무실을 나서는데, 팔짱을 끼고 걸어가느라 침대에 몇 번 부딪힌다. 문 앞에 다다르자 한 몸으로 문지방을 넘으려다 다시 코웃음을 터뜨리고 키득거린다.

5

화요일. 선생님은 창문 앞에서 바이올린을 들고 철창 사이로 리바 델리 스키아보니 수변을 내다보고 있다. 오늘은 빛바랜 조끼와 흰색 셔츠를 입었고, 머리에 새로 분을 뿌려서 머리카락 끝은 여전히 새빨갛지만 가르마 부분은 회색이다.

다른 교실에서 수업이 진행되는 소리가 너풀너풀 문틈으로 들어와 공기 중으로 섞인다. 한쪽에서는 오보에 소리가, 다른 쪽에서는 플루트 소리가 들린다.

같이 수업을 듣는 다른 친구들이 그에 대해 수군대는 얘길 들어보니 험상궂고 냉혹하다고 한다. 하지만 안나 마리아의 생각은 다르다. 마에스트로라면 다른 사람들의 감정과 같은 사소한 것에 연연할 수 없다. 음향, 감정 표현, 각 음의 완벽한 구현만을 최우선시해야 한다. 그들이 위대해지는 이유, 관객들의 사랑을 받게 되는 이유

가 그래서다. 어느 날 객석에서 누군가가 "마에스트로!"라고 외칠 만
큼 사랑을 받는 이유가. 그러면 다른 관객들도 자리에서 일어나 똑
같이 외칠 것이다. 이 세상의 승자를 결정하는 칼자루는 그들이 쥐
고 있다. 그들이 마에스트로를 선택한다. 음악가는 관객만 생각해야
한다.

안나 마리아는 여기저기 긁힌 자기 신발과 구정물이 튄 흰색 원
피스를 내려다본다. 클라라 수녀가 곱슬머리를 빗기다 물을 묻혀서
정리하느라 축축해진 머리칼을 손으로 만져본다.

선생님의 차림새도 뭐 그리 근사하지는 않은데 뭐. 안나 마리아는
그렇게 결론을 내린다. 조끼는 빛이 바랜 데다가 꼭 자기보다 덩치
가 큰 사람에게 빌려 입은 것 같다. 그녀는 턱을 들고 당당하게 앞으
로 걸어간다.

그는 고개를 돌리지도 인사를 건네지도 않는다. 앞으로 어떤 일이
벌어질지 모른다는 데서 오는 흥분과 공포가 느껴진다.

"오늘은 다시 기본기를 익힐 거다." 그가 계속 창밖에 시선을 고정
한 채 말한다. "연주자라면 누구나 연주에 앞서 악기와 활 쥐는 법,
현을 조이고 조율하는 법, 연주하기 전에 송진을 바르고 고치는 법
을 마스터해야 하니까."

그녀의 머릿속에서 공포가 스멀스멀 고개를 든다. 이런 것까지 다
배울 시간이 없다. 전혀. 계획대로 되려면 열네 살이 되기 전에 필리
에 디 코로에 입단해야 한다. 그러려면 바삐 달려야 한다.

"하지만—"

"지시에 따르도록." 그가 칼날처럼 날카롭게 쏘아붙인다.

그녀는 혀를 깨문다. 말 그대로 정말 이로 깨문다. 그를 발로 걸어 차고 싶은 마음이 굴뚝같지만 꾹 참는다.

그가 이제 그녀를 돌아본다.

"그리고 그런 표정은 자제하는 편이 좋을 거다. 내가 아버지의 교습법에 이의를 제기하면 아버지는 시뻘게질 때까지 내 팔뚝을 꼬집으셨지. 너도 똑같이 해줄까?"

그녀는 자세를 바꾸고 고개를 젓는다. 겨드랑이 아래 여린 살이 따끔거린다.

그는 가장 사소한 부분들부터 시시콜콜 설명하기 시작한다. 그녀가 묻는 말에 몇 번 대답도 한다. 현 아래쪽의 둥그스름한 나무는 브릿지라고, 목의 꼭대기에 달린 나선형 구조물은 스크롤이라고. 그녀는 조율이 마음에 든다. 색상이 더욱 선명해진다. 하지만 수업 시간이 절반쯤 지나자 짜증이 나서 뺨이 붉어진다.

문을 두드리는 소리가 난다. 그가 그쪽으로 주의를 돌린다. "들어오세요."

안나 마리아와 나이가 비슷한 여자아이가 문 앞에 서 있다. 회색 망토를 입었는데, 벨벳이라 빛을 받으면 색이 달라진다. 단단하게 말린 곱슬머리가 얼굴 옆에서 대롱거리고 목에 딱 붙는 진주 목걸이를 했다. 이 아이는 고아가 아니다.

"아, 그래, 들어오려무나."

안나 마리아는 선생님을 노려보며 안 된다고, 지금은 그녀의 시간이라고, 이 아이는 새치기할 권리가 없지 않느냐고 항의하려고 하지만—

"너는 나가봐도 좋다, 여덟 살." 그가 말한다.

그녀는 이를 악물고 천천히 걸어가 바이올린을 제자리에 넣는다. 나가는 길에 새치기한 아이를 표독스럽게 째려본다.

안나 마리아는 딱 잘라 말한다. "여자애들은 전부 돼지야."

그녀는 나무 숟가락 두 개를 멀찌감치 들고 큼지막한 나무 바구니에서 더러워진 무명 가운을 끄집어낸다. 때는 수요일 오전이고 그녀와 파울리나와 아가타는 제일 하기 싫은 허드렛일을 맡게 됐다.

세탁실은 주방 바로 옆방이다. 주방에서 풍기는 생선 썩은 내와 나이 많은 여학생들의 땀 냄새가 뜨뜻한 공기 중에 맴돈다. 축축한 돌벽에 나무 빨래판이 기대어져 있다. 비누 무더기와 물이 담긴 양동이가 있고 쌍여닫이문을 열면 운하가 나온다. 이 문을 통해 모든 식료품이 들어오고 모든 쓰레기가 나간다.

안나 마리아는 조금 전에 이 문 앞에 서서 찰랑이는 물살을 지켜보았다. 운하를 내려다보다가 안개를 헤치며 스멀스멀 다가오는 곤돌라가 떠오르자 뒤로 물러났다.

그냥 떠도는 소문이야. 그녀는 갈비뼈를 두드리는 심장을 느끼며 속으로 중얼거렸다.

"처먹을 줄만 알고 이기적이지." 파울리나도 맞장구치며 운하에 대고 심하게 얼룩진 시프트드레스를 비틀어 짠다. 냄새를 막으려고 얼굴에 쓴 천 때문에 웅얼거리는 것처럼 들린다.

옆에서는 아가타가 피에타 본관에서 운하 저편으로 연결된 빨랫줄을 당겨 깨끗하게 빤 옷을 집게로 꽂는다.

안나 마리아는 가운을 구정물에 담갔다가 빨래판에 대고 치대기 시작한다. 물이 튀어서 흰색 무명 원피스 위로 갈색 점이 흩뿌려진다. 그녀는 이를 악물고 숨을 마시며 짜증을 달랜다.

이런 단순노동은 전염이 된다. 여기서 이런 식으로 시간을 낭비했다가는 절대 빠져나올 수 없을 것이다. 날마다 남이 벗어놓은 더러운 양말이나 빨고, 경증 환자나 돌보고, 칭얼대는 갓난애들이나 씻겨야 할 것이다. 머리를 쓸 필요가 없는 시시하고 지긋지긋한 일이나 하게 될 것이다. 재능도 기술도 없는 사람들이 하는 일을. 그녀는 다른 원피스를 양동이에 던져 넣으며 생각한다. 여기는 내가 있을 곳이 아니야.

"오늘은 소리의 특징에 대해 배우도록 하겠다." 그는 인사 대신 이렇게 말한다.

두 번째 수업 시간이다. 벽장에 들어 있던 바이올린과 활이 텅 빈 벽난로 옆 의자 위에서 그녀를 기다리고 있다. 양피지가 가득 담긴 너덜너덜한 가죽 가방이 바닥에 놓여 있다.

드디어 시작되는구나. 그녀는 생각한다. 모든 감각을 곤두세우고 집중한다.

"어떤 곡을 연주할 때는 어떤 사람으로 변신할지 생각해야 한다. 알베르티의 「소나타 1번」을 예로 들어보자." 그는 바이올린을 들어서 가볍고 유쾌한 노란색의 곡조를 연주한다. "어떤 인물이 보이니?"

아, 재미있는 게임이네. 도전 의식으로 안나 마리아의 손끝이 간질거린다.

그녀는 귀를 기울인 끝에 결론을 내린다. "손에 사과를 들고 시장으로 폴짝폴짝 뛰어가는 남자아이요."

선생님이 처음으로 폭소를 터뜨린다. 쉰 소리로 시작돼 기침으로 마무리되는 폭소다. 그녀는 놀라서 눈을 깜빡이다가 미소를 짓는다.

"아주 훌륭하다, 여덟 살아. 아주 훌륭해. 알비노니의 「아다지오 G단조」를 연주하면 이번에는 누가 보일까?"

소리는 아름답지만 아까보다 슬프다. 파란색과 자주색이다. 좀 더 나이가 많고 복잡한 인물이다.

"정원을 가꾸는 아주머니가 보여요. 나이가 많아서 머리가 희끗희끗해요. 장미꽃 냄새를 맡으며 지금까지 살아온 날들을 떠올려요."

선생님이 그녀를 빤히 쳐다본다.

"제가 틀렸나요?" 그녀는 얼른 묻는다.

"아니다. 그게 아니라…… 너는 계속 나를 놀라게 하는구나." 그는 일어나 창가로 걸어간다. "이번에는…… 내가 만든 곡을 들려줄까 하는데." 그가 어깨를 늘어뜨리고 활을 왼쪽에서 오른쪽으로, 다시 왼쪽에서 오른쪽으로 켜자 진흙 같은 갈색이 흘러나온다.

"인상을 쓰고 있는 늙고 못생긴 개가 보여요." 그녀는 말한다.

그는 개 짖는 소리 비슷하게 폭소를 터뜨린다. 그러다 기침이 거친 헐떡거림으로 바뀔 때까지 손수건에 대고 숨을 몰아쉰다. 안나 마리아는 가까이 다가간다.

"괜찮으세요?" 그녀는 '시뇨레'라는 말을 붙이려다 막판에 잘 참고 대신 덧붙인다. "마에스트로?"

"잠깐—" 그는 기침을 하는 중간에 더듬더듬 말한다. "—기다려 다오."

복도를 따라 멀어지는 그의 발소리와 멀리서 삐걱거리며 문이 열리는 소리가 들린다. 덧문이 덜커덩거리고, 아래 인도에서 어떤 아이가 흥분해서 지른 비명 소리가 창문을 타고 흘러들어 온다.

잠시 후 그녀의 눈이 점점 동그래진다. 그녀가, 전능하신 안나 마리아께서 위대한 스승을 무너뜨렸다. 말을 더듬으며 콜록대는 인간으로 만들어버렸다.

그녀는 벌떡 일어난다. 좀 전에 들은 곡을 연습해 그가 돌아오면 감동을 선물하기로 마음먹고, 음악실을 이리저리 옮겨 다니며 바이올린을 연주한다.

자신이 댄서가 됐다고 상상한다. 아니, 희미하게 떨리는 그녀의 선율에 맞춰 석호를 미끄러지는 스케이터다. 그녀는 이쪽 발, 다시 저쪽 발을 스르르 내밀어 스케이트 날로 얼음을 서걱, 서걱, 서걱 가르는 흉내를 낸다. 꽁꽁 얼어서 반짝거리는 하얀색과 파란색이 바이올린에서 흘러나오기 시작한다. 그녀는 속도를 높여 그 하얀색과 파란색을 하늘로 쫓아 보낸다. 점점 더 빠르게 원을 그리고 빙글빙글 돌고 얼음에 파인 홈을 뛰어넘으며 다른 스케이터를 헤치고 미끄러지는데—

철퍼덕. 그녀는 바닥으로 넘어져 굽도리널에 턱을 부딪친다. 바이올린과 활이 그녀의 손에서 튕겨져 나와 벽장 아래로 들어간다.

그녀는 멍하니 몸을 일으켜 고개를 저으며 뒤를 돌아본다. 어떤 몹쓸 것이 그녀를 넘어뜨린 걸까?

선생님의 가방이 발에 차여서 음악실 한복판에 옆으로 쓰러져 있다. 가죽으로 장정된 책 몇 권과 깃펜이 바닥에 흩뿌려졌고 잉크가 쏟아졌다. 짙은 파란색 피가 악기를 넣는 벽장 아래 나무 틈새로 뚝뚝 떨어지고 있다.

뱃속이 울렁거린다. 이런 바보 같으니라고! 딴 데 정신을 파는 바람에 그의 소지품이 깨지고 엎질러지고 말았다.

그녀는 벌떡 일어난다. 밟혀 죽을 위기를 맞은 쥐처럼 잽싸게 쪼르르 움직인다. 바닥에서 병을 집자 잉크 한 방울이 손가락으로 스며든다. 뚜껑을 찾아보니 커튼 옆에 숨어 있다.

이리 와라, 이 성가신 꼬맹아.

그녀는 책을 한 권씩 집어 가방 속에 욱여넣는다.

그런 다음 손에 남은 걸 내려다본다.

오선 노트, 깃펜, 잉크.

뜨겁게 펄떡이는 갈망이 그녀를 훑고 지나간다. 다시 가방에 넣어야 한다. 남의 비싼 물건이다. 하지만 그녀는 문 쪽을 흘끗 쳐다보고 귀를 쫑긋 세운다. 밖에서 노는 아이들이 다시 괴성을 지르는 소리가 들린다. 하지만 발소리는 들리지 않는다. 그래서 그녀는 가방에서 가죽으로 장정된 책 한 권을 꺼내 훑어본다. 이제 찌릿한 공포가 찾아온다. 들키면 회초리를 맞을 수도 있다.

소담스럽게 하얀 지면에는 아무것도 없지만 그럼에도 기회로 가득하다. 그녀는 깃펜과 잉크를 다시 집어서 벽장 앞으로 달려가 구석에 숨어 있는 바이올린 아래에 넣는다.

낮은 구두 굽이 돌바닥에 또각또각 부딪히는 소리에 이어 그가 문 앞에 등장한다.

"이제는 마에스트로란 말이지?" 그가 문틀에 기대고서 묻는다.

그녀는 바이올린과 활을 들고, 갈비뼈를 두드리는 심장을 달래며 서 있다.

"그 호칭이 마음에 드신다면요." 그녀는 최대한 냉랭하게 대꾸하고, 삐져나와 눈을 덮은 갈색 곱슬머리를 입으로 불어서 날린다. "그리고 제 이름은 여덟 살이 아니에요. 안나 마리아예요."

그는 우아하게 고개를 끄덕이며 앞으로 나와 손을 내민다.

"안나 마리아 델라 피에타, 만나서 반갑다."

음악실 맞은편의 벽장은 지독하게 어두컴컴하고 춥다. 그녀는 그 답답한 데서 두 다리를 가슴에 끌어안고 그가 떠나는 소리가 들릴 때까지 기다린다.

종이 한 번 울릴 때 안으로 들어가 세 번 울릴 때 벽장 아래에서 밀수품을 수거하고 다섯 번 울릴 때 다시 밖으로 나온다. 종이 일곱 번 울릴 즈음에는 계단을 올라간다. 생활관으로 달려가 오선 노트와 잉크를 매트리스 아래에 숨기고 다시 저녁을 먹으러 뛰어간다.

다음 날 새벽, 안나 마리아와 아가타는 지붕에 뚫린 네모난 창문으로 쏟아져 들어오기 시작하는 상쾌한 새벽 햇살을 맞으며 따끔거리는 담요를 덮은 채 안나 마리아의 침대 위에 앉아 있다. 훔친 오선 노트는 계속 매트리스 아래에 숨겨져 있다. 안나 마리아는 그 안에서 오선 노트가 팔딱거리는 걸 실제로 느낄 수 있었고, 그래서 꺼내주기로 한다. 하지만 간밤에 마달레나 수녀가 계속 불침번을 돌았다. 작업을 시작하기에 알맞은 시점을 아직 기다려야 한다.

그녀는 손에 쥔 쪽지를 내려다본다. 수도 없이 접었다 펴느라 휴지처럼 말랑말랑해진 그 쪽지를 엄지손가락으로 문지른다. 그 안에서 반으로 잘린 트럼프를 꺼낸다.

자기를 버린 사람이 누군지 그녀는 모른다. 이유도 알 수 없다. 가끔 물어봐야 하나 싶은 생각이 들 때도 있지만 번번이 마음을 접는다.

아가타가 한숨을 내뱉는다. 그녀는 쭈글쭈글해진 1695년 5월 자 신문 뒤편에 조잡하게 갈겨쓴 시를 들고 있다.

너는 내 하나뿐인 사랑
지금 우리는 헤어지지만
너를 다시 찾으러 올게

벽에 뚫린 구멍을 통해 수많은 물품이 이 안으로 들어왔다. 사랑과 상실의 상징이 포대기 사이에 끼워져 있거나 춥고 어두컴컴한 밤에 남겨진 고사리손에 꼭 쥐어져 있었다. 버려진 모든 여자아이들에게 "안녕"이라고 속삭인 사람을 상기시키는 매개체였다. 새벽에 눈이 떠졌는데 다시 잠이 오지 않으면 안나 마리아와 아가타는 나란히 누워 함께 남겨진 물건을 쳐다보곤 했다.

아가타가 손끝으로 마지막 구절을 어루만지고 안나 마리아를 쳐다본다. "그분은 뭘 기다리고 있는 걸까?" 그녀가 입 모양으로 묻는다.

안나 마리아는 한숨을 쉬며 고개를 뒤로 젖혀 침대 나무 난간에 얹는다. 아가타는 9년 동안 기다리는 중이다. 하지만 누가 찾으러 온다는 소문조차 들린 적이 없다.

안나 마리아는 전에도 했던 말을 조그맣게 속삭인다. "그분이 와주길 바라? 그분이 너한테 일을 시킬 수도 있어. 포르테피아노는 당연히 없을 테고. 그리고 우리랑 헤어져야 하잖아." 안나 마리아는 그들 옆에서 단잠을 자고 있는 파울리나를 가리킨다.

아가타는 고개를 젓는다. "아니야. 그분이 우리를 전부 데려갈 거야."

"하지만 나는 여기 있고 싶어. 마에스트로가 될 때까지."

"누가 널 데리러 와도?"

안나 마리아는 손에 쥔 카드를 쳐다본다. 여기 맡긴 아이를 데리러 온 사람이 있다는 얘기는 들어본 적이 없다. 그녀는 확신에 찬 목소리로 덤덤하게 말한다. "나를 데리러 올 사람은 없을 거야."

아가타는 몸을 떼고 신문을 접는다. 눈물을 감추려고 조용히 훌쩍거린다.

안나 마리아는 문득 금이 간 유리로 변한 듯한 기분을 느낀다. 그녀는 손을 내밀어 아가타의 손을 잡는다. 잠깐 뜸을 들였다가 말한다. "그분이 왜 그렇게 오래 걸렸는지 조만간 알게 되겠지. 분명 이유가 있을 거야."

아가타는 이제 눈웃음을 짓는데, 코끝이 조금 빨개졌다. "그분이 나를 닮았을까?"

안나 마리아는 아가타의 넓적한 코와 삐딱한 미소와 커다란 적갈색 눈동자를 눈에 담는다. 유리에 금이 점점 더 번진다. 하지만 대답할 겨를이 없다. 복도에서 무슨 소리가 들리자 아가타는 안나 마리아의 침대에서 자기 침대로 폴짝 건너가 이불을 뒤집어쓴다. 안나 마리아는 똑바로 눕는다. 그들은 귀를 쫑긋 세우고 기다린다.

문이 열리지 않자 안나 마리아는 옆으로 돌아누워 아가타의 침대를 마주 본다.

"그분은 분명 올 거야." 아가타가 입 모양으로 말한다.

안나 마리아가 줄 수 있는 건 희미한 미소가 전부다. 잠시 후에 그림자 하나가 쏟아지는 새벽 햇살을 가르는가 싶더니 머리 위에서 갈매기 울음소리가 소용돌이친다.

안나 마리아는 속삭인다. "이제 눈 좀 붙이자. 적어도 한 시간은 더 잘 수 있어."

아가타는 고개를 끄덕이고 이불을 당기며 몸을 돌린다. 안나 마리아는 반으로 잘린 트럼프를 다시 한번 살펴본다. 축제용 가면에 뚫린 왼쪽 눈이 그녀를 마주 본다.

아무도 오지 않을 거야. 그녀는 생각한다.

계절이 여름에서 가을로 바뀐다. 어떤 날은 석호가 범람해 길거리를 없애고 발을 적신다.

오늘 안나 마리아는 나뭇잎처럼 흔들리는 환한 겨자색과 꿀색 소리 때문에 현기증이 난다. 그녀는 지금 현을 퉁기고 활로 켜서 연주하는 간단한 곡을 배우는 중이다. 바이올린이 오랫동안 혹사당해서 줄이 몇 개 얇아졌지만 그래도 진동으로 온몸이 떨리는 느낌이 좋다.

그는 다리를 포개고 턱을 괴고 이마 정중앙을 찡그린 채 그녀의 맞은편에 앉아 있다. 좀 전부터 그러고 있다.

"어떻게 그러는 거지?" 마침내 그가 묻는다.

"뭐가요?" 그녀가 반문하는 동안 샛노란 색이 눈앞에서 시럽과 버터 색으로 바뀐다.

"무슨 수로 외우느냐고. 맨 처음 악보를 흘끗 보고 나면 그다음부턴 쳐다보지 않잖니. 절대."

그녀는 바이올린을 내린다. 오늘 오후에는 햇빛이 바닥 위로 내리쬐어 음악실이 반짝거린다.

색깔과 소리에 대해 설명할 수는 없다. 그것이 그녀만 경험하는 현상이라는 걸 안 지는 몇 년 되었지만 아직까지는 혼자만의 비밀로 간직하고 있다. 여기에선 남들에게는 보이지 않는 것이 보인다고 하면 난감해질 수 있다. 작년에 오보에 수업 시간에 프란체스카라는 아이가 석호 위를 달리는 말이 보인다고 한 적이 있었다. 그러더니 게슴츠레해진 눈으로 부들부들 떨기 시작했다. 시뇨레 콘티가 이 사실을 수녀들에게 알렸고 그 아이는 사흘 동안 근신실에서 빵과 물만 먹었다. 덕분에 정신 착란이 더 심해져서 말이 그 방 안으로 달려 들어왔다고 했고 사혈 치료가 이루어졌다.

안나 마리아는 몸서리친다. 사혈은 사양이다.

"모르겠어요, 그냥 돼요."

그는 자세를 풀고 어깨를 으쓱한다. "좋아, 얘기하지 않아도 된다. 나도 비밀로 하고 싶은 게 있으니까."

어째 못마땅하다. 그의 비밀이라면 전부 알고 싶다. 하지만 일단은 아무 말도 하지 않는다.

그가 일어나 창문 앞을 왔다 갔다 걷기 시작하자 그의 실루엣으로 햇빛에 파문이 인다.

"오늘 아침에 들었는데, 학교 운영위원 가운데 한 분인 로렌초 치우반 씨가 다음 달에 피에타를 방문하신다는구나. 내가 해마다 가장 전도유망한 학생들을 선발해 그분 앞에서 짧은 공연을 선보이고 있지."

그는 말을 멈추고 안나 마리아를 쳐다본다. 만약 눈동자가 정말로 이글거릴 수 있다면 그녀의 시선이 그를 태우고도 남을 것이다.

"네 경우에는 연습을 아주 많이 해야 할 거다. 왜냐하면—"

"할 수 있어요." 그녀는 그의 말허리를 자른다.

"그래?" 그는 반문하며 씩 웃는다. 젊고 활기차 보인다.

"네!"

그녀는 하늘로 깡충 뛰고 싶다. 뭐라도 잡고 던지고 싶다. 하지만 리본 달린 보닛을 쓴 다른 여자아이가 문 앞에 서 있다. 안나 마리아는 속이 부글거리지만 흥분을 감추고 조용히 바이올린을 제자리에 넣은 뒤 밖으로 나온다.

6

겨울이 두꺼운 이불처럼 온 도시를 덮는다. 길거리와 건물과 사람들이 안개 속으로 사라진다. 곤돌라가 위아래로 흔들리며 차가운 물을 철썩철썩 때린다. 으르렁대는 짙은 회색의 바다가 끝나 하늘이 시작되는 지점이 어디인지 아무도 알 수가 없다.

안나 마리아가 내쉬는 숨의 은색 물결이 공중을 가르고, 아무 감각이 없는 코에서는 콧물이 흐른다. 물살은 마구 출렁이며 솟구치고 운하가 어딘지 모를 곳으로 꿈틀꿈틀 사라지는, 꼭 기다란 비취색 뱀처럼 보이는 이런 날은 질색이다. 저 밖에 누가 있을까? 그녀는 궁금해진다. 안개 속에 뭐가 숨어 있을까?

위에서 요란하게 천둥이 치고 지붕에서 갈매기가 악을 쓴다. 안나 마리아는 몸을 움츠리고 이불을 뒤집어쓴다. 전보다 늘어나고 비뚤어진 팔뚝 위쪽의 'P'를 손끝으로 더듬는다. 살갗이 이제는 말랑말랑해졌고 좀 더 부드러워졌다.

사실 지금은 얌전히 잠을 자고 있어야 할 시간이다. 중요한 하루가 그녀를 기다리고 있다. 하지만 다시 나쁜 꿈을 꾸는 바람에 눈을 감을 수가 없다. 그녀는 머리를 굴려보기로 한다.

주변 공기가 점점 습하고 따뜻해지고 있다. 그녀는 친구들이 자면서 내는 소리를 가만히 듣는다. 파울리나의 코에서는 휘파람 소리가 난다. 아가타는 쿵쿵거린다. 그녀는 두 손을 코 앞으로 가져가 온기로 손바닥이 간지러워질 때까지 비벼본다. 그런 다음 수녀가 그들을 살피러 오는 소리가 들리는지 귀를 기울여 본다. 아무 소리도 들리지 않는다는 확신이 서자 몸을 굴려서 엎드린다.

베개 아래에서 조용히, 조심스럽게 오선 노트를 꺼낸다. 집중하는 데 도움이 되지 않는 죄책감은 꿀꺽 삼킨다. 여태껏 연습한 곡의 악보 몇 개를 그 안에 넣어놓았다. 그중 하나를 꺼내 들여다본다. 도입부에 음표 세 개가 셋잇단음표로 비스듬히 빠르게 이어지는데, 세 개가 선으로 연결돼 있다. 곳곳에 '모데라토moderato', '렌토lento' 같은 단어가 적혀 있다. '포르티시모ff'는 세게 연주하라는 뜻이다. 악보에 '포르티시모'가 적혀 있으면 반갑다. 그렇게 연주하면 색이 더 환해진다.

하얀 팔을 이불 밑으로 길게 뻗어 침대 아래에 숨겨둔 잉크병 뚜껑을 열고 깃펜 펜촉을 담근다.

오선지 맨 왼쪽에 높은음자리표 그리는 연습을 한다. 잉크가 번지지 않게 얼른 움직인다. 혀를 깨물고 중앙에서부터 나선을 그리기 시작해 위로 비스듬히 올라갔다가 한가운데로 쓱 내려와 끝을 살짝 구부리는 것으로 마무리한다.

머리 위의 피에타 지붕에서 인도로 떨어진 얼음 조각이 산산조각으로 박살 나면서 반짝거린다.

안나 마리아는 짜증을 내며 얼굴을 찡그린다. 높은음자리표가 조금 크게 그려진 데다 삐딱하다. 완벽하지 않은 높은음자리표가 수백 개 나란히 그려져 있는 그 뒷장을 슬그머니 끄집어내 비교해 본다. 작아지고 깔끔해지고 있지만 아직 부족하다.

다시 깨끗한 오선지 쪽으로 관심을 돌린다. 방금 전에 그린 높은음자리표 옆에 음표를 하나 그린다. 일직선의 꼬리가 왼쪽 아래로 쭉 뻗어 있고 가운데 선 위에 가로로 앉은 검은색 조약돌. 그녀는 이제 미소를 짓는다. 완벽하다. 머릿속에서 보이고 들린다. 희끄무레한 파란색. 시음이다.

악보를 눈앞에 좀 더 바짝 대고 음표를 정확하게 오선지에 옮겨 적는다. 벌써 몇 개월째 그러고 있다.

작곡가가 되려면 악보 쓰는 법을 배워야 한다.

금요일이고 연주회 일주일 전이다. 그가 연주회에 참여할 학생들을 처음으로 한자리에 모아놓고 연습을 시킨다.

그들은 오늘 좀 더 넓은 음악실을 쓴다. 벨벳 깔개로 덮인 의자가 반원 모양으로 놓여 있고 장작불이 조용히 탁탁거린다. 모두 합해서 여섯 명이고 각 학년에서 가장 장래가 촉망되는 학생들이다. 그녀의 옆자리에 앉은 비토리아는 각이 진 얼굴과 검은색 직모가 특징인데 한 학년 위고 하프시코드를 맡고 있다. 열두 살인 아네타는 젖은 걸

레라도 되는 양 활을 들고 있고, 크리스티나는 팔이 길고 시커먼 털로 뒤덮인 열네 살이다. 그 둘이 연주하는 큼지막하고 둥그스름한 첼로가 다리 사이에서 침착하게 기다리고 있다. 끝에서 두 번째 자리에 앉은 빈첸타는 열다섯 살인데, 뺨에 사마귀가 있고 바이올린을 들고 있다.

하지만 안나 마리아의 시선이 꽂힌 곳은 맨 끝자리에 앉아 있는 학생이다. 질투는 살아 숨 쉬는 것이다. 그녀의 혈관을 타고 기어다니며 그녀의 눈을 통해 내다보고 씩씩대는 짐승이다.

키아라 델라 피에타는 열여섯 살이고 바이올린을 연주하며 필리에 디 코로 단원이기도 하다. 나이가 많은 학생들은 머리를 길러 묶을 수 있다. 그녀는 머리를 매끈하게 틀어서 목덜미에 고정시켰다.

아무 장식 없는 검은색 끈으로 머리를 묶은 그가 키아라의 의자 등받이에 한쪽 팔을 얹고 그녀에게 말을 건네고 있다. 무슨 말을 했는지 몰라도 그녀가 조그맣게 웃음을 터뜨린다.

저렇게나 관심을 독차지하다니 한 대 때려주고 싶다. 간밤에 잠을 거의 자지 못해서 예민해진 것도 있다. 안나 마리아는 활을 잡는 쪽 손이 떨리는 걸 느끼며 앉은 채로 꼼지락거린다.

아래를 내려다보니 발이 바닥에 닿지 않고 공중에 떠 있다. 다른 학생들의 발은 바닥을 단단히 딛고 있다. 그녀는 허리를 좀 더 펴고, 가죽 신발이 나무 바닥을 쓰는 소리가 날 때까지 앞으로 몸을 움직인다. 턱을 든다. 여기서 그녀의 체구가 가장 작을지는 몰라도 갈망만큼은 가장 크다.

"안나 마리아, 잠깐 이리로."

선생님이 부른다. 그녀는 놀라서 자리에서 일어나 그를 따라 교실 밖으로 나간다.

다른 학생들이 손을 푸는 소리가 문과 돌바닥 사이로 연기처럼 흘러나온다.

"이런 경험은 오늘이 처음이지?"

안나 마리아는 고개를 끄덕인다.

그는 미소를 지어 보인다. "그래. 가벼운 마음으로 임하면 좋겠다. 즐기면서."

그녀는 표정을 바꾼다. 자기가 인상을 쓰고 있었다는 사실을 그제야 알아차린다.

"이제 낫네." 그가 말한다.

"네, 마에스트로. 감사합니다."

그녀는 다시 자리에 앉아서 매라도 된 듯 그를 쳐다본다. 복도에서 둘이 무슨 대화를 나누었는지 궁금해하는 다른 학생들의 시선이 느껴진다.

"키아라, 네 솔로로 시작하자."

키아라는 완벽한 치열을 드러내며 미소를 짓는다. 흘러내린 머리칼을 귀 뒤로 넘기고 악기를 집는다. 안나 마리아는 작년에 이 세 개가 썩어서 빠진 자리에 생긴 뒤편의 구멍에 혀를 넣는다. 씁쓸한 쇠맛이 느껴진다.

곧 키아라가 연주를 시작한다. 소리가 하도 또렷해서 안나 마리아는 주춤주춤 허리를 좀 더 곧게 펴고 앉는다. 선명한 색상이 악기 몸통에서 그녀를 향해 뿜어져 나온다. 안나 마리아는 몸을 앞으로 숙인다. 영롱하고 으리으리한 커트 다이아몬드가 눈앞에 등장한다. 뜻밖의 귀한 보물들이 흔들리며 불쑥 튀어나온다. 세상이 잠잠해지고 흔적만 남는다. 그 흔적이 그녀를 자리에서 일으킨다. 더 가까이 와, 더 가까이.

그녀는 다가가며 손을 내미는데―

"안 돼." 그녀는 속삭인다.

색들이 희미해지기 시작한다. 소리가 작아진다. 순간 정적이 흐르다 웃음소리가 들린다.

현실로 장면이 홱 바뀐다. 안나 마리아는 손을 내민 채 키아라 앞에 서 있다. 다른 학생들이 눈썹을 쫑긋 세우고 실실 웃으며 그녀를 쳐다보고 있다.

"재 진짜 이상해." 한 아이가 조그맣게 말한다.

열기가 안나 마리아의 목을 타고 얼굴까지 올라온다. 그녀는 주먹을 쥐어 옆으로 내린다.

그가 킥킥대는 아이들에게 말한다. "이제 그만. 나는 너희가 진지한 음악인인 줄 알았다만."

아이들은 당장 잠잠해진다.

안나 마리아는 그 자리에 못 박힌 채 휘청거리며 그를 쳐다본다.

그는 고개를 끄덕인다. 가서 앉으라는 뜻이다.

수업이 끝나자 그가 남으라고 한다. 그녀는 어깨를 늘어뜨리고 그의 앞으로 천천히 걸어간다. 실수를 저지르고 말았다. 선생님이 이제 그녀를 바보라고 생각할 것이다.

그가 한참 동안 안나 마리아의 눈을 똑바로 쳐다보자 그녀의 심장이 두근거리는 속도가 빨라진다. 그는 말을 골라가며 천천히 이야기를 시작한다.

"네가 여기 있는 건 이유가 있기 때문이야. 그걸 절대 잊지 않으면 좋겠다." 이 말이 주먹처럼 그녀를 다잡는다.

연습을 마치고 복도로 나와보니 회색 벨벳 망토를 입은 여자아이가 또 거기서 기다리고 있다. 망토를 동여맸고 눈에는 그늘이 졌고 긴장한 두 뺨은 초췌해 보인다.

안나 마리아는 그녀를 노려보며 여긴 네가 올 곳이 못 된다고 말할 수도 있다. 하지만 옆에 어떤 여자가 서 있다. 어머니인가 보다. 키가 크고 체구가 건장하며 눈가에 잔주름이 잡혔고 양쪽 눈썹의 높낮이가 다르다. 가장자리에 레이스가 달린 풋사과색 원피스를 입었고 사향 비슷한 비싼 향수 냄새를 풍긴다. 피에타의 어두침침하고 눅눅한 복도에서 마치 희귀한 새처럼 선명하게 도드라진다. 안나 마리아가 올려다보며 찬찬히 눈에 담아도 그런 줄도 모른다.

"이제 들어가려무나." 여자가 아이에게 말한다. 목소리가 낮고 침착하다.

아이는 말없이 고개를 끄덕이고 고개를 숙인 채 안으로 들어간다.

안나 마리아가 여자에게 여긴 무슨 일로 왔느냐고 물으려는 찰나, 뒤에서 이렇게 말하는 소리가 들린다.

"오늘 연주 잘 들었어."

고개를 돌려 보니 키아라가 복도 한가운데에 서 있다. 안나 마리아는 미간을 찌푸리고 다른 사람에게 한 얘기겠거니 생각하며 어깨 너머를 돌아본다. 뒤에서 아이 어머니가 멀어져 가고 있다.

키아라는 나지막이 웃음을 터뜨린다. "진심이야, 안나. 치우반 위원님께서 인상 깊게 생각하실 거야."

아무 말도 할 수가 없다. 안나 마리아는 뻣뻣하게 미소를 지으며 고개를 끄덕이고, 키아라가 그녀의 옆을 지나가는 동안 쳐다보기만 한다.

따라갈 수도 있었다. 질문하며 대화를 시도할 수도 있었다. 하지만 그녀는 마지막 순간에, 키아라가 모퉁이를 돌아 사라지기 직전에 뒤통수에 대고 이렇게 외친다. "내 이름은 안나 마리아야!"

이제 그녀는 몸을 돌려서 가장 작은 음악실을 향해 걸어간다. 안으로 들어가 악기 수납장을 열고 케이스 하나를 꺼내 의자에 올려놓은 후 삐걱대는 소리를 내며 연다. 닳아빠진 잠금장치 하나는 경첩에 매달려 대롱거린다. 안에 든 바이올린은 칙칙한 갈색이다. 생김새와 굴곡은 여전히 그 자체로 아름답지만 평생 혹사당한 티가 난다. 안나 마리아는 창가로 들고 가 좀 더 자세히 들여다본다. 몸통이 긁히고 움푹 들어간 자국투성이다. 이런 바이올린을 보고 있으려니 가슴이 아프다. 하지만 개중에서 제일 나으니 이걸로 만족해야 할 것이다.

그녀는 바이올린을 목에 대고 색상들을 떠올린다. 멀리 날아가 빨간색과 파란색을 쫓고 초록색과 회색의 속도를 따라가느라 허우적대는데, 어떤 울음소리가 허공을 찢는다. 그녀는 당장 멈추고 그 음을 다시 내려고 해본다. 하지만 바이올린이 저항하며 달과 대화하는 늑대 소리를 낸다. 문제는 그녀의 실력이 아니라 사랑받지 못한 채

방치되어 온 이 악기다. 바이올린이 괴로워하고 있다. 그녀는 이를 악물고 무시해 보려 한다. 활의 압력을 조절해 울부짖음을 흐릿한 소음 수준으로 낮춘다. 훌륭한 해결책은 아니지만 그게 최선이다.

그녀는 해가 질 때까지, 양초가 다 타버려 어둠이 그녀를 집어삼킬 때까지 연습한다.

다음 날 아침에 석호는 가리는 것 하나 없이 발가벗은 모습처럼 보인다. 황량한 하늘 아래에서 수면 위로 안개가 낮게 드리워져 있다.

"피에타 학생들은 존댓말을 씁니다." 클라라 수녀가 칠판에 적힌 이 네 단어를 얇은 나무 막대로 두드리며 읽는다. 학생들은 웅얼웅얼 따라 한다.

안나 마리아는 하품을 참으며 기지개를 켠다. 그들은 매주 한 시간씩 웃으며 고맙다고 하는 법, 인사하고 칭찬하는 법을 배운다.

"어머나, 감사합니다, 선생님." 이번에는 클라라 수녀가 시범을 보인다.

안나 마리아는 짜증이 나서 팔짱을 끼고 다리를 흔든다. 이 수업은 성가신 시간이다. 예절교육은 그녀의 작곡이나 기량과 아무 상관 없다. 그리고 그녀는 조신하다는 소리를 듣느니 차라리 생쥐 가죽을 벗기는 편이 낫다고 생각한다.

다시 하품이 나려는 찰나, 문을 두드리는 소리가 들린다. 잠시 후 발소리에 이어 누군가가 근엄한 투로 그녀의 이름을 부른다.

안나 마리아는 어리둥절해하며, 복도를 성큼성큼 지나 나선형 계단을 올라가는 마달레나 수녀를 따라간다. 꼭대기 층의 생활관에 다다르자 어리둥절함이 사라지고 두려움이 그 자리를 채운다.

마달레나 수녀가 안나 마리아의 조그만 나무 침대 위로 그 커다란 몸을 숙인다. 너덜너덜한 이불을 홱 젖힌다. 범행 증거로 남은 잉크 자국이 드러난다.

"설명을 들어보자." 마달레나 수녀는 검은색의 조그만 눈으로 안나 마리아의 눈을 들여다보며 말한다.

무슨 말이라도 해야 하는데 안나 마리아는 아무 말도 할 수가 없고 움직일 수도 없다.

"수납장 문 열어라."

안나 마리아는 고개를 젓는다.

"열어." 마달레나 수녀가 앞으로 다가온다. 입에서 어제 저녁에 먹은 음식 냄새가 난다.

안나 마리아는 허리를 숙여 수납장 문을 열고, 마달레나 수녀가 안을 들여다볼 수 없게 몸으로 막으려 한다. 하지만 마달레나 수녀가 잽싸게 달려들어 오선 노트, 깃펜, 잉크병을 끄집어낸다. 그것들을 잠깐 품에 안으며, 키우고 싶지 않은 갓난아이라도 되는 것처럼 내려다본다.

"따라오너라." 그녀가 으르렁거린다.

그에게 들이받힌 책상이 덜커덩거린다.

"이게…… 이게 무슨 일입니까?" 목덜미를 붙들려 제일 큰 음악실로 끌려 들어오는 안나 마리아를 보고 그가 자리에서 벌떡 일어나며 묻는다. 장작이 탁탁거린다. 공기 중에서 탄내가 난다.

"우리 안에 도둑이 있었어요." 마달레나 수녀는 그의 앞에 그 물건들을 내동댕이치듯 내려놓는다.

안나 마리아는 말을 해야 한다. 설명을 해야 한다. 그래서 불쑥 내뱉는다.

"저한테 필요한 물건이에요! 연습하고…… 또…… 연주하려면요."

그는 오선 노트를 뒤적여 그녀가 베껴놓은 악보를 살핀다. 그는 당연히 그 악보를 안다. 그녀의 물건이 아니라는 것을 안다.

원피스 치맛단이 들리는 게 느껴지자 안나 마리아는 헉하고 숨을 토하며 다시 내리려 한다. 여기서, 그의 앞에서 이럴 수는 없다. 하지만 잠시 후 회초리가 얼얼하게 종아리를 내리친다.

아찔한 충격이 몇 번이고 빠르게 반복된다. 그녀의 온몸이 떨린다. 울지 않을 거다. 절대 울지 않을 거다.

언젠가는 내가 당신을 후려쳐 주겠어. 그녀는 생각한다.

선생님 쪽을 딱 한 번 흘끗 쳐다본다. 그가 고개를 돌리는 모습을 지켜본다.

"당장 근신하고 일주일 동안 바이올린 금지다." 빨갛게 살이 벗겨진 그녀의 종아리를 앞에 두고 마달레나 수녀가 말한다.

"안 돼요!" 안나 마리아는 비명을 지르면서 그녀를 때리고 발로 찬다.

근신은 견딜 수 있다. 전에도 밤새 근신실에 갇힌 적이 있었다. 하지만 지금은 연주회까지 일주일도 남지 않았다.

"제발요." 그녀는 몸부림치며 선생님을 쳐다본다. "어떻게 좀 해주세요."

그는 당황하고 놀란 표정을 짓고 있다. 하지만 말리지는 않는다. 안나 마리아가 끌려가는 걸 가만히 지켜보기만 한다.

짜증 나는 파멸의 시커먼 구덩이.

안나 마리아는 철창을 쪼르르 드나드는 생쥐들을 발로 걷어찬다. 가죽 신발이 바닥에 쓸리는 소리가 돌벽을 맞고 메아리친다. 의무실 뒤편에 있는 근신실은 잘못을 저지른 학생들이 갇히는 장소이며 얼음장 같은 방이 세 개 있다. 그중 한 곳에 와 있는데, 너무 좁아서 몸을 간신히 돌릴 수 있을까 말까다. 손이 닿지 않는 곳에 철창 달린 창문이 있고 그 위로 높은 천장이 있다. 눅눅하고 냉랭한 냄새가 난다. 궁핍과 곰팡이의 냄새다.

뱃속에서 천둥소리가 들린다. 이 녀석도 이런 상황이 불만스러운 것이다. 그녀는 구석에 놓인 빈 접시를 향해 씩씩댄다.

잠시 후 끼익하는 소리와 낑낑대는 소리에 이어 발걸음 소리가 들린다.

"조용히 해! 얼른 문 닫고."

안나 마리아가 무릎을 꿇고 차가운 철창에 왼쪽 뺨을 댄 채 오른쪽을 쳐다보니 파울리나와 아가타가 묵직한 나무문을 닫고 있다. 그녀의 얼굴 위로 함박웃음이 번진다.

"여긴 뭐 하러 왔어?" 안나 마리아는 장난꾸러기처럼 눈을 반짝이며 철창 앞으로 미끄러져 오는 아가타를 보고 속삭인다.

"잠깐 기다려." 아가타는 한 손가락을 들어 보이며 입 모양으로 말한다. 그러고는 치마 주름 사이로 손을 넣어 납작해진 조그만 꾸러미를 꺼내 철창 사이로 밀어 넣는다. 따뜻하고, 달콤한 회향 냄새가 천 사이로 스멀스멀 흘러나온다. 안나 마리아가 허기를 달래며 허겁지겁 펼쳐보니 동그란 밀가루 반죽에 건포도, 무화과, 씨앗이 박힌 핀사*가 들어 있다.

그녀는 이미 한 입 베어 물고 씹으며 묻는다. "이걸 어떻게……?"

문 앞에서 망을 보느라 틈새로 비친 불빛에 얼굴이 환해진 파울리나가 두 친구를 쳐다본다. "주방장이 연습 마친 필리에 단원들 몫으로 옆에 빼놓았더라고. 우리가 너 주려고 단원들이 나오기 전에 하나를 슬쩍했지."

아가타는 희희낙락하며 고개를 끄덕인다.

"고마워." 안나 마리아는 속삭이고 마지막 한입을 먹어치운다. 하지만 음식이 뱃속으로 들어가자 허기와 상관없는 메슥거림이 느껴진다.

아가타도 그걸 알아차렸는지 철창을 두드려 안나 마리아의 주의를 끌고는 입 모양으로 묻는다. "왜 그래?"

안나 마리아는 털썩 주저앉아 책상다리를 한다.

"이제 끝장이야. 선생님은 나를 절대 용서하지 않을 거야." 이 말이 그녀의 입안에서 무겁게 가라앉는다.

---

* 피자와 비슷하지만 밀가루에 다른 곡물가루를 섞어서 만든, 좀 더 가벼운 이탈리아의 전통 요리.

아가타가 비척비척 다가와 철창 사이로 안나 마리아의 손을 잡는다. "아니야." 입 모양으로 이렇게 말하며 고개를 젓는다.

하지만 아가타의 생각은 틀렸다. 진실이 그녀의 가슴 깊은 곳에서 벌떡거린다. 안나 마리아는 머리를 떨구고 바닥을 쪼르르 기어가는 바퀴벌레를 쳐다본다.

아까보다 빠르고 세게 철창을 두드리는 소리가 들린다. 파울리나가 "누가 오는 소리가 들려" 하고 속삭이는데, 안나 마리아는 제때 고개를 들어 아가타가 마지막으로 하는 말을 본다.

"너는 해내고 말 거야." 그녀는 손마디가 하얘지도록 철창을 움켜쥐고 입 모양으로 말한다. "너는 해내고 말 거야."

문이 끼이익 열리고 찬바람이 쏟아져 들어오고 파울리나가 나지막이 쏘아붙인다. "뛰어!"

근신실에서 사흘을 지내는 동안 안나 마리아의 기분은 그녀가 훔친 잉크보다 더 어두워진다. 마침내 철문이 다시 열린다.

햇빛이다. 아름답게 이글거리는 햇빛이 마당에서 그녀를 기다리고 있다. 피부로 느껴지는 공기가 상쾌하고 시원하다. 그녀는 기지개를 켜서 척추가 으드득하고 다시 맞춰지는 것을 느끼며 머리 위로 쏜살같이 지나가는 구름을 구경한다. 그러다 잠시 후 자기를 지켜보는 사람이 있다는 사실을 알아차린다.

눈에 익은 갈색 연미복을 입은 그가 얼굴선을 따라 깔끔하게 정리된 곱슬머리를 한 채 피에타 본관 문 옆에 서 있다.

그녀는 양옆으로 늘어뜨린 손이 떨리는 것을 느끼며 조금씩 다가간다. 연주회만 못 하게 되는 게 아니다. 그가 레슨을 중단하고 회초리로 때리거나 그보다 더 심한 벌을 내릴 수도 있다.

"앞으로는 아무것도 훔치지 않기 바란다, 안나 마리아." 그녀가 걸음을 멈추자 그가 말한다.

그녀는 고개를 끄덕인다. 아무 말도 하지 않고, 신발에서 시선을 떼지 않을 작정이다.

"연주회는—" 그녀는 말한다. "죄송해요. 제가—"

"너는 연주회에 참여할 거다. 내가 손을 써놨으니까."

그녀는 고개를 홱 든다. 거짓말 아닐까? 농담인가? 그녀를 골탕 먹이려는 거 아닐까? 하지만 그의 표정은 평온하기 그지없다. 의심이 풀리면서 꿀처럼 달콤한 기분이 느껴진다.

"왜 그랬니?" 그가 아까보다 침착한 투로 묻는다.

그녀는 두근대는 심장을 달래며 숨을 고른다. 뭐라고 대답하면 좋을까?

"실력을 키우고 싶었어요. 선생님께 잘 보이고 싶었어요."

그는 그녀를 잠깐 살펴보다가 한숨을 쉰다.

"네 투지가 느껴진다만 이런 식으로 해서는 성공할 수 없어, 안나 마리아." 그는 진지한 표정으로 그녀의 어깨에 손을 얹고 꼭 쥔다. "나를 믿어라. 필요한 게 있으면 그냥 말을 하고."

그녀는 잠깐 뜸을 들이다가 뻣뻣하게 한 번 고개를 끄덕이고서 말문을 연다.

"깃펜이랑 잉크랑 종이가 있으면 좋겠어요." 그러고는 음악실 수납장, 생채기와 흠집으로 뒤덮인 악기, 달을 보며 울부짖는 늑대를 떠올린다. "그리고 제 바이올린도 있으면 좋겠어요."

그는 웃음을 터뜨렸다가 콜록대며 주머니에서 손수건을 꺼낸다.

"그래, 알겠다." 호흡이 평소대로 돌아오자 그가 말한다. 옆구리에 들고 있던 가방에서 너덜너덜한 깃펜, 조그만 유리병, 양피지 몇 장을 꺼낸다. "지금 당장은 이걸 쓰고 있어라. 바이올린은 값이 나가지만 내가 요청해 놓으마."

7

연주회 당일, 안나 마리아는 나선형 계단을 달려 올라간다. 악기에 재능이 없는 몇몇 아이들에 얽힌 소문이 다시 생활관에 번지고 있다. 결국에는 곤돌라가 와서 그들을 데려간다는 거다.

소문을 떠올리니 마음이 급해지고 심장이 쿵쾅거린다. 두 시간 있으면 그녀는 예배당으로 불려갈 것이다. 그때까지 남은 시간을 모두 공연 준비에 쏟을 작정이다.

그녀는 난간을 잡고 올라가 아치문을 지나 3층 복도로 달려간다. 가장 작은 음악실 앞에 파울리나가 서 있다.

오늘따라 눈가가 빨갛다. 계속 비빈 모양이다. 안나 마리아는 친구의 눈이 시력을 잃고 석호처럼 부옇게 변하자 불려온 의원이 한쪽 안구를 적출했던 때를 기억한다.

"드디어 만났네." 파울리나가 상기된 얼굴로 달려와 안나 마리아의 손을 잡는다. "아가타가 몸이 안 좋아."

안나 마리아는 자기가 왔던 길로 다시 끌려가는 것을 느낀다. "뭐라고? 잠깐만."

파울리나가 말한다. "뭐가 문제인지 모르겠대. 다시 쓰러져서 지금 의무실에 있어."

안나 마리아의 심장이 철렁 내려앉는다. 둘이 포르테피아노 아래에 앉아 있었던 기억이 퍼뜩 떠오른다. "하지만 몇 달 동안—"

"나도 알아." 파울리나는 이제 복도를 내려다보고 있다. "그래도 가서 한번 보자."

안나 마리아는 파울리나를 쳐다보았다가 음악실 쪽으로 시선을 돌린다. 모든 게 이루어지기 직전이다. 게다가 그녀는 이미 행실 문제로 살얼음판을 걷고 있다. 지금 자리를 뜨면 모든 게 무너질 것이다. 그뿐만 아니라 오늘 새벽에도 자다가 깬 아가타와 조그맣게 대화를 나누지 않았는가. 그때만 해도 아가타는 멀쩡했다.

"안 돼. 오늘 저녁에 있을 연주회 준비를 해야 해. 끝나자마자 바로 갈게."

놀라는 표정이 파울리나의 얼굴을 스치고 지나간다. "안 가겠다고?"

"끝나자마자 갈게." 안나 마리아는 했던 말을 반복한다.

"연습이 끝나자마자?"

"오늘 저녁 연주회가 끝나자마자."

파울리나의 얼굴 위로 또 다른 표정이 스치고 지나간다. "그 시간에는 들여보내 주지 않을 텐데."

해가 진 이후에는 문병이 금지된다. 안나 마리아가 깜빡하고 있었다. 하지만 자리를 비울 수가 없다. 지금은.

"좋아, 그럼 내일 아침에 날이 밝자마자 갈게."

파울리나는 자세를 바꾼다. 뭔가 하고 싶은 말이 있는 눈치지만 잠시 뜸을 들이다가 안나 마리아의 손을 놓는다. "그래, 그럼…… 연주회 잘해."

안나 마리아는 멀어져 가는 친구의 뒷모습을 바라보다가 몸을 돌려 한 손으로 문틀을 잡고 음악실 안으로 들어간다. 악보가 이미 보면대 위에 놓여 있다. 그녀는 눈도 깜빡이지 않고, 거의 미동도 하지 않고 악보를 물끄러미 들여다본다. 잠시 후 개울이 흐르기 시작하고 그녀는 머릿속에서 떠오르는 색상들과 함께 멀리멀리 떠난다.

해 질 무렵. 지금쯤이면 이미 연주회장에서 손을 풀고 있어야 하는데, 안나 마리아는 한 곡의 몇 마디에 막혀서 그 구간을 완벽하게 연습하느라 시간을 지체하고 말았다. 숨을 헐떡이며 본관 입구 홀을 지날 때 뭔가를 두드리는 소리가 그녀의 발목을 붙잡는다.

쌍여닫이 나무문은 열려 있지만 그 너머의 정문은 잠겨 있다. 검은색 외투에 챙이 넓은 모자를 쓴 남자가 가죽 가방을 발치에 두고 인도에 서서 철창을 두드리고 있다.

남자 쪽에서는 안나 마리아를 보지 못했다. 그녀는 이미 마당과 예배당으로 이어지는 통로 쪽으로 몸을 돌린 상태지만 뒤를 돌아본다. 남자가 열쇠 어쩌고 하며 큰 소리로 외치고 있다. 마달레나 수녀에게 달려가 그 남자의 용건을 해결해 달라고 얘기할 수도 있을 것

이다. 하지만 시간이 없다. 그녀는 자기 자신에게 속삭인다. 우선시
해야 하는 일은 따로 있다고.

그녀는 재차 뒤돌아보지 않고 달린다.

몇 안 되는 관중의 등장을 알리는 왁자지껄한 소음이 예배당 옆
방의 문턱을 넘어 안으로 흘러들어 온다. 두 손을 모은 성모마리아
조각상이 한쪽 구석을 지키고 있다. 그녀도 그들과 같이 무대에 오
를 준비를 하는 것만 같다.

모든 단원이 집중한 상태에서 말없이 자기 악기를 조율하고 악보
를 훑어보고 있다. 기대감으로 충만하며 소음은 거의 들리지 않는
다. 안나 마리아의 끙끙대는 소리만 예외다. 뒤에서 클라라 수녀가
그녀의 머리칼을 다시 잡아당기고, 책상에 놓인 조그만 양동이에 손
을 적셔 가르마에서부터 매만지고 있다. 얼음물이 몇 방울 안나 마
리아의 목을 타고 흘러내린다.

"이게 최선이네." 클라라 수녀는 한숨을 쉬고 뒤로 물러나 자신이
들인 노력의 결과가 어떤지 본다. 행주에 손을 닦고 뒤편 수납장에
손을 넣으며 말한다. "이거 입겠니? 뭐가 좀—"

새하얗고 빳빳한 리넨으로 만든 새 원피스다. 안나 마리아는 그녀
의 말이 끝나기도 전에 원피스를 꿰어 입는다. 수납장 문에 달린 거
울 앞에 선다. 눈동자는 까맣고 동그랗고 자세는 늠름하다.

됐다. 이제 시작이다.

"아주 단정하구나. 이제 다들 명심해라." 클라라 수녀는 비토리아
의 옷에 떨어진 머리카락을 떼어내며 말한다. "첫인상이 전부라는

걸. 운영위원님들을 만족시키면 음악 프로그램에 더욱 많은 후원을 받을 수 있어. 그러니까 고개 들고 웃어라. 너희 공화국에 자부심을 선사하도록."

문 두드리는 소리에 이어 선생님의 웅얼거리는 목소리가 들린다.

"들어오세요." 클라라 수녀가 말한다.

그는 머리를 한데 모아서 흰색 리본으로 묶었고 오늘은 평소와 다르게 갈색이나 검은색이 아니라 파란색 벨벳 양복을 입었다. 너무 헐렁한 건 여전하지만 그래도 깔끔하고 우아해 보인다.

그는 그들 모두를 훑어보고 흡족한 듯 고개를 끄덕인다.

"다들 모여라." 그의 말에 그들이 반원으로 선다. 그는 말을 하는 동안 단원들과 일일이 눈을 맞춘다. 그가 그녀 쪽으로 가장 자주 눈길을 주는 듯 느껴지는 건 안나 마리아의 착각일까, 아니면 사실일까?

"내가 행운을 빌어줄 수도 있겠지만, 오늘 밤에 너희에게 필요한 건 행운이 아니다. 이미 너희는 기량과 재능이 출중하다. 우리는 열심히 연습했고 준비가 되어 있다. 그러니까 이것 하나만 부탁하자. 저 문을 지나면 나오는 공간을 날마다 기도하는 곳이 아니라 베네치아에서 가장 훌륭한 무대로 생각해 달라고. 최대한의 에너지를 쏟아서 연주하길 바란다. 청중들에게 그들이 원하는 걸 선물하자. 기억에 남을 만한 연주를 선물하자."

키아라가 앞장서서 예배당으로 입장한다. 안나 마리아는 활을 단단히 잡고 턱을 들고서 그녀의 뒤를 따른다. 현실은 그 곁방에 남겨

두고 연주회의 세계로 들어선다.

예배당은 소박하지만 아름다운 공간이다. 바닥에는 무늬 대리석이 알록달록하게 깔렸고, 아치 모양의 나무 들보가 높은 천장을 떠받치고 있다. 하지만 안나 마리아의 관심을 사로잡은 건 청중이다. 한 번도 만나 본 적 없는 사람들이 최소 서른 명쯤 줄줄이 앉아서 조용히 대화를 나누고 있다.

누가 치우반 운영위원인지는 한눈에 알아볼 수 있다. 맨 앞줄 정중앙에 앉아서 두 수녀의 호들갑스러운 시중을 받고 있다. 미남은 아니고 하얗고 곱슬곱슬한 가발 아래로 덥수룩하고 희끗희끗한 눈썹이 튀어나왔다. 하지만 어깨가 넓고 허리가 꼿꼿해서 확실히 위풍당당해 보인다. 금 단추가 달린 무릎 길이의 옅은 파란색 외투를 입었고 검은색 삼각 모자가 허벅지 위에 놓여 있다. 권력자와 이렇게 가까이 있다는 사실만으로도 기운이 솟고 심장이 흥분으로 두근거린다.

제단에 조그만 나무 무대가 설치됐다. 세 명의 바이올린 주자가 첼로 주자와 마주 보고 하프시코드 주자의 자리는 뒤편이다. 키아라가 먼저 무대 전면과 가장 가까운 자리에 앉는다. 빈첸타가 그 옆자리고 그다음이 안나 마리아다. 그녀는 깨끗하고 빳빳한 리넨의 감촉을 잠깐 음미하며 새 원피스를 다리 아래로 끼워 넣는다.

선생님이 무대 전면에 자리를 잡는다. 전보다 더 자신만만하고 성숙해 보인다. 그가 자신을 소개하기 시작한다.

"저 여자는 마르치니 집안이야." 깃털로 장식한 드레스를 입고 운영위원 근처에 앉아 있는 여자 쪽을 손짓하며 빈첸타가 입을 다문

채로 속삭인다. 안나 마리아는 그곳으로 관심을 집중한다. 이제 보니 요전 날 풋사과색 원피스를 입고 복도에 서 있던, 부잣집 여자아이의 어머니다.

그때는 그녀가 누군지 몰랐다. 마르치니는 베네치아에서 가장 유구하고 부유한 가문에 속한다. 통령을 한 명 이상 배출했다. 게다가 엘리사베타 마르치니는 피에타에서도 유명 인사다. 가끔 홀딱 반한 아이가 있으면 전용 악기를 장만해 준다고 안나 마리아도 들은 적 있다.

"저 여자한테 딸이 있어?" 안나 마리아는 묻는다.

빈첸타는 고개를 젓는다. "아니. 내가 알기로는 없어."

안나 마리아는 이마를 찡그린다. 고아를 후원하는 건 단순한 자선 행위다. 그녀도 그 정도는 안다. 그런데 자기 딸도 아닌 부잣집 여자아이를 그런 식으로 돕는 이유가 뭘까?

"그리고 그 뒤에 앉아 있는 남자가 운영위원의 아들이야." 빈첸타가 덧붙인다.

안나 마리아는 객석을 훑어본다. 베네치아의 고위 관리와 귀족들이 여기 이 예배당에 모여서 그녀의 연주를 기다리고 있다. 심장이 두근대는 소리가 더 격해진다.

선생님의 독주가 시작된다. 그는 두 발을 한데 모으고 소맷동에 달린 레이스를 뽐내며 서 있다. 그 엄청난 속도와 현란함. 입을 다문 그녀는 보이지 않는 끈으로 다리가 묶여 있다고 상상한다. 그래야만 벌떡 일어나고 싶은 충동을 이겨낼 수 있다. 뻣뻣한 그의 몸을 보면 얼마나 집중했는지 느낄 수 있다. 흥분이 그녀의 몸속에서 점점 부풀어 오르며 요란한 소리를 낸다.

언젠가는 저게 내가 될 거야. 내가 저보다 더 재능 있는 연주자가 될 거야.

그의 연주가 끝나자 객석에서 점잖은 박수갈채가 터진다. 잠시 후에 그가 팔을 들고 각 단원의 눈을 일일이 들여다본다.

"에너지." 그가 입 모양으로 말하고 모든 단원의 미소를 끌어내기 위해 눈을 동그랗게 뜬다.

키아라의 독주는 우아하고 세련됐다. 운영위원은 만족스러운 듯이 고개를 끄덕인다.

잠시 후에 첼로가, 또 잠시 후에는 안나 마리아와 빈첸타가 키아라의 리드에 따라 합류한다.

선율이 선명하게 후두둑 쏟아져 나온다. 여기서 주황색이 번쩍이고 저기서 자홍색이 스치고 지나간다. 악기들이 즐겁게 뛰어놀며 한데 어울려 깡충거린다. 관객 때문인지, 흥분 때문인지, 압박감 때문인지, 아니면 다른 뭣 때문인지는 모르겠지만 느낌이 전과 다르다. 이 무대 위에서는 온 세상이 안나 마리아의 머릿속에 떠오른 다채로운 빛깔들과 함께 살아 숨 쉰다. 기분 좋은 요소가 하나 추가돼 모든 것이 은은하게 빛나는 느낌이다.

이제 그녀의 독주 차례다. 그들에게 기억에 남을 만한 무언가를 선물할 차례다. 그녀는 무대 위에서 선율과 함께 춤을 춘다. 객석을 쳐다보며 미소와 함께 몸을 흔드는 자신을 느낀다.

하지만 잠시 후 그녀의 시선이 예배당 뒤쪽 구석으로 향한다. 장담할 수 있을 만큼 뚜렷하게 뭔가가 움직이는 것이 보인다. 뭔가가 어두컴컴한 그곳에서 미적대고 있다.

이제 소리도 들린다. 예배당에서 운하로 곧장 연결되는 열린 문 사이로 철퍼덕철퍼덕하는 소리가 반복되고 있다.

빛깔들이 흐릿하게 한데 뭉뚱그려져 눈앞에서 춤을 춘다. 그림자가 차가운 가죽처럼 물결친다. 손에서 활이 미끄러지려 하지만 낚아채고서 더욱 단단히 잡는다. 이 활을 놓치지 않을 것이다. 까마귀는 그녀를 잡으러 오지 않을 것이다.

운영위원 쪽을 보니 연주에 맞춰 고개를 끄덕이고 있다. 예배당 뒤편에서 수녀들도 같이 몸을 살짝 흔들고 있다.

그리고 무대 전면에서는 그가 눈썹을 쫑긋 세우고 지휘봉을 흔들고 있다. 그녀가 펄떡거리는 공포를 달래며 독주를 마치자 그가 입 모양으로 말한다. "브라보."

온 세상이 잠시 고요해지고 소음이 사라진다. 하지만 그 느낌은 희미하게나마 남아 있다. 깊은 물속으로 빨려 들어가는 느낌이.

예배당 곳곳에서 터진 유쾌하고 중독적인 박수갈채가 안나 마리아를 현실로 되돌려 놓는다. 운영위원의 아내가 남편 쪽으로 몸을 기울여 그의 귀에 대고 뭐라고 속삭이더니 그녀를 가리키며 고개를 끄덕이는 모습이 보인다. 운영위원이 안나 마리아에게로 시선을 돌린다. 두 손을 높이 들고 그녀를 향해 박수를 친다.

짜릿한 희열이 그녀를 관통한다. 그녀는 어둠을 돌아보지 않는다.

안나 마리아 델라 피에타의 등장이다.

연주회가 끝난 뒤에 단원들은 문 앞에서 떠나는 손님들과 악수하고 발치의 버들고리 바구니에 담긴 기증품을 수거하기로 한다. 안나 마리아는 엘리사베타 마르치니가 다가오는 것을 지켜본다. 그녀를 붙잡아 자기소개를 하고 악기 기증을 직접 부탁하기로 마음먹는다.

하지만 안나 마리아가 손을 내민 순간, 엘리사베타는 그녀를 지나 옆에 서 있는 빈첸타를 쳐다보더니 그쪽으로 걸음을 옮긴다. 빈첸타를 칭찬하려고 걸음을 멈춘 것이다.

안나 마리아는 미간을 찌푸린다. 선생님은 "브라보"라고 말했고 운영위원은 그녀 한 사람에게 박수갈채를 보냈다. 엘리사베타가 착각을 한 게 분명하다.

"실례합니다." 안나 마리아는 말한다. 하지만 의도했던 것보다 큰 소리로 외쳐서 공격적으로 들린다.

엘리사베타는 눈썹을 쫑긋 세우고 입가에 힘을 주며 그녀를 쳐다본다. "대화 중인 거 안 보이니?" 그녀는 드레스에 달린 깃털을 펄럭이며 몸을 돌린다. 안나 마리아는 밖에 서서 안을 들여다보는 채로 남겨진다.

마당에는 팽나무가 한 그루 서 있다. 누렇게 말려 있던 나뭇잎이 가을 산들바람에 모두 떨어져 지금은 나뭇가지만 앙상하게 하늘로 뻗었다.

가장 높은 가지 위에서 까마귀가 꽁지를 턴다. 거기 그렇게 앉아서 지켜보며 기다리다가 교회 종이 아홉 번 울리자 급강하해 시커멓게 번들거리는 날개로 의무실 문을 치고 다시 날아올라 우중충한 하늘 속으로 사라진다.

그 안에서 안나 마리아가 두 손을 무릎 위에 얹고 허리를 웅크린 채 미동도 없이 앉아 있다. 부들부들 떨며 얕은 숨을 마셨다 내뱉을 때마다 하얀 입김이 차가운 공기를 가른다. 멀리서 말소리와 소음이 들린다.

"너무 갑작스럽게 벌어진 일이라…… 손을 쓸 도리가…… 5분 줄게."

누군가가 그녀의 어깨에 손을 얹는다. 발소리가 들린다. 정적이 흐른다.

그녀의 옆에 친구의 시신이 누워 있다. 두 팔은 옆구리에 붙이고 머리칼로 어깨를 덮고 있어서 잠이 든 것처럼 보이기도 한다.

안나 마리아는 얼음장처럼 차갑게 굳어가는 친구의 손을 잡는다.

"아가타?" 조그맣게 속삭인다. 이러다가도 번쩍 눈을 뜨지 않을까? 평소처럼 눈꼬리에 주름이 잡히도록 미소를 짓지 않을까?

하지만 아무 반응도, 아무 움직임도 없다. 어린애 하나가 침대 위에 누워 있을 뿐이다. 이런 운명을 맞기에는 너무 조그만 아이가.

안나 마리아는 이해할 수가 없다. 친구는 어디 있을까? 어디로 떠났을까?

그녀는 이제 좌우를 두리번거리며 의무실에 누워 있는 다른 친구들을 쳐다본다. 몇 칸 너머 침대에 한 여자아이가 까만 머리를 베개 위로 펼친 채 웅크리고 누워 있다. 순간 그녀의 심장이 두근거린다. 저 아이가 아가타인 게 틀림없다. 장난치느라 등을 돌리고 숨어 있는 거다.

하지만 잠시 후에 그녀가 붙잡고 있는 손을 다시 내려다본다. 조그맣고 투명한 손톱을, 손바닥을 얇게 가로지른 흰색 흉터를.

계단을 달려 내려가던 아가타가 발을 헛디디는 바람에 앞으로 굴러서 중심을 잡으려다 계단 발치의 스테인드글라스 유리창을 손으로 박살 내던 때가 기억난다. 파울리나가 난리 법석을 떨었던 것도. 하지만 아가타는 조용하고 침착했다. 유리 조각이 박힌 손을 바로 위로 치켜들고 어깨 위로 피를 뚝뚝 흘려가며 의무실로 씩씩하게 걸어갔다.

안나 마리아는 엄지손가락으로 흉터를 쓰다듬는다. 포르테피아노를 연주했던 손, 말이 없는 나무 토막과 줄을 살살 달래 부드러운 선율을 엮어냈던 손이다. 거기에 생명을 불어넣고 이해시키고 의미를 부여했던 손이다.

안나 마리아는 자리에 없었다. 어제 아가타의 현기증이 점점 심해지는 것을 보지 못했다. 발작을 일으켜 밤에 비명을 지르는 것도, 그 몇 시간 동안 일어나 걸어보려고 애를 썼던 것도 보지 못했다. 간호사는 머리의 함몰 부위를 운운했다. 그게 너무 심했다고 했다.

세쌍둥이. 그녀는 이제 아가타의 손바닥에 자기 손바닥을 대고 누르며 다급하게 그 단어를 떠올린다.

그들에게는 계획이 있었다. 같이 로마에 가자고 했는데. 파리에 가자고 했는데. 크림 프리텔라를 실컷 먹으며 같이 나이를 먹고 전 세계를 통틀어 가장 훌륭한 음악가가 되자고 했는데.

그녀는 뺨을 타고 흘러내리는 뜨거운 눈물도 느끼지 못하고, 옆을 지나가는 간호사의 발소리도 듣지 못한다. 친구만 물끄러미 바라본다. 자매만큼이나 가까웠던 존재의 가슴이 미동도 하지 않는 것을 지켜본다.

아가타가 혼자였다는 데 생각이 미치자 가슴이 무너지고 숨이 막힌다.

안나 마리아는 어둠이 찾아오기 직전 외따로이 여기 있는 게 어떤 기분인지 안다. 그늘 속에서 미적대는 시커먼 놈을 보고 마지막이 머지않았음을 깨닫는다는 게 어떤 기분인지 안다. 아가타는 자기가 막판에 몰렸다는 걸 알아차리고 겁에 질렸을 것이다. 안나 마리아가 손을 잡아주며 조금만 더 있어달라고 말해주길 바랐을 것이다. 자매들의 얼굴을 바라보며 자신을 사랑해 주는 사람이 있음을 느끼고 싶었을 것이다.

안나 마리아는 눈을 감고 아가타의 뺨을 한 손으로 만져본다. 아직 보드랍고 피부가 병아리 날개처럼 반투명하다.

아가타의 뺨에 손끝이 닿자 이 세상이 한데 포개어진다. 순간 안나 마리아는 어딘지 모를 곳을 걷고 있다. 아무것도 없고 가장자리가 흐릿한 공간이다. 춥다. 너무 추워서 그녀는 두 손으로 자기 몸을 감싼다. 그들이 있을 곳, 아가타처럼 조그맣고 따뜻한 아이가 있을 곳이 아니다. 빛이 있는 곳이 아니다.

빈 공간이 눈보라처럼, 폭설처럼 움직인다. 안나 마리아는 비명을 지르고 싶다. 하지만 앞에서 뭔가가 움직인다. 머리가 갈색인 사람이 저 멀리 서 있다. 그녀가 반대편으로 천천히, 확실하게 멀어지고 있다. 안나 마리아는 그녀를 돌아보게 하려고 잽싸게 달려간다.

"아가타!" 포효하는 바람과 눈발 사이로 소리쳐 부른다. "아가타." 다시 한번 외친다.

그녀는 어디로 가는 걸까? 그곳에는 끝없이 이어지는 눈부신 백색 말고는 아무것도 없다. 이러다 그녀를 영영 놓치게 생겼다. 달리다 눈에 발이 걸린 안나 마리아는 휘청거리면서도 따라잡으려 애를 쓴다. 잠깐만, 기다려. 그렇게 외치고 싶지만 아가타는 계속 전진할 뿐이다.

그녀는 명령조로 외친다. "돌아와. 이제 그만 돌아와!"

이 죽음은, 아가타를 끌어당기고 그녀에게서 아가타를 앗아가려는 이것, 이 존재는 안나 마리아를 상대하지 않았다. 그녀는 용납하지 않을 것이다. 그녀의 모든 존재를 다해 친구를 다시 살려놓을 것이다. 이 친구는 살아야 한다. 살 것이다. 그녀는 이제 비명을 지른다. "돌아와, 아가타!"

하지만 바람과 눈이 너무 거세 그녀의 말소리가 묻힌다.

백색이 사방에서 점점 조여온다. 안나 마리아는 친구를 놓친 기분이 든다. 너무 춥다. 그녀를 물어뜯는 추위를 더는 못 견디겠다.

하지만 그녀가 잠깐 걸음을 멈추고 고개를 왼쪽으로 살짝 돌린다.

그녀의 말이 안나 마리아 쪽으로 둥실둥실 떠내려온다. 장작 불씨처럼 따뜻하고 유려하다. 맑은 소나무 색이다.

너는 해내고 말 거야. 그녀가 조그맣게 속삭인다. 너는 해내고 말 거야.

바로 그 순간 눈보라의 기세가 약해진다. 황금빛으로 부글거리는 하늘이 오므린 손처럼 움푹 들어간 아가타의 뒤통수를 비춘다. 안나 마리아는 팔을 들어 눈부신 빛을 막는다.

그리고 잠시 후 눈을 뜬다.

숨을 길게 들이마신다. 아가타의 손을 더욱 세게 쥔다.

"돌아와." 그녀의 목소리는 뺨을 타고 흐른 눈물 때문에 갈라지고 찢어졌고 잘 나오지 않는다. "아가타, 돌아와. 누가 오고 있어. 누가 널 데리러 오고 있어."

하지만 침대 위에서 차갑게 굳어가는 시신만 있을 뿐이다. 피부가 벌써 핏기 없이 번들거린다.

돌이킬 방법은 없다.

세상이 갑자기 너무 따뜻해진다. 점점 부풀어 올라 안나 마리아의 살갗에 들러붙는다. 머릿속이 쩍 하고 갈라지는 느낌이 들고 뒤로 구른 그녀는 물속으로 가라앉는다. 갑자기 이 침대에 그녀가 누워 천장을 맥없이 응시하고 있고, 아가타가 의자에 앉아서 차가운 그녀의 손을 붙잡고 있다.

잠시 후 이보다 더 비열할 수 없는 생각이 떠오른다.

그나마 내가 아니었잖아.

이제 간호사와 수녀들이 그녀의 뒤편에 있는 침대 발치에서 수군대는 소리가 들린다.

"한 시간 동안 기다렸다잖아요."

"누가?"

"의사 선생님이요. 정문이 잠겨 있어서 못 들어왔대요."

갈퀴손이 안나 마리아의 뱃속을 할퀸다. 전날 저녁, 연주회 전에 철창을 두드리며 문을 열어달라고 하던 그 남자. 안나 마리아는 걸음을 멈추었다가 다시 달려갔다. 늦었고, 연주회 시작이 얼마 남지 않았던 탓에.

간호사가 속삭인다. "그분이 그러고 있는 걸 아무도 몰랐어요. 누가 문을 열어줬을 때는 너무 늦어버렸고요."

안나 마리아는 아가타의 손을 놓는다. 문 앞에 다다라 나가려고 하지만 누군가가 앞을 가로막고 있다.

"너, 어디 있었어?" 파울리나의 얼굴은 얼룩덜룩하고 벌겋다. 눈 밑이 움푹 들어간 걸 보면 밤새 잠을 설친 모양이다.

안나 마리아는 움찔한다. "나는……." 그녀는 얼버무리며 지나가려고 하지만 파울리나가 앞을 가로막고서 꼼짝하지 않는다.

"나 혼자 있었어." 파울리나가 말한다.

철제 침대가 바닥에 끌리는 날카로운 소리가 들리자 하얀 번개가 안나 마리아의 눈앞을 스치고 지나간다. 세상이 너무 시끄럽고 너무 부담스럽다.

"그게…… 나는……."

"너는 뭐? 몰랐다고? 내가 알려줬잖아, 안나 마리아. 너는 충분히 올 수 있었어."

"됐어, 그만해." 안나 마리아가 그녀를 밀치고 마당으로 뛰쳐나가자 차가운 바람이 얼굴을 때린다. 까마귀가 머리 위 하늘에서 원을 그린다.

파울리나가 바로 뒤에서 묻는다. "어디 가? 지금 이렇게 가버리면 어떡해!"

세상이 빙글빙글 돈다. 나무와 하늘과 건물이 한데 일그러져 섬뜩하게 소용돌이친다. 고통과 죽음으로 얼룩진 이곳에서 멀리, 멀리 도망쳐야 하는데, 파울리나의 말소리가 그녀를 다시 붙잡는다.

"내 말 듣고 있는 거야? 안나 마리아? 안나 마리아! 음악보다 더 중요한 것도 있어!"

이 말에 안나 마리아의 머릿속 깊은 곳에서 뭔가가 발끈한다.

"아냐, 그렇지 않아!" 이 말이 그녀의 가슴에서 터져 나온다. "음악이 이유야. 음악이 전부야."

파울리나는 부들부들 떨며 고개를 젓는다.

"그런 눈빛으로 쳐다보지 마. 나는 최고가 될 거야. 그러려면 어쩔 수 없어."

안나 마리아는 피에타 본관 쪽으로 몸을 돌린다. 하지만 몇 걸음 뒤에 파울리나가 다시 말한다. "어쩔 수 없다고 생각한다면 너하고 나는 끝이야."

안나 마리아는 뒤돌아보지 않는다. 눈물이 앞을 가리고 있다는 걸 파울리나에게 들키지 않게, 파울리나가 또 다른 말을 꺼내기 전에 달려 도망친다. 피에타 본관 복도를 지나 맨 끝방으로. 등 뒤에서 문이 쾅 하고 닫힌다.

바닥에 뚫린 구멍 쪽으로 두 발 다가간다. 가까스로 그 앞에 다다르자 구역질이 올라온다. 그녀는 아무것도 남지 않을 때까지 속을 게운다.

몸을 부들부들 떨며 치맛단을 들어 입을 닦는다. 조그만 방의 구석으로 엉금엉금 다시 들어가 무릎을 끌어안고 가슴을 들썩이며 숨을 쉰다. 옆에 달린 조그만 창문으로 들어와 파문처럼 번지는 베네치아의 소음을 들으며 두 손에 고개를 묻는다.

밖에서 새어 들어오던 빛이 점점 희미해지고 벽에 떠 있던 누르스름한 정사각형은 바닥 근처를 비추는 조그만 직사각형으로 바뀐다.

어느 정도 시간이 지난 다음에서야 안나 마리아는 밖에서 나는 갈매기 울음소리를 듣고 퍼뜩 이 세상으로, 이 삶의 무대로 돌아온다.

그녀는 눈을 깜빡이며 위를 올려다본다. 온몸이 갈가리 쪼개어진 듯 멍하다. 동굴 아니면 빈 껍데기처럼 몸속이 텅 비었다. 그녀는 소리를 하나 터뜨린다. 다친 짐승이 낼 법한 소리, 바닥이 없는 지독한 고통의 소리다. 그러고 나서 친구이자 자매였던 아가타의 얼굴을 저기 어디 깊은 곳, 원초적이고 어두컴컴한 그곳에 쑤셔 넣는다.

도시가 점점 어둑어둑해지고 직사각형은 밤 속으로 녹아든다. 그녀의 숨소리가 느려지고 결국에는 맥박도 손목을 둔하게 때리는 수준으로 느려진다. 반쪽짜리 트럼프가 그녀의 머릿속으로 둥실둥실 들어와 그 애꾸눈으로 그녀를 말없이 지켜본다. 그녀는 창틀을 붙잡고 일어나 그 카드를 따라간다. 그리고 마침내 아무도 듣지 못할 혼잣말을 중얼거린다. "나는 기억될 거야. 내 삶은 의미가 있을 거야."

두에
DUE

8

불빛이 얼굴을 가로지르자 그녀는 실눈을 뜨며 움찔한다. 덧문이 끼이익 열린다.

"일어나라." 마달레나 수녀가 이불을 잡아당기며 말한다.

안나 마리아는 눈을 계속 감은 채 끙끙대며 기지개를 켠다. 열세 살이 되자 팔다리가 늘씬하고 길어졌다. 밤새 뒤척이느라 엉겨 붙은 까만 고수머리가 베개 위로 펼쳐져 있다. 그녀는 전에 파울리나가 썼던 침대를 향해 얼굴을 돌리고 한쪽 눈을 뜬다. 파울리나가 자리를 옮겨달라고 하기 전에, 생활관 반대편의 안나 마리아와 멀찌감치 떨어진 곳으로 가기 전에 쓰던 침대다.

이제는 사라가 파울리나의 예전 자리를 대신하고 있다. 그녀는 진작 일어나 적갈색 머리에 핀을 꽂고 이불을 개고 있다. 거의 매일 밤 울다가 잠이 들어서 주근깨 박힌 얼굴이 축축하고 얼룩덜룩하다. 안나 마리아는 상관하지 않는다.

사라는 이불을 개며 못마땅한 눈빛으로 그녀 쪽을 계속 흘끗거린다.

"그만 좀 쳐다봐." 안나 마리아는 이불을 끌어당기며 쏘아붙인다. 사라는 붙들린 생쥐처럼 비명을 지르고 허둥지둥 도망친다.

안나 마리아의 시간은 금과도 같다. 연주회장에서 운영위원 부부에게 주목받은 이후 5년 동안 줄기차게 바이올린에 집중하고 있다. 매일 오후 그리고 종종 저녁까지 3층의 가장 작은 음악실에서 새로운 주법을 시험하거나 새롭게 터득한 주법을 갈고닦는다. 이제는 빈둥거리며 몽상에 젖을 시간이 없다. 오케스트라에 입단하려면 해야 하는 일이 있고, 그 일에는 노력이 수반된다.

이제는 파울리나가 잠자리에 들기 전에 다른 친구들과 웃고 떠드는 모습을 침대에서 구경하지 않는다. 파울리나가 스카를라티의 협주곡을 오보에로 아무리 우아하게 연주해도 문 틈새로 구경하지 않는다. 그녀 쪽을 거의 쳐다보지 않는다.

안나 마리아는 일어나 앉는다. 침대가 삐걱거리는 것이 아무래도 손을 봐야 할 것 같다. 그녀는 간질간질한 양모 담요를 위로 끌어당긴다. 다섯 살 때부터 쓰던 거라 하도 빨아서 얇아졌고 여기저기 구멍이 났다.

잠시 후 선생님이 여태 부재중이라는 사실이 떠오르자 익숙한 실망감이 밀려온다. 건강상의 문제로 6개월째다. 기침, 가쁜 호흡과 연관이 있을 것이다. 시뇨레 콘티가 수업을 인계받았지만 차이가 크다. 너무 작은 신발을 신고 달리려고 애를 쓰는 느낌이다. 시뇨레 콘타는 기량과 속도 면에서 부족하다. 그녀를 이해하지 못한다.

안나 마리아는 한데 뒤엉킨 시트에서 벗어나 일어선다. 잠옷을 벗고, 다른 아이들이 맨몸을 보지 못하게 가려가며 불편하게 원피스를 입는다. 클라라 수녀가 달려와 혀를 차며 치맛단을 만지작거리고 있다.

이럴 때마다 안나 마리아는 소리를 지르고 싶어진다.

"괜찮아요." 그녀는 클라라 수녀의 손에서 실밥을 홱 낚아챈다. "제가 할게요."

햇빛을 받은 비눗방울이 조그만 무지갯빛 구슬로 변해 북, 북, 북 문질러대는 소리에 맞춰 바닥을 찰랑찰랑 가로지른다. 안나 마리아는 솔을 양동이에 담그다가 더러운 얼음물에 손가락이 닿자 움찔한다. 빨갛게 튼 손과 금방이라도 물집이 터지게 생긴 손가락으로 솔을 잡고 돌바닥을 문지른다.

참아야 한다는 건 알지만 견딜 수가 없다. 물에 젖은 앞치마를 질질 끌며 현관 바닥을 기어다녀야 하다니 어처구니가 없다. 그녀의 바이올린 실력은 이제 피에타에 모르는 사람이 없는데, 그래도 이곳의 평범한 아이들과 똑같이 바닥을 닦고 일을 해야 한다.

그녀는 돌바닥에 무릎을 꿇은 채 발뒤꿈치 위에 앉는다. 지난 몇 년 동안 벽이 좁아지고 천장이 내려앉은 것처럼 느껴진다. 건물이 가슴에 얹힌 돌덩이 같다.

곁눈 뜬 시야 사이로 누군가가 들어온다. 파울리나가 오보에를 들고 나선형 계단을 향해 걸어가고 있다. 수업을 받으러 가는 거다.

금발은 길어지고 색이 짙어졌지만 체구는 여전히 또래에 비해 작다. 안구 없는 쪽의 피부가 여전히 울퉁불퉁하지만 이제는 흉터가 벌겋거나 볼록하지 않다.

안나 마리아는 웃어보지만, 애써 미소를 지어보지만 파울리나는 획 고개를 숙이고 발걸음만 재촉할 뿐 돌아보지 않는다.

씩 웃으며 입 모양으로 "세쌍둥이"라고 말하는 아가타의 얼굴이 머릿속에 떠오른다.

안나 마리아는 곱은 손으로 눈물을 닦고 그 이미지를 내리누른다. 젖은 바닥에 비친 자신의 모습을 응시한다. 얽은 뺨에 시커먼 얼룩만이 남아 있다.

그날 오후 안나 마리아는 가장 작은 음악실 구석 자리에 앉아 있다. 창문에 달린 철창이 뺨 위로 그림자를 드리운다. 누군가가 그 사이로 손을 넣어 창문을 살짝 열어놓았지만 그래봤자 방은 좁게 느껴진다. 9월치고 더운 날씨다.

과일을 실은 배가 석호에 계류 중이다. 상인들이 배에서 내려 인도에 깐 양탄자와 융단 위에 상품을 부려놓았다. 달짝지근한 바질과 복숭아 냄새가 창문 틈새로 흘러들어 온다.

그녀는 어느 음악실에 갔다가 기증받은 악보 더미 안에서 찾은, 주세페 타르티니라는 베네치아 작곡가의 작품을 연구하는 중이다.

바이올린을 제대로 들고 「악마의 트릴」이라는 부제가 달린 곡의 중간 부분을 응시한다. 왼손을 비틀고 손가락을 최대한 벌려보지만 악보에 적힌 음표대로 연주하기에는 역부족이다. 새끼손가락이 실룩인다. 힘줄은 화끈거리며 자기 존재를 알리고, 물집이 잡힌 손끝은 아우성친다.

그녀는 현에서 손을 떼어 쫙 펴고 거기에 쌓여 있던 긴장을 푼다. 몇 마디 뒤로 돌아가 다시 이 지점까지 오기를 계속해서 반복하지만, 쥐가 난 손이 흉하게 오그라들며 협조하길 거부한다.

그녀는 으르렁거리며 힘줄이 비명을 지를 때까지 손가락을 굴복시키려다 손이 엉뚱한 방향으로 틀어지자 헉하고 숨을 들이마신다. 바이올린이 떨어지기 전에 얼른 받는다. 다른 쪽 손에 들려 있던 활이 덜거덕 바닥으로 떨어진다.

그녀는 입을 앙다문다. 털썩 주저앉아 거리의 소음에 귀를 기울인다. 마침내 그 소음에 복도를 딛는 발소리와 바이올린 케이스가 외투를 쓸며 흔들리는 소리가 섞인다.

시뇨레 콘티가 들어오지만 그녀는 고개를 돌리지도, 인사를 건네지도 않는다.

얼른 해치우자. 이렇게 생각할 뿐이다.

"그동안 내 생각을 하며 지냈니, 안나 마리아?" 날카로운 어조. 뜻밖의 목소리다.

그녀는 몸을 홱 돌리고 익숙한 소나무와 향 냄새를 들이마신다. 두 팔을 벌려 그를 끌어안고 싶다.

선생님은 왼손에는 바이올린 케이스를, 오른손에는 오선 노트를 들고 있다. 손수건을 세모로 접어서 빛바랜 조끼 주머니에 꽂았고 뺨에 전에는 보지 못했던 주근깨가 하나 생겼다. 이제 보니 키가 그녀 자신과 거의 비슷하다.

그는 안나 마리아를 위아래로 훑으며 눈에 담는다. 쉽게 해석이 되지 않는 눈빛이다. 그녀는 자기 치마를 내려다보다가 손을 움직여 바닥을 닦느라 생긴 얼룩을 감춘다. 잠시 후—

"시간 낭비는 자제하기로 하자. 이미 너무 많이 했으니까. 연습이 어디까지 됐는지 보여주기 바란다." 그는 「악마의 트릴」 악보가 놓여 있는 그녀의 보면대 쪽으로 성큼성큼 다가온다. 한쪽 눈썹을 쫑긋 세우며 마음에 든다는 듯이 고개를 끄덕이고는 손바닥을 든다. 시작하라는 뜻이다.

안나 마리아는 온몸으로 악보에 집중한다. 색으로 그녀의 나아갈 길을 인도하는, 점과 직선과 곡선으로 이루어진 언어에 집중한다. 원래 속도보다 조금 느리긴 하지만 물집 난 곳이 닿지 않도록 조심스럽게 손가락을 움직여 가며 이 마디에서 저 마디로 부드럽게 이동한다. 그러다 중반부에 다다르자 손이 다시 갈고리발톱처럼 뒤틀리고 힘줄이 화를 내며 반항한다. 그녀는 두 개의 물체가 서로 요란하게 부딪치는 것 같은 소리를 내뱉는다.

"항상 이 부분에서 헤매지." 그가 마치 늘 옆에서 보고 있었던 것처럼 말한다.

그녀는 고개를 끄덕인다. 그가 케이스에서 자기 바이올린을 꺼낸다. 윤기가 흐르는 짙은 빨간색이다. 그걸 연주해 볼 수 있다면 얼마나 좋을까.

"손은 말을 잘 듣지 않지. 내 생각이 아니라 자기 생각대로 움직이고 싶어 하는 것처럼 느껴지기도 하고. 하지만 그런 녀석들은 속여 버리면 돼." 그는 그녀를 쳐다본다. 그녀는 그를 뚫어져라 쳐다보며 몸을 살짝 앞으로 숙인다. "거꾸로 늘려봐라."

그는 시범을 보인다. 먼저 새끼손가락을 가장 먼 자리에 두고 지판을 거슬러 올라오며 나머지 손가락으로 제자리를 짚는다.

그의 바이올린에서 꽃잎처럼 부드럽고 목을 스치는 봄바람처럼 섬세한 소리가 흘러나온다. 그녀의 몸속 깊은 곳에서 갈망이 느껴진다. 노래로 허공을 요리조리 빠져나갈 수 있는 그런 악기를 연주하고 소유하고 싶은 갈망이.

안나 마리아는 그를 따라 특이한 방식으로 현을 짚다가 자기도 모르게 미소를 짓는다. 손이 다르게 느껴진다. 왠지 모르겠지만 좀 더 자유롭게 모든 음을 소화하는 느낌이다. 가운뎃손가락을 움직일 수 있는 공간이 더 생겼고 성가신 힘줄이 아프지도 않다. 심지어 당기는 느낌이 들지도 않는다. 활로 켜보니 복합적이고 매혹적인 소리가 난다. 타르티니가 의도했던 것처럼.

"그렇지." 선생님이 고개를 끄덕이며 말한다. "바로 그거야."

이제 가장 고급 기술이 필요한 마지막 부분에 다다른다.

"그 마디는 더 빠르게." 그는 말하며 자기 바이올린으로 시범을 보여준다. 그런 다음 예기치 못했던 행동을 한다. 멜로디를 화려하게 바꿔서 자기만의 곡을 만들어낸 것이다.

"그게 뭐예요?" 그녀는 연주가 끝나자마자 묻는다.

"카덴차. 연주자가 어떤 곡을 통해 자신의 감정을, 자신의 일부를 표현할 수 있는 기회지. 이게 내 감정, 내 일부고."

그녀는 카덴차라는 단어는 들어본 적 있지만 뜻은 오늘 처음 알았다. 타르티니가 창조한 세상의 테두리 안에서 곡을 만들 수 있는 기회이지 않은가. 그녀는 그가 "너도 한번 해보려무나" 하기도 전에 악기를 집어 든다.

그 이전의 부분은 온통 고동색과 노란색이고 곡이 그 둘 사이를 깡충거린다. 그녀는 색의 통로를 따라가며 활과 손가락이 이끄는 대로 멜로디를 만들어낸다. 두어 마디에 불과하지만 그래도 머릿속에서 완전히 새로운 부분을 찾아나가기라도 한 것처럼 흥이 오르고 신이 난다.

그녀의 연주가 끝나자 잠시 정적이 흐른다. 그는 놀라서 눈썹을 쫑긋 세운 채 그녀를 쳐다보고 있다.

"흠." 그가 마침내 말문을 연다. "그래, 아주 훌륭했다. 다시 한번 해보자. 이번에는 좀 더 빠르게."

그녀는 고개를 끄덕이고 이를 악물며 손가락을 제 위치에 놓지만 이 정도 속도에서는 물집에 가해지는 압박을 피할 도리가 없다. 그가 손을 들어 연주를 중단시킨다.

"그 표정은 뭐지? 턱에 힘이 들어갔는데."

"아무것도 아니에요." 그녀는 얼른 대답하고 재차 시도하기 위해 바이올린을 든다.

"너는 지금 타르티니와 함께 있지 않아. 어디 아프니?"

그녀의 심장이 경보를 울린다. 그에게는 비밀로 하고 싶다. 자칫하면 연주를 못 하게 할 수도 있다.

그가 다가와 바이올린 위에 얹어둔 그녀의 손을 잡고 뒤집는다. 그는 헉하고 숨을 들이마시며 물집이 잡히고 빨갛게 갈라진 손끝을 훑어본다. 어두운 눈빛으로 이렇게 말한다. "내가 처리해 주마."

그녀는 얼른 말한다. "아니에요. 계속 연습하고 싶어요."

그는 미간을 찌푸린다. "진심이니?"

"네, 진심이에요."

그는 창문 쪽을 잠시 쳐다보며 아래에서 과일 장수들이 외치는 소리를 듣는다.

"알겠다."

그들은 속도보다 감정과 표현에 집중하고, 수업이 끝나갈 무렵에는 진심으로 그 곡을 가지고 논다. 그녀는 전에 본 적 없는 새로운 형태와 빛깔을 발견한다. 시뇨레 콘티에게 수업을 받을 때는 6개월 넘게 지지부진했는데, 그와는 한 시간 만에 성과를 거둔다.

그녀가 씩 웃으며 바이올린을 치우고 있자니 선생님이 묻는다. "악보를 옮겨 적는 연습이 요즘도 도움이 되니?"

그녀는 거짓말을 한다. "네. 아주 많이 도움이 돼요."

그는 자기가 종이와 잉크를 대고 있다는 것까지만 안다. 언젠가는 곡을 쓰고 있다고 그에게 알릴 것이다. 그럴 때가 되면. 하지만 지금은 아니다. 그의 천재적인 작품에 비하면 어린애 놀이 수준이나 다름없다.

그는 흡족한 표정으로 고개를 끄덕인다.

그날 저녁에 안나 마리아는 마달레나 수녀의 방 앞을 지난다. 문 앞에 달린 촛대 위에서 촛불이 흔들리고 안에서 선생님의 음성이 흘러나온다. 그녀는 살금살금 문 쪽으로 다가간다.

"그 아이의 손만 보면 일꾼인 줄 알겠더군요." 그가 말하고 있다.

마달레나 수녀는 덤덤하게 대답한다. "여기 있는 아이들은 모두 일을 해야 하니까요."

"그러면 그 아이가 무슨 수로 연주를 할 수 있겠습니까? 손에 물집이 잡히고 빨갛게 텄는데요. 이것만큼은 허락해 주십시오, 수녀님. 적어도 이것 하나만큼은요."

안나 마리아는 그녀의 표정을 보지 못한다. 그다음으로 들린 것은 선생님의 목소리다.

"고맙습니다. 이해해 주셔서 감사합니다."

멀리서 종이 한 번, 두 번 울린다. 안나 마리아는 이제 웃으며 달리고 있다. 금이 간 복도 벽 위로 그녀의 그림자가 너울거린다.

아홉 살의 아가타가 포르테피아노 앞에 앉아 있다.

안나 마리아와 파울리나는 책상다리를 하고 창문 아래 구석에 앉아 피아노를 치는 그녀를 지켜본다. 단조인 세 음이 반복되다가 멜로디로 발전한다. 진홍색, 황동색, 벌꿀색이다.

안나 마리아의 혈관을 타고 흐르는 온기가 느껴진다. 소리는 구슬프지만 그 안에 위로와 해방감이 담겼다. 울고 있는데 누군가가 끌어안아 주는 느낌이다. 슬픔이 갈라진 틈새로 빠져나갈 때까지 우는 느낌이다.

파울리나가 안나 마리아의 손을 잡고 자기 엄지손가락으로 그녀의 엄지손가락을 문지른다. 아가타가 고개를 들더니 눈웃음을 지으며 입 모양으로 묻는다. "내 실력 어때?"

요란한 천둥소리에 안나 마리아는 화들짝 현실로 돌아온다. 그녀는 빗방울이 창문을 때리는 소리를 들으며 식당에서 아침 배식을 기다리는 중이다. 정신이 어디를 다녀왔는지 생각이 나자 정색하며 기억을 멀찌감치 밀어낸다.

이미 소문이 나서 쌍둥이 칸디다와 체칠리아가 다른 몇 명과 함께 그녀를 노려보고 있다. 그녀가 당분간 끔찍한 허드렛일에서 벗어났다는 사실을 알게 된 것이다.

"쟤는 자기가 엄청 특별한 줄 알아." 그들이 수군대는 소리가 들린다.

안나 마리아는 고개를 돌린다. 앞에서 기다리는 다섯 명의 아이들에게 관심을 집중한다. 그들은 지저분한 흰색 원피스 대신에 다른 제복을 입고 있다. 사각형 네크라인의 검은색 긴팔 무명 원피스를 매끈하게 차려 입었다. 개중 일부는 알록달록한 브로치를 달고 머리를 낮게 틀어서 리본으로 묶었다. 웃고 조잘대며 배식대 앞으로 조금씩 이동한다.

팔뚝은 근육질이고 머리에는 토마토소스가 묻은 리넨 캡을 쓴 주방장 수녀가 뭔지 모를 음식이 걸쭉하게 보글대는 커다란 통 앞에 서 있다. 그걸 질그릇에 담아주는데, 누가 보면 음식과 그릇이 그녀에게 몹쓸 짓을 저지른 줄 알겠다.

하지만 검은색 옷을 입은 아이들을 보더니 배식을 멈추고 허둥지둥 주방 안으로 들어간다. 그리고 갓 구운 빵과 치즈와 과일이 담긴 바구니를 들고 온다. 주방장이 그걸 건네자 아이들은 한목소리로 깍듯하게 고맙다고 한다.

안나 마리아는 이 모든 과정을 유심히 지켜본다.

그녀도 알다시피 필리에 디 코로는 전 세계를 통틀어 가장 훌륭한 오케스트라로 불린다. 베네치아공화국과 그 외 지역에도 다른 오케스트라가 있지만, 피에타의 오케스트라를 추종할 만한 곳은 없다. 단원은 약 40명이고 대부분 열여섯 살에 오디션을 거쳐서 입단한다. 수많은 연주회를 열고 그걸 통해 돈을 번다. 자기 손으로 진짜 돈을. 그들에게는 더 나은 옷과 음식이 주어지고 정기적으로 목욕을 할 수 있다.

대부분의 단원이 10대 후반 아니면 20대 초반이다. 은퇴할 때까지 계속 이 오케스트라에서 활동할 수도 있기 때문에 자리 경쟁이 치열하다. 하지만 해마다 자리가 나오긴 한다. 한번은 역병으로 단원 절반이 목숨을 잃은 적도 있다. 그해에 오디션을 보았더라면 얼마나 좋았을까.

마흔 명 중에 약 여덟 명이 바이올린 연주자다. 그런가 하면 성악과 관악기, 첼로, 오르간, 하프시코드 연주자도 있다. 일부는 류트와 만돌린까지 다룬다. 해마다 바이올린 연주자가 한 명씩 바뀐다. 열일곱 살까지 필리에 단원으로 뽑히지 못하면 일을 해야 한다. 레이스를 뜨거나 설거지를 하거나 그 밖의 끔찍한 일을.

안나 마리아는 그릇을 들고 나무 벤치의 빈자리를 향해 식당을 성큼성큼 가로지른다. 덩어리진 갈색의 액체를 내려다본다. 한입 떠서 먹어보니 입안에서 엉긴다. 칸디다와 체칠리아가 테이블 끝에서 그녀를 쳐다본다.

그녀의 시선이 다시 검은 옷을 입은 여학생들에게로 향한다.

조만간 그녀도 머리에 리본을 달고서 과일을 먹을 것이다.

밤마다 수녀들이 붉은 얼룩이 묻었는지 침대 시트를 점검한다. 매달 깨끗한 무명을 받아서 속옷 안에 넣는 아이들도 있다. 그들은 밤이 되면 몸이 부서지기라도 하는 듯 아랫배를 부여잡고 웅크리고 누워 끙끙 앓는다.

안나 마리아도 무슨 일인가가 벌어지고 있다는 걸 안다. 언젠가, 어쩌면 조만간 그녀에게도 벌어질 일이다. 끔찍하고 아파 보여서 어떻게 해서든 피하고 싶다. 하지만 그녀의 침대에 남는 얼룩은 파란색 잉크뿐이고 이제는 거기에 대해 전보다 영리하게 대처하고 있다.

안나 마리아에게 벌어지고 있는 변화는 종류가 다르다. 그것은 화르륵 타오르는 심지처럼 경이롭고 매혹적이다.

작품이 가끔 완벽한 형태로 꿈속에 등장하기 시작한다.

그날 밤도 다른 수많은 밤과 비슷하다. 잠을 자다 깬 그녀가 일어나 앉으려고 하지만 세상이 흔들리며 한데 섞인다. 그녀는 물속이라는 걸 알아차리고 당장 두 손으로 목을 잡는다. 목을 잡으면 숨통이 트이기라도 할 것처럼.

꿈이야. 그녀는 속으로 중얼거린다. 그냥 꿈일 뿐이라고. 하지만 온몸이 마비돼 옴짝달싹할 수가 없고 허파는 산소가 부족하다고 비명을 지른다. 가끔 이렇게 시간 속에 갇힌 채 몇 시간이 지나갈 때도 있다. 하지만 오늘 밤에는 음악이 찾아온다.

쓸쓸하고 매혹적인 곡조다. 차분하고 느리고 담백하다. 음 하나가 물을 가르고 둥실둥실 다가온다. 새파란 초록색인데, 그 뒤로 이어지는 음은 색이 더 옅고 밝다. 아래에 더 짙고 그윽하며 낮은 뭔가가 깔려 있다. 두 음이 바람에 날리는 리본처럼 한데 오르락내리락한다. 처음에 그녀는 바이올린이 하나인 줄 알았다가 이제 두 개인 걸 알아차린다. 두 바이올린이 서로를 따라 하기 시작한다. 짧은 변주곡을 질문과 대답처럼 주거니 받거니 한다. 그녀의 팔다리에서 서서히 힘이 빠져나간다. 뭉쳐 있던 속이 풀리기 시작한다. 발이 몰캉몰캉한 진흙 바닥에 닿자 그녀는 치고 올라가 두 손으로 물을 가르며 헤엄친다.

새벽녘이 되어 그녀는 수면 위로 부상한다. 이불을 내동댕이치고 생활관에서 몰래 빠져나온다. 돌이 깔린 복도에 다다랐을 무렵에는 바람을 일으키고 그 속에 긴 머리를 나부껴가며 냉골 같은 바닥을 달리고 있다. 제일 큰 음악실 맞은편에 있는 수납장 앞에서 멈추고 우뚝 선다. 걸쇠를 풀고 쌍여닫이 나무문을 연다. 선반에서 초를 꺼내 통로를 밝히는 등불에 대고 불을 붙인다. 그런 다음 수납장 안으로 들어가 문을 닫는다. 먼지와 양피지 냄새를 맡는다.

촛불이 조그만 공간을 가르며 쌓여 있는 오선 노트, 깃펜, 마른 잉크병을 비춘다. 그녀는 그것들을 앞쪽 바닥에 펼쳐놓고 책상다리로 앉아 음표를 그리기 시작한다. 온갖 색깔들이 그녀에게서 쏟아져 나오고 손이 어찌나 빠르게 움직이는지 귀신이 들린 게 아닌가 싶을 정도다. 깨어나는 베네치아공화국의 진동이 그녀를 관통하며 물결친다. 수레가 덜커덩거리는 소리, 종이 울리는 소리, 배가 물살을 가르는 소리. 그 소리가 그녀를 해방시킨다. 허물을 벗은 뱀처럼.

마달레나 수녀가 그들을 깨우러 왔을 무렵, 그녀는 다시 침대로 돌아가 이불을 뒤집어쓰고 있다. 작곡한 악보는 매트리스와 침대 상

판 사이에 숨겨놓았다. 수십 개의 다른 곡과 함께. 그녀가 만든 노래
의 리듬에 맞춰 심장이 쿵쾅거린다.

필리에 디 코로는 일요일에 피에타 예배당에서 연주회를 개최한
다. 클라라 수녀 말로는 덕분에 고아원 앞으로 많은 후원금이 답지
한다고 한다.

오케스트라 단원 절반 정도가 참여하는데, 가끔 다른 학생들도 가
서 관람할 수 있다. 헌금 수납을 맡은 안나 마리아는 무대에 선 자신
을 상상하며 입구를 지킨다. 동네 주민들이 입장하자 쨍그랑하는 소
리와 함께 바구니 안에 동전이 쌓인다. 대부분 남자고 가발과 레이
스 칼라로 멋지게 차려입었다. 연주회가 시작되기 전에 서로 굵직
한 음성으로 나지막이 웅성웅성 대화를 나눈다. 그 조잘거림과 활기
넘치는 분위기가 이곳 정문 너머에도 삶이 있음을 일깨운다. 덕분에
썰렁하고 어두컴컴하던 피에타가 생동감 넘치게 느껴진다.

언젠가는 나도 저 자리에 앉을 거야. 그녀는 생각한다. 그리 머지
않은 미래에.

그녀의 시선이 운하와 연결되는 옆문 쪽으로 향한다. 물이 벽돌을
핥는 소리가 들린다. 그 옆에서 파울리나가 손깍지를 끼고 뒷줄에
앉아 있다.

지척에서 친구를 맞닥뜨린 안나 마리아의 심장이 살짝 두근거린
다. 그녀는 몇 년 새 얼굴이 넓어졌고 동그란 입술은 이제 장밋빛을
띠었으며 코는 살짝 길어졌다. 하나로 묶은 곱슬머리가 어깨를 덮고
있다. 안나 마리아는 그 머리칼을 손으로 잡고 비단처럼 부드러운

감촉을 손가락 사이로 느낄 수만 있다면 더 이상 바랄 게 없다는 생각을 한다.

그녀는 잠깐 더 친구를 지켜보다가 용기를 그러모아서 다가가기로 결심한다. "안녕" 같은, 그 비슷한 인사를 건넬 거다. 아니면 "네가 그리웠어." 그렇게 한 걸음 다가가 팔을 내미는데…….

하지만 파울리나는 보지 못한다. 뭔가에 웃음을 터뜨리며 옆에 앉은 친구 쪽으로 몸을 기울인다. 안나 마리아는 뒤로 물러나 벽에 기댄다.

필리에가 단상에 오른다. 모두 스무 명이다. 키아라가 보인다. 윤기 나는 머릿결과 그보다 더 윤기 나는 바이올린을 자랑하는 그녀는 이제 스물한 살이다. 나이를 먹으면서 미모가 한층 출중해졌다. 골격은 조금 더 둥그스름해졌고 이목구비는 조금 더 또렷해졌다. 식당에서 종종 마주치는 다른 학생들도 몇 명 있다. 루치에타는 뒤편의 오르간 앞에 자리를 잡았다. 그 옆에는 테레사가 있는데 옆방에서 그녀가 연습하는 소리를 몇 번 들은 적이 있다. 그녀가 플루트를 불면 노랫소리가 뼈를 흔들며 전율을 일으킨다. 그들에게는 흠이 있다. 손가락이 없다든지, 화상 흉터가 있다든지, 다른 사고로 생긴 흉터가 있다든지 하는 식이다. 하지만 연주를 시작하면 그 어떤 것도 문제가 되지 않는다. 중요한 건 그들은 필리에 디 코로 단원이고 그녀는 아니라는 것뿐이다. 그녀의 무대에 오른 그들을 보고 있자니 속이 탄다. 어찌나 간절한지 정말 불을 지를 수도 있겠다 싶을 정도다.

시뇨레 콘터가 점잖은 박수 소리에 맞춰 금색 고수머리를 매만지고 앞으로 나가 객석을 향해 물결 모양으로 손가락을 펄럭인다. 그런 다음 오케스트라 전면에 자리를 잡는다.

안나 마리아는 숨을 참고 색이 보이길 기다린다. 손이 움찔거리기 시작한다. 마치 그녀가 직접 무대 위에서 현을 짚고 있고 지켜보던 선생님이 이렇게 말하고 있는 것만 같다. "아주 훌륭하다, 안나 마리아. 아주 훌륭해."

하지만 잠시 후에 뭔가가 그녀의 주의를 흐트러뜨린다. 뒤편에서 남자 셋이 객석에 앉은 여학생들을 손가락질하고 있다. 한 명이 외투 주머니에서 줄로 묶은 공책과 연필을 꺼내 뭐라고 끼적인다.

연주가 시작됐지만 수군거리는 소리가 아까보다 더 많이 들린다. 아까보다 더 많은 남자들이 여학생들을 손가락으로 가리키고 서로 돌아본다.

그만들 하세요. 당장 그만들 하세요. 그녀는 그들에게 이렇게 말하고 싶다. 얼굴로 피가 쏠리는 것이 느껴진다.

그녀는 한쪽 구석에 서 있는 클라라 수녀 쪽을 쳐다본다. 하지만 클라라 수녀는 옴짝달싹하지도, 심지어 눈을 깜빡이지도 않는다. 남자들이 수군대는 걸 알아차렸을 텐데도—모를 수가 없다—아무렇지 않은 듯이 행동하고 있다.

이제 뒷줄의 남자 한 명이 고개를 돌려 파울리나를 쳐다본다. 그녀는 얼굴을 붉힌다. 남자는 몸을 기울여 그녀의 귀에 대고 뭐라고 속삭인다. 파울리나는 멀건 눈을 동그랗게 뜨고 꼼짝하지 않는다. 겁에 질리면 나오는 반응이다. 남자는 친구를 돌아보았다가 다시 파울리나를 쳐다보고는 둘이서 공책에 뭐라고 또 끼적인다.

"저들이 누굴 선택할 것 같아?" 안나 마리아 옆에 서 있던 여학생이 혀짤배기소리로 묻는다.

"그게 무슨 소리야?" 안나 마리아는 파울리나에게 시선을 고정한 채 나지막이 쏘아붙인다.

"누굴 신붓감으로 선택하겠느냐고. 저들이 여기 온 이유가 그거 잖아."

안나 마리아가 노려보자 여학생은 슬금슬금 뒷걸음질 친다. 갑자기 운하의 철썩거리는 소리가 먹먹할 정도로 귓전을 때린다. 방향을 조절하는 타륜에 등불을 매달고 안개를 헤치며 떠내려오는 곤돌라가 머릿속에 떠오른다. 유치한 괴담이라는 건 안다. 하지만 전혀 근거가 없지는 않다. 여학생들이 가끔 결혼해서 여길 나가기도 한다는 건 그녀도 안다. 재능이나 기술이 없어서 미래가 보이지 않는 아이들이 그렇게 된다. 하지만 직접 목격한 적은, 이렇게 가까이서 경험한 적은 없었다.

안나 마리아는 요란하게 걸어가 파울리나의 손을 잡는다.

"지금 뭐 하는 거야?" 그녀가 손을 당겨 일으켜 세우자 파울리나가 조그맣게 묻는다.

객석에서 누군가가 혀를 차고 "쉿" 한다. 클라라 수녀는 손가락질하는 남자들을 살피느라 알아차리지 못한다.

"날 믿어." 안나 마리아는 더욱 세게 잡아당긴다.

파울리나는 안마당까지 순순히 끌려 나온 뒤에 팔을 뺀다. "왜 이래?"

햇빛이 이글거리며 그들 위로 내리쬔다. 팔을 들어 눈을 가리지 않으면 안 될 정도다.

"그 남자들이 너를 고르려고 하고 있었어. 신붓감으로! 너를 보더니 수첩에 뭐라고 적길래 가만히 있을 수가 없었어. 너를 끌고 나오는 수밖에 없었어."

파울리나의 표정이 짜증에서 경악으로 바뀐다. "그 남자가 그래서 그런 말을 한 거였어? 내 귀에 입을 대더니…… 어휴, 내 입으로 말하기도 싫다."

"왜? 그 남자가 뭐라 그랬는데?"

파울리나는 우물쭈물하다가 대답한다. "생리에 대해서 물었어. 시작했느냐고."

안나 마리아는 온몸으로 쿵쾅거리는 심장을 느낀다. 누가 들으면 바구니에 담긴 생선을 고르는 줄 알겠다. 자기들이 여기 주인이라도 되는 양 앉아서 그러고 있다니.

파울리나가 이번에는 자기 신발을 내려다보며 말한다. "뭐…… 너는 이제 그만 연습하러 다시 들어가야겠지?"

안나 마리아는 입을 열지만 아무 말도 나오지가 않는다. 그녀는 파울리나가 안마당을 가로질러 시야에서 사라지는 동안 지켜보기만 한다.

휘청거리지 않으려고 블랙베리 나무를 손으로 짚자 나무껍질이 손바닥에 눌려 우그러든다. 그녀는 연주회장으로 다시 들어가지 않을 것이다. 가만히 서서, 우리 안의 소처럼 누군가에게 팔릴 때까지 기다리지 않을 것이다.

그녀는 잠깐 기다렸다가 허리를 펴고 피에타 본관 입구 쪽으로 시선을 돌린다.

조그만 여자아이가 그 문을 열고 안으로 들어간다. 예배당 문이 안마당 쪽으로 열리며 학생과 손님들이 쏟아져 나오자 아이는 잠깐 안나 마리아를 돌아본다.

안나 마리아가 눈을 감았다 떠보니 아이가 사라지고 보이지 않는다. 그녀는 달려가 문을 연다. 아이가 복도 저쪽 끝에서 입구 홀을 향해 방향을 틀고 있다. 검은색 직모가 등 뒤에서 살랑거린다.

"잠깐만!" 안나 마리아는 허둥지둥 그녀를 쫓아가며 외친다. "기다려."

경쾌하게 찰랑거리는 머리칼과 나선형 계단을 올라가는 몸이 보인다. 계단을 달려 올라가는 동안 그녀의 심장이 점점 빠르게 쿵쾅거린다. 아이는 이제 어느 음악실로 향해 가고 있다. 그중 한 곳에서 단조인 음 세 개가 느리게, 반복적으로 흘러나온다.

안나 마리아는 손을 내밀어 문틀을 부여잡는다. 포르테피아노가 앞에 놓여 있다. 그녀는 숨을 죽이며 가만히 서서 귀를 기울인다. 피아노 연주 소리, 손짓으로 말을 전하느라 원피스가 부스럭거리는 소리, 그녀가 잠이 들었을 때 내는 코 훌쩍이는 소리.

하지만 아니다. 정적뿐이다. 그 안에는 아무도 없다.

취침 시간. 안나 마리아는 침대에 누워서 마달레나 수녀가 불침번 도는 소리를 듣는다. 문이 끼이익 열리고 클라라 수녀가 들어온다. 둘이 수군대는 소리가 침대를 넘어 들려온다.

클라라 수녀가 묻는다. "오늘 제안 들어온 거 있어요? 생리를 시작한 애들이 많아서 적어도 선택의 폭은 넓을 텐데."

"아이들이 너무…… 지적이라고, 너무 아는 게 많다고 걱정하는 사람들이 많았어요."

"너무 아는 게 많다고요? 결혼하기에요?"

"자기들보다 똑똑한 아내는 싫은 거죠."

전율이 안나 마리아의 몸속을 훑고 지나간다. 피에타에서 그들은 여러 분야의 교육을 받았고 지적인 능력은 좋은 거라고 배우지 않았는가.

그녀는 얼굴을 찌푸리고 생리가 절대 시작되지 않길 바라며 몸을 돌린다. 결혼은 그녀가 소중히 여기는 모든 것을 끝장낼 것이다. 그런 운명은 사양하고 싶다. 가야 할 길이 아직도 멀다. 최대한 빨리 필리에 단원이 되어야 한다. 필리에가 생명줄이다. 필리에라면 그녀를 보호할 수 있을 것이다.

생각이 머릿속에서 휘몰아친다. 그녀의 두 눈이 시커먼 그림자가 되고 하늘에서는 달이 반짝일 때까지. 물이 그녀를 데리러 올 때까지.

9

다음 날 정오 기도가 끝났을 때 마달레나 수녀가 안나 마리아를 붙잡아 세우더니 주방으로 가보라고 한다.

"주방이요?" 입에 담기도 싫은 곳이다. "하지만 수업이 있는데요. 저는 허드렛일 면제 아니에요? 선생님께서 그렇게─"

"가라." 마달레나 수녀는 입술을 일직선으로 굳게 다문다.

안나 마리아는 이를 갈고 씩씩대며 걸어가다가 문 앞에서 속도를 늦춘다. 그가 육수 얼룩이 묻은 앞치마를 입고 장난기 같은 것이 묻은 상기된 얼굴로 중앙의 나무 조리대 뒤에 서 있다.

"마에스트로?"

그가 다른 앞치마를 내민다.

앞쪽 조리대에 다양한 재료가 놓여 있다. 그릇에 담긴 달걀, 버터 한 덩이, 밀가루 한 봉지. 조그만 통에 담긴 꿀은 보석과 비슷한 호박색이다. 그녀는 그를 쳐다본다.

"어머니가 내게 요리를 가르쳐주셨거든." 그는 이렇게 말하며 큼지막한 믹싱 볼을 자기 앞으로 끌고 와서 밀가루를 붓는다. 밀가루가 더러 위로 날려 그의 빨간 머리 위에 눈처럼 내려앉는다.

"우리가 좋아했던 요리는 푸가사*였지. 1년에 한 번, 아버지가 안 계실 때 만들었고. 우리 같은 가족에게는 재료비가 부담이라 1년에 한 번밖에 만들 수가 없었어." 그가 이제 그녀를 쳐다본다. "달걀 좀 주겠니?"

그들이 왜 여기 이 주방에서 밀가루를 붓고 있는지 그녀로서는 알 길이 없다. 하지만 그가 자기 이야기를 하고, 그녀에게 비밀을 털어놓고 있다. 그녀의 뱃속에서 날개가 퍼덕이는 것 같은 느낌이 든다.

그녀는 그릇에서 달걀을 하나 꺼낸다. 그가 믹싱 볼 가장자리에 대고 달걀을 깬다. 윤기가 자르르 흐르는 노른자와 흰자가 흘러나온다. 그는 그걸 밀가루와 조심스럽게 섞는다.

"이건 이스트." 그가 조그만 나무 그릇에 담긴 흰색의 액체를 가리키며 말한다. 액체를 그릇에 부으며 이게 반죽을 부풀어 오르게 만든다고 말한다.

그가 반죽을 치대기 시작하며 말한다. "이걸 완벽하게 만들 수 있게 되기까지 오랜 시간이 걸렸지. 만드는 법을 어머니에게 여쭤어

---

* 이탈리아 서북부의 리구리아 지방 방언으로 포카치아를 가리킨다. 올리브오일을 넣고 오븐에 구운 다음 다양한 토핑을 올린 것이 특징인 빵이다.

보지 않았거든. 여쭈어보고 싶었을 때는—" 그는 반죽 위로 손을 든 채 잠깐 말을 멈춘다. "여쭈어보고 싶었을 때는 너무 늦어버렸고."

"너무 늦어버렸다고요?" 그녀는 조용히 묻는다.

그는 그녀와 눈을 맞추지 않는다. "설탕." 그는 한쪽 구석에 놓인 큼지막한 부대 자루를 턱으로 가리키며 유리잔을 건넨다.

"너를 보면 왠지 모르게 어머니가 생각난다. 어머니도 원칙에 별로 관심이 없으셨거든." 그는 그녀를 흘끗 쳐다보며 입꼬리를 살짝 실룩거린다. "얼른 가서 그 컵 가득 설탕을 떠 와라."

그녀는 설탕을 몇 알갱이 흘려가며 멍하니 돌아온다. 설탕 한 컵이 그녀의 손에 쥐여 있다.

그는 설탕을 건네받아 반죽에 붓고 다시 치대기 시작한다.

"요리는 어떻게 보면 작곡과 비슷해. 제대로 된 재료를 제대로 섞기만 하면 걸작을 만들 수 있다는 점에서."

작곡. 그 단어를 듣고 그녀는 귀를 쫑긋 세운다. 좀 더 골똘하게 그를 쳐다본다.

"작곡가는 통역하는 사람이야. 말로 표현할 수 없는 것, 심지어 모를 수도 있는 것과 사람들을 연결해 주는. 소리와 감정, 한낱 인간과 신 사이에 놓인 다리와도 같지." 그는 다시 그녀를 쳐다본다. "이제 뭘 더 넣으면 될까?"

그녀의 심장이 철렁 내려앉는다. 조리대 위에 놓인 모든 재료와 통과 그릇을 흘끗 둘러보지만 알 도리가 없다.

그가 버터를 가리킨다. 그녀는 버터를 그쪽으로 밀어준다.

"최종 결과물, 최후의 작품은 어마어마하겠지. 우리가 연주할 곡에서는 스피드와 에너지와 열기가 뿜어져 나올 거다. 청중을 자리에서 일으켜 세울 거고. 하지만 이런 작품을 탄생시키려면 기초가 튼튼해야 해. 그리고 기초를 튼튼히 다지려면 선대의 언어를 배워야 하고."

그는 이제 반죽을 그릇에서 꺼내 밀가루를 뿌려놓은 조리대 위에 얹는다. "그런 다음이라야 뭔가 새로운 걸 창조할 수 있지. 우리만의 언어를."

그는 레몬과 오렌지 껍질, 잘게 썬 아몬드와 꿀을 안에 섞는다. 반죽이 점점 말랑말랑하고 탱탱해진다. 그는 반죽을 둘로 나눠서 머리처럼 한데 땋기 시작한다.

안나 마리아는 집중하며 지켜본다. 뱃속에서 날개가 좀 더 격하게 퍼덕거린다. 뭐가 됐든 이렇게 부드럽고 조심스럽게 다루는 어른은 처음이다.

"다 되면 다 됐다는 걸 어떻게 알아요?"

그는 미소를 짓는다. "달인은 다 아는 수가 있지."

그녀가 오븐을 열자 열기가 뿜어져 나와 그들을 적신다. 그는 한데 엮은 반죽을 오븐 안에 넣는다.

그녀는 이 주방에서 재료를 썰고 껍질을 벗기고, 바닥을 닦고 청소하며 수많은 시간을 보냈다. 하지만 이런 적은 없었다. 물감으로 캔버스를 칠하듯 이렇게 값비싼 재료를 한데 섞은 적도, 이렇게 근사하고 새로운 걸 만들어본 적도 없었다.

몇 분 만에 은은한 빵 냄새가 주방 곳곳으로 번진다. 집이라는 데서 풍기는 냄새가 이런 걸까? 그녀는 궁금해진다.

그는 그 냄새에 긴장이 풀렸는지 고개를 뒤로 살짝 젖힌다.

"냄새에는 힘이 있지. 인간을 어떤 시간, 어떤 장소로 데려다 놓거든. 그렇지 않니?"

그 말에 안나 마리아는 현실을 떠나 생활관 침대에서 자다 깬 여덟 살 꼬마가 된다. 아가타가 웃으며 보여줄 게 있으니 얼른 몸을 돌리라고 그녀를 재촉한다. 안나 마리아의 등을 빗방울처럼 때리는 아가타의 조그만 손가락이 느껴진다. 얼마 전에 배운 곡을 포르테피아노 없이 연주해 보인 것이다.

아가타에게는 특유의 체취가 있었다. 자고 일어났을 때 풍기는, 베개처럼 포근한 냄새였다.

그 냄새가 안나 마리아의 목에 걸린다. 그녀는 밀가루가 뿌려진 조리대를 붙잡고 그 기억을 멀찌감치 밀어낸다.

그가 천천히 말한다. "음악에도 똑같은 능력이 있지. 청중의 감정과 의지와 기억을 좌우하는 능력 말이다."

그가 그녀의 옆으로 와서 선다.

"너는 사람들에게 어떤 감정을 선물하고 싶니? 그들이 너를 위해 무얼 해주길 원하니?"

그녀는 그의 눈을 빤히 쳐다본다. 이제 보니 옅은 초록색 눈동자에 적갈색 점이 군데군데 박혀 있다.

"시간 다 됐습니다." 주방장이 문 앞에서 말한다.

그는 고개를 돌려 주방장을 쳐다본다. "거의 끝나가요."

주방장은 짜증을 감추며 팔짱을 낀다. "배고파하는 300명의 아이들을 날마다 먹이는 게 쉬운 일인 줄 아세요? 한 시간 넘게 지났어

요. 저녁 전에 주방을 돌려주세요. 그리고 저건 다 구워지면 같이 먹
기예요.” 오븐을 턱으로 가리키며 하는 말이다.

안나 마리아는 분위기가 싸늘해지는 것을 느낀다.

“알겠습니다.” 그는 결국 뻣뻣하게 이렇게 말한다.

안나 마리아는 주방에서 내쫓긴다. 혼자 밖으로 나가는데 빵 냄새
가 느껴진다. 그때까지 오븐에 있을 리 없는데도 저녁 식사 시간에
도 그 냄새가 느껴진다. 그날 밤 다른 학생들보다 먼저 생활관으로
들어가 보니 거기서도 빵 냄새가 풍긴다. 그리고 종이로 싸서 끈으
로 묶은 뭔가가 침대 위에서 그녀를 기다리고 있다.

그녀는 얼른 포장을 벗긴다. 비단처럼 부드러운 껍질 위에 설탕이
뭉텅이로 뿌려져 있다. 그녀는 손바닥에 그걸 얹고 신나서 고개를
든다.

하지만 당연히도 없다. 그녀에게는 그걸 나눠 먹을 사람이 없다.

그때 거기 달린 쪽지가 그녀의 눈에 들어온다. 검은색 잉크로 쓴
둥글둥글한 필체로 세 단어가 적혀 있다.

우리가 만든 걸작이다.

일주일이 지난 다음, 그녀는 평소처럼 가장 작은 음악실에서 그를
다시 만난다. 그는 책상 위로 허리를 숙이고 어떤 악보를 들여다보
고 있다. 악보가 삐죽빼죽한 햇빛을 받고 눈부시게 빛난다. 그는 입
구에 서 있는 그녀를 보더니 차후 행보를 고민하는 듯이 악보를 조
금 더 들고 있다가 책상 위에 내려놓은 뒤 그녀에게 옆자리에 앉으
라고 손짓한다.

“코렐리의 「바이올린 소나타」 첫 세 악장이다. 어떻게 생각하니?”

4분의 1박자로 연주하는 16분 음표로만 이루어져 있다. 그녀가 아는 작곡가 중에 이런 식으로 16분 음표를 활용한 또 다른 이는 한 명뿐이다.

“「악마의 트릴」 2악장.” 그녀는 놀라워하며 선생님을 바라본다. “타르티니에게서 이 아이디어를 훔쳤군요!”

그는 미소를 짓는다. “하지만 코렐리의 작품이 타르티니의 「악마의 트릴」보다 먼저 만들어졌는걸?”

“하지만…… 그럴 리 없어요.” 그녀는 받아들일 수가 없다. “타르티니는 거장이잖아요. 남의 것을 베꼈을 리 없어요.”

“「악마의 트릴」의 전반적인 느낌이 이 작품과 같다고 보니?”

잠시 고민한 끝에 그녀는 고개를 젓는다. 두 곡은 전혀 다르다.

“타르티니는 코렐리의 제자였어.” 그가 설명한다. “코렐리의 발상을 취해 아예 새롭게 바꾼 것이 「악마의 트릴」이지. 언어를 배운 다음 참신한 재료를 추가한 거다. 꼭 좋다고 할 수는 없지만 다른 재료를.”

그녀는 그를 쳐다본다. 달콤했던 빵 맛이 입술로 느껴진다.

한 박자 정도의 시간이 흐른 뒤. “이건 네가 가져도 좋겠다.” 그는 악보를 그녀에게 준다. “연구해봐라. 타르티니가 어느 지점에서 예상에서 비껴나갔는지 찾아보고. 규칙을 알아야만 그것을 깰 수 있는 법이거든.”

그녀는 천천히 악보를 받으며 그를 쳐다본다. 그다음 말이 이어지길 기다린다. 곡을 써보라는 걸까? 그래도 좋다고 허락을 내리는 걸까?

그들은 남은 수업 시간 동안 코렐리의 작품을 연주한다. 그녀가 생활관으로 얼른 달려가 두 개의 악보를 나란히 놓고 연구할 생각을 하며 뒷정리를 하는데, 선생님이 다른 걸 하나 더 건넨다.

"이게 뭐예요?" 안나 마리아는 책상 위에 놓여 있던 두툼한 크림색 종이를 들고 묻는다. 느낌이 묵직하다.

"네가 직접 읽어보지 그러니?"

맨 꼭대기에 남자들 이름이 여섯 명씩 두 줄로 나란히 적혀 있다. 그중 한 명은 그녀도 아는 사람이다. 전에 한 번 와서 그녀의 연주를 들은 적 있는 운영위원 아닌가?

그녀의 시선이 두어 개의 갈색 점을 지나 종이를 미끄러지듯 가로지른다. 커피 얼룩 같은데…….

바이올린 하나. 안나 마리아 델라 피에타. 20두카트. 승인.

숨을 토하는 소리와 신음 소리의 중간쯤 되는 소리가 입에서 터져나온다. 그녀는 입을 벌리지만 아무 말도 할 수가 없다. 목메면서 눈앞이 갑자기 흐릿해진다.

거의 잊고 있었는데. 거의 포기하고 있었는데.

"너무 오래 기다리게 해서 미안하다." 그가 조용히 말한다.

그가 그녀의 어깨에 손을 얹고 살짝 힘을 준다. 그의 손이 닿은 지점에서부터 따뜻한 기운이 파도처럼 밀려온다. 그녀는 그의 빛바랜 재킷, 구불구불한 빨간 머리, 한쪽이 접힌 옷깃을 쳐다본다. 순간 아버지가 있다는 게 어떤 걸지 궁금해진다. 아버지가 있었다면 그도 어깨를 이렇게 잡아주었을까? 바이올린을 할 수 있게 도와주었을까?

그녀는 주먹 쥔 손으로 눈물을 닦는다.

"이렇게 비용이 많이 드는 물품을 구매하려면 운영위원들을 꽤나 설득해야 하거든. 하지만 내가 얘기했지. 너한테는 이 악기가 필요하다고. 오디션을 보려면 꼭 있어야 한다고 말이다."

"오디션이요?" 그녀는 얼른 반문한다.

"봄에 있을 필리에 오디션 말이다."

그거야말로 그녀가 꿈꿔왔던 전부 아닌가. 그래도 그녀는 이렇게 묻는다. "하지만 저는 이제 겨우 열세 살인데요."

"6개월 남았잖니. 그때까지 너를 충분히 준비시킬 수 있을 거라고 본다. 그리고 그 무렵이면 거의 열네 살이 되는 걸로 알고 있다만. 어찌 됐건 합격하면 너는 최연소 단원이 될 거다. 그와 동시에 나는 승진 대상이 될 테고. 음악감독으로 말이다. 그럼 내가 쓴 곡을 발표하고 연주회도 열 수 있을 거다." 그의 신난 목소리로 음악실 전체가 들썩인다. 그녀의 심장도 덩달아 빠르게 두근거린다. "나는 큰일을 하고 싶다, 안나 마리아. 사람들을 자리에서 일으켜 세우고 하늘 높이 띄워 보내는 음악을 만들고 싶다. 그 모든 일에 너도 함께했으면 하는데, 네 생각은 어떠니?"

그녀는 이제 그가 아니라 앞을, 6개월 뒤를, 미래를 바라보며 대답한다. "필리에 디 코로 역사상 가장 어린 단원이 될 거예요. 그게 제 생각이에요."

일주일 뒤에 1층 교실로 불려가 보니 벽돌로 테두리를 쌓은 조그만 벽난로 앞에 마달레나 수녀와 함께 어떤 여자가 앉아 있다. 그 앞으로 다가가던 안나 마리아는 걸음을 멈추고 어두컴컴한 복도에서 열린 문 틈새로 그들을 쳐다본다. 마달레나 수녀가 쓴 검은색 베일의 매끈한 뒤편이 보인다. 허공에 떠다니는 먼지들이 쏟아져 들어오는 햇빛을 받고 반짝거린다.

그 옆에 몸을 앞으로 숙이고 앉아 있는 여자는 어깨가 둥그스름하고 하나로 묶은 짙은 회색 머리는 희끗희끗하다. 갈색 숄을 둘렀고, 길고 수수한 원피스는 수녀복처럼 네크라인이 목 위로 올라온다.

그녀가 하는 말이 둥실둥실 떠올라 안나 마리아에게로 흘러온다.

"아시겠지만 제 나이에 그건 얼굴을 들 수 없는 일이었어요…… 그래서…… 어쩔 도리가…….."

마달레나 수녀가 몸을 앞으로 기울여 굳은살 박인 손을 여자의 무릎에 얹는다. "설명하지 않으셔도 됩니다."

안나 마리아가 안으로 들어가려는데 뒤에서 숨소리가 들려 돌아보니 놀랍게도 파울리나가 옆에 서 있다. 달려왔는지 볼이 발갛다. 주방에서 일을 하느라 그랬는지 원피스 어깨에 초록색 얼룩이 묻어 있다. 안나 마리아는 파울리나를 이렇게 가까이서 만날 수 있다는 데 짜릿한 흥분을 느낀다. 그녀는 인사를 건네고 어쩌다 얼룩이 묻었는지 물어보려고 하지만 파울리나는 미간을 찌푸린다. "네가 여긴 어쩐 일이야?"

안나 마리아의 몸이 뻣뻣하게 굳는다. "호출을 받고 왔어."

"나도 그런데."

파울리나가 그녀의 옆을 지나 문을 열자 끼이익 하는 소리가
난다.

"왔구나." 마달레나 수녀가 몸을 돌려 그들을 쳐다보며 말한다.
"그래. 와서 앉아라." 그녀는 그들 앞의 책상을 가리킨다. 목소리가
평소보다 조용하고 다정하다. 뭔가 이상하다.

안나 마리아는 이제 여자를 쳐다본다. 그녀는 눈물로 범벅된 얼굴
로 가만히 웃고 있다. 그 결과 눈가에 주름이 잡힌 것이 꼭 누굴 닮
았는데—

"이분께 아가타 얘기를 들려드리려무나." 마달레나 수녀가 말
한다.

안나 마리아의 심장이 옥죄어 온다. 그녀의 시선이 흘끗 마달레나
수녀에게로 향했다가 다시 그 맞은편에 앉아 있는 여자에게로 돌아
온다. 이럴 수는 없다. 정말이지 이럴 수는 없다. 하지만 여자가 손
에 움켜쥐고 있는 것이 안나 마리아의 눈에 들어온다. 신문지는 접
혀 있고 눈물로 축축하게 젖었다. 하지만 거기 적힌 시구를 읽는 데
에는 아무 문제가 없다. 너를 다시 찾으러 올게.

똑같은 신문지를 들고 그녀와 나란히 누워 서로 체온을 나누며
삐딱하게 웃던 아가타의 얼굴이 순간 머릿속에 빙그르르 떠오른다.

바로 그 찰나 세상이 새까맣고 차가워진다. 안나 마리아의 몸이
휘청거리는 게 느껴지고 의자가 바닥을 긁는 소리가 들린다.

파울리나가 그녀를 쳐다보고 있다. 슬퍼하고 걱정하는 표정으로
미간을 찌푸리고 있다. 아가타가 죽은 뒤 몇 년 만에 처음으로 그녀
가 그런 표정으로 안나 마리아를 쳐다보고 있다.

파울리나가 여자에게로 주의를 돌린다. "그 아이는…… 그 아이는 저희의 가장 친한 친구였어요."

그녀는 그들이 어떤 식으로 서로를 놀렸는지, 자기가 혼이 나지 않게 아가타가 어떤 식으로 자기 음식을 해치워 주었는지, 잠을 잘 때 어떤 식으로 코를 쿵쿵거렸는지 이야기한다. 아가타가 포르테피아노에 소질이 있었다는 대목에 이르자 여자가 조그맣게 소리를 낸다. 조용하고 고통으로 얼룩졌고 입맞춤처럼 부드러운 소리다. "음악이 그 아이에게 위안이 되길 바랐는데."

안나 마리아는 아무 말도 할 수가 없고 옴짝달싹도 할 수가 없다. 마달레나 수녀가 궁금해하는 표정으로 그녀를 쳐다보지만 추궁하지는 않는다.

"아가타가 아홉 살이었을 때……." 파울리나는 안나 마리아를 쳐다본다. "그 일이 벌어졌어요." 그녀는 숨을 들이마시고 천천히 내뱉는다. "아가타는 종종 아주머니 얘기를 했어요." 그녀는 여자가 손에 쥐고 있는 쭈글쭈글한 종이를 가리킨다. "언젠가 자기를 데리러 오실 거라고 믿었어요."

여자는 고개를 숙이고 엄지손가락으로 시의 마지막 줄을 문지른다. "내가 너무 늦게 왔지." 그녀가 조그맣게 속삭인다.

마달레나 수녀가 "너희 둘은 이제 나가도 좋다" 하고 말했지만 안나 마리아는 듣지 못한다.

파울리나가 그녀를 흔들어 정신을 깨운다. 마달레나 수녀가 조용히 기도를 읊조리며 여자의 손을 잡는 동안 두 사람은 자리에서 일어난다.

문 앞에 다다른 안나 마리아가 달려나가기 직전에 여자가 고개를 든다. "고맙다." 여자가 마침내 말한다. "그 아이의 친구가 되어줘서 고마워."

안나 마리아는 생활관에서 활로 천천히 현을 긋는다. 침대 위에 놓아둔 반쪽짜리 카드와 그 아래에 놓인 쪽지를 쳐다본다. 그녀는 자신이 무슨 수로 어떤 곡을 연주해야 하는지 감지하고 손가락으로 어떻게 현을 짚어 슬픔과 사랑을 색과 음표로 바꾸어놓는지 알지 못한다. 그저 이것이 맞는다는 것을, 그녀가 할 수 있는 건 이게 전부라는 것을, 그녀가 있을 곳은 여기뿐이라는 것을 알 따름이다.

어딘지 모를 연약하고 물캉하고 깊은 데서 길어 올린 부드러운 곡이다. 꿀색과 금색이 쏟아져 나오는 와중에 검은색, 회색, 날카롭게 반짝이는 흰색이 있다. 이 음을 그녀는 붙잡는다. 끝까지 붙잡고 붙잡고 또 붙잡는다. 팔이 버틸 수 있을 때까지, 활이 떨어질 때까지, 숨소리가 거칠어질 때까지, 떨리는 흐느낌과 함께 눈물이 쏟아질 때까지. 누군가가 그녀의 어깨 위에 손을 얹을 때까지.

고개를 돌려 누군지 확인할 필요도 없다. 8년 동안 매일같이 느꼈던 손이다.

"네가 그렇게 괴로워하고 있는 줄 몰랐어." 파울리나가 말한다.

하지만 안나 마리아는 카드에서, 그 아래 놓인 쪽지에서 눈을 떼지 않는다.

"왜 그래?" 파울리나가 조그맣게 묻는다.

안나 마리아는 숨을 가다듬은 다음에야 말문을 열 수 있다. 그런 다음에야 조그맣게 나지막이 중얼거릴 수 있다.

"내 쪽지는 왜 그렇게 단정적이었을까?"

"그게 무슨 말이야?"

"그…… 다른 쪽지는……."

"아가타의 쪽지 말이야?"

안나 마리아는 딱 한 번 고개를 끄덕인다. "아가타의 어머니는 다시 오겠다고 했고 그 말대로 다시 왔잖아."

너를 사랑하는 사람이 있었다는 걸 알아주길. 그 문구가 종이 위에서 그들을 올려다본다. 과거형이고, 단정적이다.

파울리나는 그녀의 어깨를 잡은 손에 힘을 준다. 마침내 그녀가 말한다. "네가 여기 맡겨진 건 네 손으로 무언가를 이루기 위해서야."

10

그해 처음으로 석호에 활기가 넘친다. 물 위를 점점이 수놓은 수많은 곤돌라가 둥그스름한 양쪽 끝의 그림자를 수면에 드리운다. 키가 큰 배 한 척이 높이 솟은 빨간 돛이 불룩하도록 바람을 담고 그들 사이를 가른다. 튼튼한 나무 말뚝이 우뚝 박혀 있고 사공들이 곤돌라를 묶어놓는 인도 가장자리에 상인들이 깔개를 깔고 상품을 펼쳐놓았다. 향신료와 비단과 소금과 목각 공예품, 깃털과 사육제 가면과 무명과 알록달록한 털실이다. 기슭으로 나선 사람들이 짓는 감탄하는 표정은 또 어떤가. 베네치아는 이런 순간들로 이루어진 곳이다. 눈빛이 초롱초롱한 몽상가들이 맨 처음 땅에 발을 디딘 곳. 모든 이가 뭔가 새로운 것을 들고 온다. 여기서 한몫 잡으려는 상인들은 새로운 상품을, 이름을 떨치려는 사상가들은 새로운 글을, 머나먼 땅에서 건너온 음악가들은 새로운 곡을. 모든 걸음이 운동이고 모든 두근거림이 변화를 의미한다.

피에타의 생활관 안에서 마달레나 수녀가 아침 일찍 안나 마리아를 깨운다.

"왜 그러세요?" 그녀는 게슴츠레한 눈으로 마달레나 수녀가 낚아챈 이불을 잡아당기며 묻는다.

"호출이야. 옷 갈아입고 당장 음악실로 내려가도록 해."

안나 마리아는 한데 뒤엉킨 침구에서 서서히 빠져나온다. 종이 구겨지는 소리가 들리자 몸을 돌려 이불을 들치고 안에 있던 쪽지와 트럼프를 끄집어낸다. 간밤에 늦게까지 그 둘을 쳐다보다가 잠이 들면서 떨어뜨린 모양이다.

그녀는 천천히 일어나 협탁 쪽으로 몸을 돌려서 쪽지와 카드를 그 위에 둔다. 손바닥으로 카드를 누르고 그 둘을 잠깐 쳐다보다가 아무 말 없이 딱 한 번 고개를 끄덕인다.

10분 뒤에 그녀는 음악실 문 앞에 도착한다. 창문을 뚫고 쏟아진 아침 햇살이 그의 윤곽을 비추고 머리칼에 불을 지른다.

"오늘 아침에 오랜 친구를 찾아가 네 악기에 대해 문의할 생각이거든. 혹시 너도 따라갈 생각이 있나 해서."

바깥세상으로, 사람들이 있는 활기찬 삶의 현장으로 나갈 수 있는 기회다. 대답할 필요가 없다. 그녀의 눈이 휘둥그레지고 입가에 미소가 번진다.

피에타에서 이렇게 멀리 벗어나기는 이번이 처음이다. 그녀는 쿵쾅거리는 심장을 달래며 뭐 하나도 놓치지 않으려고 두 눈을 이리저리 움직인다.

여기 이 지상은 색으로 뒤덮였다. 음악이 창문에서 쏟아져 나오고 배에서 굴러나오고 지나가는 모든 일꾼의 입에서 흘러나온다. 위로 폴짝 뛰어올라 음표를 잡을 수도 있을 것만 같다.

그들은 금색 쟁반에 차를 쌓아놓고 파는 상인과 깔개, 레이스, 구슬 목걸이를 펼쳐놓은 여자들을 지나 부둣가를 따라서 베네치아 반대편 끝으로 걸어간다. 말린 생선이 든 광주리, 싱싱한 채소 부대, 칼 가는 기구가 담긴 손수레를 끄는 남자들이 콧노래를 부르며 그들 옆을 지나간다. 구두 수선공들은 조그만 공구 상자를 들고 노래를 부르며 걷는다. 옥상에서는 하인들이 빨래를 펼쳐 시원한 겨울 햇살을 잘 받을 수 있도록 넌다. 사방에서 생선과 소금과 지나가는 배에 실린 향신료 냄새가 난다.

그녀는 입술을 핥으며 도시의 맛을 음미한다. 숨을 크게 들이마시고 또 한 번 마시며 꿈이 아님을 상기한다. 정말로 지금 바이올린을 찾으러 베네치아를 가로지르는 중이다.

선생님이 그녀를 보고 잠깐 미소를 짓는다.

"왜요?"

"아무것도 아니다." 그의 미소가 점점 크게 번진다.

"왜요!" 그녀는 따져 묻는다.

그는 이제 껄껄대며 웃는다. "그냥…… 네 경외감에 나도 전염이 되는 것 같아서."

그녀는 오래전에 받은 첫 번째 레슨을 떠올린다. 화가 머리끝까지 났던 그와 결연했던 그녀. 번개와 번개의 충돌. 하지만 그녀는 열심히 노력해 그의 마음을 얻었고, 이후로 그녀를 향한 그의 애정은 날마다 자라나는 듯하다.

"사람들이 너를 보고 궁금해하는구나." 지나가던 여자가 두 번이나 쳐다보자 선생님이 한쪽 눈썹을 쫑긋 세우며 말한다.

안나 마리아는 그 여자와, 역시 지나가던 다른 남자를 쳐다본다. 남자는 그녀의 빗지 않은 머리와 피에타를 상징하는 흰색 원피스에 주목한다.

"하긴 너희가 건물 밖으로 나오는 경우는 거의 없으니까. 네가 특별한 존재라는 걸 저들도 깨달을 수밖에."

짜릿함에 안나 마리아의 가슴이 간질거린다.

그들은 이제 거대한 벽돌담이 양쪽으로 이어지는 좁은 골목길로 접어든다. 그녀는 고개를 길게 빼고 담벼락 꼭대기까지 눈으로 더듬는다.

"공창이란다." 그가 뒤따라오는 그녀에게 알려준다. 숨소리가 조금 거칠다. 선생님이 손수건을 꺼내 거기에 대고 기침을 한다.

그녀는 여기가 배를 만드는 곳이라는 건 알았지만 직접 본 적은 없어서 이 정도로 거대할 줄은 상상도 하지 못했다. 그들은 통나무가 차곡차곡 쌓여 있는 작업장을 지난다. 남자들이 무거운 물건을 들어 올리는 소리, 쇠붙이가 철커덩거리는 소리가 담벼락을 타고 넘어온다. 그녀는 돛에 쓰이는 큼지막한 빨간색과 주황색 천을 떠올리며 안쪽 담벼락이 그 천으로 덮여 있을지, 거대하고 알록달록한 두루마리가 담벼락 너머에 쌓여 있을지 궁금해한다.

하지만 걷는 속도가 느려지고 그녀의 관심사가 바뀐다. 그가 매끈한 검은색 문을 세 번 두드린다.

그곳은 가게가 아니다. 궁전이다. 널찍한 입구 홀에는 화려한 그림과 함께 금색 테두리가 달린 커다란 거울이 걸려 있고 거길 지나자 타원형 테이블이 놓인 넓은 방이 나온다. 식당인가 싶을 수도 있겠지만 그렇다면 저녁 메뉴는 바이올린이다. 테이블이 그것들로 뒤덮여 있다. 반질반질하고 눈이 부시고 우아한 곡선미를 자랑한다. 안나 마리아의 뱃속에서 천둥이 치는 게 느껴진다. 뒤편에도 키가 큰 유리 진열장에 행거에 걸린 옷처럼 바이올린이 여러 개 더 걸려 있다. 오른편에는 아치문 너머로 포르테피아노, 주황색 러그, 연주회를 보러 온 관람객처럼 꼿꼿하게 앉아 있는 첼로 몇 대, 일렬로 놓인 의자가 보인다.

베네치아는 기억 저편으로 사라진다. 길거리와 사람들과 하늘, 향신료와 구슬 목걸이와 가면도 사라진다. 여기가 바로 천국이다.

"앉아라." 선생님이 아치문 너머의 응접실에 놓인 가죽 의자를 가리키며 말한다. "주인장이 곧 나올 거야."

안나 마리아는 의자에 앉은 뒤 깍지 긴 손을 다리 사이에 끼워 넣는다. 손을 잠깐이라도 풀었다가는 여기 있는 반짝이는 악기들을 죄다 건드릴지 모른다.

"다시 만나서 반갑구려, 안토니오."

하얀 턱수염을 짧게 기르고 이마에 주름이 깊게 파인 남자가 다리를 절며 들어온다. 그는 짙은 파란색 앞치마에 손을 닦은 뒤 그녀의 선생님에게 악수를 청한다. 햇볕에 그은 얼굴과 길고 희끗희끗한 눈썹 때문에 어부가 떠오른다.

"아버지는 좀 어떠신가?" 그가 허스키한 목소리로 나지막이 묻는다.

그녀의 선생님이 여기에서는 아랫사람인가 보다. 남자보다 키가 30센티미터쯤 더 큰데도 공손하게 허리를 숙이는 눈치다.

선생님은 옷깃 아래로 들어간 빨간색 곱슬머리를 휙 넘기고 자세를 살짝 바꾸며 말한다. "네, 네, 좋으세요. 고마워요, 니콜로. 안부 묻더라고 아버님께 말씀 전할게요."

남자는 따뜻한 눈빛으로 고개를 끄덕인다. "자네 아버지는 훌륭한 바이올리니스트였지. 사실상 가장 인상적이었던 연주자였어."

"네." 그녀의 선생님이 말한다. "저도 그렇게 들었습니다."

방을 가로지른 그는 그녀의 의자 등받이에 손을 얹고 가슴을 내밀며 말문을 연다.

"하지만 제가 오늘 여길 찾은 이유는 또 다른 훌륭한 연주자를 소개하기 위해섭니다. 이쪽은 피에타 소속의 안나 마리아예요."

이제 그녀의 시간이다. 그녀는 자리에서 벌떡 일어선다.

"안나 마리아." 남자는 발을 끌며 가까이 다가온다.

그녀의 이름을 부르는 그의 말투가 마음에 든다. 노래 가사라도 되는 것처럼 'R'을 굴려가며 발음하고 있다.

"나는 시뇨레 셀레스다만 니콜로라고 불러도 좋아. 너에 대해 좋은 이야기를 많이 들었다. 돕게 돼서 영광이로구나."

그녀는 고개를 끄덕인다. 돕게 돼서 영광이라니. 그 표현도 마음에 든다. 그리고 어른을 성이 아니라 이름으로 부르는 것도. 대등한 관계가 되지 않는가.

그녀의 시선이 유리 진열장으로 향한다. 그 안에 담긴 보석들에게로 향한다.

니콜로는 그걸 보고 미소를 짓는다. "바이올린은 완벽한 작품이지. 모든 부품마다 기능이 있거든." 그는 테이블 앞으로 걸어가 바이올린을 하나 집어 든다. "형태가 보이지? 스스로 지탱하는 구조라 아주 얇지만 아주 튼튼하단다. 테두리는," 이번에는 그곳을 가리키며 말을 잇는다. "보기에는 장식인 것 같지만 갈라짐을 방지하는 역할을 하고, 이 'f' 모양의 구멍들은," 안나 마리아는 바이올린 전면에 자리 잡은 시커먼 소용돌이무늬를 게걸스럽게 들여다본다. "따뜻한 음색이 흘러나오게 하는 역할을 하지. 바꿔도 되는 건 없단다. 아무것도."

그녀의 심장이 두근거린다. 만져보고 싶어서, 연주해 보고 싶어서 좀이 쑤신다.

"이 부분은 뭐라고 부르는지 아니?" 니콜로가 나무로 된 전면의 가장 넓은 부분을 가리키며 묻는다. 안나 마리아는 고개를 젓는다.

"울림판이라고 하고, 수령이 거의 200년에 달하는 최고급 알프스산 가문비나무로 만든단다. 남동부에서 자라는 나무지. 그곳은 겨울이 길고 추워서 나무들이 천천히, 일정하게 자라거든."

그는 이제 그녀의 선생님을 돌아본다. "이 아이가 공방을 조금 둘러보면서 제작 과정을 이해하면 좋지 않을까?"

"네." 그가 말문을 열 겨를도 없이 그녀가 대답한다. "그러고 싶어요."

그녀의 선생님도 고개를 끄덕이며 살짝 인사한다. "그러시죠. 저는 활 문제로 마르코와 할 얘기가 있어서요."

그녀는 니콜로를 따라 좁고 어두컴컴한 복도를 지나 먼지와 나무 냄새가 나는 곳으로 간다. 공방 정중앙에 육중한 테이블이 놓여 있다. 키가 크고 홀쭉하며 머리가 점점 빠져서 한 군데가 벗어진 또 다른 남자가 앞치마를 입고 허리를 숙인 채 조그만 철제 공구로 바이올린 목인가 싶은 곳에 뭔가를 새기고 있다. 부드럽게 깎여 나온 나무가 돌돌 말려서 바닥 위로 떨어진다.

끌과 칼들이 공방 저쪽 끝에 얌전하게 한 줄로 놓여 있다. 그 옆 게시판에는 나무 두께, 악기의 부품, 복원 계획과 작업 일정표를 적은 계획서와 도안이 붙어 있다. 단풍나무 향을 따라 고개를 들어보니 칠을 아직 하지 않아서 맨살을 드러낸 악기들이 머리 위에 매달려 산들바람에 흔들리고 있다.

그녀가 바이올린의 탄생지에 들어온 것이다.

"우리는 루시어luthier란다. 그러니까 바이올린을 만드는 사람이라는 거지. 하지만 각자 고유의 기술이 있어. 여기 이 알베르토는 목공 전문이고, 나는 칠 전문이지. 활 전문가도 있단다."

그녀는 손을 내밀어 가느다란 손가락으로 벽에 걸려 있는 판을 만져본다. 아마도 뒤판인 것 같은데, 대충 깎여 있다.

니콜로가 그녀를 지켜보며 말한다. "이건 단풍나무로 만들어졌단다. 매끈하게 밀고 모서리도 둥글게 다듬어야 하지. 어떤 식으로 은은하게 반짝거리는지 보이니? 나뭇결의 간격이 머리카락 굵기밖에 안 되는 것도?" 그는 걸려 있던 그 악기를 꺼내 창문 너머로 쏟아져 들어오는 햇빛을 받을 수 있도록 앞뒤로 흔든다. "이게 고급 나무로 만들어졌다는 증거란다."

"현은요?"

"고양이 창자catgut로 만드는 장선이지."

"고양이 창자요?" 그녀는 소리치면서 요리사가 저녁 시간 때 피에타 주방으로 몰래 기어들어 온 고양이의 배를 갈라 내장을 끄집어내는 광경을 상상한다.

그는 빙그레 웃는다. "사실 고양이는 아니지만 창자는 맞아. 주로 양의 창자를 쓰지. 그리고 털은 말총. 가장 가늘고 완벽한 털만 골라서 쓴단다."

그녀는 천천히 고개를 끄덕인다. 잠시 후 어떤 생각 하나가 고개를 든다. "악기가 완성됐을 때 무슨 소리를 낼지 어떻게 아세요?"

창문을 가득 메운 햇빛을 받고 그의 눈이 반짝거린다. "그게 바로 이 일의 매력이지. 모든 인간이 다르듯 모든 바이올린이 다르거든. 그 안에 일종의 요술이 숨겨져 있다고, 나는 그렇게 생각하고 싶구나. 우리로서는 예측할 수도, 알 수도 없는 어떤 것이지. 결국에는 완성 후에 연주하면서 알아내는 수밖에 없어."

그녀의 목덜미에 소름이 돋는다.

뒤에서 누군가가 꺅 하고 비명을 지르고 폭소를 터뜨리는 소리가 들린다. 대여섯 살쯤 되어 보이는 여자아이가 공방 안으로 요란하게 들어온다. 하나로 묶어서 벨벳 리본을 단 빨간 머리를 흔들어가며 깔깔거린다. 똑같은 리본을 목에 단 조그만 강아지에게 쫓기고 있다. 아이가 안나 마리아를 들이받는다.

니콜로가 혀를 찬다. "소피아, 내가—"

하지만 쾅 하는 소리가 그의 말허리를 자른다. 작업대가 흔들린다. 흥분한 소피아가 정신없이 도망치느라 작업대 모서리에 머리를 찧은 것이다.

니콜로는 움찔하고는 얼른 달려간다. 아이는 놀라서 당장 울음을 터뜨린다. 니콜로가 아이의 머리 위에 손을 얹고 조심스럽게 문지른다. "돌체 밤비나,* 괜찮니?"

소피아의 숨소리가 떨린다. 강아지는 앞발을 들고 깡충깡충 그들 주변을 맴돈다. 놀자는 뜻이다. 강아지가 재촉한다. 놀자!

하지만 안나 마리아의 시선이 향한 곳은 강아지가 아니라 니콜로와 그 여자아이다. 그가 어떤 식으로 아이를 달래고, 어떤 식으로 걱정하며, 어떤 식으로 혹이 생긴 부분을 어루만지는지다. 순간 그녀의 침대에서 같이 자던 시절 몸으로 느껴지던 파울리나의 윤곽선이 떠오른다. 질투가 화르르 선명하게 타오른다. 소피아를 그의 손에서 떼어내고 그 자리에 대신 서고 싶다.

"공방에서 놀면 어떻게 된다 그랬지?" 그가 소피아의 눈을 천으로 닦아주며 묻는다. 소피아의 흐느낌이 잦아들고 놀랐던 숨소리도 차분해진다. 이내 아이는 다시 웃음을 터뜨리고 강아지는 좋아서 요란하게 짖는다. 아이가 밖으로 달려나가며 외친다. "고마워요, 아빠. 미안해요, 아빠!"

니콜로는 고개를 젓고 멀어지는 그녀를 지켜보며 혼자 빙그레 웃

---

* '귀여운 꼬맹이'라는 뜻의 이탈리아어다.

는다. "미안하다, 카라."* 안나 마리아를 돌아보며 하는 말이다.

카라. 그녀의 가슴이 콩닥거린다. 그가 그녀를 '카라'라고 불렀다.

카라는 아버지가 딸을 부를 때 쓰는 말이다. 하지만 지금까지 그녀를 그렇게 부른 사람은 없었다. 가슴속에 온기가 번진다. 그녀는 그를 쳐다본다. 꼬리에 주름이 잡힌 다정한 눈, 부드러운 반백의 머리칼, 빨간색과 갈색 나무 부스러기를 뒤집어쓴 앞치마. 순간 그의 손을 꼭 붙들고 싶은 충동이 인다.

"무슨 얘기를 하고 있었더라? 무슨 얘기였지? 아, 그렇지." 그는 테이블 서랍에서 줄이 그어진 길쭉한 천을 꺼낸다. "지금 열세 살이라고?"

그녀는 고개를 끄덕인다.

"좋아. 그럼 풀 사이즈 바이올린을 쓰는 게 맞겠지만 혹시 모르니까 치수를 좀 재마."

그가 왼팔을 들어 그 천으로 뒷덜미에서 손바닥 정중앙까지의 길이를 재는 동안 그녀는 꼼짝 않고 서 있는다. 눈을 감고 바이올린을 들고 있다고 상상한다. 완성된 작품을 만져보고 싶어서, 살갗 아래로 미끄러지는 음표를 느껴보고 싶어서 좀이 쑤실 지경이다.

"내 짐작이 맞았구나." 그는 말하며 천을 다시 돌돌 말아서 끈으로 묶고 자기 옆 테이블 위에 놓아둔 조그만 수첩에 치수를 적는다. "됐다. 가자."

그가 공방 옆쪽의 좀 더 작은 방으로 앞장선다. 화가의 작업실처

---

* cara. 소중한 사람을 부를 때 쓰는 애칭이다.

럼 생긴 곳이다. 한쪽 벽면의 나무 선반에는 각기 다른 유리병이 가득 놓여 있다. 도료 번호가 붙어 있고 황색, 담갈색, 진자주색의 걸쭉한 액체가 가득 담겨 있다. 전면의 책상 위에는 약품명과 용량이 적힌 큼지막한 가죽 장정본이 놓여 있다. 도료가 묻은 페인트 붓들이 크림색 단지에 꽂혀 있고 그 주변에 액체가 담긴 유리병이 몇 개 더 있다. 투명한 바니시와 석회수, 파슬리 종자 추출물, 탁한 갈색 수면 위로 고개를 내민 큼지막한 식물 뿌리도 있다.

"바이올린을 고르는 건 배우자를 고르는 것과 비슷하단다. 음악가들은 몇 달 동안 몇 번이고 다시 찾아와 모든 후보자를 연주해 본 뒤에 어느 게 완벽한지 결정하지."

"저도 연주해 보고 싶어요." 그녀는 냉큼 이렇게 말하고 나서 덧붙인다. "그래도 된다면요."

니콜로는 뺨에 깊게 주름을 지어가며 미소를 짓는다. "너는 고를 필요가 없을 거야. 카라, 너를 위해서는 아예 새로 제작할 계획이니까."

그가 몸을 움직이자 창턱의 스탠드에 똑바로 놓인, 아무 장식도 없는 맨몸의 바이올린이 보인다. 칠을 하지 않아서 몸통이 아직 하얗다. 지판은 있지만 브리지나 줄은 없다.

아직 제작 단계에 있는 악기다.

숨이 목에서 걸린다. 그녀는 앞으로 손을 내밀어 만져본다.

"이게—?"

"맞아." 니콜로는 스탠드에 놓여 있던 그것을 책상으로 옮긴 뒤 그 앞에 자리를 잡고 앉는다. "조만간 네 것이 될 거야."

그녀는 책상을 부여잡는다. 20두카트로 될 리가 없다.

"피에타에서 그 돈을 감당할 수 있어요?"

"피에타만 대는 게 아니라, 네 선생님이 맞춤 제작을 요청하면서 기부금을 추가로 내셨단다. 아주 특별한 악기, 너에게 딱 맞는 악기가 될 거야."

그녀의 가슴속 깊은 곳에서 따뜻한 감정이 샘솟는다. 그녀만의 바이올린을 가지게 됐을 뿐 아니라 선생님이 자기 돈을 쓰겠다고 나설 만큼 그녀를 믿는다는 뜻이지 않은가. 그렇다면 기다릴 수 있다. 이미 이걸 위해 한평생 기다린 느낌이다.

새기고 자르고 사포로 문지르고 긁는 소리가 작업실에서 흘러들어 온다. 니콜로는 방 한구석에 있는 조그만 나무 스툴을 가리킨다. 그걸 끌고 온 안나 마리아가 어깨를 펴고 똑바로 앉는다.

"오늘은 칠을 시작할 거야." 그가 책상 서랍을 열자 선반에 있는 것보다 폭이 좁고 높은 유리병들이 드러난다. 병마다 적갈색 가루가 담겨 있다.

"안료란다." 그가 말하며 하나를 골라 뚜껑을 연다. 유리병을 톡톡 두드려 책상 위에 놓인 유리판에 건조하고 버석버석한 가루를 조금 던다.

당밀처럼 보이는 것을 그 위에 한 방울 떨어뜨린 다음 바닥이 평평한 유리 도구를 집어 섞기 시작한다.

그 도구로 원을 그리며 젓자 유리판 위로 가을을 연상시키는 짙은 붉은색이 등장한다. 잠시 후에 그는 안료에 붓을 적셔 악기에 갖다 댄다.

조심스럽게, 아주 조심스럽게 붓으로 바이올린 전면에 안료를 바른다. 그 광경을 지켜보는 동안 안나 마리아의 안에서 그 어느 때보다 깊고 복잡하고 아름다운 어떤 것이 자라나기 시작한다.

그날 밤에 그녀는 침대에 누워 작업실에서 경험한 모든 순간을 곱씹는다. 공기 중에 맴돌던 달콤한 단풍나무 냄새, 지붕에 대롱대롱 매달려 있던 바이올린, 안에서 불이 켜지기라도 한 것처럼 은은히 빛나던 나무. 그리고 꼬맹이 소피아. 그 아이의 강아지. 테이블에 부딪힌 머리. 그 아이를 달래고 걱정하고 눈물을 닦아주던 니콜로.

안나 마리아는 눈을 감고 손바닥을 자기 머리에 갖다 댄다. 뒤엉킨 곱슬머리를 조심스럽게 쓰다듬는다.

그러자 선생님이 떠오른다. 지금 선생님이 그녀의 머리를 쓰다듬으며 달래고 있다. 그런 생각이 들자 몸속이 따뜻해지면서 입가에 미소가 번진다.

"쉿, 카라." 그가 이불을 위로 당겨 잘 덮어주며 말한다. "이제 자야지, 돌체 카라."

토요일에 소포가 배달된다. 큼지막한 등나무 바구니가 입구 홀로 배달된다. 서른 명쯤 되는 아이들이 그 주변으로 몰려들어 수군댄다.

"뭘까?"

"안에 뭐가 들었을까?"

"열어봐, 열어봐."

클라라 수녀가 넓은 파란색 리본을 풀고 뚜껑을 연다. 안을 채우는 데 쓰인 건초를 바닥으로 끄집어내자 입술이 빨갛고 실크 드레스를 입은 목각 인형 다섯 개가 등장한다. 아이들 사이에서 환호성이 터지고 실랑이가 벌어진다. 몇몇 아이들은 인형을 집으려고 친구들을 밀친다. 안나 마리아는 두 눈을 부릅뜨고 지켜보다가 새 악기가 배달된 게 아님을 알아차린다.

오후에 생활관에서 아이들이 인형을 밀고 당기는 동안 안나 마리아는 수납장으로 달려가 타르티니의 악보를 꺼낸다. 그 옆에 깨끗한 오선지를 놓고 악보를 들여다보며 '카덴차'라는 단어에 대해 생각한다. 그녀를 표현할 수 있는 기회. 그녀는 눈을 감고 조용히 앉아서 집중하며 바이올린 작업실에 얽힌 어제의 기억으로 모든 감각을 적신다. 그녀 자신이 잉크라도 된 것처럼 음표가 쏟아져 나올 때까지 기다린다.

한 달이 두 달이 된다. 안나 마리아는 거의 매일 밤 음악실에서 혼자 오디션을 준비하고 타르티니와 반디니, 마르첼로와 코렐리, 로티와 비피와 포르타의 작품을 연구한다. 그들의 음악을 자세히 들여다보고 그들에 대해 조금씩 알아나간다. 그들이 서로에게 준 영감과 서로의 작품에 가했던 각색과 사상의 깊이, 놀라운 멜로디에 대해.

피에타 너머의 삶은 두꺼운 담벼락과 철창과 유리창으로 차단되어 있다. 다시 밖으로 나가 산들바람에 머리를 흩날리며 달리고 싶어서 좀이 쑤신다. 바이올린을 찾으러 가고 싶어 좀이 쑤신다.

가끔 선생님이 날마다 수업 후에 어딜 가는지 궁금할 때도 있다.

피에타 본관에서 뻥 뚫린 인도로 나서 점점 작아지고 멀어지는 그의 뒷모습을 창살 달린 창문 너머로 지켜본다. 촛불을 하나 켜놓고 조그만 나무 테이블 앞에 혼자 앉아 있는 그의 모습을 상상해 본다. 언젠가 그녀가 의자를 하나 꺼내서 옆에 앉을 수 있을까?

가끔 파울리나가 한쪽 구석에 앉아 있다가 그녀의 연주가 끝나자 웃으며 박수 치는 광경을 상상할 때도 있다.

가끔 어떤 빛깔 하나가 그녀를 인도할 때도 있다.

고요한 삶이다. 연습하고 가다듬고 지켜보고 기다리는 것. 그저 그녀와 악기와 그녀의 생각뿐이다.

"좀 더 빨리 가면 안 돼요?"

온 힘을 동원해야 달음박질치고 싶은 걸 참으며 다리를 건너고 운하를 지날 수 있다. 작업실에 다녀온 지 4개월이 지난 오늘, 드디어 그날이 찾아왔다. 바이올린이 완성된 것이다. 그런데 그가 몇 걸음 뒤에서 숨을 헐떡이며 그녀를 붙잡아 세운다.

"내 가슴 상태가 심각하지는 않지만 재촉해도 될 정도는 아니다, 안나 마리아. 네 열정은 환영한다만 나랑 같이 있을 때는 느긋하게 기다려야 할 거야."

그녀는 씩씩댄다.

"내가 피에타의 음악감독이 되면 어딜 가든 곤돌라를 대절하마." 선생님이 그녀를 똑바로 쳐다보며 말한다.

그녀는 이 말을 듣고 미소를 지으며 걸음을 살짝 늦추고 뱃전에서 찰랑거리는 운하를 구경한다. 오늘은 물이 희부옇다. 겨울 햇빛이 비추자 심오하고 복잡한 보석처럼 보인다.

그녀는 그 위로 발을 내디뎌 물결치는 수면 위를 걸을 수 있는지 없는지 알아보고 싶은 마음도 있다. 하지만 뒤로 한 걸음, 다시 한 걸음 물러선다. 가까이 가면 안 된다.

그녀는 도시의 빛깔과 소리에 집중한다. 지나가는 창가 화단에 심긴 고수와 바질 냄새, 지나가는 아이가 부르는 파란색과 초록색 노래. 그러다 보니 그 문이 눈앞에 등장한다. 손으로 두드리자 흥분한 그녀처럼 문이 진동하는 것이 느껴진다.

기다림. 딸깍하고 잠금장치가 열리는 소리. 니콜로가 전처럼 눈을 반짝이고 그녀를 내려다보며 환하게 웃는다.

"이제 다 됐다, 안나 마리아."

그가 복도로 앞장선다. 그녀는 날듯이 폴짝폴짝 뛰어가 응접실의 포르테피아노 옆에 선다.

유리 진열장이 딸깍 열린다. 그녀는 팔을 벌린다. 큼지막하고 검버섯이 점점이 박힌 니콜로의 손이 그녀의 가느다랗고 하얗고 어린 손에 악기를 건넨다.

깃털처럼 가볍다. 그녀는 한 손으로는 목을, 다른 손으로는 몸통을 받치고 갓난아이처럼 바이올린을 품에 안는다. 이 바이올린의 감촉을 느끼며 얼마인지 모를 시간 동안 그렇게 서 있는다. 그 짙은 붉은색, 매끈한 광택, 늘씬한 목, 완벽한 곡선, 뒤판의 검은색 소용돌이. 호흡이 느려지고 차분해지고 부드러워진다. 잃어버렸던 팔을 돌려받았다.

이제 바이올린을 들어서 턱 아래 오목한 곳에 대보며 거기가 원래 정해진 자리라도 되는 듯 그곳에 딱 들어맞는 것을 느낀다. 가닥가닥 윤기가 흐르는 털이 제대로 박혀 있는 활을 들어 현에 갖다 댄다. 이 악기만큼이나 짙고 붉은 미음을 내볼 것이다. 활을 긋는다. 바이올린이 깨어나 노래하며 자기 목소리를 내자 현의 진동이 몸으로 느껴진다. 소리가 맑고 환하고 절묘하다. 기대처럼 붉은색이 앞으로 흘러나온다. 하지만 잠시 후 예상치 못한 현상이 벌어진다. 붉은색이 눈앞에서 흔들리며 산산이 부서져 이제는 하나의 빛깔이 아니라 색조가 수도 없이 나뉘며 금색과 적갈색과 고동색으로 변화한다. 영혼이 소생한다.

그녀의 눈에서 눈물이 흐른다. 트럼프와 쪽지를 제외하고 처음으로 진정한 그녀의 소유물이 생겼다.

니콜로의 말소리를 듣고 그녀는 번쩍 정신을 차린다.

"바이올린 제작은 우리 가업이란다. 나 이전에는 아버지와 할아버지가 이 일을 하셨지. 안토니오 아버지의 바이올린과 안토니오의 바이올린을 만든 내가 이제는 네 바이올린을 만들게 됐구나."

바이올린을 잠깐 건네받은 그는 활과 함께 얕은 수납장 위에 올려놓고 그녀의 손을 잡는다.

"너는 이제 여기의 일부야. 너와 네 악기가 우리 가족이 된 걸 환영한다."

가족. 그건 그녀가 몰랐던 단어다. 그녀는 바이올린—자신의 바이올린을—건너다보며 제대로 보살피고 보호하겠다고, 앞으로 둘이서 놀라운 업적을 일구어내고 말겠다고 다짐한다.

"고맙습니다." 그녀는 목멘 소리로 이렇게 말한다.

그림자가 등장한다. 이제 보니 선생님이 어색하게 웃는 얼굴로 모퉁이 벽에 기대고 서 있다.

"선생님도 돈을 보태셨다면서요?" 그녀는 묻는다.

그는 부끄러워하며 눈을 돌린다. 하지만 보일락 말락 하게 고개를 끄덕인다.

그녀는 믿기지 않는다는 듯이 고개를 젓는다. "두 분 다 감사드려요."

"이제 그만 돌아가야겠구나." 그가 말한다.

그녀의 턱에 힘이 들어가는 것이 느껴진다. 오디션에 참가하려면 세 곡을 준비해야 한다. 한 곡을 완성하는 데 4개월이 걸렸다. 나머지 두 곡은 아직 시작하지도 않았는데 앞으로 8주밖에 남지 않았다.

니콜로가 바이올린을 조심스럽게 케이스에 넣어 그녀에게 건넨다. 그녀는 선생님을 따라 거울이 달린 복도로 나서다 문 앞에서 걸음을 멈춘다.

갑자기 발치에서 물이 느껴지는데, 너무 무서워서 꼼짝할 수가 없다.

그가 돌아본다. "왜 그러니?"

그녀는 손에 들린 케이스를 쳐다본다. 거기에 든 비용과 수고를 떠올린다. 공포가 종처럼 그녀의 가슴속에서 울려댄다. 하지만 이건 약한 모습이고 그녀는 그런 모습을 증오한다. 공포를 입 밖에 내지도 그 생각을 말로 표현하지도 않을 것이다.

그는 이미 그녀의 심리를 간파했다. "내가 의구심에 끌려다녔다면 베네치아를 통틀어 가장 권위 있는 음악 교육기관에서 일을 할 수 있었겠니?"

베네치아를 통틀어 가장 권위 있는 음악 교육기관. 그는 그곳을 고아원이라고 부르지 않았고 그것만으로도 그녀의 포옹을 받을 자격이 있다.

"대답해봐라." 그가 다시 묻는다.

뱃속이 움찔거린다. 그녀는 고개를 젓는다.

"그렇지. 네 머릿속에서 어떤 소리가 들리든 무시하면 좋겠다. 여기에 집중하길 바란다." 그는 케이스 안에 든 바이올린을 가리킨다. "네가 이 악기를 받을 만한 자격이 있다는 걸 보여줘."

그의 뒤편 거울에 비친 그녀의 모습이 보인다. 어리고 열세 살치곤 체구가 작아 보이고 울어서 뺨이 발그스레하다. 여전히 별 볼 일 없는 존재지만 그럼에도 자기 바이올린을 들고 여기에 그와 함께 있다.

그가 그녀의 앞으로 바짝 다가온다. "네가 있을 곳은 여기야. 알겠니? 너는 이 악기를 받을 만한 자격이 있어."

그의 말에 몸의 말단에서부터 가슴 쪽으로 힘이 솟구치는 게 느껴진다.

내가 있을 곳은 여기야. 그녀는 속으로 중얼거린다. 나는 안나 마리아 델라 피에타야.

11

운하의 썩은 내가 예배당 문을 넘어 안으로 흘러들어 온다. 올해 처음으로 찾아온 따뜻한 봄바람이 그와 함께 들어온다. 일요일 오후다. 전면의 무대 위에서 다섯 명의 필리에 디 코로 단원이 좀처럼 잊히지 않을 합창곡을 부르고 있다. 머리 위 빈 공간을 지나며 짙고 풍성해진 그들의 노랫소리가 돌기둥에 부딪혀 울린다.

안나 마리아는 미사에 참석 중이지만 기도를 드리지는 않는다. 오디션이 일주일 뒤라 혼자 속으로 연습하는 중이다. 길이가 각각 5분 정도 되는 곡을 세 개 연주해야 한다. 그중 하나로 「악마의 트릴」에서도 가장 어려운 마지막 부분을 연주할 생각인데, 아직은 자신 있는 곡이 그거 하나뿐이다. 그다음으로는 코렐리가 작곡한 「바이올린 소나타 1번 D장조」의 처음 두 악장을 연주할 것이다. 2악장은 프레이징이 어렵다. 악구도 문장처럼 시작과 끝이 있는데, 그녀는 가끔 문장을 짧은 문구로 거칠게 툭툭 끊는 것처럼 너무 불쑥 음을 짚을 때가 있다.

옆자리에 앉은 아이가 하품을 하다가 고개를 앞으로 떨구자 무릎 위에 얹어놓았던 성서가 바닥으로 떨어진다.

그러고 나면 마지막 곡이 남는다. 토렐리. 그들이 선택한 「바이올린 협주곡 E단조」 1악장은 앞의 두 곡과 다르다. 이 곡을 연주하면 그녀는 힘이 솟는다. 활을 켜는 게 아니라 칼을 휘두르는 느낌이다. 하지만 다른 두 곡처럼 빠르고 복잡하며 연음부가 많다. 두 손을 동시에 그리고 어마어마하게 빠르게 서로 전혀 다른 방향으로 움직여야 한다. 그것만으로도 어려운데 음을 맞추면서 일정한 속도를 유지해야 한다.

그녀는 자기 손을 내려다보다가 손톱이 손바닥을 파고들도록 주먹을 세게 쥐고 있음을 깨닫는다. 손바닥에 박힌 불길한 반달 모양 네 개가 그녀를 올려다본다.

이 모든 걸 내일 의논해야 한다. 내일 오후에 그에게 두 시간 동안 레슨을 받기로 되어 있다. 하지만 그때까진 한참을 기다려야 하고 일요일에는 연습이 금지돼 있다.

싱어들이 노래를 마무리하고 착석하는 모습을 지켜보는 동안 뱃속 가장 깊은 곳이 단단히 뭉쳐 풀릴 줄 모른다. 이제 신부님이 징검다리를 건너듯 금색 무늬가 있는 제의를 펄럭이며 계단을 올라와 성가대가 섰던 자리에 선다.

그녀는 아직 부족하다. 아직 준비가 덜 됐다.

월요일에 안나 마리아는 시계탑의 종이 두 번 울리는 동안 교실 안으로 미끄러져 들어간다. 케이스를 내려놓고 이렇게 아름다운 작품이 안에 들어 있는 게 믿을 수 없다는 표정을 지으며 걸쇠를 푼다. 날마다 반복하는 과정이다. 작품이 모습을 드러내자 그녀의 얼굴이 환해진다. 그 광택하며 곡선하며, 이 악기는 정말이지 완벽하다.

그녀는 악기를 꺼내 앞으로 든다. 고요하고 정적인 세상을 녹일 만한 잠재력이 그 안에 담겼다. 땅을 뒤흔들고 진동하고 흐르게 할 수 있을 것만 같다. 어린 소녀인 그녀의 손으로, 이 악기로.

표면에 반사된 햇빛으로 그녀의 얼굴이 은은하게 빛난다. 클라라 수녀의 말마따나 양쪽 뺨의 흉터가 전보다 희미해졌다. 그래도 가까이서 들여다보면 보이긴 한다.

실력이 조금 녹슬었을 것이다. 연습을 하루 쉬고 나면 늘 그렇다. 게다가 그녀와 바이올린은 아직 서로 알아가는 단계다. 아니, 그게 아니라 다시 익숙해지는 단계라고 할까. 헤어졌다가 다시 만나기라도 한 것처럼 서로의 별난 구석과 기호, 서로를 아끼고 보호하는 법, 상대를 빛나게 하는 법을 배워야 한다. 점점 익숙해지고는 있지만 시간이 걸리는 일이고 그녀에게는 남은 시간이 많지 않다.

5분이 지난다. 이제 그녀는 창가에 서서 초조하게 발로 바닥을 두드린다. 피에타를 향해 그가 인도를 달려오는 것이 보이는지 확인하려고 목을 길게 뺀다. 보이지 않자 복도를 내다보려고 달려간다.

밖으로 뛰쳐나가려는 순간, 안으로 들어오려던 사람과 부닥친다. 그녀의 머리가 문틀에 부딪히며 쿵 소리가 난다.

"아이고, 안나 마리아, 괜찮니?"

희미한 별들이 눈앞을 왔다 갔다 한다.

"아니……."

좀 더 열심히 눈의 초점을 맞추자 금색의 긴 곱슬머리와 잘생긴 얼굴이 보인다. 그녀의 심장이 철렁 내려앉는다.

"선생님은요?" 그녀는 묻는다.

시뇨레 콘티는 안으로 성큼성큼 들어와 수업 준비를 한다.

"다시 몸이 안 좋은 모양이야. 너도 선생님의 폐가 어떤 상태인지 알—"

"안 돼." 그녀는 속삭인다.

이럴 수는 없다. 오디션이 코앞인데 지금은 안 된다.

하프시코드 뚜껑이 조금 세게 닫힌다.

"실망시켜서 정말 미안하다만 오늘은 나한테 수업을 받는 걸로 만족해야겠다, 안나 마리아."

뭐라도 한 대 칠 수 있다면 좋겠다. 예배당, 그리고 조그만 수첩을 들고 앉아서 끼적이던 남자들이 생각난다.

아내로 삼기에는 너무 아는 게 많다는 거지.

그녀의 몸이 차갑게 식어가는 것이 느껴진다.

흔들리는 촛불 하나가 선반 위로 촛농을 뚝뚝 떨어뜨려 가며 그녀를 비춘다. 그녀가 있는 곳은 주방 옆 작은 방이고, 따뜻한 물로 가득 채워진 나무 욕조에 리넨 조각이 걸쳐져 있다. 밖에서는 한 달에 한 번 있는 이 목욕을 위해 아이들이 줄 서서 기다리고 있다.

건물에서 휘파람 소리가 나고 벽돌 틈새로 차가운 밤공기가 스며 들어 온다.

안나 마리아는 벌벌 떨며 원피스를 벗는다. 최근 몇 달 새 봉긋해진 가슴을 두 팔로 가려 냉기를 막으며 물속으로 들어간다. 전에는 편하게 앉을 수 있었는데, 지금은 키가 크고 깡말라서 가슴에 닿을 정도로 무릎을 접어야 최대한 깊숙하고 따뜻하게 몸을 담글 수 있다. 먼저 씻은 아이들이 남긴 각질과 때가 둥둥 떠다닌다. 오늘 밤에 그녀는 일곱 번째다. 이 정도면 준수하다. 최악은 맨 끝 순번이다. 그쯤 되면 물이 차갑고 퀴퀴한 냄새가 나는데 그래도 씻어야 한다.

그녀는 바닥에 놓인 나무 솔을 집어 팔부터 문지르기 시작한다. 문지르고 문지르고 물을 끼얹고 문지르고 문지르고 물을 끼얹자 몸에서 각질이 떨어진다. 시간이 부족하다는 생각이 들자 불안해서 심장이 벌렁거린다.

선생님 생각이 난다. 본인 말로는 별로 심각하지 않다고 했는데 병석에 눕는 일이 너무 잦다. 누가 그를 보살피고 있을까? 옆에 아무도 없진 않을까? 그가 혼자 비척비척 걸어 다니는 모습은 떠올리고 싶지 않다. 그의 병 때문에 수업에 차질이 생기는 건 질색이다.

하지만 몸을 씻는 동안 다른 생각이 하나둘씩 떠오르기 시작한다. 물과 파도 소리와 석호를 가르는 배. 운하의 물결과 햇빛에 일렁이는 돛. 점점 강하게 자라나는 어떤 감정. 그리고 색깔들!

그녀가 벌떡 일어나자 물의 절반이 욕조 위로 넘쳐 바닥으로 쏟아진다. 그녀는 한쪽 구석의 의자 위에 접어 놓아두었던 무명 가운을 집는다. 문을 벌컥 열고 밖에서 기다리고 있던 놀란 표정의 친구들 옆을 달려서 지나친다. 돌바닥에 축축한 발자국을 남겨가며 멜로디를 쫓아간다. 금색과 파란색과 주황색과 회색, 검은색과 초록색과 흰색이 그녀를 쌩하니 지나친다. 3층에 있는 수납장 앞에 다다랐을 무렵 그녀는 숨을 헐떡이고 있다. 색깔들을 앞지르는 바람에 그녀는 돌아가서 애써 머릿속에 색깔들을 다시 담고 붙잡아 놓아야 한다.

자물쇠. 등불. 불빛. 기록. 그녀는 멜로디의 마지막 음―밝은 노란색이다―을 향해 말 그대로 손을 내밀어 종이 위로 잡아당긴다.

반 정도 완성됐을 때 그녀는 놀라운 일이 벌어지고 있음을 깨닫는다. 이제 보니 그녀가 오선지의 오른쪽 하단 모서리에서부터 시작해 왼쪽 상단을 향해 악보를 그리고 있다.

멜로디가 거꾸로 흘러나오고 있었던 것이다.

어떻게 보면 이해가 된다. 복도에서 그걸 앞질러 지나쳤다가 이제 다시 한 음씩, 한 색깔씩 지면으로 다시 끌어당기고 있는 중이지 않은가. 심장 뛰는 소리가 그녀의 몸속에서 흘러나와 소생 중인 멜로디의 박자를 맞추고 있다. 몇 분이 이런 식으로 흐른다. 어찌나 생생한 동시에 황당한지, 의식이 확장되는 것이 느껴지는 듯도 하다. 잠시 후에 그녀는 동작을 멈추고 한숨을 쉰다. 바로 그 순간 안도감이 어떤 물리적인 실체처럼 그녀에게서 빠져나간다. 17쪽 분량의 악보다. 그녀의 일부분이 이렇게 변신했다.

화요일. 그리고 그는 다시 몸이 안 좋다. 하루 또는 그 이상 자리를 비울 거라고 한다. 불안해서 그녀의 뱃속이 울렁거린다.

그녀는 꼬았던 다리를 풀고 책상 위에 흩뿌려진 악보 위로 몸을 기울이며 바이올린을 케이스에서 꺼낸다. 바이올린을 품에 안으니

왠지 모르게 마음이 차분해진다.

조그만 레몬처럼 하늘 높이 떠 있던 태양이 수평선을 스치듯 지나가는 커다란 복숭아로 바뀌었다. 석호를 지난 은은한 햇빛이 창문 사이로 들어와 방 안의 모든 것을 금색으로 적신다.

그녀는 바이올린을 내려다보며 한숨을 쉰다. 계속 단둘이서 버티게 생겼다.

얼마 전부터 연구 중인 토렐리의 작품으로 관심을 돌린다. 처음 몇 마디를 연주해 보지만 영 마뜩잖다. 음은 맞지만 아무것도 느껴지지 않는다. 그녀는 한 번 더, 다시 한번 더 연주해 보지만 결국에는 의자 위로 주저앉고 좌절감에 눈을 질끈 감는다.

잠시 후에 눈을 다시 떠보니 문 앞에 누군가가 서 있다. 손에 오보에 케이스를 들었고 분홍색 입가에는 살짝 미소를 머금었다. 그들은 아가타의 어머니를 만난 뒤로 한 마디도 대화를 나눈 적이 없다. 그녀를 이렇게 가까이서 보자 안나 마리아는 석호 위로 번개가 작렬하듯 기운이 불끈 솟는 것을 느낀다.

"안녕?" 파울리나가 질문이라도 하는 투로 말한다.

"안녕." 안나 마리아도 마주 인사를 건넨다.

숨 막히는 정적이 흐르고 잠시 후—

"그것 때문에 애먹고 있어?" 파울리나가 한 발 앞으로 다가와 책상에 놓인 악보를 가리킨다.

안나 마리아는 그녀의 질문을 듣지 못한다. 파울리나가 문 앞에 서서 뭐라고 말하고 있다. 그녀에게 말을 건네고 있다.

"토렐리 말이야." 파울리나는 콕 짚어서 말하고는 불안해하는 표정으로 자세를 바꾼다. "내가…… 아니다, 됐어."

그녀가 가려고 몸을 돌리자 안나 마리아는 자리에서 일어난다. "잠깐. 토렐리. 응, 그것 때문에 애먹고 있어, 맞아."

파울리나는 따뜻한 미소를 지으며 앞으로 다가온다. 안나 마리아의 옆으로 의자를 하나 끌어와 오보에는 발치에 둔다. 집중하며 두 손을 토끼처럼 맞잡는다. 안나 마리아는 그 손을 붙잡고 싶다. 그녀를 두 팔로 끌어안고 그 어깨에 머리를 기대고 싶다.

"정말 매력적인 곡이지." 파울리나는 악보를 좀 더 가까이서 들여다보며 손가락으로 멜로디를 짚는다. 안나 마리아는 고개를 끄덕이며 웃음이 나려는 걸 참는다. 파울리나가 왔다. 파울리나가 그녀에게 말을 걸고 있다. "바이올린이 오케스트라를 타고 올라갔다가 확 하니 다시 내려와서 그 사이로 구불구불 섞여 들어가잖아." 그녀는 삐져나온 금발을 귀 뒤로 넘긴다. "멜로디가 수없이 구부러지고 뒤틀리면서 생각지도 못했던 방향으로 전개되고."

안나 마리아도 거기까지는 안다. 석호에서 햇빛을 받고 쇳조각처럼 반짝이며 이리저리 획획 움직이던 물고기가 연상된다. 하지만 바로 옆에서 파울리나가 그렇게 얘기하는 것을 듣고 있으려니 팔에 소름이 돋는다.

"분위기가 밝고 워낙 변화무쌍한 곡이지." 그녀도 맞장구친다.

"내 앞에서 다시 한번 연주해 줄래? 여기에서부터?" 파울리나가 첫 소절을 가리키며 요청한다.

바이올린을 들어서 목에 대는 동안 안나 마리아의 손에 전율이 인다. 여러 빛깔들이 평소처럼 생생하고 선명하게 이어지는데—

파울리나가 갑자기 그녀의 팔을 건드린다. "이게 문제였네, 네 연주 스타일. 전부 밝기만 한 거. 너무 밝아서 상상의 여지가 없잖아."

선생님은 한 번도 내비친 적 없는 의견이다.

안나 마리아는 살짝 미소를 지으며 선 채로 파울리나를 쳐다본다. 악보가 바닥으로 펄럭펄럭 떨어지지만 그녀는 그런 줄도 모른다. 좀 더 부드럽게 연주를 시작해 둥지에서 새를 꺼내듯 조심스럽게 소리를 낸다. 처음에는 바이올린을 켜기보다는 숨소리에 가깝게 현을 아주 가볍게 건드린다. 이후 소리를 점점 키우고 발전시켜 흘러넘쳐 하늘로 번지는 분수가 되게 한다.

"살살 달래서 *끄집어내*. 그러면 돼." 고개를 끄덕이며 자리에서 일어난 파울리나는 문 밖으로 나가기 직전에 이렇게 말한다. "빛 속에서 어둠을 찾는 거야."

그녀는 그를 보기 전에 그의 존재를 먼저 느낀다. 때는 금요일 오후, 오디션 사흘 전이고 개인 레슨을 앞둔 시간이다. 그가 문틀에 기대 서서 그녀를 지켜보고 있다. 짧은 미소로 인사를 건넨다.

그가 이제 교실 안으로 들어오지만 평소보다 움직임이 굼뜨다. 가슴 안에서 그르렁거리는 숨소리가 들린다.

"몸은 좀 괜찮아지셨어요, 마에스트로?" 그녀는 묻는다.

"그럭저럭." 그는 입가에 힘을 주고서 말한다.

그가 책상 앞 의자에 앉아 시작해 보라고 한다. 그녀는 코렐리의 작품 2악장에 다다랐을 때 음을 몇 개 뭉갠다. 실눈을 뜨자 머릿속에 떠올랐던 빛깔들이 칙칙해진다.

그가 벌떡 일어난다. 그녀는 자기도 모르게 숨을 헉 들이마셨다가, 그랬다는 걸 애써 감춘다. "그 부분에서 너무 열을 내고 있구나." 그는 이렇게 말해놓고 표정을 좀 더 부드럽게 바꾼다. "활에게 리드를 맡겨라. 그리고 음과 음 사이를 이동하는 중간에 머뭇거리지 말고 물 흐르듯 유려하게, 손목은 유연하게."

그녀는 얼굴을 찡그린다.

"밤 밤 바." 그가 두 손가락으로 책상을 두드리며 말한다. "박자를 지켜. 마지막 부분으로 가면 빨라지잖니."

안나 마리아의 속이 불편해진다. 막판으로 갈수록 빨라진다는 걸 그녀도 알고 있었고 그래서 주초에 주의하자고 다짐했었다. 하지만 뭔가를 생각하는 것과 그걸 실천하는 것은 차원이 다른 문제다.

그녀의 얼굴을 언뜻 스치고 지나가는 불안한 표정을 보았는지 그가 미소를 짓는다. "괜찮아. 다시 한번 해보자."

하지만 괜찮지 않다. 그녀는 그의 기대를 저버리고 있다. 잘하지 못하고 있다.

"너무 빨라." 그가 이제 서성이기 시작하자 그르렁거리는 숨소리가 더 심해진다. "또 너무 빨라졌어, 심지어 장엄한 부분에서조차."

"노력 중이에요." 그녀는 바이올린을 옆으로 내리며 말한다. "그런데 연주할 때는 이 정도가 딱 맞게 느껴져요."

"맞지 않아." 그는 우뚝 걸음을 멈춘다. "너무 빨라. 너는 청중에게 그 곡을 그냥 연주하는 게 아니라 느끼고 있다는 걸 보여주어야 해. 이건 내 명성이 걸린 문제다, 안나 마리아. 너도 알지? 네가 너무 미숙하다면, 간단한 곡 하나도 제대로 이해하지 못하면 이 어린 나이에 오디션을 치르도록 허락하면 안 되는 거니까.”

그녀의 뺨이 벌게진다. 울컥해서 눈물이 날 것 같다.

“다시.” 그가 고개를 돌리며 말한다.

그녀는 이를 악물고 연주를 시작한다.

“아니야.” 그가 빙그르르 몸을 돌리며 쏘아붙인다.

그녀는 눈물이 쏟아지는 걸 막지 못한다. 그래서 자신에게 화가 난다. 뺨을 한 대 때려서라도 정신을 차리게 하고 싶다. 그녀는 활을 움켜쥔 채 손등으로 거칠게 뺨을 닦는다.

그는 그녀를 향해 뚜벅뚜벅 걸어오며 이렇게 말한다. “내가 너를 지옥으로 몰아넣는 것 같겠지. 하지만 전혀 그렇지 않아. 음악이 없는 세상이 지옥이야. 모르겠니?”

당연히 그녀도 모르지 않는다.

“내가 너더러 잘했다고, 노력이 가상하다고 해주면 좋겠니? 그런 식으로 가르쳐주길 바라니?”

“아뇨.” 그녀는 대답하고 다시 눈물을 닦는다. “하지만 해석하기 힘들었어요.” 그녀는 잠깐 멈추었다가 들릴락 말락 하게 덧붙인다. “혼자 하느라.”

“시뇨레 콘티에게 수업받았잖니. 이런 엉망진창은 변명의 여지가 없어.”

“사실 안 받았어요.” 그녀는 이제 변호하고 따지고 싶어진다.

“안 받았다고?”

“교실에는 있었지만……..” 하면 안 되는 말이 저 스스로 입에서 튀어나온다. “시뇨레 콘티는 가망이 없어요.”

선생님의 턱 근육이 실룩거린다. 화를 내는 것일 수도 있고 재미있어하는 것일 수도 있다. 그녀가 시뇨레 콘티를 좋아하지 않는다는 데 기뻐하는 건지, 그와의 수업에서 아무것도 배우지 않았다는 데 화가 난 건지 잘 모르겠다.

"그래도 소리가 끔찍하다는 데에는 동의해요." 그녀는 덧붙인다. "선생님이 다르게 포장하시는 건 싫어요."

그는 숨을 깊이 마시고 창문 앞으로 돌아간다. 하늘을 배회하며 미친 듯이 끼룩대는 갈매기 소리가 들린다.

그가 좀 더 차분해진 음성으로 다시 말문을 연다.

"내 아버지는 바이올리니스트였고 그 이전에는 할아버지도 마찬가지였다. 두 분 다 베네치아 너머에까지 명성을 떨치셨지. 바이올린이라는 악기는 내게 자연스럽게 다가왔지만 나는 연주를 금지당했다. 우리 가족이," 이 단어가 쏩쓸한 열매처럼 느껴진다. "대가족이었는데, 그들을 먹여 살리는 과제가 내게 주어졌거든. 나는 사실상 왕위 계승자였지만 바이올린은 믿음직한 생계 수단으로 간주되지 않았어. 나는 음악 대신 종교를 선택해야 했지."

"연주를 금지당하셨다고요?"

"성직자가 내 소명이라는 이유로. 나는 수많은 세월 동안 수없이 싸운 다음에서야 지금 이 자리에 설 수 있게 된 거다."

그가 손가락 두 개를 움직여 그녀를 부른다. 그녀는 옆으로 가서 선다. 격자무늬 창살 너머에서 석호가 은빛 융단처럼 물결치고 있다. 바람이 물결을 서쪽으로, 동쪽으로, 다시 서쪽으로 떠민다. 그 움직임은 끝이 없고 막을 수도 없다.

"너도 위대한 인물이 되고 싶어 하지. 내 눈에는 보인다. 나는 그걸 가능하게 만들어주려는 것뿐이야. 나는 사람들을 기대치 너머로 몰아붙이지. 위대한 경지로. 왜냐하면 나에게는 도와주는 사람이 없었거든."

그녀는 고개를 끄덕인다. 초록색 눈으로 그의 회색 눈을 맞추며 한마디도 놓치지 않는다. 은은한 정적이 그들을 감싼다.

그가 이제 허리를 숙이고 그녀의 뺨 위로 떨어진 머리칼을 뒤로 넘긴다. 그러고는 나지막이 말한다. "너는 상당히 매혹적인 인간이 되어가고 있어. 알겠니?"

그녀는 눈을 깜빡인다. 놀라서 아무 대꾸도 하지 못한다. 그녀는 바이올린 공방에서 딸을 보살피던 니콜로를 잠시 떠올린다. 그도 딸에게 이런 말을 해줄까?

산들바람이 창문을 넘어 불어오자 그가 갑자기 뻣뻣해진다. 잠시 벌어졌던 갑옷이 다시 탁 하고 닫힌다.

"자, 그럼." 그가 손뼉을 친다. "이제 우리가 여기서 뭘 해야 하는지 알겠지? 코렐리 2악장은 나중에 다시 연습하기로 하고 이제 토렐리를 들어보자."

그녀는 악보집에서 더듬더듬 악보를 꺼내 연주한다. 소리를 살그머니 이끌어낸다는 접근이 도움이 된다. 연주를 마치고 보니 그가 다시 그녀를 등지고 있다.

"그건 괜찮겠다. 하지만 박자를 신경 쓰도록 해라. 빨라지면 명확성이 떨어지거든. 음들이 수프처럼 한데 뒤섞여 버리지."

수프? 그녀의 안에서 무언가가 다시 오그라든다.

“그럼 이제 「악마의 트릴」.” 그가 지시한다.

그들은 그걸 세 번 더 반복한다. 그녀는 자신이 해석한 타르티니를 카덴차로 들려줄 수 있다는 데 흥분했었지만 분위기가 무겁고 긴장감이 넘친다. 그녀의 이 신성한 일부분을 지금 그와 공유하려고 했다가는 어떤 일이 벌어질지 모르겠다.

마침내 그들은 다시 코렐리로 돌아간다. 그녀가 팔뚝 근육이 욱신거릴 정도로 연주하는 동안 그는 거의 아무 말도 하지 않는다. 한 시간 넘게 바이올린을 계속 들고 있다시피 한다. 연주가 끝나자 그가 소지품을 챙기기 시작한다. 아무 말 없이 나가려나 보다는 생각이 들려는 찰나, 마지막 순간에 그가 고개를 든다.

“집중을 지킨다면 두 곡은 오디션 때 선보여도 괜찮겠다. 하지만 코렐리는 아직 부족해. 토요일과 일요일에도 연습해라. 마달레나 수녀님께 허락을 받아놓으마. 월요일에 보자.” 그는 이렇게 말하고 나간다.

양철 숟가락을 덩어리진 국물 안으로 푹 쑤셔 넣었다가 빼고 다시 또 넣는다. 국물이 밖으로 튄다. 옆자리에 앉은 여자아이가 인상을 쓰며 슬금슬금 피한다.

안나 마리아는 그릇을 내려다본다. 베이지색과 회색의 조합에다, 짓이겨진 콩이 몇 알 둥둥 떠다닌다. 수프. 그녀의 음악이 이런 흉물과 비교되는 건 싫다.

맞은편 테이블에 필리에 디 코로 단원들이 가득 앉아 있다. 몇 년 전에 공연을 열었던 키아라가 주먹 쥔 손으로 머리를 받치고 앉아서 옆에 앉은 줄리아가 하는 말을 들으며 웃고 있다. 안나 마리아는 줄리아의 노래를 들은 적이 있다. 목소리가 새벽을 알리는 새처럼 청량하고 순수하고 선명했다. 그런가 하면 비안카는 순금으로 만든 값진 보물이라도 되는 것처럼 오보에를 들고 연주한다.

안나 마리아는 그들을 주시하며 수프를 게걸스럽게 먹는다. 그녀는 위인들과, 위인의 경지와 손 내밀면 닿을 거리에 있다. 코렐리만 제때 해결하면 된다.

남은 수프는 거의 없지만 그래도 그릇 밖으로 좀 더 튀겨가며 완전히 비운다. 심장이 쿵쿵거리기 시작한다. 이제 그녀는 달려가 그릇을 반납한다. 막 문 밖으로 나가려는 찰나, 누군가가 그녀의 이름을 부른다. 그녀는 문틀을 붙잡고 고개를 돌린다.

파울리나가 팔꿈치를 옆구리에 붙이고 양손을 맞잡은 채 그녀를 향해 걸어와 미소를 짓는다. "월요일에 오디션 있다고 들었어. 행운을 빌어주고 싶어서."

안나 마리아의 뱃속이 긴장으로 실룩거린다. 그녀는 입꼬리를 올리며 뭐라고 대답을 하려고 한다.

하지만 끼익하는 소리에 이어 쾅 하는 소리가 들린다. 그녀의 손을 타고 통증이 작렬한다.

12

"손가락 하나였기 망정이지." 간호사가 명랑하게 말하며 뼈가 부러졌는지 확인하느라 안나 마리아의 손가락을 잡고 살짝 흔든다. 그녀는 아파서 비명을 지른다. "전후 상황을 들어보니 더 많이 다쳤을 수도 있었겠던데."

문 앞을 지키고 서 있던 파울리나가 고개를 젓는다.

"너 때문이 아니야." 안나 마리아가 인상을 쓰며 말한다.

"나 때문에 딴 데 정신이 팔려서 그렇게 된 거잖아. 정말 미안해. 정말—"

"별소리를 다 한다." 안나 마리아는 말한다. "뭐 그렇게 아프지도 않아."

"이제 너는 가봐라." 간호사가 파울리나를 향해 손을 흔든다.

"하지만—"

"얼른."

파울리나는 떠나기 전에 안나 마리아를 마지막으로 한 번 쳐다본다.

안나 마리아는 너무 아파서 정신이 없었기 때문에 일이 벌어진 직후에는 영문을 알지 못했다. 수녀 말로는 오래된 걸쇠 하나가 떨어져 나오는 바람에 그녀가 다른 쪽을 보고 있던 찰나 활을 켜는 쪽 새끼손가락 위로 그 커다랗고 육중한 문이 닫힌 거라고 했다.

손마디에서부터 통증이 발작처럼 번지고, 안나 마리아는 터져 나오려는 비명을 참느라 뺨 안쪽을 씹는다. 하지만 구역질이 치민 이유는 이 육체적인 고통 때문이 아니다. 통증이 아니라 공포가 문제다. 오디션이 내일이다.

간호사가 몸을 돌려 철제 서랍장에서 딱딱한 부목과 돌돌 말린 천 뭉치를 꺼낸다. 욱신거리는 안나 마리아의 손가락을 옆 손가락과 함께 동여매기 시작한다. 이마에 옅은 땀방울이 맺힌다.

"자." 간호사가 물에 적신 천을 건넨다. 조그만 유리병으로 뒤덮인 테이블 쪽으로 몸을 돌려 빙글빙글 소용돌이치는 필체로 조그맣게 '아편팅크'라고 적힌 병을 집는다. 그런 다음 아무 라벨도 없는 좀 더 큰 유리병을 집어 코르크 마개를 따고 거기에 아편팅크를 몇 방울 떨어뜨린다. 그 병에는 불그스름한 갈색 액체가 담겨 있다. 간호사가 좀 더 큰 유리병을 안나 마리아에게 건넨다.

"자기 전에 한 번, 내일 세 시간마다 한 번씩 마시도록 해."

안나 마리아는 심각한 표정으로 고개를 끄덕인다. 간호사는 그녀의 어깨를 토닥이며 이제 생활관으로 가서 쉬라고 한다.

안나 마리아는 의무실에서 나오자마자 마당에 깔린 돌 위에 천을 던지고 붕대를 푼다. 통증이 팔을 관통한다. 문에 찍힌 손가락을 보니 손마디 아래쪽이 움푹 들어갔고 자주색 멍이 자리를 잡았다. 하지만 심하게 붓지는 않았다. 그녀가 입만 다물면 아무도 모르게 지나갈 수 있겠다. 원피스 안에 약병을 숨긴다. 내일 오디션 전까지 아껴두어야 한다. 음악실을 향해 나선형 계단을 올라가는데 찌르는 듯하던 느낌이 욱신거리는 느낌으로 바뀐다. 그녀는 얼굴을 찡그리며 이를 악물고 다시 연습하러 돌아간다.

안나 마리아는 문 열리는 소리를 듣고 일어난 게 아니다. 마달레나 수녀가 손마디를 하나씩 꺾으며 그녀의 침대를 지날 때 안나 마리아는 이미 눈을 동그랗게 뜨고 찡그린 얼굴로 서까래를 올려다보고 있다. 뚝뚝거리는 소리가 들릴 때마다 쓴 물이 올라와서 몸이 움찔거린다. 오른손은 보이지 않도록 이불 아래에 숨겨두었다. 지금쯤 퉁퉁 부어서 양동이만 해졌을 거라 생각하니 무서워서 차마 들여다볼 수가 없다. 통증이 간헐적으로 손을 관통하다가 손마디를 중심으로 펄떡거린다. 온몸이 부들부들 떨리고 땀범벅이다. 매트리스가 흠뻑 젖었고 피부는 축축하고 창백하다. 그리고 분노가 치민다.

마달레나 수녀가 두 번째로 순찰을 도는 거라면 동트기 전까지 적어도 세 시간은 남았을 텐데, 안나 마리아는 아파서 한숨도 자지 못했다.

"도대체 왜?" 그녀는 천장에 대고 조그맣게 속삭인다.

모든 게 이제 막 시작되려 하고 있다. 오디션을 치르기 전에 휴식을 취하며 마음을 진정해야 한다.

손을 움직이거나 건드리지 않도록 조심해 가며 옆으로 돌아눕는다. 이를 악물자 조그만 턱 근육에 힘이 들어가며 펄떡거린다. 저녁에 더 늦게까지 연습을 했어야 하는데 통증이 너무 심했다. 모든 곡을 점검하기는커녕 활을 들고 있기도 힘들었다. 침대 옆 수납장을 흘끗 쳐다본다. 조그만 유리병이 달빛을 받아 반짝인다.

침대 옆에 아늑하게 자리를 잡고 기다리고 있는 바이올린 쪽으로 시선을 휙 돌린다. 포기해야 할까? 그래야 할까? 바이올린 케이스는 꿈쩍하지도, 어떤 신호를 보내지도, 어떤 대답도 하지 않는다.

손가락이 다시 욱신거리기 시작한다.

"이러면 안 돼." 그녀는 이제 병을 향해 몸을 내민다. "잠을 자야 해."

한 손으로 뚜껑을 열어서 길게 한 모금 마신다. 까끌까끌하고 쓴 맛 때문에 침을 뱉고 싶어진다. 그녀는 팔뚝으로 입을 닦고 누워서 숨을 쉰다. 통증과 세상이 한데 섞일 때까지 숨을 들이마시고 내쉬고, 들이마시고 내쉰다. 그녀는 둥실둥실 떠올라 거기에서 빠져나오고 그 둘은 점점 희미해져 아무것도 아니게 된다.

그녀는 빛깔로 이루어진 터널 안에 있다. 사그라지며 소용돌이치는 빛깔들을 뚫고, 관을 타고 쏟아지는 물줄기처럼 그 안을 떠내려 온다. 모든 빛깔이 길고 굵은 끈 같은데 각자 질감이 다르다. 어떤 건 비단처럼 부드럽고, 어떤 건 돌처럼 울퉁불퉁하며, 또 어떤 건 뾰족하고 날카롭다. 그녀가 손을 뻗어 하나를 건드리자 온 세상이 움직인다. 이제는 거기가 터널이 아니라 원이고 그 중심에 그녀가 있다. 그 원이 점점 더 빠르게 돌자 마침내 빛깔들이 한데 뭉뚱그려져 알아볼 수 없게 된다. 이 소용돌이의 한복판, 그녀의 아래에서 시커 먼 구멍이 등장한다. 그녀는 한 걸음 앞으로 나아가 발치에서 물결이 이는 광경을 보고 그 안으로 뛰어든다.

따뜻하고 부드러운 감촉이 뺨에서 느껴진다. 그녀는 기분이 좋아진 고양이처럼 거기에 더 바짝 기대며 들리는 소리에 귀를 기울인다. 돌 위를 가볍게 걷는 소리, 수녀들이 할 일에 대해 중얼거리는 소리, 그리고—

그녀는 벌떡 일어나 앉는다. 옆에 있던 파울리나가 놀라서 뒤로 움찔 물러난다.

"일어났구나." 파울리나가 놀란 마음을 가라앉히며 말한다. "다행이다. 나는…… 걱정이 돼서 왔어. 간밤에 네가 열이 심하고 벌벌 떨면서 잠꼬대를 했다고 수녀님들한테 들었거든. 그래서 열두 시까지 깨우지 않으셨대. 손 다친 거 정말 미안해, 안나 마리아. 전부 나 때문이야. 내가—"

"열두 시라고?" 안나 마리아는 되물으며 이불을 홱 젖힌다. "오디션까지 두 시간밖에 안 남았어! 오전 내내 준비했어야 하는데!"

그녀는 벌떡 일어섰다가 어지러움에 구역질이 치밀자 다시 앉는다. 멀쩡한 쪽 손을 들어 얼굴에 들러붙은 머리칼을 대충 뒤로 쓸어넘긴 다음 아래를 내려다본다. 통증이 다시 시작됐지만 다른 쪽 손이 아직 정상적인 크기고 자주색 멍도 더 심해지지 않았다. 하지만 작은 유리병에 든 약은 다시 먹지 않을 작정이다. 또 잠이 들면 큰일이다.

"오늘 오디션을 보려고?" 파울리나가 깜짝 놀란 얼굴로 묻는다.

"당연히 봐야지." 안나 마리아는 쏘아붙인다. "어디 있지, 내 신발이……." 그녀가 신발을 신으려다 휘청하자 파울리나가 침대에서 굴러떨어지지 않게 어깨를 잡아준다.

"알았어." 파울리나가 말한다. "여기서 기다려. 잠깐 쉬면서. 금방 다시 올게."

안나 마리아는 왼손으로 머리를 문지르고 오른손을 저주하며 무기력하게 누운 채로 기다린다. 잠시 후 파울리나가 시커멓고 시큼하고 김이 모락모락 나는 뭔가가 담긴 컵을 들고 돌아온다.

"주방장님이 드시는 커피야. 분명 도움이 될 거야. 저녁에 와인을 많이 마신 다음 날이면 항상 아침에 이걸 드시는 걸 봤거든."

파울리나의 뺨이 장난기로 불그스레해진다. 안나 마리아의 속이 울렁거린다. 그녀가 얼마나 그리웠던가. 하지만 아무 말도 하지 않고 톡 쏘는 시큼털털한 맛에 인상을 써가며 꿀꺽꿀꺽 커피를 마시기만 한다.

그리고 그들은 기다린다.

안나 마리아는 무릎을 가슴에 대고 바이올린 케이스는 옆에 두고, 3층 복도 맨 끝에 있는 가장 큰 음악실 앞 차가운 돌바닥에 앉아 있다. 심장이 쿵쾅거린다. 쓴 커피 때문일 수도, 조그만 병에 든 약 때문일 수도, 두려움 때문일 수도 있다.

혹시 차가운 돌이 좀 진정시켜줄까 해서 손바닥을 쫙 펴서 올려놓는다. 자주색 멍 위에 시뻘건 줄이 몇 개 생기기 시작했지만 통증은 이제 견딜 만하다.

수군대는 소리가 들리기에 왼쪽으로 고개를 돌린다. 여자아이 하나가 바이올린 케이스를 들고 길게 땋은 갈색 머리를 좌우로 흔들며 총총히 걸어오고 있다.

이름이 마르고트였나? 마르티니크였나? 레이스 뜨개질 시간에 그 아이를 본 적 있지만 바이올린을 배우는지도 오디션에 참가하는지도 몰랐다. 나이가 못해도 그녀보다 두 살은 많다.

"여기가 필리에 오디션 방이니?" 그녀가 앞을 가리키며 묻는다.

안나 마리아는 고개를 끄덕인다.

그 아이는 벽에 등을 대고 스르르 미끄러져 안나 마리아와 나란히 바닥에 앉는다. "여기 같이 앉아도 될까?"

안 된다. 안나 마리아는 속으로 곡을 점검해 보려던 참이다. 하지만 피곤해서인지 계속 아파서인지 오디션에서 떨어질 것 같은 예감이 뱃속 저 깊은 데서 느껴져서인지는 몰라도 그녀는 이렇게 대답하고 만다. "응."

그 아이는 미소를 짓는다. 그러자 눈가에 주름이 생긴다. 문득 안나 마리아는 아가타를 떠올린다. 살아 있다면 지금 어떤 모습일까? 그런 생각이 들자 갈비뼈가 옥죄어 온다. 그녀는 아가타의 얼굴을 얼른 떨쳐버린다.

새처럼 생긴 비쩍 마른 아고스티나 수녀가 문 밖으로 고개를 내민다.

"마르타 델라 피에타." 그녀가 퉁명스럽게 호명한다.

“나야.” 마르타가 흥분한 표정으로 다시 일어서더니 안나 마리아를 흘끗 쳐다본다. “그럼 또 보자. 행운을 빌게!”

안나 마리아는 살짝 고개를 숙여 인사한다. “너도.” 말은 이렇게 하지만 속으로는 다른 생각을 한다. 떨어질 거야. 너는 떨어질 거야.

그녀는 부리나케 안으로 들어가는 마르타를 눈으로 좇는다. 사냥감의 뒤를 밟는 사냥꾼처럼. 문이 딸각하고 닫힌다. 정적이 흐르고 잠시 웅얼거리는 소리가 들린 뒤에 마르타가 연주를 시작한다.

안나 마리아는 앓는 소리를 내며 벽에 부딪힐 때까지 고개를 뒤로 젖힌다. 마르타는 실력이 좋다. 정말 좋다. 듣고 있기 괴로울 정도다.

그녀는 이제 이다음 순번으로 심사를 받기가 싫어진다. 지금 같은 상태로는. 그녀는 손가락으로 귀를 틀어막고 눈을 감은 채 심호흡을 한다.

해야 해. 그녀는 속으로 중얼거린다. 무대와 청중을 기억해. 감동한 관객들이 외치는 소리가 들린다. “안나 마리아, 안나 마리아!” 잠시 후 그녀는 귀에서 손가락을 뗀다.

“안나 마리아 델라 피에타.” 아고스티나 수녀가 짜증 섞인 투로 부른다. “이제 네 차례다.”

안나 마리아는 복도와 오디션을 보는 음악실 사이 문지방 앞에서 잠깐 걸음을 멈춘다. 바이올린 케이스 손잡이를 잡은 손에 조금 더 힘을 주고 고개를 들고 당당하게 안으로 들어간다.

하지만 잠시 후 심장이 철렁한다.

열두 명의 남자들이 앞에 일렬로 앉아 있다. 그녀는 음악 선생님과 수녀님 몇 명이 앉아 있을 줄 알았다. 이 많은 사람들이, 이 많은 남자들이 그녀를 빤히 쳐다보며 평가할 줄은 몰랐다.

모두 깃펜, 양피지, 잉크병이 놓인 조그만 나무 책상을 마주하고 앉아 있다. 그녀를 아랑곳하지 않고 자기들끼리 수군거린다. 그녀는 그들을 얼른 훑어보며 복장과 생김새를 파악한다. 레이스가 달린 소맷동, 배 때문에 금방이라도 튕겨져 나올 것 같은 단추. 구레나룻의 길이와 머리색만 다를 뿐, 한 사람을 여럿으로 늘려놓은 방 안에 들어온 느낌이다.

그녀의 시선이 구석으로 향한다. 그가 팔짱을 끼고 벽을 등지고 다리를 살짝 내밀고 창가에 앉아 있다. 소박한 갈색 외투에 크림색 반바지를 입고 있어서 비교적 평범해 보인다. 하지만 빨간 머리가 햇빛을 받고 바이올린색으로 반짝인다. 그는 금과 레이스가 없어도 된다. 선생님에게는 능력이 있으니까. 그녀는 의기양양하게 생각한다. 재능이 있으니까.

그는 그녀를 보며 고개를 살짝 끄덕일 뿐이다. 그게 다. 그녀의 손가락이 찌릿하자 맥박이 진동할 때마다 구역질이 파도처럼 온몸으로 번진다. 아래를 내려다보니 그녀가 손을 떨고 있다.

클라라 수녀와 마달레나 수녀가 흰색 북엔드처럼 남자들 양옆에 앉아 있다.

앞에 보면대와 나무 의자가 있다. 그녀는 그쪽을 향해 걸어간다.

"준비되면 시작해 주기 바란다." 왼쪽 끝, 클라라 수녀 옆에 앉은 남자가 말한다. 생김새와 다르게 목소리가 고음이고 비음이 섞였다. 안나 마리아는 그의 눈썹을 알아본다. 치우반 운영위원. 그녀가 여덟 살밖에 되지 않았을 때 그 앞에서 연주를 한 적이 있다. 그녀는 한 줄로 앉은 남자들을 다시 한번 쳐다본다. 모두 피에타의 운영위원이다.

바이올린 케이스를 조심스럽게 의자 위에 내려놓고 여는데, 뺨으로 피가 몰리는 게 느껴진다. 왠지 모르게 평소보다 준비하는 데 시간이 더 걸린다. 그들이 숨을 쉬고 발을 움직이는 소리가 전부 들린다. 그녀는 애써 바이올린에 집중한다.

바이올린을 들어 턱에 갖다 댄다.

활을 들자 오른쪽 새끼손가락이 떨린다. 이제 막 활을 현 위에 얹으려는데, 누군가가 그녀의 어깨를 세게 두드린다.

"애, 악보를 깜빡했구나. 가서 얼른 가져오너라." 아고스티나 수녀가 그녀의 옆에 서 있다.

"저는…… 어…… 악보가 없는데요." 안나 마리아는 활을 내리며 말한다.

"그러니까 가서 가져오라고." 아고스티나 수녀는 나지막이 쏘아붙이고 남자들을 돌아보며 미소를 짓는다. 그들은 말없이 쳐다보고만 있다.

"아뇨, 그러니까…… 악보가 없어도 된다고요. 말씀 감사합니다." 안나 마리아는 디딤 발을 바꾼다. 아고스티나는 앞으로 고꾸라진 사람 대하듯 그녀를 쳐다본다. 하지만 더는 아무 말도 하지 않고 한쪽 다리를 뒤로 빼며 인사한 다음 음악실 뒤편으로 쪼르르 돌아간다. 치우반 운영위원은 미간을 찌푸리지만 아무 말도 하지 않는다. 안나 마리아는 선생님을 쳐다본다. 그가 보일락 말락 하게 고개를 끄덕인다. 시작해라.

순간 그녀는 마비된다. 원래는 코렐리의 곡으로 시작해 천천히, 안정적으로 분위기에 젖어들 생각이었다. 하지만 그녀가 제일 잘 아는 곡은 「악마의 트릴」이다. 그 곡으로 시작해 적어도 한 곡만이라도 제대로 연주해야 할지 모른다. 여기서 기침을 하고 저기서 초조하게 발을 움직이는 소리가 들린다.

결정을 내려야 한다. 그것도 얼른.

바로 그때 어떤 생각이 퍼뜩 떠오른다. 바로 지금 그녀가 가장 느끼고 싶은 감정은 강력함이다. 그 곡이 그녀에게 그런 느낌을 선물할 수 있다. 토렐리에서부터 시작해야겠다.

그녀는 연주를 시작하며 빛깔들이 눈앞에 등장해 인도해 주길 기다리지만 감감무소식이다. 긴장해서일 수도, 구역질이 목구멍으로 치밀어 올라서일 수도 있다. 이유를 고민할 겨를이 없다. 그저 손과 활의 움직임, 연습했던 것처럼 연음부를 빠르고 정확하게 연주하는 데 집중해야 한다. 곡을 끝냈을 무렵 그녀는 땀을 흘리고 있고 다친 손가락이 욱신거리는 게 느껴진다. 심사위원들을 흘끗 올려다보지만 다들 고개를 숙이고서 양피지 위에 동글동글한 필체로 뭔가를 적고 있다.

"다음 곡." 치우반 운영위원이 고개를 계속 숙인 채 말한다.

다음 곡은 코렐리다. 그녀는 천천히 시작해 멜로디에 감성과 깊이를 부여하려고 최선을 다하지만 잊을 만하면 아파오는 손가락에 계속 신경이 쓰인다. 이번에도 빛깔들은 보이지 않는다. 박자가 점점 빨라지고 있다. 그렇다는 걸 알겠다. 그녀는 인상을 쓰며 턱을 꾹 다물고 몸에 힘을 준다.

더 빠르게 연주해야 하는 2악장이 몽롱하게 지나간다. 그녀는 음을 너무 갑작스럽게 짚지 않고 악절에 둥그스름한 형태를 부여하려고 애를 쓰지만 이제는 손이 욱신거려서 다른 데 집중이 잘되지 않는다.

적어도 이 곡은 끝났다. 이제 마지막 곡만 연주하면 생활관으로 돌아가 이불을 뒤집어쓰고 울 수 있다. 땅이 꺼진다 한들 상관없다. 희망이 없기 때문이다. 여기서 떨어지면 수첩을 들고 찾아오는 남자들을 상대해야 한다. 여기서 떨어지면 살 이유가 뭐가 있을까?

「악마의 트릴」. 이 곡을 마지막까지 아껴두었다. 그녀는 활을 들며, 빨간 머리에 검은 입술을 한 악마가 이 방 한구석에 서 있다고 상상한다. 악마가 그녀를 지켜보며 조종하고 있다고 말이다. 그 악마를 노려보자 연주를 시작하기 전부터 멜로디가 그녀의 안에서 떨리는 것이 느껴진다.

색깔들이 악마의 입에서 쏟아져 나와 음악실을 가로지르고, 진동하며 마룻장을 뚫고, 허공에서 산산이 부서진다. 그녀를 지켜보는 남자들의 머리 위에서 흔들거린다. 그녀를 희롱하고 유혹한다. 그녀는 그들에게 저항하지 않고 머릿속의 모든 틈새로 들어오게 한다. 그녀는 이제 바이올린을 연주하는 게 아니라 둘 사이를 흐르는 노란색, 파란색, 초록색 안에서 바이올린과 함께 발끝으로 뱅글뱅글 돌며 춤을 추고 있다.

카덴차 부분이 시작된다. 멈추고 싶어도 이제는 멈출 수가 없다. 그녀가 만들어낸 멜로디가 펄떡거리며 파란색, 초록색, 금색으로 흘러나온다.

선생님이 똑바로 서서 그녀를 쳐다본다. 한 걸음, 다시 한 걸음 다가온다. 그는 이것이 그녀의 작품이라는 것을, 이 부분이 그녀의 것이라는 것을 안다.

그녀는 활로 마지막 현을 긋는다. 손가락에서부터 팔을 타고 통증이 작렬하자 움찔한다. 잠시 후 운영위원들을 쳐다본다.

그들도 그녀를 빤히 쳐다본다.

그들은 서로 미소도 일말의 감정도 주고받지 않는다. 그녀는 짐을 챙겨 들고, 물속으로 굴러떨어져 삼켜지는 기분을 달래며 말없이 걸음을 옮긴다. 문 앞에 다다르자 걸음을 멈추고 옆으로 몸을 돌려 얼른 빠져나온다. 다른 여자아이가 옆을 지나간다. 그녀보다 나이가 많고 키가 크며 훨씬 자신 있게 걷는다. 이제는 저 여자아이가 심사 받을 차례다.

아무것도 먹을 수가 없고 잠도 잘 수가 없다. 오늘 낮 열두 시에 음악실 앞 복도에 필리에 디 코로 합격자 명단이 게시될 예정이다. 싱어는 세 명, 오보에는 두 명, 바이올린은 한 명이다. 딱 한 명. 안나 마리아는 직접 가서 명단을 보지 않기로 이미 마음을 먹은 상태다. 제 발로 그 앞에 가서 그녀의 자리에 다른 이름이 적혀 있는 걸 두 눈으로 확인할 수는 없다.

그녀는 파울리나와 함께 지붕 위로 몰래 올라간다. 기억보다 더 좁고 더 금이 많이 가 있다. 아래에서 커피 원두와 감귤 부대를 실은 수레가 좁은 골목길을 덜커덩거리며 지나고, 동인도제도에 다녀온 선원들이 달콤한 멜로디를 흥얼거리며 시장에서 배로 걸어가고 있다.

파울리나는 안나 마리아의 다리에 한 손을 올려놓고 적갈색 지붕들을 내다보고 있다.

안나 마리아는 눈물을 감추려고 얼굴을 돌린 상태다. 손에는 다시 대충 붕대를 감아놓았다. 간호사를 찾아가면 애초에 왜 풀었느냐고 매를 맞을 테니 혼자 감았다.

파울리나가 몸을 좀 더 바짝 댄다. "아직은 네가 떨어졌는지 모르잖아."

"알아. 분명 떨어졌을 거야."

그녀는 처음 두 곡을 연주했을 때 아무 색깔도 보이지 않았다는 사실을 떠올린다. 분명 끔찍한 연주였을 것이다. 너무 아프고 고도로 집중한 상태에서 긴장까지 하고 있었기 때문에 이제는 어땠는지 거의 기억도 나지 않는다.

"떨어졌다 치자. 그럼 나랑 다시 더 많은 시간을 보낼 수 있잖아." 파울리나는 안나 마리아의 얼굴을 잡고 자기 쪽으로 돌린다. "그것도 괜찮지 않아?"

안나 마리아는 희미하게 미소를 지어 보인다. 하지만 속마음은 너무 복잡해서 바이올린 없이 어떤 식으로 표현하면 좋을지 모르겠다. 음악이 없는 미래는 상상이 되지 않는다. 음악이 없었다면 가본 적 없는 길을 두고 애닳아 할 일도 없었다. 악보를 보며 그 작품들을 세상에 제대로 소개하지 못했다고 아쉬워 할 일도 없었다. 그런가 하면 어떤 갈망, 가슴속 깊은 곳에 숨겨져 있는 강한 갈망도 있다. 파울리나와 붙어 지내며 이 우정을 지키고 싶은 마음. 왜 단순해질 수 없는 걸까? 왜 그냥 이것만 바라지 못하는 걸까?

파울리나는 대답을 기다리지 않는다. 안나 마리아의 손을 가만히 토닥이며 말한다. "너는 최선을 다했어."

한 시가 다 되어 그들은 지붕에서 내려온다. 안나 마리아가 3층 복도로 가기를 거부했기에 클라라 수녀가 수업 중인 2층 복도를 지난다. 안나 마리아는 열린 문 너머를 흘끗 들여다본다. 열 명이 조그만 정사각형의 섬세한 레이스를 무릎에 얹고 동그랗게 앉아서 코바늘로 뜨개질을 하고 있다. 그 무엇보다 안나 마리아의 신경을 건드리는 건 정적이다. 떨림도, 흘러나오는 색깔도 없이 그냥 그 위로 몸을 웅크리고 말없이 실을 당기는 인간이라. 그녀도 모르게 몸서리가 쳐진다.

파울리나는 오보에 수업을 받으러 가고 안나 마리아 혼자 남는다. 오늘은 레슨이 없다. 오디션 심사를 하러 온 운영위원들을 상대하느라 그에게 여유가 없다. 그녀는 마달레나 수녀를 찾아가 할 일을 받아야 한다. 하지만 뱃속이 떨린다. 분노, 질투, 호기심이 한데 뒤엉킨다.

누가 됐을까? 누가 그녀의 자리를 가로챘을까?

양피지가 바람에 펄럭인다. 안나 마리아가 다가갈수록 복도 끝 책상 위에 잉크병으로 눌러놓은 조그만 크림색 정사각형 종이가 점점 커진다.

이름이 두 줄로 적혀 있다. 키아라의 이름이 있는 걸 보니 기존 필리에 단원 명단인가 보다. 오른쪽 아래에 '신입'이라고 적혀 있다.

싱어 셋, 오보에 둘, 바이올린 하나다.

그 종이 맨 아래, 명단 마지막 자리에 네 단어가 적혀 있다.

안나 마리아 델라 피에타.

그녀는 무릎을 꿇으며 주저앉아 손끝으로 바닥을 누른다. 눈물이 쏟아지자 돌바닥 위로 검은 점이 흩뿌려진다.

잠시 후에 뒤에서 말소리가 들린다.

"네가 그들에게 충격을 선사했다, 안나 마리아. 심지어 이견도 없었어." 그가 말한다.

그녀는 위를 올려다보며 애써 숨을 고른다.

그가 손을 내밀어 손수건을 건넨다. 그녀는 일어나 눈물을 닦고 얼굴에 들러붙은 머리카락을 떼어낸다.

그가 말을 잇는다. "그리고 나는 음악감독으로 승격됐다. 이제 피에타의 모든 음악 프로그램을 맡게 됐어. 어느 정도는 가장 우수한 제자 덕분이지." 그는 그녀를 향해 고개를 끄덕이며 미소를 짓는다. 그런 다음 돌려받은 손수건을 삼각형으로 접어 가슴 주머니에 꽂는다.

안도감이 큰 파도처럼 그녀를 덮친다.

"이제 삶의 속도가 빨라질 거다." 그가 말한다. "기대하는 사람들이 생길 테고 연주회와 행사가 잇따를 거야. 연습을 더 많이 해야 하고 심지어 작곡도 해야 할 거라는 뜻이지."

"작곡이요?" 그녀는 냉큼 묻는다.

"나는 위대한 일을 하고 싶다. 이 공화국을 바꾸어놓을 음악, 아무도 들은 적 없는 음악을 만들고 싶다." 그녀는 꼼짝 않고 그를 쳐다보며 그의 말을 한마디도 놓치지 않는다. "코르푸에서 튀르크를 상대로 전쟁을 벌이고 있는 우리 군을 응원하는 곡을 만들어달라고 이미 의뢰를 받았단다. 필리에 단원들 중에서 경쟁을 통해 조수를 뽑을 거다. 너도 물론 참여해야지. 완성된 곡은 4개월 뒤에 슐렌부르크 장군 앞에서 연주될 거야." 그는 말을 잠깐 멈추었다가 덧붙인다. "네가 한 것처럼 카덴차를 넣어서. 도전 정신을 발휘해야 할 거다."

그녀는 좋아서 속으로 비명을 지른다. 하지만 겉으로는 침착하게 미소만 짓는다.

"그럼 1분도 낭비하면 안 되겠네요." 그녀는 그의 옆을 성큼성큼 지나 다시 음악실을 향해 간다.

13

안나 마리아는 어깨를 펴고 눈을 크게 뜨고 귀를 쫑긋 세우며 똑바로 앉는다. 그녀는 가장 큰 음악실 맨 앞줄에 여덟 명의 바이올린 연주자들과 나란히 앉아 그 줄의 반대편 끝에 있는 상대에게 온 신경을 기울이고 있다. 다른 사람들의 얼굴과 악기는 흐릿하게 뒷전으로 물러난다. 그녀보다 일곱 살 많고 눈은 작고 튀어나왔고 이마는 넓은 여자아이가 관심의 대상이다. 안나 마리아는 그녀의 모든 동작을 눈으로 좇는다.

필리에 디 코로에 입단한 지 이제 6개월이 지나 새로운 일상에 조금씩 적응하고 있다. 미사, 아침 식사, 산수, 그런 다음 독서, 작문, 정오 기도. 이후에 두 시간 동안 그에게 개인 레슨을 받고 두 시간 동안 오케스트라 연습을 한 뒤 마지막으로 저녁 식사를 하고 잠자리에 든다.

저 '이마'가 옆자리에 앉은 안짱다리 친구의 말을 듣고 웃음을 터뜨린다. 하지만 그 옆자리 친구는 그녀의 관심 밖이다. 저 이마—산차 델라 피에타—가 제1바이올린 수석이다. 산차 델라 피에타가 중요한 솔로 연주를 도맡는다. 산차 델라 피에타를 무너뜨려야 한다.

그녀는 활이 세상에 둘도 없이 가벼운 깃털이라도 되는 것처럼, 당장이라도 떨어뜨릴 것처럼 들고 있다. 안나 마리아는 손에 쥐고 있는 자기 활을 내려다보며 똑같이 손가락의 힘을 풀고 손목을 유연하게 움직여 보려고 애를 쓴다. 문에 찍혀서 파인 자국이 아직 남았지만 통증은 사실상 사라졌다. 그래도 아직 살짝 뻣뻣하다. 그녀는 그 손가락을 보고 눈살을 찌푸리며 말을 잘 들어보라고 다그친다.

필리에 디 코로의 바이올린 연주자 여덟 명 중에서 그녀가 라이벌로 지목한 상대는 세 명이다. 당연히 산차가 그중 한 명이고 키아라와 프루덴차도 둘 다 그녀보다 훨씬 나이와 경험이 많다. 키아라는 안나 마리아가 여덟 살 때 운영위원들 앞에서 연주했을 때부터 오케스트라에 있었고 프루덴차도 거의 비슷하다. 키아라는 그림을 그리듯 연주한다. 여기는 살짝 칠하고 저기는 길고 부드럽게 선을 긋고 하는 식이다. 그런가 하면 프루덴차의 연주는 강렬하고 매혹적이다. 칼부림이라도 했던 것처럼 뺨에 흉터가 있는데, 머리칼을 흔들어가며 그 가냘픈 팔로 활을 긋는다.

안나 마리아는 바이올린을 들고 있는 그들을 대할 때마다 격한 질투심을 느낀다. 그 둘도 아마 바이올린 수석 자리에 눈독을 들이고 있을 것이다. 하지만 그녀가 이들 가운데서도 독보적인 존재가 되어야 한다. 바이올린 수석은 그녀의 자리가 될 것이다.

선생님이 앞에서 바이올린 하나를 조율하고 있다.

지난 몇 주 동안 모든 게 달라졌다. 복도에서 그녀를 대하는 아이들의 눈빛만 해도 그렇다. 그녀는 이제 필리에 단원임을 상징하는, 긴 소매에 사각 네크라인이 달린 검은색 무명 원피스를 입고 다닌다. 왕이라도 되는 듯이. 존경받아 마땅한 사람이라도 되는 듯이. 뭐라도 되는 듯이.

음식 맛도 달라졌다. 더 달콤하고 맛있다.

바이올린을 잡았을 때의 느낌도 달라졌다. 전보다 더 탄탄하고 착 붙는 느낌이다.

이제 여기에서 자리를 잡았으니 결혼 걱정과는 영원히 안녕이라는, 음악과 헤어질 일이 없다는 안정감은 또 어떠한가.

그리고 방이 생겼다. 그녀의 방이!

누가 보기에는 성냥갑만 하다고 할 수도 있겠다. 침대, 마당이 내다보이는 조그만 철창문, 몽땅한 양초와 나무 의자가 딸린 조그만 책상이 전부니까. 하지만 문이 있다는 것만으로도 더 바랄 게 없다. 원하면 바깥세상을 차단하고 그녀만의 공간에 숨을 수 있다. 아무도 모르게, 어느 누구의 간섭도 없이 밤늦게까지 생각하고 꿈꾸고 곡을 쓸 수 있다. 그녀가 그 생각을 하며 한숨을 쉬는 동안 그는 신발에 달린 조그만 금색 버클을 쨍그랑거리며 방 안을 가로지른다. 음악감독이 된 뒤로 복장이 조금 더 화려하고 섬세해졌다. 이제는 소박한 연미복에 빛바랜 조끼를 입고 다니지 않는다. 오늘만 해도 은색 테두리가 둘러진 초록색 벨벳 슈트를 입고 있다.

"오늘은 내가 쓰고 있는 작품의 도입부를 한번 연주해 보겠다."
그가 말한다.

여기저기서 웅성거린다. 그는 열띤 표정으로 학생들의 보면대에
악보를 놓아주며 손을 떤다. 그들에게 자신의 작품을 공개한 건 이
번이 처음이다.

모두 합해서 세 쪽의 변화무쌍한 곡이다. 아직 미완성이지만 도입
부만 봐도 특별한 작품이라는 걸 알 수 있다. 안나 마리아는 그의 연
주를 맨 처음 들은 순간을 떠올린다. 이 곡에서는 에너지와 강렬함
이 느껴진다. 하지만 그녀의 눈앞에서 음표들이 시커먼 딱정벌레로
변해 악보 위 다른 자리로 꿈틀꿈틀 움직인다. 이 부분은 음을 좀 더
높이고 도입부는 좀 더 길게 늘이면 좋겠다는 생각이 든다. 최면에
걸린 사람처럼 멍하니 악보를 들여다보는 동안 어떤 식으로 마무리
하면 좋을지 그럴듯한 해법이 그녀의 머릿속에서 떠오른다.

"너희들이 평소에 접하던 것과 달라 보일 수도 있겠다. 하지만 걱
정 마라. 우리가 이 자리에 모인 이유는 연습을 하고 배우기 위해서
니까." 그는 안나 마리아를 대놓고 쳐다본다. "그저 최선을 다해 주
기 바란다."

이제 그가 앞에 서서 팔을 들자 그들은 연주를 시작한다.

몇 소절이 지났을 때 그가 레이스 달린 소맷동을 드러내며 한쪽
손을 든다. 멈추라는 뜻이다.

그가 싱어들 쪽으로 다가가 음이 너무 높다며 악보를 몇 군데 직
접 수정해 준다. 그런 다음—

"산차, 서른한 번째 마디 부탁한다."

여기에 산차의 독주가 들어간다. 안나 마리아가 뚫어져라 지켜보는 가운데 산차가 연주를 시작했다가 멈춘다. 바이올린을 무릎 위에 내려놓고 목에 달린 줄감개를 만지작거린다.

다시 조율하는 것이다. 연습 도중에. 안나 마리아는 눈을 부라린다. 그런 건 미리 했어야 하지 않느냐며 소리를 지르고 싶지만 간신히 참는다.

선생님의 턱에 힘이 들어가지만 아무 소리도 하지 않는다.

산차가 다시 연주를 시작하고 잠시 후 두어 자리 옆에 앉아 있던 프루덴차도 가세한다.

"좋아." 그가 말한다. "하지만 그냥 좋은 정도로 청중을 불러 모을 수 있을까?"

프루덴차의 시선이 불안하게 흔들린다.

"됐다." 그는 뻣뻣하게 미소를 지으며 말한다. "다시 한번 해보자. 하지만 이번에는 서른네 번째 마디에 다다르면 소리를 키우고 그걸 서른다섯 번째 마디까지 유지하기 바란다."

둘은 그의 지시에 따르고 잠시 후 필리에가 가세한다. 하지만 오케스트라의 연주가 이어지는 동안 그는 흥분하며 이리저리 걷는다. 같은 구간을 일곱 번 반복했을 때—

"그만, 그만." 그가 책상 가장자리를 부여잡고 그 뒤에 서서 고개를 숙이고 있다. 안나 마리아의 심장이 뛰는 소리만이 정적을 가른다.

"모두 일어나라." 그가 말한다. "의자는 벽 앞으로 옮기고."

나무 의자가 바닥을 긁는 소리가 이어진다. 그는 손수건에 대고 기침을 하고, 길고 깊게 숨을 마신다.

"복도로 나가라." 필리에 단원들은 걱정하는 눈빛으로 서로 쳐다본다. "제대로 들은 거 맞아. 한 명도 빠짐없이 밖으로 나가도록."

그들은 금이 간 회색 벽에 등을 대고 일렬로 선다. 주방에서 채소를 뭉근하게 끓이는 냄새가 스멀스멀 올라온다. 그는 그들 앞을 왔다 갔다 하며 걷는다.

"다들 집중을 너무 열심히 하고 있어. 너희는 지금 나와 함께 여기 이 피에타에 있다. 너희가 누구인지, 어디 출신인지는 잊어주기 바란다. 위대한 음악가들은 단순히 연주를 하는 데 그치지 않아. 변신을 하지."

안나 마리아는 그의 말을 한마디도 놓치지 않고 귀담아듣는다.

"다시 이 방에 들어갈 때는 연습을 하려는 게 아니라," 그는 알맞은 표현을 고민하다가 문득 찾은 것 같은 표정을 짓는다. "귀빈으로서 연회장을 찾은 것처럼 걸어주기 바란다. 안에 테이블이 있고 그 위에 진수성찬이 차려져 있다고. 튀긴 생선과 구운 양고기, 케이크와 크림과 잼이 산더미처럼 쌓여 있다고."

그에게서 풍겨오는 분위기가 다시 바뀌어서 깨진 유리 조각처럼 반짝인다.

"안에 들어가서 배불리 먹기 바란다. 먹고 또 먹기 바란다."

아이들이 씩 웃는 얼굴로 서로 쳐다본다. 안나 마리아는 정색하고 집중한다. 배가 고프다. 그녀는 배에 힘을 주고 어깨를 펴고 다시 음악실 쪽으로 걸어간다. 문 앞에서 눈을 감는다. 문지방을 넘어 연회장으로 들어간다.

모두 악기를 든다. 당장 소리가 깊고 강해졌다.

"고아." 그가 주먹으로 책상을 내리치자 한 아이가 펄쩍 뛴다. 더 선명해진 소리가 방 안에서 넘실거린다.

"고아." 그가 그들 사이를 걸으며 등을 펴주고 같은 말을 반복한다. "사람들이 너희를 그렇게 생각하기 바라니? '딱한 것들. 불쌍하니까 박수를 쳐줍시다. 저 아이들 기분이라도 좋게.' 이렇게? 나는 너희가 혼신을 다해 연주해 주기 바란다. 오직 음악만이 너희의 주린 배를 가득 채울 수 있는 것처럼 연주해 주기 바란다." 그가 말하는 속도가 빨라진다. "너희의 과거를 인정하고 더는 아무 말도 하지 않길 바란다. 완전히 달라지길, 너희 자신을 삭제하길 바란다."

바로 그 순간 어떤 일이 벌어진다. 번쩍, 변신이다. 필리에가 하나로 움직이기 시작한다. 소리의 형태와 질감과 크기가 점점 커진다. 그들은 서로 쳐다본다. 다들 눈이 새까맣고 깊어졌다.

"연회다." 그가 말한다. "연회!"

안나 마리아의 눈앞에 보라색과 초록색과 금색으로 폭발하는 테이블이 등장한다. 맛있어 보인다. 배가 고파 죽겠다. 그녀는 숨이 찰 때까지, 겨드랑이에 땀이 찰 때까지, 그가 앞에서 손을 들 때까지 먹고 또 먹는다.

그가 재킷 주머니에서 손수건을 꺼낸다. 안나 마리아는 눈으로 보고도 믿을 수가 없다. 그가 눈물을 닦고 있다.

"앞으로는 계속 이렇게 연주하도록." 그가 손수건을 접어서 다시 넣으며 말한다. "그러면 너희는 조만간 대가라고 불리게 될 거다."

수면을 가르며 쏟아진 햇살이 바닥 위로 빛의 조각을 드리운다. 엄청난 압력. 짓눌린 허파. 짙고 본능적인 공포.

안나 마리아는 숨을 헐떡이며 벌떡 일어나 부들부들 떨며 숨을 들이마시고 내뱉는다. 바이올린을 집어서 끌어안고 이불을 좀 더 위로 당겨서 잘 덮어준다.

손 아래로 부드러운 곡선이 느껴진다. 그녀는 쿵쾅거리는 심장이 가라앉을 때까지 자신과 바이올린, 둘에만 집중한다.

아무리 애를 써도, 밤늦게까지 연습을 하고 피곤해서 곯아떨어지더라도 이 악몽은 사라질 줄 모른다.

"왜 계속 나쁜 꿈이 나를 괴롭히는 걸까?" 그녀는 현을 하나 뜯으며 중얼거린다. 현에서 초록색이 한 줄 뿜어져 나온다.

그녀는 뒤로 누워서 눈을 감는다. 자꾸 떠오르는 물의 이미지를 애써 차단한다. 이리저리 뒤척이며 다시 잠을 청해 본다. 그러다 포기하고 침대에서 빠져나온다.

촛불을 켜고 책상 서랍에서 쪽지를 꺼내 펼친다. 잘린 트럼프가 바닥으로 떨어진다. 카드를 다시 책상 위에 놓고 손을 잠깐 얹는다. 그런 다음 다시 쪽지를 본다. 그 보드라운 종이를 집은 것이 몇 달만이다. 엄지손가락으로 이리저리, 이리저리 문질러본다.

너를 사랑하는 사람이 있었다는 걸 알아주길.

바로 그 순간 뒤에서 키득거리는 소리가 들린다. 그녀는 숨을 토하며 몸을 홱 돌린다. 문 앞으로 달려가 어두컴컴한 복도를 내다본다. 아무도 없고 고요하다. 하지만 숨을 참고 서 있는 동안 다른 존재가 느껴진다. 꾸깃꾸깃해진 신문지를 들고 그녀의 옆에 몸을 꼭

붙인 따뜻한 존재가 느껴진다.

차가운 바람이 방을 훑고 지나가자 그녀는 몸에 힘을 주며 고개를 젓는다.

아무도 없어. 그녀는 속으로 중얼거린다. 아무것도 없어.

문을 닫는다. 다시 보지 않고 쪽지를 접어서 서랍 안에 넣는다.

다음 날 오후. 연주를 하고 싶어서 안나 마리아의 온몸이 근질거린다. 고동색 벨벳 조끼를 입은 선생님이 새로 만든 곡의 도입부 악보를 보면대에 올려놓고서 그들 앞에 서 있다.

문을 두드리는 소리에 이어 마달레나 수녀가 문 앞을 가득 채우며 등장한다. 그녀는 말없이 들어와 성큼성큼 교실 뒤편으로 걸어간다. 거기 서서 돌아보는 학생들을 무시한 채 반짝이는 까만 눈으로 그를 지켜본다.

"계속하세요." 그녀가 자리에 앉으며 말한다.

그의 시선이 마달레나 수녀에게로 향했다가 다시 학생들에게로, 거기서 다시 마달레나 수녀에게로 이동한다.

"알겠습니다." 그가 고개를 끄덕인다.

양피지 몇 장이 보면대에서 바닥으로 떨어진다. 쌍둥이 중에서 체칠리아가 제일 가까운 자리에 앉아 있다. 그가 악보를 주우려고 허리를 구부리는 동시에 체칠리아도 몸을 앞으로 숙인다.

"내가 하마." 그가 나지막이 쏘아붙인다.

그녀는 뜨거운 물벼락을 맞기라도 한 것처럼 뒤로 움찔하고는 자리에 앉는다. 눈물을 감추느라 고개를 숙인다.

안나 마리아는 그녀를 쳐다본다. 그는 시험당하는 중이다. 운영위원들이 신임 음악감독으로서 그의 역량을 살펴보라며 마달레나 수녀를 보낸 것이 분명하다. 체칠리아는 자기 때문에 그가 민망해진 걸 모른단 말인가? 불난 집에 부채질하는 격이었다는 걸?

다시 일어서는 그의 이마에 엷은 땀방울이 맺혀 있다. 그는 잠깐 숨을 돌리고 손수건에 대고 조용히 기침을 한 다음 어디까지 했는지 살핀다.

이내 연습이 시작되고 마달레나 수녀는 떨떠름하게 발로 박자를 맞춘다. 45분 동안 그는 더듬지도 다시는 우왕좌왕하지도 않는다. 안나 마리아는 그의 인상적인 태도를 지켜보며 미소를 짓는다. 그의 위기 대처 능력을 의심한 적은 없었다.

그래도 마달레나 수녀가 나간 뒤에야 다들 피부로 감지할 수 있을 정도의 안도감이 감돈다. 방 안에 있던 모든 이의 어깨가 가벼워진다. 문이 딸깍하고 닫히자 그가 앞으로 다가가 유리창 밖을 내다보며 그녀가 갔는지 확인한다.

잠시 후 그가 학생들 쪽으로 다시 고개를 돌린다.

"너." 그가 체칠리아를 지목한다. 안나 마리아의 심장이 벌렁거린다.

"이름이 뭐지?"

체칠리아의 얼굴 위로 경악하는 표정이 번진다. 그녀는 왼쪽에 앉아 있는 쌍둥이 칸디다를 흘끗 쳐다본다.

"자기 이름도 모르나?" 아이들이 한바탕 웃음을 터뜨린다.

칸디다가 그녀의 옆구리를 찌른다. 말하라고.

"체칠리아요, 시뇨레." 그녀는 조그맣게 말한다.

"체칠리아요 시뇨레. 이름 한번 특이하구나." 웃음소리가 아까보다 더 크게 들린다. "어디 들어보자, 체칠리아요 시뇨레. 아까 훼방을 놓은 이유가 뭐지?"

"저는……." 그녀의 눈에 눈물이 맺힌다. "저는…… 훼방을 놓은 게 아니라……."

"저 아이가 아까 훼방을 놓지 않았니?" 그가 아이들을 향해 묻는다.

"맞아요." 누군가가 외친다. 여기저기서 고개를 끄덕이며 맞장구친다.

그는 체칠리아를 돌아본다. "지금…… 우는 거냐?"

"죄송합니다!" 그녀는 흐느끼며 밖으로 뛰쳐나간다. 그는 반응하지 않는다. 가만히 서서 지켜보기만 한다.

이제 보니 옆으로 내려놓은 안나 마리아의 손이 떨리고 있다.

선생님은 너를 아끼셔. 그녀는 속으로 자기 자신에게 중얼거린다. 다른 아이들하고는 다르게.

"저 아이는 그냥 둬라." 그가 학생들에게 말한다. "우리는 여기서 할 일이 있으니까. 나는 향후에 있을 연주회를 앞두고 튀르크군을 상대하는 우리 공화국군의 사기를 진작하는 곡을 만들어달라는 의뢰를 받았다. 가장 최근에 벌어진 이 전쟁에서 우리 군은 심각한 타격을 입었고 너희들도 알다시피 저들에게 코르푸섬을 빼앗겼지."

여기저기서 불안한 목소리로 중얼거리는 소리가 들린다.

"지난 200년은 저들과의 전쟁으로 점철됐다 해도 과언이 아니고 우리 군은 아직 항복하지 않았다. 하지만 어느 정도 걱정할 필요는 있지. 우리의 음악 인생이 위기에 처한 만큼 이 곡에서 힘과 승리를 느낄 수 있어야 한다. 경연을 통해 너희들 중에서 조수를 선발할 예정이다."

여기저기서 수군대며 발을 움직인다. 흥분이 고조된다.

"각자 오로지 제목과 조표만을 가지고 곡을 하나 만들어보도록. 기악 편성, 스타일, 길이 등에 아무런 제한이 없지만 내가 기운이 왕성한 사람이 아니라는 걸 감안해 주기 바란다. 아무리 걸작이라도 너희들 작품을 검토하는 데 수백 시간을 들일 수는 없다는 걸 말이다."

여기저기서 예의상 웃음을 터뜨린다. 안나 마리아는 잽싸게 칸디다를 훔쳐본다. 그녀는 꼼짝 않고 멀건 눈으로 문만 쳐다보고 있다. 일어나서 쌍둥이 자매를 따라 나가고 싶은 눈치다.

"전쟁의 분위기, 적을 상대로 싸워야 하는 분위기를 느낄 수 있는 곡을 만들어주기 바란다. 조표는 G단조다. 기한은 앞으로 일주일. 그때까지 곡을 제출하도록."

안나 마리아는 움찔하며 다시 그에게로 관심을 돌린다. 준비 기간이 일주일밖에 되지 않는다. 아이디어가 너무 많아서 그중에 뭘 고르면 좋을지 모르겠다.

그가 말을 잇는다. "전쟁에 직면한 사람들이 용기를 잃지 않으려면 뭐가 있어야 할까, 그걸 고민해야 한다. 그리고 음악을 통해 하느님께 은혜를 구해야 하고."

그의 말을 받아 적고 싶지만 수업 시간에 종이를 들고 올 수는 없다. 종이는 비싼 물건이다. 그녀가 들고 다니면 다들 가지고 싶어 할 것이다. 그의 말을 머릿속에 새겨보려고 하는데 소리를 활용하면 훨씬 쉽다. 그의 말투의 높낮이에 귀를 기울인다. 사람들이 용기를 잃지 않으려면 뭐가 있어야 할까. 그녀는 생각하며 눈을 질끈 감고 집중한다.

그가 말을 잇는다. "연주회는 앞으로 3개월 뒤다. 전원이 마르치니 저택에서 연주하게 될 거다."

안나 마리아는 숨을 들이마신다. 마르치니 저택이라니 상상 이상이다. 바이올린을 맡기러 갔을 때 이래 처음으로 피에타에서 벗어나 베네치아에, 온 세상에 연주를 들려줄 수 있다니 온몸에 전율이 인다. 수업이 끝나면 얼른 파울리나에게 달려가 이 소식을 전하고 싶다. 뛰어가면 저녁 식사 시간이 끝나기 전에 그녀를 만날 수 있을지도 모른다.

"신입 단원들에게는 자신을 증명할 수 있는 상당히 좋은 기회가 될 거다. 피에타에 자부심을 선사해야 할 거다."

그는 안나 마리아와 눈을 맞춘다.

"마지막으로 경연 얘기는 밖으로 흘리지 않았으면 한다. 여기 이 기관에는 너희에게 작곡을 가르칠 필요가 없다고 생각하는 사람들이 많거든. 나는 동의하지 않는다. 그러니까," 그가 그녀를 똑바로 쳐다본다. "이건 우리들만의 비밀로 해야 한다."

안나 마리아는 맥이 빠진다. 파울리나에게 작곡 경연 얘기를 들려줄 수 없다면 지금 서둘러 달려갈 필요가 없다. 다른 데 관심을 기울이는 편이 훨씬 나을 것이다. 그녀는 바이올린 케이스를 들고 교실에서 나와 방을 향해, 오선지를 향해 발걸음을 재촉한다.

다음 날에 보니 체칠리아의 자리가 비어 있다. 안나 마리아는 이유를 묻지 않는다.

하늘에 뜬 밝고 둥근 달이 대성당의 돔 지붕과 기둥 달린 굴뚝을 비춘다.

낑낑대며 방 창문을 열자 시원한 밤공기가 안나 마리아의 얼굴 위로 쏟아진다. 창문은 2~3센티미터쯤 벌어지다 철창에 부딪힌다. 그녀는 오늘도 악몽을 꾸다가 깼다. 그래서 자리에서 일어나 마당을 내려다보며 귓전을 때리는 심장을 가라앉히려 한다. 마당이 전보다 훨씬 작아 보인다. 한복판에 외로이 서 있는 나무가 이제는 거대하다기보다는 올라가도 될 만큼 귀엽게 느껴진다. 그 아래 길거리는 짙은 파란색으로 덮였다. 둥그스름한 유리등이 자갈길을 은은하게 비춘다. 고요하지만 그녀의 방 아래 벽돌 틈새에 둥지를 튼 비둘기들이 우는 소리가 들린다.

잠시 후에 발소리가 정적을 가른다. 나무 사다리를 든 점등원이 마당 옆 골목길에 등장한다. 그는 사다리를 벽에 대고 올라가 가로등을 끈다. 기운이 넘치는 근육질 체구에 핏줄이 불거진 탄탄한 팔뚝 위로 소매를 걷어붙였다. 아마 코르푸 전쟁터로 소집될 만한 나이일 것이다. 얼마나 오랜 기간 동안 가족들 곁을 떠나 싸워야 할까? 죽이려 드는 적과 맞서 이기려면 어떤 능력이 있어야 할까?

그를 지켜보는 동안 그녀의 몸 가장자리에서부터 물결이 일기 시작한다. 책상 앞으로 달려가 촛불을 앞으로 바짝 끌고 와서 오선 노트를 펼친다. 그녀의 영혼이 실타래처럼 풀리면서 음표가 쏟아져 나온다.

다음 날 개인 레슨을 받고 나니 남은 시간이 얼마 되지 않는다. 그들은 소지품을 챙겨 들고 오케스트라 연습실로 쓰이는 복도 맨 끝의 가장 넓은 교실로 향한다.

한 시간 전부터 안나 마리아의 머릿속을 간질이는 생각이 하나 있었다. 필리에 연습실에 도착하기 직전에 이 말이 그녀의 입에서 불쑥 튀어나온다.

"저, 바이올린 수석이 되고 싶어요."

그는 재미있어하는 표정으로 그녀를 쳐다본다.

"너를 보면 내가 생각난다. 그런 생각을 할 만도 하지. 너에게는 재능이 있으니까."

칭찬을 들이마신 그녀는 가슴속이 환해지는 것을 느낀다.

"하지만 필리에 디 코로에서 지금까지 열여섯 살 이전에 바이올린 수석이 된 사례는 없지."

앞으로 2년. 그다음부터 그녀는 어디서나 볼 수 있는 평범한 사례가 될 것이다. 그럴 수는 없다. 그러면 안 된다.

"그건 너무 길어요."

"맞아. 하지만 어쩌겠니? 필리에의 모든 바이올린 연주자가 탐내는 자리고 훌륭한 수석이 이미 있는걸. 게다가 엄청난 책임감이 따르는 자리기도 하고. 그 정도로 많은 부담을 짊어질 각오가 돼 있는 게 확실하니?"

그는 다시 걸음을 옮기기 시작했다. 따라잡으려면 걸음을 재촉해야 한다. "네, 확실해요. 선생님도 저더러 오디션 때 충격을 선사했다고 하셨잖아요. 제 노력으로 이 오케스트라에 입단한 거라고요. 이른 나이에 필리에 입단할 수 있다면 이것도 마찬가지 아니겠어요? 저는 수석이 되고 싶어요."

그는 그녀와 눈을 맞춘다. "지금 당장은 연습과 작곡에 집중해라. 계속 실력이 늘면…… 뭐, 그때 가서 생각해 보자꾸나."

금요일, 그녀는 벌벌 떨며 문손잡이를 향해 손을 내민다. 양피지를 움켜쥐고 있다. 작곡 경연에 출품하는 작품이다. 마감일까지 기다릴 수가 없다. 이 곡이 수중에 있는 한 그렇다. 어처구니없을 만큼 생동감이 넘쳐서 당장이라도 양피지를 찢고 포효할 것 같다.

"벌써 제출하는 거냐?" 그녀가 출품작을 건네자 그가 감탄하는 표정으로 묻는다.

"초안이에요." 거짓말이다. 실은 이보다 더 완벽할 수 없다. "선생님의 1차 평가를 듣고 싶어서요."

그는 책상 위에 악보를 놓고 손바닥을 펼쳐 양옆을 짚은 뒤 그 위로 허리를 숙인다.

날이 점점 따뜻해지는 중이라 더위가 피에타 앞길을 달구고 있고 음악실의 벽난로는 깨끗이 치워졌다.

그의 시선이 엄청난 속도로 좌우로 움직이며 금색과 갈색과 초록색으로 넘실대는 음계를 눈에 담는다. 어깨 너머로 들여다보던 그녀는 눈을 감는다. 자칫 잘못했다가는 전혀 다른 세상으로 굴러떨어질 수도 있기 때문이다. 자부심이 밀려든다. 이것은 그녀의 작품, 그녀의 악보다. 그리고 난생처음으로 그걸 누군가에게 보여주고 있다. 그냥 누군가가 아니다. 그다.

잠시 후에 그가 고개를 든다. 양 손바닥을 양피지 위에 얹는다. 마치 기도하는 사람처럼.

"어때요?" 안나 마리아는 묻는다.

공기가 고요해진다. 뭘까? 왜 아무 말도 하지 않을까?

"안나 마리아," 그가 한숨을 쉰다. "이건 나와 함께 내 작품을 만드는 경연이야. 독창성이나 개성을 뽐내는 자리가 아니라. 뽑히고 싶으면 내 목소리를 파악해서 그걸 흉내 내야지."

불안이 그녀의 뱃속 깊은 데서 출렁인다.

"그게 무슨 말씀인지—"

"이 곡은 전혀 내 것 같지가 않잖니." 그는 웃으며 오선지를 돌려준다.

그녀는 미간을 찌푸린다. 독창성은 좋은 거 아니었나? 모든 음악이 독창성이 발휘된 결과물일 텐데.

"네 의도는 알겠다. 점등원 일을 그만둔 젊은 남자의 이야기를 설득력 있게 여백에 적은 거하며 호른으로 웅장한 분위기를 연출한 거하며. 호른으로 말할 것 같으면 전쟁을 상징하는 유용한 도구니까. 하지만 내가 쓰는 표현을 배워야지. 내 안으로, 내 거죽 아래로 들어올 방법을 찾아야지."

그는 일어나 가까이 다가온다. 손가락을 그녀의 턱에 대고 눈을 들어 그와 눈을 맞추게 한다. 그녀의 몸속에서 전율이 인다.

"나는 네 실력이 이보다 더 훌륭하다는 걸 알아."

그녀의 심장이 터질 듯이 쿵쾅거린다. 그는 이제 그녀의 뺨에 손을 얹는다. 얼굴에 닿은 손바닥이 차갑게 느껴진다.

"오늘 저녁에 여기 남아서 내 작품과 스타일과 강도를 연구하기 바란다. 내게 보여준 작품을 발전시켜 봐라. 아직 시간은 충분해, 안나 마리아. 마감은 수요일이니까."

그녀는 고개를 끄덕인다. 그것 말고는 아무것도 할 수가 없다.

그가 사라지자 그녀는 심호흡을 한다. 여러 가지 감정이 뱃속에서 서로 뒤엉킨다. 과제를 잘못 이해했다는 수치심 그리고 당황스러움. 아직까지도 여운이 느껴지는 그의 손길이 떠오르자 몸에 힘이 들어간다.

눈부시게 환한 햇살이 방 안으로 쏟아져 들어온다. 그녀는 과제로 다시 주의를 돌린다. 깃펜을 집어 그에게 보여준 악보 위로 길게 사선을 긋는다. 배가 고파서 배에서 소리가 나지만 못 들은 체한다. 태양이 석호 너머로 저물어가는 동안 그녀는 오선 노트 뒤편에서 그의 악상이 담긴 오선지를 꺼내 앞에 펼쳐놓고 읽기 시작한다.

이후 사흘은 고문이다. 그녀는 잠도 자지 않고 거의 먹지도 않는다. 어제 저녁에는 옆 교실에서 파울리나의 오보에 연주 소리가 들렸다. 벽에 귀를 대고 서서 그 소리에 몸을 맡겼다. 그 교실로 달려가 그녀와 나란히 앉아서 연주하는 모습을 지켜보고 싶은 마음뿐이었다. 하지만 비밀 공유는 금물이고 이번 기회를 놓쳐서는 안 된다. 그래서 책상 앞으로, 그의 작품 앞으로 비척비척 돌아가 계속 작업에 매진했다.

3일째인 오늘 저녁에 깨달음이 찾아온다. 그의 곡은 연주할 때마다 느낌이 다르다. 지금 연구 중인 작품에서는 관계조, 즉 어떤 곡의 기본 화성을 구성하는 한 묶음의 음을 이용해 악기 간의 관계를 발전시켜 나가고 있다는 것을 이제야 알겠다. 바로 그런 식으로 스토리와 캐릭터를 끄집어낸다는 것을 말이다.

맨 처음 이 곡을 연주했을 때는 등장인물이 하나인 줄로만 알았다. 광장에서 춤을 추는 여자아이가 보였다. 하지만 어제 첼로 파트를 좀 더 유심히 들여다보니 등장인물이 둘이었다. 꽃을 들고 모퉁이에서 그녀를 기다리는 남자아이가 있었다. 바이올린과 첼로가 서로 대화를 나누기 시작했다. 그러자 이제 거기서 모든 출연진이 우후죽순처럼 등장한다. 아이들이 추가되고 어른들도 있고, 광장이 아니라 무도회장이고, 그들이 웅장한 춤을 추고 있다.

그녀는 선생님의 작품을 자기 앞으로 다시 끌어당긴다. 이전과…… 전혀 다르게 느껴진다. 곡에서 불안이 느껴진다. 부산하고 심지어 어떤 곳에서는 미쳐 날뛴다. 그가 멜로디와 함께 뜻밖의 여행을 떠나 조화로움 대신 고뇌를, 차분함 대신 반전을 연출한다. 작품이 이렇게 자유롭고 표현이 풍부할 수 있다니. 그는 마치 다른 세기에서 건너온 사람 같다.

그녀는 음악에 몸을 맡긴다. 알록달록한 빛깔에 몸을 싣고 창문을 넘어 엄청난 속도로 지붕 위를 활주하다가 정신을 차려보니 그 악절의 마지막이고 그걸로 끝이다.

왜냐하면 이건 작은 토막이고 단편이다. 온전한 곡이라기보다 악상의 모음이다. 완성되어야 하는. 그녀는 그의 금색 버클이 달린 신발을 신고 그의 벨벳 블레이저를 입은 자신의 모습을 상상해 본다. 내려다보니 그녀가 아닌 그의 몸이 보인다.

마에스트로. 그녀는 생각한다. 이걸 이제 완성해 볼게요.

14

수요일 오후. 필리에 단원들이 그의 작품을 연속해서 몇 악절씩 연습하는 동안 그는 책상 위로 허리를 숙이고 그들의 출품작을 훑어본다. 더워서 음악실 창문을 열어놓았다. 땀이 안나 마리아의 목에 맺히고 허벅지 사이에 고인다.

그녀가 오늘 아침에 제출한 작품이 맨 위에 놓여 있다. 직접 그린 음표의 패턴과 악보 위로 둥실둥실 떠오르는 여러 빛깔들이 보인다. 하지만 그의 표정으로는 아무것도 알 수가 없다.

"모두 자리에서 일어나라." 의자가 바닥을 긁는 소리, 악기를 케이스에 넣느라 부스럭거리는 소리가 들린다. "호명하는 학생은 한 발 앞으로 나와주기 바란다."

"아나스타시아 델라 피아타." 그가 호명한다.

산차의 몇 자리 옆에 앉아 있던 여자아이가 몸을 움직인다. 바이올린을 스르륵 의자에 내려놓고 앞으로 나간다.

"비안카 델라 피에타."

비안카는 오보에를 들고 맞은편에 서 있다. 흰빛이 도는 금발에 이목구비가 또렷해서 신비로운 분위기를 풍기는 아이다. 그녀는 몸을 돌려 의자에 악기를 내려놓고 자신만만하게 앞으로 나서는데 서서 기다리는 동안 손을 들어 목을 주무른다.

그는 가끔 이런 식으로 그들을 두 그룹으로 나누고는 한다. 서로 다른 해석이 가능하다. 호명된 아이들이 뽑힌 쪽인지 떨어진 쪽인지 알 수가 없다.

"안나 마리아 델라 피에타."

누군가가 그녀의 뱃속을 손으로 움켜쥐는 듯한 느낌이다.

그녀는 어느 누구와도 눈을 맞추지 않기로 작정하며, 얼음 바로 아래에서 물이 찰랑이는 석호 위로 올라서기라도 하는 것처럼 천천히 앞으로 나선다.

그가 읽고 있던 오선 노트를 탁 하고 닫자 먼지가 허공에서 춤을 춘다.

딱 세 명이다. 그렇다면…… 틀림없이…….

"앞으로 있을 공연에서 연주할 곡을 만드는 데 너희 셋이 함께할 거다. 축하한다."

승리의 기쁨이 안나 마리아의 온몸으로 번진다. 아래를 내려다본 그녀는 버클 달린 그의 신발을 신고 있다고 상상하며 얼굴을 환히 빛낸다.

그는 「유딧기」의 이야기에서 함께 만들 곡의 영감을 얻었다. 유딧은 베네치아를, 홀로페르네스는 튀르크 장수를 상징한다. 완성된 작품은 오페라와 비슷하지만 극장이 아니라 연주회장에서 선보일 성가극이 될 것이다.

이 이야기에서 홀로페르네스 장군은 아시리아 왕에 의해 이스라엘로 파병된다. 그의 군대가 그곳의 어느 마을을 함락하려는 찰나, 유딧이라는 젊은 과부가 그를 찾아와 자비를 구한다. 홀로페르네스는 유딧에게 한눈에 반하고 유딧은 그의 애정 공세를 잠시 즐긴다. 하지만 연회에서 과음한 홀로페르네스가 곯아떨어지자 유딧은 그때를 틈타 그의 목을 치고 의기양양하게 마을로 돌아온다.

안나 마리아는 이야기의 결말이 특히 마음에 든다.

지난 3주 동안 그녀와 아나스타시아와 비안카는 매일 수업이 끝나면 음악실을 찾았다. 네 시간의 연습에 두 시간의 작곡이 추가됐다. 안나 마리아는 식사도 잠도 잊었다. 그녀가 지금까지 경험한 모든 것을 뛰어넘는 이 전쟁의 세계 속에 푹 빠져 있다.

오늘 밤에는 달이 하늘을 가로지르며 석호 위로 은빛 물결과도 같은 달빛을 드리운다. 시계탑의 종소리가 자정을 끝으로 아침까지 고요한 수면에 돌입한다.

안나 마리아는 이제 막 작곡한 리코더 부분을 점검하는 중이다. 이 악기와 이 멜로디로 부드러운 산들바람의 느낌을 만들어낼 수 있었다. 홀로페르네스가 죽임을 당하기 직전의 평온함이다.

그들은 이 곡을 위해 필리에의 무기를 총동원하기로 한다. 모든 악기를 활용하기로 한 것이다. 연주회 당일 더러는 여러 개의 악기를 연주하게 될 것이다. 필리에 단원 대다수가 악기를 두세 개씩 다룰 줄 아니까. 그 순간을 상상만 해도 전율이 느껴진다. 관객들이 얼마나 황홀해할까.

맞은편 테이블에서 선생님이 비안카가 작곡한 부분을 검토하고 있다. 저녁 공기가 숨 막히도록 뜨겁다. 그가 1분 만에 세 번째로 땀에 전 셔츠 칼라를 잡아당긴다.

안나 마리아의 맞은편에 앉아 있던 비안카가 입을 쩍 벌리며 하품을 하다가 배에서 천둥소리가 들리자 웃음을 터뜨린다.

"엉망진창이로구나." 선생님이 불쑥 고개를 들며 말한다.

비안카의 얼굴에서 웃음기가 사라진다.

"특히 이 부분." 그가 손끝으로 상단의 마디를 두드린다. "반복이 너무 심하고 흡인력이 부족해. 아예 없다고 해야겠구나."

그의 얼굴이 상기되어 있다. 안나 마리아는 주방에 달려가서 마실 것을 들고 와야 하나 싶지만 지금은 입을 꾹 다물고 있는 편이 낫다는 걸 안다.

"죄송해요. 제가 피곤한가 봐요." 비안카가 말한다.

그의 입가가 짜증으로 실룩거린다. 비안카는 이게 날마다 찾아오는 기회라도 되는 듯이 말하고 있다. 그와 함께 작곡하는 것이 일상이라도 되는 듯이 말이다.

"안나 마리아." 이번에는 그가 그녀를 돌아본다. "비안카는 너무 피곤해서 연주를 못 하겠다는데 너는 어떠니? 너도 너무 피곤한가?"

"아뇨." 그녀는 얼른 대답한다.

"아나스타시아, 너는?"

"아뇨, 시뇨레. 피곤하지 않아요." 아나스타시아가 대답한다.

비안카는 몹시 당황한 표정으로 자기 머리칼을 만지작거린다.

"너무 피곤하다는 뜻에서 말씀드린 건 아니었어요. 그냥 조금 배가 고플 뿐이에요."

하지만 그의 뺨이 더 시뻘게진다.

"독주를 너무 똑같이 배분하고 있어. 균형 또는 일종의 평등을 열심히 추구하는 모양이다만 나는 양쪽 모두 관심이 없다. 내가 원하는 건 놀라운 작품, 눈부신 작품이다. 그런데 이건," 그는 오선지를 더욱 세게 두드린다. "구성을 바꿀 생각은 해본 거냐? 악기를 좀 더 추가할 생각은?"

"주방에 가서 롤빵을 몇 개 들고 오면 생각이 잘 날지도 몰라요." 비안카는 말한다.

"다 끝낼 때까지는 여기서 못 나간다!" 그가 책상을 내리치자 오선지 한 장이 펄럭펄럭 바닥으로 떨어진다. 안나 마리아는 움찔한다. 그러나 허리를 숙여서 그걸 줍지는 않는다.

그녀는 비안카를 좋아하지 않는다. 그녀에게 모든 여학생은 경쟁상대이고, 뒤에서 그녀를 비웃을지 모르는 존재다. 이 중요한 임무를 대하는 그녀의 태도도 마음에 들지 않는다. 하지만 지금 이 순간 선생님은 빙글빙글 돌며 점점 더 기세를 모으는 돌풍과도 같다. 뭘 박살 내며 지나갈지 알 수가 없다. 이제 그만하면 좋겠다. 종소리 말고는 사방이 고요했던 몇 분 전으로 돌아갈 수 있으면 좋겠다.

"그렇죠. 죄송해요, 시뇨레." 비안카는 말하고 고개를 숙인다. 커튼이 닫히듯 흰색에 가까운 금발이 그녀의 얼굴을 덮는다.

하지만 그는 방 안을 성큼성큼 가로질러 가더니 책장 서랍에서 길고 좁은 자를 꺼낸다. 안나 마리아의 심장이 목젖을 누르는 게 느껴진다.

자가 손마디를 강타하자 비안카는 충격을 받은 표정을 짓는다. 그것이 최악이다. 짝 하는 소리가 날 때마다 그녀의 눈이 휘둥그레진다. 안나 마리아는 고개를 돌릴 수밖에 없다. 자신을 눈에 들어오지 않을 정도로 작게 만들어보려고 애를 쓴다.

나는 아니길. 자가 허공을 가를 때마다 움찔하며 생각한다.

짝. 짝. 짝. 짝. 짝.

"그만하세요!" 비안카가 비명을 지른다.

"그럼 나가라." 그는 고함을 지른다. "너는 자격이 없어."

그녀는 서두르느라 의자를 넘어뜨려 가며 뛰쳐나간다.

안나 마리아는 계속 고개를 숙이고 있는다. 악보를 보고 있지만 눈앞이 흐릿하다. 깃펜을 내려놓아야겠다. 그에게 떨리는 손을 들키고 싶지 않다.

그가 일어나 잠깐 숨을 헐떡인다. 허공에서 불똥이 튀길 수도 있겠다. 이번에는 그녀 쪽으로 다가온 그가 그녀의 오선지에 손바닥을 내려놓으며 걸음을 멈춘다.

그녀는 천천히 고개를 든다.

그가 힘이 들어간 목소리로 말한다. "목에 닻을 걸어둔 채로 항해에 나설 수는 없지. 그건 너도 동의하리라 본다만."

"그럼요." 아나스타시아가 냉큼 대답하지만 그의 시선은 안나 마리아에게 고정되어 있다.

안나 마리아는 고개를 끄덕인다.

그러자 그는 누그러진다. 어깨에서 힘이 풀리고 벌겠던 뺨이 가라앉는다.

"그렇지. 이게 얼마나 중요한 일인데. 피곤하겠구나. 자." 그가 허리를 숙여 가방에서 멍이 든 사과를 꺼내 내민다. "이거 먹어라. 저녁도 거르게 해서 미안하다. 작업은 내일 계속하자."

그가 사과를 건네자 안나 마리아의 손가락이 그의 손을 스치고 지나간다. 그가 덧붙인다. "내 말 꼭 들어라. 잠을 좀 자도록 해."

안나 마리아는 빈손으로 말없이 테이블 앞에 앉아 있는 아나스타시아를 흘끗 쳐다본다.

"너도 그만 나가도 좋다." 그는 이렇게 말하지만 가방 안에서 다른 선물을 꺼내지는 않는다.

둘은 말없이 자리에서 일어난다. 문 밖으로 나갔을 때 서로 쳐다보지도, 대화를 주고받지도 않는다. 둘 다 말없이 숙소로 발걸음만 재촉한다. 안나 마리아는 심장이 너무 심하게 쿵쾅거려서 온몸이 떨릴 정도다. 하지만 이불 위에 누워서 허리 주변으로 땀이 고이는 걸 느끼며 사과를 움켜쥐는데, 흥분이 온몸으로 잔물결처럼 번진다.

다음 날 오후에 안나 마리아는 필리에 연습실로 가다가 엘리사베타 마르치니와 마주친다. 그녀가 진자주색 드레스를 입고 복도에 서서 클라라 수녀와 수군대고 있다. 안나 마리아는 몇 마디밖에 주워듣지 못하지만 화제가 그녀의 대저택에서 열리는 연주회라는 건 알겠다. 첫 번째 연주회장에서 엘리사베타에게 무시당한 지 몇 년이 지났지만 그래도 안나 마리아는 인상을 쓴다. 항상 꽁무니에 데리고 다니는 부잣집 여자아이를 얼른 찾아보지만 오늘은 아무도 없다.

안으로 들어간 안나 마리아는 자리에 앉아 있다가 다른 단원들이 모두 도착하자 몸을 앞으로 숙이고 목을 길게 뺀다. 한 자리가 비어 있다.

"비안카 어디 갔어?" 오늘 그녀의 옆자리에 앉은 프루덴차에게 묻는다.

"쫓겨났어." 그녀는 이렇게 대답하며 눈썹을 쫑긋 세운다. 그러자 뺨에 있는 흉터가 쭈글쭈글해진다. "아까 울면서 아나스타시아한테 그 얘길 하더라. 아침도 안 먹었어."

안나 마리아는 계속 빤히 쳐다본다. 프루덴차가 확실하게 알려준다. "필리에에서 쫓겨났다고."

"필리에에서 내쫓겼다고?" 안나 마리아는 긴장한 목소리로 조그맣게 묻는다. "한번 필리에에 들어오면 평생 여기 있을 수 있는 거 아니야?"

프루덴차는 콧방귀를 뀐다. "아니. 음악감독 마음이야. 시뇨레 가르파리니도 애들을 노상 내쫓았는걸. 계속 새로 오디션을 봤지."

안나 마리아는 운하 속으로 내동댕이쳐진 심정이다. 벽이 시커멓게, 끝없이 뒤틀리며 점점 가까이 조여오는 것처럼 느껴진다. 바로 그 순간, 여덟 살 이후로 들은 적 없는 소리가 들린다. 후룩, 후룩, 후룩.

필리에가 그녀를 보호해 줄 줄 알았다. 여기까지 오면…… 재능이 있는 아이들은 의미 없는 삶, 결혼의 가능성을 모면할 수 있을 줄 알았다. 하지만 이제 와 기억을 더듬어보니 체칠리아도 그길로 영영 복귀하지 않았다.

쫓겨났어. 이 말이 그녀의 머리를 두드린다. 그때 어떤 생각 하나가 떠올라 등골을 타고 전율이 인다.

그녀의 자리는 어떻게 생긴 걸까?

그녀는 말없이 뒤로 구부정하게 앉는다. 온몸이 벌벌 떨린다.

"안나 마리아?" 프루덴차가 부른다.

하지만 이제 그가 악기를 꺼내고 악보를 보면대에 올려놓고 있다.

"난 괜찮아." 그녀는 대답한다. 목소리에서도 냉기가 돈다.

그녀는 선생님을 쳐다본다. 좀 더 노력해야 한다. 모든 능력을 동원해 이 자리를 지켜내야 한다. 그녀는 발로 바닥을 단단히 디디고 케이스에서 악기를 꺼내고 집중하며 결의를 다진다. 비안카가 그런 운명에 처한 건 일을 잘해내지 못했고 경솔하게 입을 놀렸기 때문이다. 필리에 단원이 한 명 줄면 그녀의 앞길을 가로막는 음악가가 한 명 줄어드는 셈이다.

"새로운 소식이 있다." 그가 말한다. "슐렌부르크 장군이 전갈을 보냈다. 지난달에 우리 공화국이 오스트리아와 동맹을 맺었다고 말이다. 함께 힘을 합치면 우리가 튀르크군을 압도하니 지금 당장이라도 키프로스를 함락할 수 있을 것이다. 연주회가 열리는 날 저녁에 우리는 승리를 만끽하고 있을 것이다."

맑은 여름날 저녁이다. 길쭉한 스테인드글라스 창문 너머에서 하늘이 연보라색으로 빛난다. 베네치아 사육제—베네치아공화국이 12

세기 당시 대적한 북동부 도시 아퀼레이아를 상대로 승리를 거둔 것을 기념하기 위해 시작됐다—처럼 가면을 쓰고 흥겹게 즐기는 저녁이다.

베네치아의 모든 주민이 황금 성배에 담긴 술처럼 마르치니 연회장 안으로 쏟아지기라도 한 것같이 웅성웅성 활기가 넘친다. 실크 드레스와 벨벳 망토가 얼룩덜룩한 대리석 바닥을 쓸고 다닌다. 우아한 무라노 유리잔이 쨍그랑 서로 부딪친다. 사향 향수와 설탕 뿌린 프리텔라 냄새가 허공에 맴돌고, 저마다 빽빽한 곱슬머리 가발을 쓰고서 레이스와 깃털과 구슬로 장식했다.

이들은 누구일까? 아무도 모른다. 다들 뭐가 뭔지 파악하기도 어려울 만큼 화려한 가면으로 얼굴을 가리고 있다. 금색 잔가지와 꽃이 구불구불하게 한쪽 눈을 덮고 다른 쪽 눈에는 자주색과 파란색 깃털이 달린 가면도 있다. 어떤 가면은 반질반질하고 까만데, 길고 시커먼 부리가 달렸다. 또 어떤 가면은 눈까지 덮는 챙에 종이 달려서는 딸랑거린다.

피에타 창문 앞에서 사육제를 구경한 적은 있지만 안나 마리아가 직접 참여한 건 처음이다. 퇴폐적이고 성대하다. 필리에 단원으로서 첫 연주회를 상상하며 꿈꾸었던 모든 게 이루어졌다.

연회실을 이쪽 구석에서 저쪽 구석까지 감싸고 있는 넓은 발코니가 오케스트라석이다. 선생님은 북쪽 끝의 조그만 나무 단상에 서 있어서 단원들 모두 화려한 난간 위로 그를 올려다볼 수 있다. 그는 금색 외투에 같은 색 리본으로 머리를 묶고 반질반질한 검은색 가면으로 눈을 가리고서 악보를 다시 읽고 있다.

안나 마리아는 바이올린, 첼로와 한자리에 있다. 싱어들은 마주 보이는 연회실 저편에 있고 목관악기 연주자들은 발코니 남쪽 끝에 자리 잡았다.

그녀는 천으로 덮인 벽, 금색 소용돌이가 새겨진 문, 풍경화를 넋 놓고 바라본다. 이 방은 보석 상자다. 으리으리하기가 상상을 초월한다. 그리고 그녀가 사회 지도층과 함께 이곳에 있다. 그녀는 이제 이름도 없이 담벼락 구멍에 누워 있던 아이가 아니라 공동 작곡한 작품을 연주하려는 필리에 디 코로의 안나 마리아 델라 피에타다.

네가 있을 자리는 여기야. 그녀는 속으로 중얼거린다. 이게 네 운명이야.

연회실 중앙의 거대한 샹들리에가 눈에 들어온다. 200개도 넘는 촛불이 일렁이고 있다. 알록달록한 유리관과 조그만 구슬이 대롱대롱 매달려 있는데, 웅성거리는 소음의 진동으로 인해 흔들리며 서로 부딪쳐 쨍그랑거린다.

이제 그녀는 더 멀찌감치 시선을 옮겨 천장을 올려다본다. 여자아이가 그려져 있다. 금색 곱슬머리에 까만 눈. 구름을 배경으로 바이올린을 들고서 안나 마리아도 한눈에 알 수 있는 표정을 짓고 있다. 결연함의 표정이다.

객석에서 쉿 하는 소리가 번지고 슐렌부르크 장군이 손님들 사이를 가르며 군복 차림으로 등장한다. 그는 가장자리가 은색으로 된 짙은 파란색 가면을 썼다. 그가 정중앙에 자리를 잡고 앉자 그를 중심으로 청중들이 방사형으로 착석한다. 뒤로 길게 늘어지는 청록색 드레스를 입고 서 있던 엘리사베타 마르치니가 그를 맞이한다.

안나 마리아는 자리에 앉아서 검은색 무명 원피스의 매무새를 바로잡는다. 그녀의 나이가 가장 어리다 보니 필리에에서 키가 가장 작다. 하지만 요 몇 달 동안은 팔다리의 재발견이라 할 만큼 급성장 중이다. 너무 길어져서 거추장스러운 나머지, 어디다 두면 좋을지 잘 모르겠다.

그녀는 할 줄 아는 유일한 일을 한다. 악기에 집중하고, 눈앞 보면대에 놓인 곡의 빛깔에 집중한다. 바이올린을 들어서 몸에 갖다 대자 모든 게 딱 들어맞는다. 그녀는 더 이상 단순한 인간이 아니다. 다른 무엇, 더 위대한 무엇이다. 그녀는 이제 완전하다.

필리에가 손을 풀기 시작하자 그녀의 시야가 흐릿해진다. 활들이 마치 살아 있는 것처럼 현 위에서 춤을 춘다. 그녀는 그 작품에서 가장 어려운 구간을 연습해 본다. 하지만 도중에 시야에 들어온 어떤 광경 때문에 왼손이 미끄러져 바이올린에서 끼이익 하는 소리가 난다.

아래 객석에 새빨간 드레스를 입고 새하얀 금발에 진주 왕관을 얹은 여자아이가 있다. 리본이 길게 늘어진 가면이 손에 들려 있다.

여자아이는 뭔가에 등을 붙들린 사람처럼 어깨를 앞으로 수그리고 힘겹게 천천히 걷다가 연회실 한복판, 장군 근처에서 걸음을 멈춘다. 그러고는 바로 그 순간 눈을 들어 안나 마리아를 똑바로 쳐다본다.

눈이 시커멓게 움푹 들어갔고 포도색으로 그늘이 졌다. 안나 마리아는 몸을 앞으로 내밀고 눈을 깜빡이며 제대로 본 게 맞는지 확인한다. 비안카다. 객석에, 사회 지도층 사이에 그녀가 있다. 저런 옷을 입고 여기서 뭐 하는 걸까?

비안카는 자기 오른쪽을 보고 움찔한다. 옆에 남자가 있다. 그녀보다 나이가 한참 많은 남자다. 배가 불룩하고 머리는 희끗희끗하며 까마귀 가면으로 시커먼 수염을 덮었다. 남자가 그녀의 손목을 잡고 자기 쪽으로 끌어당긴다. 가면을 건네받아 그녀의 얼굴에 씌우고 있는 힘껏 묶는다.

"비안카?" 안나 마리아는 자기도 모르게 조그맣게 속삭인다.

며칠 전까지만 해도 그들은 함께 곡을 썼다. 그런데 지금 그녀는 자기를 함부로 다루고 만지고 통제하는 남자와 이 자리에 앉아 있다.

현실이 피부로 느껴지면서 구역질이 치밀어 오른다. 그녀는 결혼 시장에서 팔려나갔다. 벌써. 끌려갔다. 사라졌다.

안나 마리아의 심장이 쿵쾅거리기 시작하고 활을 쥔 손에 힘이 들어간다. 좌우를 쳐다본다. 필리에 단원들이 계속 손을 풀고 있다. 그녀도 연주를 해야 한다. 어떻게든 그래야 한다. 그녀는 떨리는 손을 감추려고 억지로 아래로 내린다.

생각할 겨를이 없다. 선생님이 팔을 올리고 있다. 필리에 단원들도 악기를 든다. 청중들은 고개를 들고 일제히 숨을 들이마시는 듯한 표정을 짓는다. 그렇게 연주가 시작된다.

시간의 흐름이 흐릿해진다. 단원들이 악기를 내려놓고 다른 악기로—바이올린에서 오보에로, 첼로에서 류트로—바꾸자 청중들이 좋아서 탄성을 지른다. 그들은 트럼펫, 클라리넷, 리코더, 베이스까지 합류시켜 방어선을 구축한다. 악기 부대를 이끌고 팀파니 박자에 맞취 승리를 향해 행군한다.

소프라노, 알토, 테너, 베이스, 이 네 개의 성부를 모두 여학생들이 소화한다. 여자들이 맡지 않는 파트도 포함되는 만큼, 좀처럼 없는 일이다. 홀로페르네스 역할을 맡은 아폴리나라는 아이는 열여섯 살밖에 되지 않는데도 적의 굵은 음성을 제대로 살린다.

청중들은 한 음도 놓치지 않으려고 몸을 앞으로 내민다.

이제 공포와 흥분이 하나가 된다. 안나 마리아의 몸이 녹아서 바이올린과 한데 합쳐지는 것이 느껴진다. 몇 달에 걸친 노력의 결과로 이 악기의 모든 부분이 그녀를 이해하게 된 것 같다. 전달하고 싶었던 악상과 분위기와 형태를 그대로 구현하게 된 것 같다.

활을 앞뒤로 켠다. 그녀가 주도권을 잡고 조절해 가며 작품의 정서를 유려하고 정확하게 표현한다.

이걸 느껴, 이걸 알아둬. 그녀는 바이올린과 함께 그들에게 알려준다. 나는 심연 속으로 조용히 사라지지 않을 거야.

필리에가 무슨 주문이라도 건 양 청중이 몸을 좌우로 흔든다. 베네치아에서 가장 엄청난 부와 권력을 쥔 500명이 굴복한다. 연주가 이어지는 한 시간여 동안 넋을 잃고 그 자리에서 얼어붙는다. 활이 현을 마지막으로 그을 때까지.

모든 청중이 벌떡 일어나 환호하며 박수갈채를 보낸다. 아편팅크를 마신 것보다 더 아찔하다. 훨씬 강력하다. 이런 사랑, 이런 감탄이라니. 안나 마리아가 지금까지 느껴본 적 없고 알지도 못했던 것이다. 이걸 계속 유지해야 한다.

선생님이 살짝 고개 숙여 인사하고 두 팔을 벌려 오케스트라에게도 박수를 보낸다. 안나 마리아의 가슴이 자부심으로 부풀어 오른다.

박수갈채가 점점 더 커지자 선생님은 산차를 지목해 일어서게 한다. 그녀가 함박웃음을 지으며 인사하는 광경을 지켜보고 있는 일이 안나 마리아로서는 고역이다. 그가 다음에는 아폴리나를 선택해 일어서게 하고 환호성은 점점 더 커진다. 그런 다음 그가 뜻밖의 행동을 한다.

안나 마리아를 가리키며 입술을 살짝 움직여 미소를 지은 것이다. 일어나라. 그가 신호를 보낸다. 일어나.

그녀는 더듬더듬 악기를 내려놓고 바닥 긁는 소리를 내며 의자를 뒤로 민다. 그렇게 일어나 미소를 지으며 청중들에게, 팬들에게 고개를 숙여서 인사한다. 얼굴을 적시고 목구멍을 타고 흘러내리는 영광을 만끽한다.

막판에는 객석을 누비는 그의 빨간 머리를 발코니에 매달려 구경한다.

"감사합니다." 그는 이렇게 말한다. "제가 더 영광입니다." 이렇게도 말한다. "몸 둘 바를 모르겠습니다." 그의 뒤에서 빨간 드레스를 입은 여자아이가 진주 왕관을 삐딱하게 쓰고 끌려 나간다. 남자의 손가락이 비안카의 팔을 파고드는 모습을 보고 안나 마리아는 시선을 돌린다.

신문이 신문팔이 소년의 손에서 탈출할 듯이 바람에 펄럭인다. 소년은 커피숍과 레이스 공장으로 이루어진 미로를 쌩하니 통과하고 교회와 푸줏간을 지나 대문에 다다르자 철창을 붙잡고 헐떡이며 숨을 고른다.

마달레나 수녀가 손을 내민다. 신문을 그 손에 털썩 건네고 은화를 받은 소년은 대문이 궁둥이를 때리는 기분을 느끼면서 다시 달음박질을 시작한다. 어머니에게 빵과 약을 사다 드릴 수 있도록 다음 손님을 찾아 나선다.

선생님이 한참 어제 저녁 공연의 피드백을 전하고 있을 때 마달레나 수녀가 들어온다.

"여기, 관람 평이요." 그녀는 못마땅하다는 듯이 말하고 요란한 발소리를 내며 나간다.

신문을 읽는 그를 다 같이 지켜보는 동안 긴장감이 고조된다. 안나 마리아의 심장이 빠르게 두근거린다. 그가 신문을 산차에게 넘긴다. 산차는 안나 마리아가 뺨을 씹어야 할 만큼 한참 동안 기사를 읽고는 옆자리 친구에게 신문을 넘긴다. 안나 마리아는 더 이상 기다릴 수가 없기에 목을 길게 빼고 프루덴차의 어깨 너머로 들여다본다.

장자크 루소라는 제네바 출신의 작가가 쓴 평인데, 그는 여기서 지내는 동안 베네치아 음악을 사랑하게 됐다고 한다. 다음과 같은 문장에 그녀의 시선이 닿는다.

필리에 디 코로에 필적할 만한 오케스트라는 이탈리아에도, 전 세계 어디에도 없다.

그녀는 점점 더 빠르게 두근거리는 심장을 달래며 관람 평을 눈으로 훑는다.

……너무나 관능적이고 감동적인 연주에 나는 좌절했다. 지금까지 한 번도 경험한 적 없는 색정적인 떨림을 느꼈고……

이게 진짜일까? 그녀, 그녀의 오케스트라, 그녀의 연주에 대해 이야기하는 게 맞을까? 그리고 뒤이어 마지막 문장.

이 작품을 쓰고 연주한 음악가는 이탈리아 역사상 가장 위대한 마에스트로의 반열에 오를 게 분명하다. 신사 숙녀 여러분, 박수와 함께—

안나 마리아는 살짝 맥이 빠진다. 선생님의 이름이 지면 위에서 그녀를 빤히 쳐다본다. 거기에 그녀의 이름이 적혀 있다면 얼마나 좋을까? 하지만 그렇게 될 거야. 그녀는 속으로 중얼거린다. 얼마 남지 않았어.

신문이 손에서 손으로 건네어지는 동안 아이들은 흥분한 투로 조잘대고, 헉하며 숨을 토하고, 탄성을 지른다.

"엄청난 노력이 결실을 맺었다." 선생님이 말한다. "운영위원들이 음악 프로그램에 거금을 기부하겠다고 했다더구나. 우리 음악이 통했다. 우리 연주회가 성공했어."

그는 안나 마리아를 쳐다본다. 그녀도 마주 쳐다본다.

성공. 성공이다!

수업 막판에 그녀의 이름이 불린다. 그녀는 남아서 문을 닫는다. 딸깍하는 소리와 함께 복도의 요란한 소음이 차단되자 둔탁한 정적이 흐른다.

"이번 주에 우리는 기적적인 성과를 거두었다." 그는 신이 나서 옅은 회색 눈을 동그랗게 뜨고 그녀의 손에 깍지를 끼며 말한다.

그녀는 그를 올려다본다. 칭찬에 마음이 보글거리고 그의 부드러운 손길에 심장이 더 빠르게 뛴다.

그가 말한다. "앞으로 더 많은 걸 했으면 한다. 훨씬 더 많은 걸. 우리 둘이서. 그러면 피에타의 수입이 늘고 연주회가 늘고 기량을 뽐낼 기회가 많아질 거야. 어쩌면—"

"좋아요." 그녀는 말한다. "좋아요."

그는 이제 미소를 짓는다. 그녀의 손을 꼭 쥔다. 하지만 잠시 후 그가 얼굴을 찡그린다.

"다른 단원들에게는 비밀로 해야 한다. 그래야 계속 같이 해나갈 수 있어." 그는 언성을 낮춘다. "몇몇 운영위원들은 네가 연주에 집중해야 한다고 생각하거든. 그러니까—"

"저희들에게 작곡까지 허락하면 안 된다는 거죠? 알아요."

그는 고개를 끄덕인다. "내 생각은 다르다. 너한테 재능이 있는 것이 보이거든. 갈고닦을 뭔가가 있는 것이 말이다."

그녀로서는 고민할 여지가 없다. 다른 아이들을 제치고 선택을 받은 거다. 그가 작곡 능력을 개발할 기회를 건네고 있다. 영원히 기억될 기회를.

그녀는 이제 진지하게 고개를 끄덕인다. 이 비밀을 지킬 것이다. 둘만의 비밀을.

칭찬을 들었더니 현기증이 난다. 그녀는 복도를 따라 걸으며 멍하니 식당에 가야겠다고 생각한다. 제대로 된 식사를 한 지…… 얼마나 지났는지 기억도 나지 않는다. 하지만 먼저 바이올린을 방에 가져다 놓아야 한다. 안전하게 보관해야 한다.

그녀는 모퉁이를 돈다. 우뚝 걸음을 멈춘다. 클라라 수녀가 그녀의 방문 앞에 서서 커다란 앞니를 드러내며 웃고 있다.

"뭐가 들었는지 확인해 보겠니?" 그녀가 문을 열어젖히며 묻는다. 안나 마리아의 표정에 대한 대답이다.

안나 마리아는 눈을 깜빡이며 방을 제대로 찾아온 게 맞는지 의아해한다. 가장자리를 은색, 파란색, 보라색 진주로 장식한 손거울과 빗이 책상 위에 놓여 있다. 리본으로 묶인 알록달록한 상자가 그 주변에 흩뿌려져 있고 높은 사기 꽃병에는 꽃다발이 꽂혀 있다.

"이게 다 뭐예요?" 그녀는 어리둥절해하며 묻는다.

"선물이란다, 안나 마리아. 연주회 관객들이 보낸."

"하지만……." 그녀는 상황을 파악하려고 애를 쓰며 알맞은 단어를 찾는다. "그분들은 저를 거의 본 적도 없는걸요."

"볼 필요가 없었지." 클라라 수녀가 말한다. "너는 이제 필리에 디 코로 단원이잖니. 그러니 들을 수가 있는걸."

안나 마리아는 책상 앞으로 다가가 제일 가까이 놓인 상자를 집는다. 나무랄 데 없이 완벽한 돌멩이처럼 작고 묵직하다. 상자에 묶인 리본 값이 그녀의 옷값을 전부 합한 가격보다 비쌀 것이다. 그녀는 보드라운 리본을 엄지손가락으로 조심스럽게 쓰다듬어본다.

"아." 클라라 수녀가 나가려다 말고 돌아보며 말한다. "그리고 네 첫 수고비가 피에타 공식 은행에 입금됐다." 그녀는 그 말을 끝으로 나가서 문을 닫는다.

안나 마리아는 할 말을 잃고 상자를 손바닥에 올려놓은 채 침대 위로 털썩 주저앉는다. 그녀의 돈이 생겼다. 그녀의 소유물이 생겼다. 상자를 내려놓고 진주 거울을 집어 들여다본다. 이목구비가 전보다 강렬하고 또렷해졌으며 눈이 전보다 크고 까매졌지만 그걸 알아차리지 못한다. 그녀의 눈에는 연회실 천장에 그려진 그 여자아이만 보인다. 굶주린 눈빛으로 그녀를 내려다보던 그 아이만 보인다.

전진하는 거야. 그녀는 속으로 중얼거린다. 지금보다 더.

15

4월. 피에타 창턱에 앉은 비둘기 두 마리가 구구거리며 부리가 달린 통통한 공처럼 보일 때까지 깃털을 부풀린다. 한 마리가 내리쬐는 햇빛을 온몸으로 맞으며 몸을 비틀고 꼼지락거리다 창턱 위에서는 날개를 접기가 여의치 않다는 걸 깨닫는다. 녀석은 자세를 고치느라 뱅글뱅글 돌 때마다 창문 너머로 새빨간 머리가 눈에 확 띄는 남자와 긴 갈색 머리가 곱실거리는 10대 소녀가 안쪽 테이블 위로 몸을 숙이고 있는 광경을 훔쳐본다.

이런 식으로 몇 개월이 지난다. 필리에 연습이 끝나면 둘이서 작업에 매진한다. 가끔 양초 세 개가 토막만 남을 때까지 그러는 경우도 있다. 시커먼 밤의 장막 아래로 석양이 진다. 복도에서 발소리가 들리면 하던 일을 멈추고 안나 마리아는 연습을 하는 척을, 그는 곡을 쓰는 척을 한다. 가끔 클라라 수녀가 들어와 이제 그만하고 좀 쉬어야 한다며 그녀를 데리고 나갈 때도 있다.

하지만 그들은 멈출 수가 없다. 지금만큼은. 너무나 경이롭고 놀라운 작품을 만들고 있기 때문이다.

가끔 단 한 마디도 하지 않아도 어떤 아이디어가 그에게서 그녀에게로 전해질 때도 있다. 그녀는 그의 멜로디를 마시고 그는 그녀의 아이디어를 마시고, 시간을 잊은 채 그렇게 그 안으로 빠져들고 빠져든다. 자꾸 끼니를 거르다 보니 그녀의 갈비뼈가 보이기 시작하지만 음식은 중요하지 않은 부수적인 문제다. 두 사람은 정말 다르고 새롭게 느껴지는 음악을 창조하고 있다. 그리고 그 중심에 안나마리아가 있다. 공동 작곡자로. 동등한 위치로. 여기다 연주회 스케줄도 늘었다. 이제는 아무것도 그녀를 막을 수 없다. 마에스트로라는 단어가 손짓한다. 꿈속에서 그녀를 부른다. 여기서 조금만 더 나아가면 정식 작곡가가 될 수 있다. 그녀의 이름은 영원히 기억될 것이다.

펜촉에서 양피지 위로 잉크가 떨어진다. 그녀는 눈을 비빈다. 잠시 하던 일을 멈추고 생각에 잠긴다.

최근에는 자기 곡을 쓰지 못했다. 연습과 공연에 그의 작업까지 돕느라 남는 시간이 거의 없다. 하지만 같이 있으면 그가 너무도 행복해하고 감탄을 연발한다. 이 단계를 지나면 다시 그녀의 작업과 그녀의 아이디어로 돌아가 그녀만의 소리를 아무도 모르게 개발할 수 있을 것이다.

그녀는 이제 자리에서 일어나 기지개를 켠다. 창가로 다가간다. 창문에 비친, 얼음처럼 차갑고 투명한 자신의 모습을 흘끗 쳐다본다. 열다섯 살인 지금, 전보다 얼굴이 길어지고 홀쭉해졌다. 눈썹은 숱이 많고 아치 모양이다. 그녀는 자신의 모습에서 그 너머의 세상으로 관심을 돌린다.

배 한 척이 수평선 위에 떠 있다. 찢어지고 색이 바랜 흰색 돛이 달려 있다. 노랫소리가 그녀 쪽으로 떠내려온다. 안나 마리아는 노래를 듣고 선원들이 달마티아 출신이라는 걸 알아차린다. 밝고 명랑한 노래다. 그녀도 아는 민요 가락이다. 바다로 나갔다가 베네치아로 귀환 중인가 보다.

그녀는 잠시 그 배를 구경하고, 갑판에 서서 산들바람을 맞으며 수평선을 지나는 상상을 한다.

이제 배가 석호로 진입하자 선원들이 보인다. 목재와 소금 부대를 산더미처럼 쌓아놓고 그 안에서 리듬에 맞춰 까맣게 탄 근육질의 팔로 노를 젓고 있다. 부대 맨 꼭대기에 쌓인 소금이 하늘 위로 하얀 먼지처럼 날린다.

그녀는 손 위에 머리를 얹고 창틀에 잠깐 기대, 떠내려오는 멜로디에 귀를 기울인다. 강박 두 번에 이어 약박 한 번이 반복된다. 둥, 둥, 탁. 둥, 둥, 탁.

오선 노트 쪽으로 몸을 돌려 그 리듬을 음표로 옮겨 적는다. 하도 속도가 빨라서 손에 쥐가 날 지경이다. 그는 자기가 맡은 부분에 푹 빠진 나머지 그런 줄도 모른다.

"내 소중한 안나." 그녀가 한번 보라고 오선 노트를 내밀자 그가 그녀의 뺨을 두 손으로 감싸며 이렇게 말한다.

"안나 마리아예요." 그녀는 바로잡는다.

하지만 그는 고개를 끄덕이며 악보만 읽는다. 이 음표에서 저 음표로 휙휙 시선을 옮기며 쓱 훑어본다. 마음에 들어 한다. 아니, 그 정도가 아니다. 몹시 흡족해한다.

마에스트로. 관객들이 외친다. 마에스트로.

다음 날 안나 마리아에게 아침 기도를 일찍 끝내도 된다는 허락이 떨어진다. 그녀는 선생님이 자신을 얼마나 편애하는지, 다른 자질구레한 일을 어떤 식으로 면제해 주는지 떠올리며 미소를 짓는다. 그녀는 예배당에서 마당을 가로질러 그가 있는 음악실로 향하던 길에 이상한 소리를 듣고 걸음을 멈춘다.

피에타 옆면을 따라 이어지는 골목길과 맞닿은 두툼한 돌담을 뚫어져라 쳐다본다. 딱히 주목할 만한 부분은 없다. 그늘진 구석에 갓난아이 하나가 겨우 통과할 만한 조그만 구멍이 뚫려 있는 것 말고는 평범한 담벼락이다.

그녀는 이제 코를 훌쩍이고 빽빽대며 우는 소리가 들리는 그 구멍 쪽으로 걸음을 옮긴다. 새가 둥지에서 떨어진 모양이다.

가까이 다가가자 그늘과 섞인 어떤 냄새가 느껴진다. 시큼한 냄새다. 상한 우유. 녹슨 쇠.

그녀는 코를 찡그리며 환한 마당과 이 좁고 어두컴컴한 공간의 조도 차에 적응한다. 그러고 나서 잠시 후 헉하는 소리와 함께 숨을 들이마신다.

구멍 안에 어떤 생명체가 있다. 사람의 형체를 하고 있지만 너무 작아서 믿기 어렵다. 알몸이고 그리고—이 대목에서 그녀는 뒷걸음질을 친다—병이 있다. 뭔지 모를 시커먼 반점으로 얼룩덜룩하다. 하지만 눈을 깜빡이고 자세히 들여다보니 말라붙은 핏자국에, 달걀 흰자처럼 뭔지 모를 하얀 것도 있다. 이런 건 여태껏 본 적이 없다. 너무 가녀리고 너무 조그맣다.

아이가 꿈틀거리자 구멍의 부스러기에 등이 쓸린다. 잠시 후 구멍 반대편에서 뭔가가 움직인다. 숨소리를 낸다. 고개를 든 안나 마리아의 시선이 조그맣고 까만 눈과 마주친다. 옷감이 다급하게 부스럭거리는 소리에 이어 도망치는 발소리가 들린다.

안나 마리아는 멍하니 가쁜 숨을 몰아쉰다. 손을 내밀어 아이를 살그머니 끄집어낸다. 얼굴이 보드랍고 동그랗다. 아직 틀이 잡히지 않았다.

그녀는 쿠션 위에 올려놓은 신발이라도 되는 것처럼 아이를 앞으로 든다. 무서움을 달래며 얼른 탁아실로 걸어가 아이를 내밀자 수녀가 혀를 차며 건네받는다.

그녀는 손을 씻어야겠다는 생각을 한다. 바이올린을 찾아가야겠다는 생각을 한다.

다시 본관으로 돌아가는데 트럼프가 머릿속에 떠오른다.

뜨거운 눈물이 뺨을 타고 흘러내린다.

6월. 그녀는 베네치아에서 규모가 가장 큰 축에 속하는 교회의 좁은 복도에 혼자 서 있다. 줄여서 '프라리'라고 불리는 산타 마리아 글로리오사 데이 프라리 성당이다. 왼손에는 바이올린이, 오른손에는 활이 들려 있다. 손이 떨려서 홈이 파인 벽에 활이 탁탁 부딪힌다. 심장 박동과 박자가 일치한다.

오늘 저녁에는 그녀, 키아라, 산차 그리고 필리에 첼로 주자인 로산나가 돈을 내고 온 300여 명의 관객 앞에서 공연할 예정이다. 작곡뿐 아니라 이런 소규모 공연까지 맡기는 걸 보면 선생님이 그녀의 능력을 얼마나 신뢰하는지 알 수 있다. 하지만 공연이 점점 다가올수록 속이 울렁거린다. 작품도 훌륭하고 리허설도 무사히 끝났고 그들이 기대했던 듯이 연주곡들이 신나는 분위기라는 건 안다. 그래도 불안하고 긴장이 된다. 잠깐 슬그머니 빠져나오는 수밖에 없다. 무대에 오르기 전 조용한 곳을 찾아 머리를 비워야 한다.

그녀는 몇 번 심호흡을 하며 오늘 저녁에 연주할 곡에 집중한다. 그들은 그녀와 선생님이 가장 최근에 함께 만든 작품을 연주할 계획이고 각자 독주가 예정되어 있다. 첫 곡은 「세 대의 바이올린과 한 대의 첼로를 위한 D단조 협주곡」이다. 전통적인 형식에 따라 빠르게, 느리게, 빠르게 만든 곡이다. 도입부에서부터 청중을 사로잡은 뒤 평화롭고 잔잔한 분위기를 유도하다가 막판의 강렬함으로 그들의 영혼에 충격을 선사하기 위한 설정이다.

이후에 그녀는 독주로 「악마의 트릴」을 연주할 것이다.

멜로디가 피어나기 시작해 보라색과 분홍색으로 이루어진 풍경이 머릿속을 가득 채우자 그녀의 호흡이 느리고 차분해진다.

저들은 우리를 사랑하게 될 거야. 그녀는 바이올린 목을 쥔 손에 힘을 주며 생각한다. 그렇게 될 거야.

그녀가 몸을 돌려 문을 열려는 찰나, 두 여자가 그 문을 박차고 나온다. 그녀는 뒤로 떠밀려 벽에 부딪히는데, 두 여자가 어찌나 깔깔대며 웃는지 그중 한 여자는 실크 장갑을 벗어서 눈물을 닦아야 할 정도다. 그들은 어둠 속으로 떠밀린 안나 마리아를 알아차리지 못한다. 그녀는 한마디 하려고 입을 열지만—

"저이가 언제부터 저렇게 필사적이 됐담?" 머리에 공작 깃털을 꽂은 여자가 말한다.

"그러게 말이야." 다른 여자가 장갑으로 얼굴을 꾹꾹 누르며 말한다. 눈물을 흘리는 바람에 볼연지 위로 흰색 줄이 생겼다. "돈도 못 버는 피에타에 있으면서 왜 머리끝부터 발끝까지 금띠를 두르고 있는 거야? 게다가 그 우스꽝스러운 칼라는 뭐고! 우리 집에서 기르는 개하고 섬뜩하리만치 닮았지 뭐야."

그녀의 동행은 다시 깍깍거리며 웃음을 터뜨린다. 안나 마리아는 뒤로 살금살금 물러나 귀를 쫑긋 세운다.

"분명 전부터 그랬을 거야. 내 주변에 저이하고 비슷했던 인간이 있거든. 계속 징징거리면서 남들 꽁무니를 쫓아다니는 딱한 족속이었어."

"한심해라." 여자는 말하며 실크 장갑을 다시 낀다. 거의 어깨까지 늘어나는 장갑이다. "그나저나 운영위원 봤어? 부인은 자기 남편이 한눈파는 걸 전혀 모르는 눈치던데……." 그들이 복도 저편으로 멀어지자 말소리가 희미해진다.

안나 마리아의 온몸이 부들부들 떨린다. 선생님에 대해 감히 그런 식으로 입방아를 찧다니. 그는 절대 절박하지 않다. 그는 비범한 인물이고 마에스트로다. 그녀는 그들을 쫓아갈 결심을 하지만 다시 문이 열린다.

그녀보다 키가 30센티미터쯤 큰 여자가 등장한다. 나뭇잎 모양의 보석으로 뒤덮인 검은색의 화려한 드레스를 입고 있다. 고급스러운 사향 냄새가 스멀스멀 풍겨 나온다. 한쪽 팔은 옆으로 내리고 다른 쪽 팔은 팔꿈치를 허리에 대고 들어서 바닥에 색종이 조각을 뿌리려는 듯 손을 아래로 늘어뜨리고 있다. 안나 마리아와 맞닥뜨리자 눈을 동그랗게 뜨며 훑어보더니 한쪽 입가를 아래로 일그러뜨리며 미소를 짓는다.

"어머, 천재 소녀가 여기 있네."

안나 마리아는 엘리사베타 마르치니를 노려본다.

"안나 마리아." 이번에는 이렇게 속삭이면서 엘리사베타가 안나 마리아의 얼굴에 뜨거운 입김이 느껴질 만큼 가까이 다가온다. "하늘에서 직접 내려 보낸 천사라고들 하는."

안나 마리아는 바이올린을 쥔 손에 좀 더 힘을 준다. 현이 손바닥을 누르는 것이 느껴진다.

"천사는 아니에요." 그녀는 턱을 들며 말한다. "열심히 노력하고 음악을 사랑할 뿐이죠."

"그렇게 간단하다고?"

"네." 안나 마리아는 대답한다.

"아무튼 유명해진 건 사실이지."

안나 마리아는 훅 하고 숨을 내뱉는다. 당신의 도움 없이, 심지어 당신이 계속 내 수업을 방해하는 데도 불구하고 일군 성과죠. 이렇게 말하고 싶다.

엘리사베타는 한숨을 쉰다. 흥미를 잃은 모양이다. "그건 그렇고,

비비아나하고 프란체스카가 여길 지나갔니?”

안나 마리아는 뚱하니 활로 가리킨다. “저쪽으로 갔어요.”

“고맙기도 하지.” 엘리사베타는 치맛자락을 뒤로 휙 떨치며 몸을 돌린다.

그녀를 그냥 그렇게 보냈어야 했는데 안나 마리아는 참지 못하고 이렇게 외친다. “부잣집 아이들도 똑같은가요?”

엘리사베타는 걷는 속도를 늦추다 멈추고 그녀를 돌아본다. 안나 마리아는 활을 더욱 세게 쥔다.

“부인이 후원하는 그 부잣집 아이들 말이에요. 그 아이들도 열심히 하나요? 그 아이들도 음악을 열렬히 사랑하나요?”

엘리사베타는 안나 마리아의 눈을 빤히 쳐다보며 대답할지 말지 고민하는 눈치를 보인다. 하지만 잠시 후에 누군가가 그녀의 이름을 부른다. 그녀는 돌아보지 않고 다른 여자들을 따라 복도 저편으로 사라진다.

이제 문이 다시 열리고—

“이번에는 또 뭐야?” 안나 마리아는 쏘아붙인다.

키아라가 문 앞에 서 있다.

“어…… 뭐라고?” 그녀가 머뭇거리며 반문한다.

“아.” 안나 마리아는 말한다. “미안, 나는—”

“이제 곧 무대에 올라가야 할 시간이라서.”

“응, 그러게.” 안나 마리아는 검은색 무명 원피스의 매무새를 바로잡는다. “갈게.”

“그래.” 키아라는 다정하게 미소를 짓고 나서 덧붙인다. “엘리사베타 마르치니가 여기로 나가는 모습을 본 것 같은데 맞니?"

안나 마리아는 혐오가 진하게 묻어나는 투로 대답한다. "자기 친구들 찾으러 나왔더라고. 나를 보더니 천재 소녀라나."

키아라는 미간을 찌푸린다. "그거 칭찬 아니야?"

"말투 때문에 그래." 안나 마리아는 키아라를 올려다보지만 그녀는 어리둥절해하는 표정을 지을 뿐이다. "신경 쓰지 마. 같이 들어갈게."

"아니, 그게 아니라……." 키아라는 가까이 다가와 언성을 낮춘다. "여기 온 사람들은 부자야, 안나 마리아. 우리 연주회 일정을 잡아주고 피에타에 기부하고 선물을 보내는 사람들이 저들이야. 저들의 후원을 받으면 모든 게 달라질 수 있어. 우리는 저들이 우리를 사랑하게 만들어야 해. 장단을 맞춰주어야 해."

안나 마리아의 콧구멍이 벌름거린다. 엘리사베타 마르치니에게 그녀를 어떻게 생각하는지 얘기할 수 있다면 소원이 없겠다. 그녀를 쫓아가 그 완벽한 실크 구두에 침을 뱉을 수 있다면 소원이 없겠다.

하지만 그녀도 키아라의 말이 맞는다는 걸 안다. 마에스트로가 되고 싶으면 사회 지도층을 적으로 삼으면 안 된다. 그들을 매료시켜야 한다. 그들의 마음을 얻어야 한다.

그녀는 딱 한 번 고개를 끄덕이고는 키아라는 믿어도 될까 생각한다. 키아라가 마주 웃어주자 안나 마리아는 기운이 샘솟는 것을 느낀다.

그녀는 교회의 심장부로 나서며 시선을 든다. 300개의 의자가 뒤로 구불구불 길게 이어지는데, 빈자리가 하나도 없다. 관중들이 개개인이 아니라 하나의 무리에 가깝게 움직인다. 연주회가 시작되길 기다리며 다 같이 한들한들 몸을 흔든다.

그녀와 키아라, 산차 그리고 로산나는 성가대석 앞에 마련된 자리에 앉아 청중을 마주 본다. 뒤편의 벽에 나무 조각상이 일렬로 달려 있다. 안나 마리아의 자리는 왼편, 십자가에 달린 예수상 아래다. 푸른빛이 도는 그는 인간이라기보다 시신에 가까울 정도고 허리에 얇은 천을 걸쳤다.

쿵 하는 문소리에 이어 다급한 발소리가 들린다. 엘리사베타 마르치니와 두 친구가 옆문으로 들어와 자기들 자리에 앉는다.

안나 마리아는 평소처럼 객석을 훑어본다. 그녀는 그들과 호흡을 같이하는 것을 좋아한다. 활짝 미소를 지으며 최대한 많은 사람들과 눈을 맞춘다. 장단을 맞추자고 생각한다. 오늘 저녁에는 어두침침한 교회 촛불에 비친 그들의 얼굴이 일그러지고 섬뜩해 보인다. 가장 가까이 앉은 관객들은 이목구비를 구분할 수 있다. 앞줄 중앙에 앉은 남자의 큼지막한 코, 함박웃음을 지으며 끝 쪽에 앉아 있는 여자의 검은 고수머리를 배경으로 반짝이는 치아. 그녀의 뒤편에는 빨간색 외투를 입은 신사가 은은한 램프 불빛을 맞으며 앉아 있다.

"오른쪽 두 번째 줄에 앉은 저 남자는 누구야?" 그녀는 키아라 쪽으로 몸을 기울이고서 묻는다.

키아라는 자기 악기를 조율하기 시작하며 남자를 흘끗 쳐다본다. "타르티니." 사무적인 성격답게 더는 한 마디도 보태지 않는다.

안나 마리아의 심장이 철렁한다. 작곡가 타르티니. 「악마의 트릴」

을 쓴 타르티니가 그녀의 연주를 들으러 와서 객석에 앉아 있다니. 맥박이 전보다 더 요란하게 두근거리기 시작한다. 하지만 티를 내지는 않을 것이다. 절대.

그녀는 악기를 몸에 대고 조율을 시작한다. 따뜻한 소리가 몸속으로 번지며 좀 더 차분하고 긍정적인 생각이 떠오른다.

그에게 기억에 남을 만한 순간을 선물하자. 그녀는 바이올린에게 속으로 말한다.

선생님이 박수갈채를 맞으며 등장한다. 금색 벨벳으로 온몸을 휘감았다. 손을 들어 목에 꼭 끼는 큼지막한 칼라를 살짝 푼다. 안나 마리아는 여자들이 한 말에 신경 쓰지 않는다. 그는 당당해 보인다. 제왕 같아 보인다.

그가 그들 네 명을 향해 손을 든다. 그들은 악기를 든다. 연주 소리가 교회의 동굴 같은 공간에 울려 퍼지기 시작한다. 산차가 활기찬 멜로디로 그들을 주도한다. 안나 마리아는 선생님과 함께 이 곡을 만들었을 때 베네치아의 길거리를 질주하는 상상을 했었다. 파란색과 초록색, 빨간색과 주황색을 좇아 달리고, 가게 사이를 누비고, 창문으로 들어가 문으로 나오는 상상을 했었다. 그녀의 심장이 쿵쾅거리고 손가락이 빠르게 현과 현 사이를 움직인다. 아무것도 생각하지 않고 그녀가 탄생에 일조했던 음악의 풍경, 전달하고 싶은 에너지에만 집중한다.

네 명의 연주자는 가끔 눈빛을 주고받는다. 이렇게 보이지 않는 대화를 나누며 연주의 박자와 형태를 유지한다. 그녀가 창작에 일조한 멜로디 파트를 자신이 직접 연주하고 있다면 바랄 나위가 없겠지만 지금은 그런 생각은 하지 않는다. 그저 그들이 자아내는 소리의 색채 속으로 몸을 기울여 전혀 다른 공간으로 이동한다.

그녀는 한 곡이 끝나고 눈을 떴다가 순간 깜짝 놀란다. 교회와 관객을 거의 잊고 있었던 것이다. 하지만 이제 선생님이 손짓하자 그녀는 자리에서 일어나 악기를 다시 들고 독주를 시작한다. 타르티니를 위한 연주를 한다. 눈을 감고 악마와 춤을 춘다. 마지막 부분을 색칠하는 동안 땀이 흐르고 활 몇 가닥이 풀린다. 객석을 훑어보며 우레와 같은 박수갈채를 만끽하다가 타르티니와 시선이 만난다.

그가 그녀를 계속 쳐다보며 자리에서 일어선다. 그녀 쪽을 향해 두 팔을 높이 들고 계속 박수를 친다.

그녀는 숨이 멎는다. 목덜미에 소름이 돋는다. 그 유명한 타르티니가 기립박수를 보내다니!

그녀는 당장 선생님을 쳐다본다. 그는 몸을 돌리고 객석을 향해 고개를 숙인다. 그러다 타르티니를 발견하고 그의 찬사가 향한 곳이 안나 마리아라는 사실을 알아차린다. 그가 이걸 인정한 다음에서야, 선생님이 몸을 돌리고 고개를 끄덕인 다음에서야 그녀는 환한 빛이 몸속으로 번지는 것을 느낀다.

문을 날카롭게 두드리는 소리가 세 번 들린다. 안나 마리아는 오선 노트를 얼른 닫는다.

"잠시만요." 그녀는 매트리스를 들어 그 아래 공간에 오선 노트를 쑤셔 넣으며 말한다. 문이 이미 열리기 시작하고—

"들어오세요." 안나 마리아는 애써 순진한 표정을 짓는다.

그녀는 그의 새로운 악보를 점검하고 있었다. 첼로와 플루트를 곁들인 활기 넘치는 곡이지만 지금 상태로는 너무 단조롭게 느껴진다.

마달레나 수녀가 허리를 숙이며 조그만 방 안으로 들어와 그 거대한 체구로 공간 대부분을 채운다. 뭔가 시큼한 것을 한 모금 마시고 온 것 같은 표정이다. 오늘 배식된 우유가 상했을 수도 있다.

그녀는 방 안을 둘러보며 책상 위에 놓인 꽃병, 바닥의 뚜껑 열린 상자에 담긴 진주 귀걸이와 진주 목걸이를 눈에 담는다. 팬들이 가장 최근에 보낸 선물이다.

그녀는 혀를 차고 난 뒤에 말한다. "손님이 오셨다." 퉁퉁 부은 손을 가운 주머니에 넣어 신문을 꺼낸다. "그리고 이 신문에 네 기사가 실렸다는구나. 클라라 수녀가 가져가서 보여주라고 하더라."

안나 마리아는 손을 내밀지만 손끝이 신문에 닿자 마달레나 수녀가 뒤로 홱 낚아챈다. "내 생각은 반대다." 그녀는 선물들을 다시 흘끗 쳐다본다. "이런 식의 관심은 젊은 여자에게 좋지 않아. 분수에 맞지 않는 생각을 품게 되거든."

안나 마리아는 손을 계속 내밀고 있는다. 그것이 마달레나 수녀를 다루는 요령이다. 가만히 기다리면 대개 원하는 걸 얻을 수 있다.

"자만심은 금물이야. 알겠니? 필리에 단원이라도 잘못하면 회초리 맞는다는 걸 알아둬라."

안나 마리아는 진지하게 고개를 끄덕인다. 마달레나 수녀는 툴툴대며 신문을 침대 위로 떨어뜨리고 발소리도 요란하게 내며 나간다.

그녀는 기록적인 숫자의 관광객이 이달에 유럽 대륙 순회 여행 일정으로 베네치아공화국을 찾았으며, 이 도시에 개관 예정인 신축

극장을 두고 논란이 빚어지고 있다는 기사를 읽는다. 기자의 주장에 따르면 극장은 불건전 행위를 조장할 따름이라고 한다. 그 아래 최신 관람 평에 그녀의 이름이 개별적으로 언급되어 있다. 엄선된 네 명의 필리에 단원이 훌륭한 연주를 펼쳤지만 독보적이었던 인물은 그녀 한 명이었다고 한다.

관람 평은 이렇게 마무리된다. 머지않아 베네치아의 스타가 될 테니 모두 주목하길.

안나 마리아는 침대에서 옆으로 돌아누워 신문을 피부 속에 넣기라도 하려는 듯 끌어안는다. 이제는 그녀에게 바이올린 수석을 맡겨야 할 것이다. 그럴 수밖에 없을 것이다.

그녀는 영광을 가슴 깊이 들이마신다. 마시고 뱉고 마시고……. 그러다 기억한다. 손님. 그녀는 벌떡 일어나 피에타 정문을 향해 내달린다.

길거리에서 새어 들어온 햇빛이 입구 돌바닥을 한 줄로 비춘다. 거기 서 있는 사람이 누군지 파악한 순간 그녀는 우뚝 멈추어 선다.

그는 빨간색의 긴 외투를 입었다. 매부리코와 눈 아래에 진 짙은 그늘이 눈에 띈다. 한 손에 짙은 검은색의 윤기 나는 지팡이로 바닥을 두드리며 말한다. "안나 마리아. 만나서 반갑다."

주세페 타르티니가 손을 내민다.

"선생님이 저를 찾아오신 손님이세요?" 그녀는 천천히 다가가 비둘기라도 되는 듯 그의 여리고 섬세한 손을 잡는다.

그는 빙그레 웃으며 고개를 끄덕인다. 외모에 비해 훨씬 다정하게 느껴지는 웃음이다. "축하 인사를 전하려고 왔지. 어제 저녁에 네 연

주를 듣고 넋을 잃었거든. 찾아와서 직접 얘기해 주어야겠다는 생각
이 들더구나."

순간 온 세상이 더 환하게 불타오른다.

웃어라, 안나 마리아. 더 활짝 웃어.

"저는 선생님을 존경해요…… 그러니까, 선생님의 음악을요." 그
녀는 말을 더듬다가 왜 좀 더 차분하게 굴지 못하느냐고 자책한다.
"그 곡을 연주하기 시작한 지 좀 됐어요."

그는 고개를 끄덕인다. 누가 보면 이 대화가 평범한 상황이라도
되는 줄 알겠다. 그녀가 여기서 타르티니, 바로 그 타르티니와 대화
를 나누는 것이 그 무엇보다 자연스러운 일이라도 되는 줄 알겠다.

"아가, 너는 재능이 있다. 음악과 하나가 되는 재능. 보는 내가 다
뿌듯하더구나."

그녀는 이 말을 기분 좋게 받아 마신다. 그러다 잠시 후 자기가 아
직까지 그의 손을 붙잡고 있다는 사실을 깨닫고 얼굴을 붉힌다. 그
녀가 얼른 손을 놓자 그는 웃음을 터뜨린다.

"시간 많이 뺏지 않으마. 하지만 네게 작은 선물을 전하고 싶었단
다. 어제 저녁의 연주에 경의를 표하는 뜻에서."

그의 팔에 벨벳으로 만든 검은색의 뭔가가 걸려 있다. 그가 그걸
들어 그녀에게 건네준다. 그녀의 손에서 천이 펄럭이며 펼쳐진다.
목을 덮는 칼라의 가장자리가 금실로 장식된 망토다. 걸쇠 중앙에
보석이 하나 박혀 있다. 직접 본 적은 없지만 반짝이는 빛깔로 볼 때
분명 다이아몬드다.

만난 지 얼마 되지도 않는 사람에게 이렇게 비싼 선물을 받을 수

는 없지만 사실상 그녀는 그를 아는 거나 마찬가지긴 하다. 그의 음악, 그의 언어, 그의 생각을.

그는 머뭇거리는 기미를 알아차렸는지 망토를 들고 있는 그녀의 양손을 꼭 감싼다. "아가, 너는 내 작품을 악마보다 더 완벽하게 연주했다. 받아주렴. 이것이 네 앞날에 행운을 가져다주면 좋겠구나."

그녀는 방으로 다시 돌아간다. 묵직하고 부드러운 망토가 뒤에서 살랑거린다. 복잡한 자수가 새겨진 칼라를 만져본다. 목 위에 놓인 다이아몬드 쪽으로 손을 움직이다가 벽을 짚어 차가운 돌의 감촉을 느낀다. 현실로 돌아오기 위해서다. 이건 꿈이 아니라고, 그녀는 지금 세계에서 가장 유명한 바이올리니스트에게 받은 선물을 입고 있음을 되뇐다. 그녀가 그를 감동시켰기 때문에. 그녀가 안나 마리아 델라 피에타이기 때문에.

그녀는 모든 모퉁이를, 벽과 난간의 모든 세세한 부분을 음미해가며 나선형 계단을 천천히 올라간다.

그때 비명 소리가 들린다.

그녀는 헉하고 숨을 토하며 소리가 들린 쪽으로 달려간다. 숨을 몰아쉬며 3층 복도에 다다른다. 누가 다쳤나? 무슨 일일까? 그녀가 모퉁이를 돈 순간 어느 음악실 문이 벌컥 열린다.

안에서 바이올린이 날아와 벽에 부딪힌다. 나뭇조각이 바닥 위로 와르르 떨어진다. 주방장에게 잡힌 토끼처럼 바이올린의 목이 댕강 부러지자 안나 마리아는 움찔한다. 바이올린 뒤에서 음악의 파도가 출렁출렁 쏟아져 나온다. 이제 바닥은 소리와 현의 살해 현장이 되어버려 차마 보고 있을 수가 없다. 하지만 살금살금 다가가 음악실 안을 들여다본다.

무릎을 꿇고 앉은 프루덴차가 뺨에 남은 흉터가 번들거리도록 눈물을 흘려가며 선생님의 손을 붙잡고 있다.

"제발요! 뭐든 할게요, 뭐든요. 조금 도와주시기만 하면 돼요. 조금—"

"그만. 품위를 지켜라." 그는 말하며 그녀의 손을 뿌리친다. "도무지 발전이 없지 않느냐. 다른 친구들까지 끌어내리고 싶니? 네가 원하는 게 그거야?"

프루덴차가 뭐라고 말을 하지만 웅얼거려서 안나 마리아의 위치에서는 알아들을 수가 없다. 그런데 바로 그때 그가 문 쪽으로, 안나 마리아가 서 있는 바로 그쪽으로 성큼성큼 다가온다. 그녀의 귀로 피가 쏠린다. 옆방으로 얼른 달려 들어가 문 뒤에 몸을 웅크리고 앉는다.

들켰을 것이다. 분명 들켰을 것이다.

하지만 멀어져 가는 그의 구둣발 소리와 프루덴차가 복도로 쫓아나갔다가 돌바닥 위로 쓰러지는 소리가 들린다. 안나 마리아는 무슨 일인지 보려고 다시 살금살금 밖으로 나간다. 자기가 숨을 참고 있다는 사실조차 알아차리지 못한다.

"제발요, 선생님! 필리에를 떠난 아이들이 어떻게 되는지 아시잖아요!" 프루덴차가 이제 울부짖는다.

그녀는 일어나 모퉁이를 도는 그를 쫓아간다. 하지만 안나 마리아는 더 이상 아무것도 보지 못한다. 달린다. 이 소음으로부터 멀어지기 위해. 그녀는 그 근처에 가지 않을 것이다. 거기에 오염되지 않을 것이다.

다시 방으로 들어가 문을 쾅 닫는다. 비틀거리며 책상 위에 놓인 꽃병이 흔들릴 만큼 침대 위로 세게 쓰러져 이불을 잡아당긴다.

바이올린 케이스를 잡아당겨 두 팔로 꼭 끌어안는다. 선생님의 애제자는 아직까지 자신이라고 속으로 중얼거린다.

9월. 연습이 끝나자 다른 필리에 단원들이 악기를 케이스에 넣는 소리, 의자를 움직이는 소리, 저녁 메뉴가 뭘지 궁금해하는 소리 위로 그의 말소리가 들린다.

"산차, 키아라, 안나 마리아. 너희 셋은 남도록."

6월에 프라리에서 공연한 사중주단 중에서 바이올린을 맡았던 세 명이다. 그들은 의아해하는 눈빛으로 서로 쳐다본다. 준비해야 하는 새로운 연주회가 있는 모양이다. 그들은 일렬로 서서 조심스럽게 그에게 다가간다.

문이 닫히고 정적이 그들을 삼킨다. 그는 창밖을 내다보고 있다. 뒷짐을 쥔 채 온몸에 힘을 주고 있다.

"필리에 디 코로의 바이올린 수석은 이 도시를 통틀어 부러워하는 사람이 가장 많은 자리다." 그가 말문을 연다. 안나 마리아의 시선이 흘끗 산차에게로 향한다. "오케스트라에서 지휘자 다음으로 중요한 역할이지. 책임도 어마어마하고. 복잡한 독주를 완벽하게 익히고, 모든 악기의 조율을 주관하고, 바이올린 파트 전체의 음색과 연주를 결정하니까." 산차가 당당하게 허리를 편다. "두말하면 잔소리겠지만 그 역할은 최고 중의 최고가 맡아야겠지. 그래서 오늘 그 최고 중의 최고가 누구인지 결정하도록 하겠다."

"시뇨레?" 산차가 흙빛이 된 얼굴로 당장 묻는다.

그는 고개를 돌리지 않는다. "전문 음악인에게 즉석 오디션은 피할 수 없는 일상이지. 바이올린 수석의 자격이 있는 사람이 그 자리를 차지하게 될 거다."

"잠깐만요." 산차가 한 걸음, 다시 한 걸음 앞으로 다가간다.

마침내 그가 그녀를 쳐다본다. "너에게 그 자격이 있으면 문제 될 게 전혀 없을 거라 본다만. 너도 네가 가장 강력한 후보가 아니라면 그 자리를 내놓을 생각이 있겠지?"

산차는 시선을 떨어뜨리고 눈물을 참는다.

그는 세 사람을 쳐다본다. "악기 챙겨라."

그의 입에서 "바이올린 수석"이라는 단어가 떨어진 순간부터 안나 마리아의 심장이 쿵쾅거리고 있었다. 이거다. 기회가 찾아왔다. 바이올린 수석은 그녀의 차지가 될 것이다.

산차가 잰걸음으로 그를 쫓아간다. "안나 마리아는 이제 겨우 열다섯 살이니까 빼야죠."

안나 마리아는 그녀를 노려보며 활을 단도처럼 움켜쥔다.

"너도 알다시피 안나 마리아는 우리 오케스트라를 통틀어 가장 실력이 우수한 바이올린 주자 가운데 한 명이다. 나이는 상관없어. 같이 경쟁할 거다."

안나 마리아는 성큼 앞으로 나선다. "전 준비됐어요." 말을 마친 그녀는 둥그스름한 나무를 턱에 대고 다리를 벌려 선 다음 활을 든다.

그는 책상 반대편에 자리를 잡고 앉아서 무릎을 한데 모은다. "하나는 곡의 성격과 스타일을 얼마나 잘 이해하는지 보여줄 수 있는 느린 곡으로, 다른 하나는 테크닉과 스피드와 기교를 보여줄 수 있는 곡으로. 시작."

압박감이 온몸으로 번진다. 그녀는 다시 「악마의 트릴」을 연주하기로 한다. 금세 준비할 수 있는, 가장 잘 아는 곡이니까. 그녀는 악마와, 그 빛깔과 강렬한 특징을 상상하며 연주를 시작한다. 2분쯤 지났을 때 그가 손을 든다. 하지만 그녀는 그녀만의 세상에 있기에 보지 못한다. 온 사방에서 빛깔이 수백만 개의 파편으로 부서지고 있다.

"안나." 그가 가만히 부른다. "그만."

그의 말을 듣고 그녀는 번쩍 정신을 차린다. 안나 마리아예요, 라고 바로잡고 싶으나 지적하지 않고 참는다.

"이제 두 번째 곡."

그걸 해도 될까? 스케줄이 빡빡해지기 전에 한창 만들고 있던 그녀의 창작품이 있었다. 처음에는 천천히, 매혹적으로 시작되지만 뒤로 갈수록 빨라져서 그녀의 머릿속만큼 활기차고 생동감 넘치는 작품이다. 그녀는 더 이상 고민하지 않고 연주를 시작한다.

밝고 어둡고, 진하고 연한 빛깔들이 햇빛을 받고 반짝이며 그녀를 향해 쏟아진다.

연주가 끝나자 무표정한 그의 얼굴이 그녀를 맞이한다. 그녀는 줄의 맨 뒤편으로 간다.

키아라가 다음 차례다. 그녀는 지난달 연주회 때 선보인 작품의 일부 구간을 평소처럼 우아하고 품격 있게 연주한다. 안나 마리아는 빨랐다가 잔잔해지는 멜로디를 타고 방 안을 활주한다. 그들은 실력이 대등하다. 그 생각에 그녀의 속이 울렁거린다.

키아라는 이제 두 번째 곡으로 옮겨간다. 코렐리의 협주곡이다. 하지만 중간에 악보가 보면대에서 떨어진다. 그녀가 악보를 집으려고 허리를 숙이지만 선생님이 연주를 중단시킨다.

안나 마리아는 짜릿한 전율을 느낀다.

이제 남은 사람은 핏기를 잃은 산차뿐이다. 그녀는 떨떠름하게 앞으로 나서 활을 들고 연주를 시작한다. 하지만 몇 초 만에 그가 손을 들고 다음 곡을 청한다. 그녀는 로티의 곡을 연주하기 시작하지만 이내 악기 위로 눈물을 뚝뚝 흘리고 선생님은 다시 손을 든다.

"이러지 마세요, 시뇨레." 그녀가 말한다. "이러지 마세요."

"그만." 그는 말하고 일어나 그들 모두를 쳐다본다. "안나 마리아. 바이올린 수석은 너다."

산차가 밖으로 뛰쳐나간다. 그녀가 흐느끼는 소리가 복도를 쩌렁쩌렁 울린다. 키아라는 소지품을 챙겨 들고 "감사합니다, 선생님" 하고는 조용히 나간다. 안나 마리아와 눈을 맞추지는 않는다.

이제 안나 마리아는 혼자 남았다. 여전히 오른손에 악기와 활을 쥐고 계속 다리를 벌리고 서 있는 상태인데, 어떤 느낌이 혈관을 타고 쏟아진다.

권력. 진하고 달콤한 것.

그가 그녀를 돌아본다. 체온을 느낄 수 있을 만큼 그가 가까이 다가온다.

"안나 마리아, 너는 우리 오케스트라에서 가장 훌륭한 바이올리니스트다. 원칙은 무슨 얼어죽을. 이제 네 빛을 발할 때가 되었어."

두고 보세요. 그녀는 생각한다. 제가 얼마나 환하게 빛을 발할지 두고 보세요.

그녀가 소지품을 챙겨 들고 문 쪽으로 걸어가는데 그가 말한다. "그나저나 네가 두 번째로 연주한 곡 말이다. 환상적이던데. 누구 작품이니?"

"기증받은 악보집 속에 있었고 작자 미상이었어요." 그녀는 거짓말을 한다.

아직은 비밀을 공개할 때가 아니다. 아직은.

"그 작품을 연구해 봐야겠구나. 향후에 있을 연주회에 영감을 얻을 수 있을지 모르니."

네. 그녀는 생각한다. 그래야죠.

16

다음 날 연습실로 들어서자 모두의 시선이 그녀에게 꽂히는 것이 느껴진다. 여름이 이제 막 끝났는데도 공기가 냉랭하다. 벽이 그녀를 향해 다가들고 딛고 선 바닥이 위로 솟는 듯한 묘한 느낌이 든다.

그녀는 긴장하며 집중한다. 그 느낌에 휩쓸리지 않을 것이다. 그녀는 산차가 씩씩대며 팔짱을 끼고 앉아 있는 앞줄 맨 왼쪽 끝자리로 걸어간다.

"여긴 내 자리야." 안나 마리아는 그녀를 내려다보며 말한다.

산차는 투덜대며 자리에서 일어난다. 한참 동안 꾸물대며 자기 악보와 보면대를 옮기고 악기를 챙기더니 마침내 새 자리에 앉는다. 한 단계 강등이다.

안나 마리아는 앞을 똑바로 쳐다보며 왕좌에 앉는다. 남들과 똑같이 장식 없는 나무 다리가 네 개 달렸고 가죽 시트에 몇 군데 금이

간 의자다. 하지만 안나 마리아에게는 그렇지 않다. 그녀에게는 금 칠이 되어 있고 벨벳과 다이아몬드와 구슬로 장식된 의자다.

그녀가 바이올린 수석이다! 바이올린 수석!

연습하는 내내 감미로운 후광이 그녀와 함께한다. 그는 첫 공식 독주 구간을 정해주고 둘이서 함께 작업 중인 신곡 중에서 몇 곡을 다 같이 연습하게 한다. 리허설을 마치고 방으로 걸어가는 동안에도 그녀를 감싼 후광은 여전하다.

드디어 몇 달 만에 처음으로 혼자만의 시간이 생겼다. 이제 문을 닫고 그녀만의 곡 작업을 시작할 것이다. 봄을 주제로 구상 중인 게 있다. 뭔지 콕 짚어서 말할 수는 없지만 1년 중에서 가장 활기 넘치 는 그 계절에는 뭔가가 있다.

하지만 잠시 후에 누군가가 그녀의 어깨를 두드린다.

안나 마리아는 키아라인 걸 보고 긴장한다. 그녀는 한손에 바이올 린 케이스를 들고 가죽을 씌운 오선 노트를 다른 쪽 겨드랑이에 끼 고 있는데 웃는 얼굴이다.

"축하해, 안나 마리아."

안나 마리아는 미간을 찌푸린다. 그녀는 결정적인 일격을 기다리 며 뒤에서 키득대는 다른 아이들이 있나 싶어서 키아라의 어깨 너 머를 확인한다.

"그리고 산차는 걱정할 것 없어." 키아라는 말을 잇는다. "누그러 들 테니까. 필리에 활동의 핵심은 경쟁이 아니라 서로 배워나가는 데 있어. 화음하고 같아. 혼자서는 만들 수 없다는 점에서."

안나 마리아는 찌푸린 미간을 풀지 않는다. 아직은.

키아라가 다시 말한다. "프라리 연주회는 특별했어. 타르타니가 기립하다니! 그리고 네 오디션도. 와우, 브라보. 너한테 배울 게 많겠더라." 그녀는 안나 마리아의 팔에 손을 얹는다. 그러자 안나 마리아의 마음이 왠지 모르게 진정된다. "난 너의 적이 아니야, 안나 마리아. 진짜야."

안나 마리아는 잠깐 더 그녀를 빤히 쳐다본다. 키아라의 표정에는 진심이 담겨 있다. 안나 마리아는 원피스 안에서 뭔가가 움직이는 것을 느낀다. 짐이 덜어지는 것을 느낀다. 그녀를 믿지 않을 도리가 없다.

"고마워." 안나 마리아는 뻣뻣하게 말한다.

키아라는 고개를 끄덕인다. "그럼 내일 연습 시간에 보자."

"응."

그녀가 사라지자 안나 마리아는 고개를 뒤로 젖힌다. 팔을 하늘까지 뻗고 말없이 환호한다. 방을 향해 깡충깡충 뛰어간다. 파란색과 노란색과 금색이 동시에 쏟아져 나와 그녀를 감싸고 빙글빙글 도는데—

"안나 마리아! 여기 있었구나."

그가 식당에 가려는 아이들로 북적대는 복도를 헤치고 완벽하게 컬이 말린 빨간 머리를 흔들며 다가온다. 앞에 도착하자 그녀의 팔을 잡고 한쪽으로 데려간다. 그의 손길이 서늘하고 짜릿하다.

그는 방금 전까지 키아라가 있었던 그녀의 어깨 너머를 흘끗 쳐다본다. 그러고는 뭐라고 하면 좋을지 고민하며 잠깐 머뭇거린다.

"왜 그러세요?" 안나 마리아는 조심스럽게 캐묻는다.

"음…… 내가 너라면 다른 필리에 단원들과 너무 가깝게 지내지 않겠다."

안나 마리아는 자세를 바꾼다. "그게 무슨 말씀이세요?"

"사람들은 잘난 사람을 보면 절로 그렇게 됐다고 생각하거든. 실은 그렇지가 않은데 말야. 노력해서 얻은 결과, 죽어라고 노력해서 얻은 결과인데 말이다." 그녀는 눈도 깜빡이지 않고 열심히 고개를 끄덕인다. "내가 이렇게 경쟁이 심한 곳에서 일하면서 친구들 만날 시간이 있을 것 같니?" 그는 이렇게 말해놓고 웃음을 터뜨린다. "우리가 하고 있는 일은, 우리가 거두고 있는 성과는 시간을 허투루 낭비할 수 없을 만큼 엄청난 거다. 다른 사람은 믿으면 안 돼. 너처럼 특출한 재능이 있는 경우에는 특히."

안나 마리아는 미소를 짓는다. 이렇게나 신경을 써주다니 고마운 마음이 들고 칭찬이 그 어느 때보다 달콤하게 느껴진다. 하지만 색깔들이 계속 그녀를 휘감고 있어서 집중이 잘되지 않는다.

"아무튼," 그는 살짝 어색하게 미소를 짓는다. "내가 하려던 얘기는 그게 아니야. 앞으로 2개월 뒤에 또 연주회가 잡혀 있다. 소규모고 우리 둘이서 공연을 할 거야. 그때까지 여유가 있으니까 오케스트라에서 맡은 새로운 역할에 적응할 시간도 좀 생길 텐데, 이 행사가 새로 바이올린 수석을 맡게 된 너를 소개하는 자리가 될 거다."

"좋아요." 그녀는 얼굴을 환히 빛낸다. 하지만 색깔들이 서로 부딪치고 뒤틀리며 사라져 가고 있다. 달려야 한다. 그걸 붙잡아야 한다. 서두르면 어찌어찌—

"같이 갈 거지?"

이미 복도를 몇 발짝 걸어가던 그가 뒤를 돌아보며 그녀를 기다리고 있다. "새로운 작품을 창조해내야지."

"네, 그래야죠."

그녀는 색깔들이 모퉁이를 지나 멀어져 가는 광경을 어깨 너머로 돌아보며 그를 따라간다.

다음 날 연습 후에 필리에 단원 몇 명이 구석에 모여 자기들끼리 웃으며 속닥거린다.

자기 이름이 들리기에 안나 마리아가 고개를 들어보니 그 사이에 있던 키아라가 웃으며 그녀를 손짓해 부른다.

순간 비딱한 미소와 짙은 밤색 눈, 지붕 위에 앉은 새처럼 깍깍대던 웃음소리에 얽힌 추억이 그녀의 머릿속에 떠오른다.

그녀의 가슴속이 환해진다. 입꼬리가 올라간다. 키아라에게 가서 인사하고 그들과 함께 어울리려고 한 발 내디딘다. 그러다 걸음을 멈추고 키아라와 그 주변의 아이들을 쳐다본다.

안 돼. 그녀는 생각하며 케이스를 닫고 키아라에게 깍듯하게 묵례한 뒤 연습실을 나선다. 나처럼 특출한 재능이 있는 사람은 그러면 안 돼.

다음 날 현관홀에서 소동이 벌어진다. 수녀 몇 명이 문 앞에 모여 수레를 몰고 온 남자에게서 뭔가를 건네받고 있다.

"테이블 들고 와." 클라라 수녀가 외친다. 그녀가 한쪽 손잡이를, 마달레나 수녀가 다른 쪽 손잡이를 붙잡고 있다. "이제 좀 비켜라."

그녀가 옆에 들러붙은 어린 여자애들을 보고 하는 말이다.

안나 마리아는 그게 뭔지 보지 못한다. 색상이 강렬하다는 것만 언뜻 알 수 있을 따름이다. 그러다 어떤 음 하나가 들리자 그녀는 걸음을 멈춘다. 가던 길을 바꿔서 가까이 다가간다.

문을 마주 보는 테이블 위에 모두가 볼 수 있게 그 물건이 놓여 있다. 아이들은 좋아서 꺅꺅댄다. "저게 뭐예요?" "누가 보낸 거예요?"

마달레나 수녀가 손을 흔들어 아이들을 쫓아낸다. "뒤로 물러나라. 이러다 전부 바닥으로 떨어지겠어."

"토스카나 대공님의 선물이야." 클라라 수녀가 대답한다. "피렌체의 유명한 꽃이지. 흙에서 캔 걸 5일 동안 말과 배로 실어서 여기까지 보내주셨지 뭐니."

잔 가스토네 데메디치. 안나 마리아도 지난주에 그가 여기 와서 어린 여자아이 몇 명을 만났다는 얘기를 들었다. 소문에 따르면 그는 자기 영지에 사는 가난한 백성들의 세금을 면해 주고 심지어 공개 처형도 없앤 자애로운 사람이라고 한다.

"엄청난 비용을 들여서 여기로 배달시킨 거야." 클라라 수녀가 암탉처럼 가슴을 내밀며 말한다.

어느 정도 시간이 지난 다음에서야 아이들 사이로 틈새가 생긴다.

지금까지 이런 꽃은 본 적이 없다. 샹들리에를 거꾸로 뒤집은 모양으로 꽃대 하나당 꽃잎이 다섯 개씩 달려 있으며 각 꽃잎에 눈 같은 점박이 무늬가 있다. 파릇파릇한 흙냄새 아래로 뭔지 모를 톡 쏘는 냄새와 부드러운 냄새가 풍긴다. 하지만 안나 마리아가 가까이

다가가 손을 내민 이유는 색깔 때문이다. 청보라색이 어찌나 쨍한지 유리를 불어서 만든 것처럼 느껴질 정도다. 그리고 거기서 나는 소리는 또 어떤가. 크림처럼 부드럽고 그윽한 그 한 음. 그녀가 손끝으로 꽃잎을 만지고 온몸으로 느껴보려고 팔을 뻗는데 뒤에서 시끄러운 소리가 들린다.

엘리사베타 마르치니를 중심으로 빈 공간이 생겼다. 그녀가 마치 귀신이라도 맞닥뜨린 것 같은 표정으로 서서 꽃을 쳐다보고 있다.

"이 꽃이 어째서 여기 있죠?" 그녀가 떨리는 목소리로 묻는다.

"선물이에요, 시뇨라. 토스카나 대공님이 보내신—"

"내다 버려요." 클라라 수녀의 말이 끝나기도 전에 엘리사베타가 말한다.

"하지만 시뇨라, 이제 막 배달됐는걸요. 무려—"

엘리사베타는 덥석 물어뜯기라도 할 듯이 클라라 수녀를 쳐다본다. "지금 이의를 제기하는 거예요? 내가 이 프로그램, 이 공간을 위해 그 많은 돈을 내는데?"

클라라 수녀는 시선을 떨어뜨리고 한쪽 다리를 뒤로 빼며 말없이 인사한다.

"한 시간 뒤에 올게요." 엘리사베타는 몸을 돌려 앞문으로 나가며 말한다. "그때까지 치워져 있길 바라요."

안나 마리아는 손톱으로 손바닥을 누른다. 이 여자는 어쩌면 이렇게 잔인할 수 있을까? 수업 시간을 줄이고 자기가 아끼는 철없는 아이들을 위해 음악 프로그램을 활용하는 걸로는 모자란가? 이제 그들의 선물까지 가로채야 직성이 풀린다고? 안나 마리아는 뒤쫓아가서 이렇게 말하고 싶다. 아뇨, 저 꽃 치우지 않을 거예요. 싫다면 당신이 나가요. 다시는 오지 말아요.

하지만 안나 마리아 혼자서는 이 건물 밖으로 나갈 수가 없다. 그래서 나선형 계단을 씩씩대며 달려 올라가 1층 복도 끝 창밖으로 엘리사베타를 내다본다.

엘리사베타는 행인들 사이로 잔물결을 일으키고 실크 드레스로 바닥을 쓸어가며 인도를 성큼성큼 걸어가고 있다. 하지만 곧 걸음을 멈추더니 몸을 돌려서 뒤를 돌아본다.

안나 마리아는 유리창에 얼굴을 바짝 대고 그녀가 뭘 쳐다보는지 확인한다.

엘리사베타는 허리를 숙여 한 손으로 허리춤을 짚고 온몸을 부들부들 떤다. 그리고 눈물을 폭포처럼 쏟는다.

안나 마리아는 뒤로 한 발 물러난다. 그렇게 엘리사베타를 잠깐 더 보는데, 우울한 감정이 온몸으로 번진다. 그녀는 분노가 스멀스멀 사라지는 것을 느끼며 춥고 좁은 복도로 몸을 돌린다.

11월. 희부연 하늘에서 한들한들 내린 눈송이가 산마르코 광장에 있는 카페 플로리안 입구에 흩뿌려진다. 얼마 전에 영업을 시작한 이 카페는 상류층의 취향에 걸맞게 은쟁반에 뜨거운 음료와 우아한 간식을 담아서 내온다. 하지만 오늘 저녁에는 자코모 카사노바라는 남자의 생일을 축하하는 비공개 행사가 있어서 문을 닫은 채로 와인과 케이크를 차려놓았다.

피에타에서 여기까지는 도보로 5분밖에 안 되지만 전혀 다른 세상이다.

안나 마리아는 옆방에서 바이올린 조율을 하며 속속들이 도착하는 손님들이 점잖게 잡담을 나누는 소리에 귀를 기울인다. 행사장에는 빨간색 벨벳을 씌운 긴 의자, 대리석 테이블, 베네치아에서 가장 유명한 사람들의 초상화가 담긴 금테 액자가 있다.

그녀는 검은색 벨벳 망토를 입고 있다. 사육제 가면처럼 이 옷도 다른 사람으로 변신하는 데 도움이 된다. 벨벳과 다이아몬드로 만든 옷이라 이 도시의 귀족들이 모인 여기 이곳이 그녀에게 딱 맞는 자리처럼 보이게 한다. 하지만 체리가 얹힌 동그란 타르트와 반질반질한 당의를 입힌 여러 층의 케이크가 있는 찬장 쪽으로 자꾸 시선이 쏠린다. 입안에서 그야말로 군침이 돈다. 한 번도 먹어본 적 없고 본 적도 없는 음식이다.

밖에서는 긴 망토를 단단히 움켜쥔 사람들이 하얀 티끌 속에서 망토 자락으로 물결을 일으키며 황급히 지나간다. 안에서는 손님들이 잔을 부딪치고 무라노 유리잔에 담긴 와인을 홀짝인다.

"준비됐니?" 선생님이 문 사이로 고개를 내밀고 묻는다. 복도에 걸린 큼지막한 거울이 보이자 그 앞에서 걸음을 멈춘 그는 새틴 재킷에 묻은 먼지를 털고 빨간 곱수머리를 매만진 다음 그녀를 데리고 손님들이 와 있는 방으로 앞장선다.

그들은 지난 한 달 동안 함께 작업한 「두 대의 바이올린을 위한 협주곡 A단조」를 연주할 것이다. 이 곡은 세 부분으로 나뉘는데, 1악절인 알레그로는 그들 음악의 성격이 되어가고 있는 활기와 열정을 모두 보여준다. 안나 마리아가 보기에 아름다움과 기교의 균형이 잘

잡혀 있다. 2악절인 라르게토는 속도가 비교적 느려서 그녀와 선생님이 자유로운 변주를 선보일 수 있다. 그러고 나서 마지막 악절에 다다르면 음표들이 쏟아져 다시 속도가 빨라지는데, 청중에게 갈증을 유발하려는 의도가 다분한 구성이다.

그의 스타일을 워낙 잘 알다 보니 이제는 이런 곡을 만들기가 점점 쉬워지고 있다. 그들이 공동 작업한 시리즈 가운데 가장 최신 곡이 이것이다. 곡의 연주도 간단해지고 있다. 이제는 테크닉을 연마하기 위해 날마다 몇 시간씩 연습하지 않아도 된다. 악보를 보기만 하면 어떤 식으로 활을 켜야 좋은 소리가 날지 한눈에 알 수 있다. 한 곡당 2주면 완전히 마스터해서 오늘 저녁처럼 연주할 수 있다.

안나 마리아는 행사장을 향해 깍듯하게 허리를 숙여 인사한다. 레이스와 실크로 몸을 휘감고 깃털과 구슬로 장식한 약 열다섯 명의 남녀가 앉아 있다.

그녀는 이미 곤드레만드레 취해서 옆자리에 앉은 여자의 허벅지를 만지고 있는 파티 주인공에 대해서는 깊이 생각하지 않는다. 여자는 그의 손을 찰싹 때리며 치운다.

"하지만 오늘은 내 생일이잖아." 그가 어린애처럼 칭얼대자 남자 손님 몇 명이 웃음을 터뜨린다.

소문에 따르면 카사노바는 유럽 곳곳을 여행한 탐험가이자 작가라고 한다. 우아하고 매너 있는 사람이 가질 법한 직업 같다. 그런데 이 남자는 그렇지가 않다. 웃을 때도 능글맞은 사람이다.

그들은 대담한 멜로디로 관객들을 숨 막히게 하며 드라마틱하게 연주를 시작한다. 색깔들이 폭발하며 음악을 통해 이야기를 엮어내자 안나 마리아는 선생님의 눈을 쳐다보며 미소를 짓는다. 녹아내리는 바이올린 소리는 그녀의 몸에서 쏟아져 나오는 듯이 느껴진다.

바이올린 수석이 된 이후 처음 참여한 이번 공연은 그녀가 바라왔던 모든 것의 완성이다. 손님들은 에너지의 소용돌이에 매료되고 악상이 점점 쌓이자 다들 자리에 똑바로 앉는다.

안나 마리아는 둘의 연주 스타일이 서로를 보완한다는 점이 특히 마음에 든다. 그녀는 분위기를 잘 탄다. 곡에 따라 몸을 움직이고 흔들며 그 빛깔과 색채를 쫓아간다. 반면 그녀의 선생님은 좀 더 열정적이다. 심지어 격하다. 바이올린이 노래하는 동안 두 다리를 딱 붙이고 온몸에 뻣뻣하게 힘을 준다. 둘의 조합은 극적인 효과를 연출하기에 알맞다. 뜨겁고 차갑고. 흙과 공기. 낮과 밤. 그렇다, 대조적이다. 하지만 한쪽이 없으면 다른 한쪽도 존재할 수 없다.

연주가 끝나자 카사노바가 흰색 곱슬머리를 어깨 위로 쏟아가며 자리에서 벌떡 일어선다.

"브라보, 브라보!" 그는 이렇게 외치며 한쪽 팔로 선생님의 목을 걸어 그의 무릎이 꺾이게 한다. 카사노바의 키가 훨씬 커서 황소와 송아지 같다. "하지만 내가 충고 한마디 할게요, 친구. 다음번에는 좀…… 변비 환자처럼 보이지 않길 바라요. 말린 자두를 먹고 막힌 데를 뚫어야 할 것 같잖아요."

여기저기서 폭소가 터지고 선생님의 얼굴은 시뻘게진다.

안나 마리아의 심장이 빠르게 쿵쾅거린다. 그녀는 앞으로 나선다. 마에스트로에게 감히 이런 식의 말을 하다니.

하지만 카사노바는 선생님의 등을 세게 쳐서 기침 발작을 일으키며 말한다. "농담이에요! 당연히 농담이지."

폭소가 계속 이어진다. 안나 마리아는 천천히, 조심스럽게 선생님 쪽으로 다가간다. 그는 힘들게 숨을 몰아쉬지만 화가 났거나 긴장한 얼굴이 아니다. 그저 가쁜 숨을 몰아쉬고 있을 뿐이다. 그녀는 잠시 더 지켜보다가 그의 등에 손을 얹는다.

"나는…… 괜찮다." 그는 쌕쌕대며 휘청거린다. "짐 챙기자."

카사노바는 친구들의 가세에 힘입어 점점 더 요란하고 시끌벅적하게 웃는다.

"하지만 저 아이는 아주 물건이네요. 당신보다 훨씬 나아요." 그가 킬킬댄다.

안나 마리아의 얼굴에서 핏기가 가신다. 선생님은 남다른 천재다. 카사노바란 작자는 왜 저런 말을 할까? 그들을 왜 비교할까?

그녀는 선생님이 뭐라고 웅얼웅얼 대답하는지 듣지 않는다. 고개를 숙이고 얼른 밖으로 나와버린다. 선생님이 가볍게 응수했는지 이렇게 대꾸하는 카사노바의 쩌렁쩌렁한 말소리가 들린다. "바로 그거지. 자, 여기." 자루 안에서 동전 짤랑거리는 소리가 난다. "시간 내줘서 고마웠어요."

안나 마리아는 두 사람의 바이올린을 케이스에 넣는다. 그들의 대화가 어떤 식으로 끝났는지 듣지 못한 척할 것이다. 그걸 입에 올릴 필요가 없다. 지금은 물론이고 앞으로도.

하지만 출입문 앞에 다다르고 보니 선생님이 보이지 않아 두 사람의 악기를 들고 옆방에서 기다려야 한다. 이윽고 클라라 수녀가 데리러 오자 싸늘한 불안이 온몸을 훑는다.

다음 날 그는 리허설이나 개인 레슨을 하러 오지 않는다. 필리에 단원들은 그가 복귀할 때까지 잡일에 투입된다. 안나 마리아는 반발하지만 그래도 벽난로에 장작 쌓는 일을 떠맡는다.

입을 굳게 다물고 말없이 장작을 쌓는데, 온갖 생각들로 머릿속이 소용돌이친다.

그를 만나야 한다. 뭔가 조치를 취해야 한다. 그의 노여움을 산 거라면, 이 사태를 해결하지 않았다가 쫓겨날 수도 있다. 그녀가 끙끙대며 들어 올리는 이 바구니처럼 묵직한 공포가 목젖을 누르고 뱃속에 얹힌다.

그녀는 아픈 허리를 달래며 일어나 계단 앞으로 간다. 난간 너머로 장작을 모조리 내동댕이치고 허공을 향해 고함을 지르고 싶은 것을 참으며 버들고리짝을 들고서 계단을 오른다.

안나 마리아는 그가 복귀했다는 것을 느낄 수 있다. 팽팽하고 환한 그의 기운이 복도를 관통해 그물처럼 그녀를 붙잡고서 걸음을 멈추게 한다. 이제 예배당에 다녀오는 그녀의 눈에 번잡한 현관홀로 들어오는 그가 보인다.

그녀는 그의 이름을 크게 부른다. 대화를 통해 오해를 바로잡고 자신은 적수도 못 된다고 그를 안심시킬 것이다. 하지만 그는 돌아보지 않는다. 그녀는 차가운 돌벽에 시커먼 그림자를 드리워가며 그를 따라 얼른, 다급하게 나선형 계단을 오른다.

피에타 소속이 아닌 여자아이가 음악실 옆에서 기다리고 있다. 레이스 장갑에 보닛을 썼다. 누가 봐도 엘리사베타 마르치니의 또 다른 프로젝트다.

이제 문지방 위에 선 그가 그녀를 본다.

"문 닫아라, 안나 마리아." 그가 말하자 물벼락 소리가 그녀의 귓전을 때린다. "이제 유료 레슨을 해야 하거든."

날이 저물면 그는 오선 노트를 벽장에 넣고 퇴근한다. 안나 마리아는 몰래 벽장문을 열고 그가 혼자 어떤 작업을 하고 있는지 훔쳐본다. 진척이 거의 없고 거의 날마다 서로 어울리지 않는 몇 마디만 끼적여져 있을 뿐이다.

기회다.

그녀는 매일 저녁마다 깨끗한 종이를 들고 와서 아주 조심스럽게 사본을 만든다. 하지만 그녀의 사본에는 새로 추가된 음표들이 있다. 그 음표들이 하늘을 스치며 지나가는 구름처럼 한데 잘 섞여서 유려하게 흐른다. 그녀는 미소를 지으며 수정한 악보를 그의 오선 노트에 다시 넣는다.

둘 사이에 생긴 이 틈새를 조심스럽게, 정성을 다해 해결할 것이다.

그의 악보와 그의 단순하고 중구난방인 악상은 불에 태운다. 겨울이 이런 식으로 지나간다.

3월. 그는 여전히 냉랭하고 거리가 느껴지며 수업에 소극적이다. 그녀를 거의 쳐다보지 않고, 조언이나 격려도 거의 하지 않는다. 겨울 동안에는 연주회 요청이 줄었기 때문에 새로운 작품도 크게 필요하지 않다. 그는 둘이 예전에 같이 만든 곡을 재활용한다. 안나 마리아는 공동작업하던 시절, 밤늦게까지 같이 리프 연주를 하던 시절이 그리워진다.

그녀는 기다리며 계속 다리를 떤다. 그 무릎 위에 활이 가로로 놓여 있다.

그녀는 계속 자중해야 한다고 속으로 중얼거린다. 계속 열심히 노력해야 한다고, 믿어야 한다고. 그는 때가 되면 그녀에게 돌아올 것이다. 그의 세상 안에는 언제나 그녀의 자리가 있다.

봄이 리본처럼 방 안에서 펼쳐진다. 따뜻하고 부드러운 산들바람이 분다.

내일은 하루 종일 필리에 오디션이 실시될 예정이라 오늘이 이번 주의 마지막 연습이다. 그녀는 이제 입단한 지 2년째고 바이올린 수석이지만 그래도 속이 울렁거린다. 바이올린 셋, 첼로 하나, 오보에 둘, 플루트 하나. 쫓겨난 아이들은 이제 결혼하거나 레이스 공장에 들어가거나 애를 키우거나 빨래를 해야 한다.

그들의 욕망은 어쩌란 말인가? 안나 마리아가 궁금해하는 동안 선생님이 교실에 들어와 그녀를 쳐다보지 않고 수업을 시작한다.

오늘 도착해 보니 음악실 앞에 줄이 있다.

안나 마리아는 벨벳 망토 자락을 살랑살랑 흔들며 다가간다.

"무슨 일이야?" 그녀는 앞에 서서 오선 노트를 펼쳐들고 어떤 곡을 들여다보고 있는 키아라에게 묻는다.

"선생님이 오디션 합격자를 발표하고 계셔." 그녀가 말한다.

안나 마리아의 뱃속이 요동친다. 그녀는 한 손을 들고 칼라에 꽂힌 다이아몬드를 만진다. 그것이 어떤 경로를 거쳐 자기 것이 되었는지 상기한다. 그녀가 있을 곳은 여기라고 속으로 중얼거린다.

"원래 신입 단원 명단을 붙이지 않았어?" 안나 마리아는 음악실 쪽을 가리키며 묻는다.

키아라는 고개를 젓는다. "그건 예전이고. 이게 선생님의 방식이야."

그들은 음악실에서 나오는 아이들을 구경한다. 몇 명은 금방이라도 토악질을 할 것 같은 얼굴이고 몇 명은 울고 있다. 눈을 돌린 안나 마리아는 키아라를 따라 안으로 들어간다.

일곱 명의 신입 단원이 여기저기 흩어져 있다. 하지만 안나 마리아의 눈에는 딱 한 명만 보인다. 짙은 금발이 곱실거리고 한쪽밖에 없는 파란 눈으로 상대를 꿰뚫어 보는 듯한 여자아이가 한가운데에 서 있다. 오보에를 손에 든 파울리나가 놀라고도 기쁜 얼굴로 눈썹을 들며 그녀를 향해 마주 웃어 보인다.

"너 오디션 보는 줄도 몰랐어." 안나 마리아는 같이 교실을 나서며 흥분한 목소리로 외친다.

"봐도 될지 자신이 없었는데 선생님이 보라고 하시더라고!" 파울리나의 뺨이 연지를 바른 것처럼 자부심으로 발그스레해진다.

안나 마리아는 찌르르한 질투를 느끼지만 애써 떨쳐버린다. 최연소 합격자의 영광은 아무도 빼앗아 갈 수 없다. 게다가 둘의 우정이

막 회복되기 시작했을 무렵 스케줄 때문에 파울리나와 한참 동안 떨어져 지냈어야 했는데, 이제 드디어 함께 다닐 수 있게 된 거다.

"계속 아가타 생각이 나더라. 걔도 오디션을 볼 수 있었을 텐데, 하는 생각." 파울리나는 말한다. 하지만 안나 마리아는 온몸이 화끈거리는 것을 느끼며 걸음을 멈춘다. 그 이름을 듣고 있을 수가 없다. 그 이름을 떠올릴 수가 없다. 그녀를. "분명 오디션을 통과하고 필리에 단원이─"

"키아라는 만나봤어?" 안나 마리아는 얼른 말하며 그녀를 손짓해 부른다. "키아라, 이쪽은 파울리나. 새로 뽑힌 오보에 연주자야."

키아라는 파울리나를 향해 따뜻하게 웃어 보이며 다가온다. "안녕, 축하해." 그들은 서로 악수한다. "다른 친구들이랑 저녁 먹으러 가는 길인데 같이 갈래?"

파울리나는 웃으며 고개를 끄덕이고 안나 마리아를 돌아본다. "너도 같이 갈 거지?"

하지만 안나 마리아는 뒤를 돌아보고 있다. 그가 음악실 밖으로 몸을 내밀고 그녀를 손짓해 부르고 있다.

"둘이 먼저 가." 안나 마리아는 가슴이 뻐근해지는 것을 느끼며 이렇게 말한다.

그의 앞에 다다르자 걸음을 늦춘다. 그가 그녀를 제대로 쳐다본 건 몇 달 만에 처음이다.

"들어와서 문 닫아라." 그는 비어 있는 벽난로 앞으로 다가가 선반에 한쪽 팔을 올려놓는다. 그녀는 따라 들어가 그를 마주 보다가 그가 자기 뺨에 손을 얹자 화들짝 놀란다.

"오늘 잘했다." 그가 말한다.

그녀는 옅은 회색 눈을 빤히 쳐다보며 칭찬을 온몸으로 느낀다. 이 순간을 얼마나 그리워했던가. 그를 얼마나 그리워했던가.

더 들려주세요. 그녀는 속으로 애원한다.

"여름이 다가오고 있잖니. 신작이 있어야 할 거야." 그는 흘끗 시선을 피했다가 다시 그녀에게로 돌린다. "내가 발전시키고 싶은 악상이 몇 개 있는데. 느낌이 좋은 멜로디 파트도 많고. 전처럼 곡 만드는 걸 도와주겠니?"

그에게 평가를 맡긴 곡들을 떠올리자 그녀의 안에서 뭔가가 번뜩인다. 그는 그 곡들을 좋아한다. 도움이 된다고 한다.

제대로 대답해야 한다. 그녀는 그의 관심을 소중히 여긴다는 것을, 그의 걸출한 능력을 그 무엇보다 존경한다는 것을 보여주어야 한다. 그녀는 웃으며 그의 손바닥에 손을 얹는다.

"그럼요. 당연하죠."

"너도 알다시피 아무한테도 얘기하면 안 돼. 이건—"

"마에스트로." 그녀는 말하며 고개를 숙인다. "이건 우리 둘만의 비밀이죠."

4월. 오늘 밤에도 그녀는 바이올린을 겨드랑이에 낀 채 수면을 가르고 꿈의 심연 속으로 풍덩 가라앉는다. 사방에서 물길이 소용돌이치며 초록이 도는 파란색에서 불길한 진홍색으로 희미해진다. 색이 바뀌기 시작하자 통증이 엄습한다. 손끝과 발끝에서부터 시작된 통증이 몸통으로 파고들어 뱃속 깊은 데서 통통거린다. 그녀는 배를 부여잡고 얼마나 다쳤는지 확인하려고 아래를 내려다본다. 이제 보니 겨드랑이에 낀 바이올린 전면의 'f' 모양 구멍에서 붉은 액체가 가늘게 흘러나오고 있다. 그녀는 얼른 손으로 구멍을 덮는다. 피를 막는다. 발차기를 하며 수면을 가르고 밤공기 속으로 뛰어오를 수 있었던 것은 오로지 이 생각 덕분이다.

내가 살려줄게. 내가 살려줄게.

숨을 헐떡이며 바이올린을 부둥켜안는다. 아래에 깔린 침대보가 축축하고 끈적끈적하게 느껴진다. 창문으로 새어 들어온 달빛이 이불을 비춘다. 그녀는 일어나 앉아서 이미 몇 년 전부터 다른 아이들이 한 달에 한 번씩 남기던 자국이 생겼는지 보려고 이불을 걷는다.

피를 흘리고 있는 쪽은 바이올린이 아니라 그녀다.

그녀는 앓는 소리를 내지만 열여섯 살이 됐으니 여성의 상징을 더는 거부할 수 없다. 그녀의 체형은 좀 더 둥그스름해졌고 팔다리도 전보다 늘씬하고 탄탄해졌다. 어렸을 때 애를 먹었던 부스스한 곱슬머리도 굵어지고 매끄러워졌다.

문 두드리는 소리가 들린다. 그녀는 헉 소리를 내며 침대에 기대고 몸을 웅크린다. 이런 모습을 아무에게도 보일 수 없다.

문이 끼이익 열린다. 문틈 사이로 좁은 얼굴이 등장한다. 지금 같은 순간에 안나 마리아가 유일하게 환영할 수 있는 얼굴이다.

파울리나가 어둠 속에서 그녀의 이름을 나지막이 부른 뒤 말한다. "내 방에서 무슨 소리가 들린 것 같아서. 짓밟힌 짐승이 내는 소리 같았어."

잠시 정적이 흐른다. "시작됐어." 안나 마리아가 조그맣게 말한다.

"아." 파울리나는 말한다. 그녀가 다시 사라지자 안나 마리아는 공포를 달래며 이런 식으로 내버려지는 건가 생각한다. 하지만 잠시 후에 파울리나가 다시 돌아와 깔끔하게 접은 헝겊 조각을 내민다. "자, 이걸 다리 사이에 끼워."

파울리나는 피 묻은 시트를 걷어내고 그녀 옆에 앉는다. 파울리나가 손을 들자 그녀는 움찔한다.

"쉬이잇." 파울리나가 안나 마리아를 나무라고는 머리칼을 쓸어내리기 시작한다.

안나 마리아는 똘똘 뭉쳐 있던 뱃속이 조금씩 조용히 풀리는 감각을 느낀다. 창밖에서 아까보다 높이 솟은 달이 은빛으로 베네치아를 적신다.

잠시 후에 그녀는 어둠 속에서 속삭인다. "그럼 이제 남자들이 나를 필리에서 끌어내 결혼할 수도 있게 된 거야?"

"너처럼 특출한 애를? 그럴 리는 없지." 파울리나는 안나 마리아의 어깨를 뒤로 가만히 당겨 침대에 눕힌다. "이제 그만 말하고 자."

공포와 긴장에도 불구하고 안나 마리아의 눈꺼풀이 스르르 감긴다.

트레
TRE

17

베네치아에서 10킬로미터 정도 떨어진 곳에, 본토의 고운 모래가 쌓인 해변과 반도의 두툼한 벽이 양쪽에서 보호하는 그곳에 부라노섬이 있다. 평범한 곳이다. 조용하고 찾는 사람도 없다. 바람이 불면 물로 얼룩진 덧문이 삐걱거리고 섬 가장자리를 뱅 둘러 옥수수와 잡초가 자란다.

진흙이 쌓인 좁은 운하의 후미에서 조그만 시신이 조용히 물살에 떠내려간다. 생후 몇 주밖에 안 되는 여자아이고 수심이 깊어지자 아이를 단단히 감싸고 있던 옅은 색 솔이 풀리기 시작한다. 숨결처럼 가만히, 부드럽게.

야단법석도 소동도 벌어지지 않는다. 아무도 발걸음을 돌려 아이를 건지려 나서지 않는다. 아이는 끈적끈적한 어둠, 뻑뻑한 진흙, 그 최후의 안식처를 향해 그저 떠내려갈 뿐이다.

그 조그만 몸이 강바닥에 닿는다. 퇴적층에 잔물결이 일지도 않는다.

봄바람이 산들거리며 수면에 떠 있는 양피지 조각을 살금살금 건드린다. 거기에 적혀 있던 글씨는 내리쬐는 태양 아래 잉크 자국일 뿐이다. 뭐라고 적혀 있었는지 이제는 아무도 알 수 없을 것이다. 아무도 기억하지 못할 것이다. 이곳의 담벼락에는 구멍이 없다.

쪽지는 부는 바람에 팔딱거리고 뒤틀리다 더러운 거품 속으로 말려들어 운하 가장자리의 흙구덩이로 떠내려가고, 둑을 따라 황급히 북쪽으로 걸음을 옮기던 젊은 여자의 구둣발에 밟힌다. 눈꽃이 사방에서 흩날리며 달려가는 그녀의 꽁무니를 쫓는다. 그녀는 운하 속으로 점점 더 깊숙이 가라앉고 있는 여자아이를 보지 못한다.

어느 문 앞에 다다르자 여자의 숨소리가 거칠어진다. 그녀는 다리가 가늘고 이제 막 열여덟 살이 되었으며 레이스 공장에서 일하기 시작한 지 2년째다.

수녀 하나가 커다란 벽돌 건물 문턱에 서서 기다렸다는 듯이 손을 내민다.

"너는 네가 특별한 줄 아니?" 그녀가 하는 말이다. "너를 대체할 수 있는 애가 100명은 넘게 있는 거 몰라?"

여자는 창피해서 고개를 떨구며 늦어서 죄송하다고 중얼중얼 사과한다. 공장에서 일하는 수수료 격으로 동전 한 닢을 건네고 어깨를 붙들려 안으로 끌려 들어간다. 그길로 오늘은 더 이상 햇빛을 보지 못할 것이다.

안에서는 수백 명의 여자들이 조별로 배정된 나무 책상 위로 허리를 숙이고서 줄줄이 앉아 있다. 각 조별로 도안, 재단, 바느질, 연결, 핀을 통한 고정, 판매 전 마지막 작업을 맡고 있다. 여자가 끈이 엑스자로 교차하는 앞치마를 입고 있어도 그들은 고개를 들지 않는다. 여기에서는 침묵이 필수다.

여자는 바늘을 집고 실을 꿰며 일을 시작한다.

당기고 당기고 비틀고. 당기고 당기고 비틀고.

그녀는 바느질 담당이라 흰색 실로 망사에 이렇게 첫 고리를 만든다. 오늘 수놓아야 하는 400송이 장미의 시작점이다.

당기고 당기고 비틀고. 당기고 당기고 비틀고.

한 시간이 지나자 고관절이 욱신거리기 시작하고 딱딱한 나무 의자 때문에 엉덩이에 감각이 사라진다.

당기고 당기고 비틀고. 당기고 당기고 비틀고.

다시 한 시간이 지나자 그녀는 고개를 꺾고, 어깨를 뒤로 돌리고, 당장 비워달라고 아우성치는 방광을 달랜다. 휴식 시간이 하루에 한 번뿐이라 작전을 잘 짜야 한다.

당기고 당기고 비틀고. 당기고 당기고 비틀고.

아홉 시간이 지난 후에 그녀는 혹사당한 눈을 비비고 누르스름한 촛불을 보며 깜빡인다. 남편은 바다에서 죽었고 병든 노모가 있기에 돈을 벌어야 한다. 그녀는 이 사실을 상기한다. 그녀의 눈은 어둠에 익숙해질 일이 없을 것이다.

당기고 당기고 비틀고. 당기고 당기고 비틀고.

종이 울리자 그녀는 고개를 들고 안도의 한숨을 내쉰다. 그녀는 순금색으로 수놓은 장미 꽃다발을 손에 쥔다. 코를 대고 냄새를 맡고 싶을 만큼 진짜 같다. 이걸 핀으로 한데 연결하면 베네치아공화국에서 가장 인기가 많은 부라노 레이스 숄이 탄생된다. 마치 실이 아니라 공기로 뜬 것처럼 레이스가 나비 날개 못지않게 섬세하다.

그녀는 작업실 맨 끝에서 레이스를 펼쳐본다. 레이스를 어깨에 두르고 이걸 만든 사람이 아니라 산 사람이라고 상상하며 살짝 춤을 추고 싶다. 하지만 바로 그 순간 누군가가 낚아채 간다.

내일 그녀는 다시 돌아와 똑같은 일을 할 것이다. 다음 날에도, 그 다음 날에도. 그런 식으로 몇 년이 지나면 당기고 당기고 비틀다 지쳐, 죽은 남편이 타던 부서진 조각배로 내몰릴 것이다. 그걸 타고 폭풍이 기다리는 깊은 바다로 나서서 다시는 돌아오지 않을 것이다. 마지막 순간에 하늘을 가르는 번개와 함께 바람처럼 울부짖는 순간이 그녀에게는 해방으로 느껴질 것이다.

수레가 바퀴를 덜컹거리며 건물 밖 흙길을 시끄럽게 달리는 소리가 정적을 가른다. 숄은 접어서 깨끗한 리넨으로 조심스럽게 싸고 나무 상자 안에 넣어 밖에서 기다리고 있던 수레에 싣는다. 여자의 이름과 수고는 절대 기록에 남지 않을 것이다.

수레를 끄는 남자가 수녀들에게 얼른 실으라고, 베네치아로 귀항하는 마지막 배에 짐을 실어야 하는데 뛰어가게 생겼다고 고함을 지른다. 무릎이 안 좋아서 뛰어가면 아플 거라고, 하지만 얼른 서둘러주면 늦지 않게 맞춰갈 수 있을 거라고 한다.

그는 땀을 뻘뻘 흘려가며 무거운 나무 수레를 끈다. 바퀴가 덜컹거려서 두 배로 힘들다. 이 귀한 숄이 쏟아져 더럽게 썩은 운하에 처박히지 않게 여러 번 갈지자로 걸어야 한다.

"짐 하나 더 있어요." 포구에 다다르자 그는 바다에서 건진 그물을 머리털처럼 쌓아놓고 고치는 여자들을 지나치며 이렇게 외친다.

그는 물 위에서 가볍게 까닥거리는 조그만 배를 향해 걸음을 재촉한다. 숄을 담은 상자 위로 축축해진 이마에서 땀이 한 방울 떨어진다.

선장은 건널 판자를 내리고 원래 계획보다 지체됐다며 씩씩댄다.

수평선에서 보면 베네치아는 평평하고 고요한 땅이고, 섬들은 바다의 거죽 위를 떠다니는 버려진 옷가지 같다. 하지만 가까이 다가가면 형체가 달라진다. 우뚝한 소리의 산이 된다.

운하는 현, 섬은 몸통이 돼 울리고 섞이고 쨍그랑거리고 휘파람을 분다. 하나의 공간이 거대한 악기가 된다. 공화국에서 흘러나온 소리가 수하물을 싣고 귀항하는 배에게로 전해진다.

이를 뽑는 소리, 쇠사슬 소리에 섞인 마멋의 찍찍대는 울음소리, 배수구의 민달팽이가 오물을 뒤집어쓰는 소리, 길쭉한 유리 케이스 옆에서 군중들이 환호하는 소리, 동전 짤그랑거리는 소리, 한 번 보는 데 1솔도라고 점괘를 알려주는 점쟁이들이 속삭이는 소리, 나무 광주리에서 부스럭부스럭 씨앗을 꺼내 뿌리는 소리, 왕궁 깊숙한 데서 죄수들이 악을 쓰는 소리, 숫돌에 칼날 가는 소리, 남자가 비틀비틀 집으로 들어가 딸깍하고 문을 잠그는 소리.

선장은 머리 위에 달린 돛에 봄바람이 걸릴 때까지 점점 더 고음

으로 변해가는 소리를 따라간다. 비단처럼 펄럭이는 돛이 그가 지금
껏 본 적 없는 만큼 훌륭한 드레스가 될 때까지. 선원들은 가쁜 숨을
몰아쉬고 근육을 불뚝거려 가며 노를 젓는다. 그는 혼자 빙그레 웃
는다. 신기록을 세우며 도착할 것 같다.

　　비쩍 마르고 꾀죄죄한 남자아이들이 바치노 디 산마르코의 항구
에서 시끌벅적하게 어슬렁거리며 일거리를 찾는다.
　　"세 명만 있으면 돼." 선장이 원하는 아이를 지목한다. 그는 믿음
직한 일꾼을 선별하는 데 일가견이 있다. 눈을 보면 알 수 있다.
　　식탁보는 마르치니 저택으로, 장갑은 모체니고 가문으로, 소매 커
버와 손수건의 종착지는 리알토 시장이다. 숄이 담긴 마지막 상자는
그가 직접 배달할 예정이다.
　　나름의 성격이 있는 산들바람이 선장의 꽁무니를 쫓아가며 꼬꼬
댁거리는 암탉의 깃털을 흐트러뜨리고, 꽃잎을 길 저편으로 불어서
날리고, 그 향을 살살 달래 하늘 높이 띄워 보낸다. 선장은 상자를
앞으로 들고서 근처 시장에서 파는 오렌지, 레몬, 토마토 향기를 들
이마신다. 이제 그는 도살장이 있는 쪽으로 모퉁이를 돈다. 쇠 냄새,
살코기 냄새와 섞인 채소 냄새가 느껴지자 인상을 쓴다. 상자를 한
쪽 옆구리로 옮기고 코를 막으려다가 꽥꽥거리는 소리와 콧바람 소
리가 들리자 돼지가 쌩하니 옆을 지나가기 직전 벽에 몸을 바짝 댄
다. 신생아처럼 분홍빛 거죽에 말랑말랑한 돼지는 겁에 질려서 눈을
동그랗게 뜨고 귀를 펄럭이고 있다. 시커먼 개가 그 뒤를 쫓으며 꼬
리를 덥석거린다.

돼지는 젊고 영리하며 죽지 않겠다는 의지로 충만하다. 하지만 상자를 든 선장이 펄쩍 뛰어서 피하고 그와 동시에 그의 옆에서 도축업자가 등장하자 놀라서 어쩔 줄 몰라 한다. 돼지는 도살장 안으로 그대로 돌진한다. 뒤에서 덜거덕 나무문이 닫히고 쿵 하는 소리와 함께 녀석이 꽥꽥대며 우리에 갇히는 소리가 들린다.

도살장 안에도 고아가 있지만 이 아이는 남자아이다. 그 아이에게는 바이올린도 오보에도 음악 교육도 없다. 열 살짜리 아이가 피를 병에 담고 지방을 녹이고 잡은 동물을 씻고 도살업자들의 끼니도 챙겨야 한다. 돼지가 달려 들어오자 아이는 펄쩍 옆으로 피하다 들고 있던 유리병을 떨어뜨려 유리 조각에 엄지를 베이자 비명을 지른다. 비척비척 구석으로 피해 피를 멈추려고 엄지를 빤다.

그 돼지는 오늘 아침에 사료를 먹지 않고 도망쳐 소동을 일으키고 길에서는 개에게 쫓겼다. 아이는 녀석에게 관심이 있기 때문에, 걱정하기 때문에, 그 정도로 좋아하게 됐기 때문에 그걸 안다.

그래서 그는 고개를 돌린다. 그래서 끌려간 그 돼지가 내리친 칼에 목이 잘릴 때 아이의 눈에 눈물이 고인다.

도살업자가 그만 울고 얼른 일을 하라고 재촉하자 그는 머뭇거리거나 망설이지 않는다. 허리띠로 맞으면 얼마나 아픈지 잘 알기 때문이다. 손바닥이 얼얼한 게 벌써부터 통증이 느껴진다. 그는 재빨리 녀석 앞으로 달려가 흐르는 피를 병에 받는다. 흐르는 눈물은 지저분한 소매로 얼른 닦는다.

선장은 씩씩대고 혀를 차며 돼지 소동으로 옷에 튄 진흙을 닦는다. 다시 길을 나서 향수가게를 지나고, 최고의 조향사를 지난다. 고아 소년이 나중에 그 가게로 기름을 배달하면 조향사가 최고의 향을 탄생시키기 위해 새벽에 딴 재스민과 그 기름을 잘 섞을 것이다. 돼지와 꽃의 에센스는 하루 숙성을 거쳐 향수로 증류될 것이다. 선장은 조그만 개를 산책시키러 나온 여자를 지난다. 그녀는 그 향수를 사다가 보석 박힌 통에 부을 테고, 사람들이 알아주길 바라며 손목에 살짝 발라서 은은한 향을 풍길 것이다. 그러고는 일주일쯤 쓰다가 하녀에게 길거리에 쏟아 버리라고 할 것이다.

이제 동쪽으로 부는 바람이 선장의 발자취를 쫓는다. 바람은 어느 창문의 뾰족한 쇠창살에 걸려서 펄럭이던 리본을 낚아챈다. 그걸 선장의 머리 위 하늘로 띄워 기름과 재스민, 오렌지와 토마토, 쇠와 살과 죽음의 냄새 속에서 춤추게 한다. 빨간색 실크 리본이다. 리본은 냄새와 산들바람과 노닥거리며 미로를 지나 산책로까지 선장을 뒤쫓아 간다. 그는 목적지에 도착한다. 석호를 내려다보는 오스페달레 델라 피에타다. 그는 문을 두드리고 기다리고 상자를 건넨다. 어떤 이름을 거론한다.

하늘 위에서 리본은 소리와 만난다. 창살 달린 창문에서 흘러나온, 벨벳 느낌의 관능적인 파란색 소리다. 그 쪽지는 리본과 함께 뱅글뱅글 날아다니다 봄바람이 잦아들자 한 어린아이 앞으로 떨어진다. 네 살 아니면 다섯 살쯤 되어 보이는 그 여자아이는 새틴 모자를 쓰고 레이스 달린 원피스를 우아하게 차려입었다.

아이는 걸음을 멈추고 허리를 숙여 하늘에서 떨어진 선물을 기쁘게 줍는다. 하지만 뜀박질과 술래잡기를 하다가 가쁜 숨을 몰아쉬며 허리를 폈을 때 들리는 벨벳 느낌의 소리들이 그녀의 관심을 독차지한다.

다가가 눈앞의 철문을 붙잡은 아이는 소리가 들리는 쪽으로 시선을 돌린다. 피에타의 위층 어느 방 창문에서 구슬프고 애달픈 바이올린 소리가 흘러나온다. 그 안에서 왔다 갔다 하는 어떤 사람도 보인다. 검은 머리를 길게 기른 호리호리한 여자는 이제 겨우 열일곱 살밖에 안 됐지만 공화국 전역에서 모르는 사람이 없다. 그녀는 인간이지만 그녀의 연주는 그렇지 않다. 꿈 아니면 기억 아니면 머나먼 땅에서 들려오는 뭔가 다른 것이다.

아이는 손마디가 하얘지도록 좀 더 세게 철문을 부여잡는다. 바이올린 소리를 들었더니 리본의 세상 속으로 뛰어들고 싶어진다. 하늘 위로 폴짝 뛰고 싶어진다.

누군가가 그녀의 어깨에 손을 얹는다. 이제 어머니가 그녀의 옆에서 소리가 들리는 곳을 올려다보고 있다.

“우리 딸, 뭘 찾았길래 그래?” 하지만 아이가 아니라 바이올린이 답을 한다.

그들은 소리를 듣고 그 자리에서 얼어붙는다. 어머니는 마치 자신의 희망과 꿈을 듣고 있는 느낌이다. 이 아가씨는, 이 창가의 천사는 이야기를 전달하고 있다. 그녀의 이야기를. 눈앞에 펼쳐지는 그녀의 삶이 보인다. 그녀가 만들 추억이, 그녀가 직면할 선택이 보인다. 그녀는 딸의 어깨를 잡은 손에 더욱 힘을 주며, 아이가 무럭무럭 자라나는 모습을 지켜보고 싶은 그녀의 바람을 듣는다. 음악이 전개되고 풍성해지자 그녀의 죽음이 보인다. 머나먼 훗날에 있을 평화롭고 고요하고 온화한 죽음이다.

마침내 음악이 멎고 어머니가 최면 상태에서 깨어나 보니 인파가 그녀와 딸을 에워싸고 있다. 그중 일부는 레이스 장갑을 끼고 새틴 망토를 둘렀다. 하선한 선장도 그 안에 있다. 나머지는 후줄근한 옷에 피가 튄 앞치마를 둘렀다. 이 아가씨에게 이끌려 이 건물, 이 창문 앞에 모인 베네치아의 시민들이다. 누군가가 그들의 영혼에 말을 건넸다. 그들의 이야기에 숨결을 불어넣었다.

"저 여자 누구예요?" 그중 한 사람이 철문 앞으로 조금씩 다가가며 조그맣게 묻는다.

그러자 뒤편에서 누군가가 대답한다. "안나 마리아 델라 피에타요."

18

쪽지에 따르면 그는 일주일 동안 자리를 비울 예정이라고 한다. 일이 있어서 로마에 다녀온다고.

네가 필리에 오디션 때 연주했던 그 압도적인 곡을 준비해라. 그가 종이를 찢어서 급하게 휘갈겨 쓴 쪽지가 어느 날 저녁 그녀에게 전달된다. 그래서 안나 마리아는 혼자 연습하며 이 시간을 보낸다. 그가 없으면 음악실에 갈 이유가 없기에 그녀의 방에서 연습한다. 그를 찾는 데가 워낙 많다 보니 필리에 연습과 개인 레슨, 양쪽 모두 시간이 줄었다. 그녀는 활을 앞뒤로 움직이며 같은 마디를 여러 번 반복한다. 그가 요령을 가르쳐준 지점, 그녀의 손이 뒤틀렸던 지점에서는 습관적으로 손가락을 역순으로 벌린다. 하지만 이제는 그녀의 손가락이 길고 가늘어졌다. 모든 음을 쉽게 짚을 수 있다.

그녀는 이 곡을 연주할 때 전처럼 고도로 집중할 필요가 없다는 사실을 깨닫고 미소를 짓는다. 지난해에 그녀에게 어떤 변화가 생겼다. 바이올린과 몸에게 맡기고 머리는 완전히 비워도 된다. 필리에도 마찬가지다. 워낙 수준이 높아지고 연주회를 워낙 자주 해서 이제는 행사 때마다 특별히 연습할 필요가 없다.

아래 마당에서 비명 소리가 연달아 들린다. 여자아이들이 술래잡기하는 소리다. 안나 마리아의 손가락이 현을 짚는 속도가 점점 더 빨라진다.

그가 자리를 비우자 남는 시간에 마음껏 연주하고 곡을 쓸 수 있다. 그래서 오래전부터 알고 있었던 곡의 새로운 면모를 발견하고 평소에는 너무 바빠서 제대로 발전시킬 수 없었던 단편적인 악상들을 다시 끄집어내기 시작했다. 매일 새벽, 동이 트자마자 눈을 뜨면 창의적인 발상이 떠올라 침대에서 벌떡 일어나게 된다.

그녀는 땀을 흘리며 연주를 마치고, 열어둔 채 침대 위에 올려놓은 케이스에 바이올린을 넣는다. 상체를 숙이자 가느다란 은 체인 목걸이가 앞으로 쏟아진다. 그녀는 허리를 펴고 모르는 사람이 보낸 이 선물을 어루만지며 지금쯤 그녀의 계좌에 돈이 얼마나 쌓였을지 궁금해한다. 어마어마하게 쌓인 금화가 빛을 받고 반짝이는 광경을 상상한다.

산들바람이 살랑살랑 창문을 넘어 불어온다. 협탁에 있던 반쪽짜리 트럼프가 바닥으로 한들한들 떨어진다. 간밤에 그 카드를 들고 다시 구석구석 들여다보았다. 어떤 미지의 문을 여는 열쇠다. 그러다 악몽에 등장하는 물이 발 주변으로 고이기 시작하자 그 아래로 끌려들어 가기 전에 얼굴을 찌푸리며 안 돼, 제발, 하고 속삭였다.

그녀는 허리를 숙여 나무 바닥 사이에 낀 카드를 집어서 의자 등받이에 걸려 있는 망토 주머니에 넣는다.

문이 끼이익 열리는 소리가 들리자 고개를 돌린다.

"우리 왔어." 파울리나가 고개를 안으로 들이밀고서 말한다. 평소보다 창백한 얼굴로 나무 상자를 들고 있다. "네 앞으로 온 거래. 클라라 수녀님이 가져다주라시길래 들고 왔어."

키아라가 허리를 숙이고 그녀의 옆으로 들어와 등 뒤로 조심스럽게 문을 닫는다.

둘이 날마다 그녀의 방을 찾아오는 것이 일상이 되었다. 얼마 남지 않은 연주회에 대해 물어볼 게 있다거나 연습 중인 새로운 곡의 어느 부분에 대해 조언을 듣고 싶다는 식이다.

"고마워." 안나 마리아는 말하며 뚜껑을 연다. 장미 무늬를 넣어서 금실로 짠 고운 숄이 안에 들어 있다. "다른 상자들이 있는 저기에 놔줄래?" 그녀는 상자 몇 개가 쌓여 있는 방 한쪽 구석을 가리킨다. 상자마다 문장이 찍혀 있다. 부라노 제품이라는 뜻이다.

파울리나는 상자를 거기에 내려놓는다.

"「악마의 트릴」 전에 연주한 거 뭐야?" 키아라가 묻는다. "근사하던데." 그녀의 시선이 안나 마리아의 책상 위에 놓인 오선지 더미, 벨벳 보석 상자와 레이스 달린 손수건과 무라노 유리로 만든 청록색 단지—이것들 역시 최근에 받은 선물이다—사이로 어지럽게 널려 있는 쪽지와 종이 쪽으로 향한다.

안나 마리아의 심장이 철렁 내려앉는다. 그녀는 얼른 오선지를 한데 모은다. 어쩌면 이렇게 방심했을까? 몇 년 동안 잘 숨겨왔는데 오늘은 음악에 푹 빠져서 정신이 없었다. 오선지를 아무나 볼 수 있게 방치해 놓은 줄도 몰랐다.

파울리나가 그녀의 침대에 책상다리를 하고 앉아 안나 마리아의 베개에 잡힌 주름을 펴기 시작한다. 답을 기대하는 눈빛으로 그녀를 올려다본다. 안나 마리아가 오선지를 계속 모으며 뭐라고 하면 좋을지 고민하는 동안 어색한 침묵이 흐른다.

그녀는 손에 들린 오선지를 쳐다본다. 선생님이 전에 뭐라고 했는지 떠올린다. 다른 사람은 믿으면 안 된다고, 그녀처럼 특출한 재능이 있는 경우에는 특히 더 그렇다고 했다.

하지만 잠시 후 그녀는, 한쪽 눈은 쪼그라들어서 감겼고 다른 쪽 눈은 햇빛을 받으며 눈부시도록 환하게 반짝이는 파울리나를 다시 바라본다. 이 아이는 가장 오래된 친구다. 그리고 마침내 그녀의 곁으로 돌아왔다. 키아라는 전부터 안나 마리아에게 잘해주었다. 이 둘과도 공유할 수 없다면 작곡이 무슨 의미일까?

"비밀 지켜줄 수 있어?" 안나 마리아는 묻는다.

"응." 키아라가 바짝 다가온다.

파울리나는 '비밀'이라는 단어를 들으면 항상 화색이 돈다. 이번에도 어둠 속 등불처럼 얼굴을 환히 빛내며 미소를 짓는다. "당연하지."

"나의 안나." 월요일에 복귀한 그가 이렇게 말한다.

자기 이름은 안나 마리아라고 마지막으로 짚고 넘어간 게 언제인지 모르겠다. 1년도 넘었지만 카페 플로리안에서 그가 보였던 냉랭한 반응이 아직까지 기억 속에 남아 있다. 다시는 그런 위험을 감수할 수 없다. 그를 그녀의 편으로 붙잡아 두어야 한다. 게다가 단어 하나이자 그냥 이름일 뿐이다. 이제 더는 상관없다.

그는 그녀보다 나이가 열여덟 살이나 많지만, 시간이 뒤틀리다가 부러지기라도 한 것처럼 둘은 이제 단순한 사제지간이 아니라 친구이자 동등한 관계다. 그녀는 그의 재킷에 묻은 깃털을 떼어주고 그에게서 바이올린 케이스를 건네받아 내려놓는다.

"좀 앉으세요. 숨이 차신 것 같은데."

그는 고맙다는 듯이 고개를 끄덕인다. 그녀는 악기 보관장 옆에 있던 의자를 들고 오고, 옆으로 돌아가 그가 좀 더 편히 쉴 수 있게 재킷과 가방을 건네받는다.

"피날레부터 들려드릴까요?" 그녀는 묻는다. 바르바리고 저택에서 열리는 다음 공연까지 이틀 남았다. 그 곡을 얼마나 빠르게 연주할 수 있는지 그에게 보여주고 싶은 마음이 굴뚝같다.

그는 신이 난 표정으로 허리를 똑바로 편다. 그녀의 말을 듣지 못한 듯, 로마가 얼마나 활기차고 생동감 넘쳤는지 모른다고 말한다. "영감을 받았단다, 안나. 베네치아에서 몇 달 동안 받은 것보다 더 많은 영감을. 거기서 지내는 동안 곡을 하나 완성했지. 너를 위한 곡이다."

그는 허리를 숙여 가방에서 종이를 몇 장 꺼낸다.

"감사합니다." 그녀는 놀란 표정으로 받아든다. 악보에서 소리가 쏟아져 나오자 종이가 그녀의 손안에서 치직거린다.

도입부는 밝고 부드럽고 단순하다. 서두의 몇 마디를 들여다보는 그녀의 입술이 뻣뻣하게 굳는다.

"연주해 보렴." 그가 말한다.

그녀는 그와 가장 가까이 있는 보면대에 악보를 얹고 바이올린을 든다. 실망한 마음이 표정으로 드러나지 않도록 단속하며 이 단순한 이야기를 엮어나가기 시작한다.

그는 흘러나오는 선율에 맞춰 고개를 끄덕인다.

하지만 이내 분위기가 강하고 격렬해진다. 몸을 앞으로 기울이고 집중하며 더욱 열심히 손가락을 움직여야 한다. 그녀가 그를 처음 만났을 때 느꼈던 격정, 그녀와 너무나 닮았던 그것이 담겨 있다. 몸이 점점 뜨거워지고 마침내 색깔들이 눈앞에 등장하기 시작한다.

"거기서는 좀 더 가볍게." 그는 눈을 감고 들으며 말한다. "그 음은 노래하는 것처럼…… 그렇지, 바로 그거야."

이 곡은 처음부터 끝까지 복잡하다. 다채롭다. 그녀와 똑같다.

"어떠니?" 연주가 끝나자 그가 눈을 동그랗게 뜨고 묻는다.

그녀는 그를 쳐다본다. "마음에 쏙 들어요. 진심으로요. 감사합니다."

그는 자리에서 일어나 앞으로 다가와 두 손으로 그녀의 얼굴을 감싼다. 손바닥이 서늘하다.

"내가 무슨 덕을 쌓았기에 이런 천사가 내게 왔을까?" 그가 경외감이 물씬 풍기는 목소리로 말한다.

"천사라뇨……." 그녀는 말한다.

"너는 꼭 인생을 이미 한 번 살아본 사람 같단 말이지. 어떻게 그럴 수가 있을까? 그 어린 나이에 어쩌면 그렇게 표현이 풍부하고 영리하게 연주할 수가 있지?"

그건 그녀도 설명할 수 없는 부분이다. 그냥 느껴지는 대로 할 뿐이다. 여덟 살에 바이올린을 처음 집었을 때부터 그랬다.

"마치 어떤 느낌이냐면…… 그전의 나는 같은 그림을 그리고 또 그리고 있었는데, 스스로가 그러고 있는 줄도 몰랐었단다. 꽃을 그리되 소박하고 예쁘긴 하지만 그래도 꽃일 뿐이라고 생각하면서. 그러다 네가 등장했지. 길들지 않은 너라는 꼬맹이가 그 꽃 아래에 이파리가 있고 그 주변에는 나무와 산, 강과 새가 있다는 것을 보여주었지. 안나, 너는 내게 하늘을 보여주었다. 하느님, 그분을 보여주었다."

그는 체온을 느낄 수 있을 만큼 가까이 서 있다. 수많은 아이들이 그의 신임과 관심을 잃는 동안에도 그녀는 그의 애제자로서 이 자리를 지키고 있다.

계속해 주세요, 멈추지 말고. 그녀는 속으로 애원한다. 하지만 그는 한숨을 쉬고 뒤로 물러나 소지품을 챙기기 시작한다.

그녀는 잠시 꼼짝 않고 서 있는다. 그의 손길이 떠났다는 상실감이 안에서 점점 차오른다. 하지만 바이올린 케이스를 닫는 그를 보며 자부심을 느낀다. 일요일에 있을 공연의 피날레를 점검하지도 않았다는 건 이제 그녀의 능력을 그만큼 믿는다는 뜻이지 않을까. 곧바로 어떤 생각 하나가 떠오른다. 그들이 각자 만든 곡을 공유할 거라면 지금이 기회일지 모른다. 그 오랜 세월 동안 쌓은 유대감이 있으니 이제 그럴 때가 됐을지 모른다.

"사실 저도 선생님께 보여드릴 게 있어요."

그녀는 바이올린 케이스 안에서 이번 주 내내 작업하고 있던 곡을 꺼낸다. 떨어져 나온 안감 속에 숨겨두었던 악보를 펼쳐서 들고 허리를 세운다. 그런 다음 방 안을 이리저리 둘러본다.

그는 이미 사라지고 보이지 않는다.

베네치아 주민들이 웃돈을 지불해 가며 대운하에 사는 이유는 냄새 때문이다. 도로와 운하가 미로처럼 얽혀 있는 이 도시에서는 뜨끈하고 지독한 악취가 1년 내내 사라질 줄 모른다. 하지만 넓은 물줄기가 구불구불 이어지는 여기 대운하 근처는 공기가 더 맑고 상쾌하다. 여러 대저택의 정원에서 풍기는 달콤한 봄꽃 향기와 짭짤한 바다 냄새가 열린 창문을 넘어 흘러들어 온다. 안나 마리아는 지금 그 창문 앞에 서서 아래로 지나가는 곤돌라를 구경하고 있다. 바르바리고 가문에서 초록색, 파란색, 금색의 무라노 유리 조각으로 외벽 전체를 덮은 이 건물을 얼마를 주고 매입했을지 상상조차 되지 않는다.

토요일이고 그녀는 좁은 복도 끝에 서 있다. 정사각형의 납유리가 달린 높은 유리창 앞에 서서 피날레의 마지막 부분을 머릿속에서 돌려보다가 열광하는 청중을 맞이하러 연회실 안으로 들어가려는 찰나 파울리나가 등장한다.

"잠깐 얘기 좀 해."

"지금?" 안나 마리아는 친구를 흘끗 보았다가 문간 너머로 청중을 보았다가 다시 친구를 돌아본다.

파울리나는 걱정이 돼서 상기된 얼굴로 입술을 잘근잘근 씹고 있다.

"그래." 안나 마리아는 말한다. "하지만 길게는 말고."

그들은 필리에의 다른 단원들을 지나 금테 두른 초상화가 잔뜩 걸려 있는 왼쪽 방으로 몰래 들어간다. 천으로 덮인 벽이 그들의 목소리를 흡수한다. "걱정 마." 안나 마리아는 파울리나의 어깨에 손을 얹으며 말문을 연다. "그거 정상적인 반응이야. 나도 공연 전에는 불안하거든. 그렇지만 청중들은—"

"그 말 하려는 거 아니야." 파울리나가 말한다.

"그들은 내가 짐작했던 것보다 훨씬 더 나를 사랑—"

파울리나는 그녀의 팔을 잡는다. "안나 마리아, 내 말을 좀 들어봐. 오늘 저녁 공연 때문에 불안해서 그러는 거 아니야."

"그럼 뭔데?"

"생리 때문에." 파울리나가 조그맣게 속삭인다. "이번 달에 조짐이 없어."

그녀는 두 손으로 아랫배를 감싼다. 안나 마리아는 그 손을 쳐다본다. 방 안의 공기가 빨려 나가는 느낌이다.

"아." 안나 마리아는 생각했던 것보다 날카로운 목소리로 이렇게 외친다. "뭐…… 가끔 그럴 때도 있지 않아? 내가 알기로는—"

하지만 파울리나는 고개를 젓는다. 고개를 떨구며 조그맣고 잠잠한 목소리로 말한다. "지난달에도 조짐이 없었어."

안나 마리아는 파울리나를 빤히 쳐다본다. 친구는 고개를 끄덕인다. 그 작은 동작 하나로 모든 게 와르르 무너진다.

"울지 마." 안나 마리아는 눈물이 파울리나의 뺨을 타고 흐르는 모습을 보고 조그맣게 속삭인다.

손을 들어 눈물을 닦아준다. 평생 느껴왔던 기분을 느낀다. 파울리나는 그녀의 자매이자 그녀의 일부다. 파울리나가 없으면 그녀는 불완전한 존재다.

갑자기 이 방 안에서 어른거리는 다른 어떤 것이 느껴진다. 시커메진 운하처럼 깊고 불길한, 그림자 같은 존재다. 그것이 그들을 다시 갈라놓으려고 기다리면서 지켜보고 있다. 다시 의무실로 내동댕이쳐진 그녀는 생명이 떠난 손을 붙잡고 다른 친구의 이름을 속삭이고 있다. 세 개의 음이 잇따라 등장한다. 진홍색, 청동색, 누르스름한 갈색이다. 몸서리가 인다. 그녀는 그 장면을 어둠 속으로 밀어넣는다.

"같이 고민해 보자. 방법을 찾아보자." 안나 마리아는 말한다.

"하지만 무슨 수로?" 파울리나는 조그맣게 묻는다.

그들을 무대로 소집하는 종소리가 들린다. 둘은 이제 갈라진다. 300쌍의 눈이 그들을 지켜본다. 300쌍의 눈이 탁월한 연주를 요구한다.

웃어라, 안나 마리아. 웃어.

그녀는 조그만 나무 무대의 맨 앞줄에 마련되어 있는 솔로이스트의 자리에 착석하고 나머지 필리에 단원은 뒤에 반원 모양으로 앉는다. 심장이 쿵쾅거린다. 파울리나가……. 상상조차 할 수가 없다. 그녀는 근신실에 갇힐 것이다. 회초리를 맞을 것이다. 무엇보다 필리에에서 영원히 쫓겨날 것이다.

그녀를 잃을 수는 없다. 지금에 와서 또다시. 하지만 청중이 지켜보고 있으니 그들의 기대에 부응해야 한다. 집중해야 한다.

그가 앞에 있다.

준비됐니? 그가 눈빛으로 묻는다.

그녀는 숨을 훅 들이마시고 고개를 끄덕인다. 그가 팔을 든다. 오케스트라가 날개를 펼치고, 색깔들이 요동치며 안나 마리아를 관통하고 연회실을 감싼다. 그녀의 바이올린이 하나의 현과 만났을 때 그녀는 뱃속이 뒤틀리는 것을 느끼고 동작을 멈춘다. 뭔가가 아주 잘못됐음을 깨달을 수 있다.

이게 무슨 일이지? 이 곡은 뭐지? 그녀는 경악한 눈빛으로 그를 흘끗 쳐다본다. 그가 코렐리를 주문하고 있다. 이건 그녀가 오디션 때 연주한 피날레가 아니다. 「악마의 트릴」이 아니다. 그녀가 연습한 곡이 아니다.

왜 그러니? 그가 묻고 있다. 시작해야지.

하지만 그녀는 고개를 젓는다. 아니잖아요. 이거 아니잖아요.

동그랗게 뜬 눈과 미묘한 움직임으로 이루어진 그들의 말없는 대화는 몇 초 만에 끝이 난다. 그는 계속 지휘하며 안나 마리아가 등장하는 부분을 향해 필리에를 이끌고 간다. 2년 전에 무대에서 딱 한 번 연주한 적 있는 부분이다.

이럴 수는 없다. 지금이라니. 파울리나의 소식을 들은 이때라니. 그 위로 어떤 생각 하나가 머릿속을 스쳐 지나간다. 거의 느낄 수 없을 만큼 작은 의혹이 머릿속 저 깊은 곳에서 꿈틀거린다.

그가 일부러 이러는 걸까? 아직도 내게 벌을 주고 있는 걸까?

늘 그러듯 그녀의 앞에는 악보가 없다. 얼른 뒤로 달려가 키아라의 어깨너머로 훔쳐볼까? 자리에서 일어설까? 도망칠까? 하지만 그럴 시간이 없다. 그럴 만한 시간이 전혀 없다. 필리에 단원들은 처음 몇 마디를 반복하며 바이올린 수석을 기다리고 있다.

온 세상이 점점 좁아져 점 하나만 남는다. 그에게만 초점이 맞추어진다.

그가 그녀를 보며 고개를 끄덕인다. 알잖니. 해내야 해. 지금이야, 안나 마리아, 지금.

하지만 이제는 청중들도 무슨 일이 벌어지고 있는지 알아차릴 가능성이 있다. 안나 마리아의 눈에 눈물이 고이고 손이 떨리기 시작했다.

그녀는 생각나는 딱 한 가지 방법을 따른다. 눈을 감는다. 심호흡을 하고 세상을 멀찌감치 밀어낸다. 소리가 그녀를 집어삼킬 수 있게, 목구멍을 타고 쏟아져 들어와 호흡할 수 있게 한다. 그러자 그녀가 변형된다. 소리와 말처럼 설명할 수 있는 건 존재하지 않는 다른 시간대로 이동한다. 마치 그림을 건드리자 손이 그 안으로 빨려 들어가고, 액자를 넘어 그 안에서 그 세상의 색과 질감을 살펴볼 수 있게 된 것 같다. 그녀는 이제 밖에서 안을 들여다보고 있는 사람이 아니다.

연주가 끝나지만 그녀는 객석을 쳐다볼 엄두가 나지 않는다. 고조되는 떨림을 느끼며 한쪽씩 눈을 뜬다. 그러고는 눈을 깜빡인다. 청중들이 기립해 있다. 무대 위에서 깃털과 보석이 굴러다니고 사람들이 울고 있다. 그녀와 함께 여행한 것이다. 그녀가 그들에게 기적을 선물한 것이다.

피에타로 돌아가려고 나서 보니 최소 50명은 됨직한 사람들이 저택 입구에서 서성이고 있다. 열린 창문 너머로 흘러나온 그녀의 연주를 들은 동네 주민과 관광객들이 갈매기가 수산시장에 끌리듯 그 앞으로 모여든 것이다.

"안나 마리아, 안나 마리아." 그들은 코를 찌르는 땀 냄새를 풍겨가며 그녀의 이름을 연호한다. 그녀를 만져보려고 손을 내민다.

그녀는 그들의 함성을 거의 듣지 못한다. 몰려드는 사람들의 체취도 거의 느끼지 못한다. 누군가가 그녀의 망토를 잡아당긴다. 그녀는 걸쇠에 목이 눌려 컥컥댄다. 키아라가 그 손을 쳐서 치운다. 안나 마리아는 파울리나를 붙잡고, 그녀에게 매달려 이름을 연호하는 사람들을 헤치고 나아간다. 마달레나 수녀가 그들을 쳐서 떼어내고 다른 수녀들과 함께 방벽을 쳐가며 그들을 피에타 안으로 호위한다.

"다들 미쳤나 봐요!" 안나 마리아는 숨을 헐떡이며 그들을 뒤돌아본다. 동네 주민들 몇 명은 숫제 철문을 잡고 흔들고 있다.

"흥분해서 그래. 너를 두고 하늘에서 직접 내린 선물이라 생각해서." 키아라가 말한다.

안나 마리아는 앓는 소리를 내며 서늘하고 어두컴컴한 복도를 지나 그녀의 방으로 앞장선다. 안에 들어가 보니 책상 한쪽 구석에 리본 달린 상자가 높다랗게 쌓여 있다. 꽃병에는 말라서 먼지를 뒤집어쓴 꽃다발이 꽂혀 있다.

그녀는 문을 닫고 파울리나를 돌아본다. 파울리나는 침대에 수북이 쌓인 실크 보자기를 한쪽으로 치우고 앉아서 이렇게 말한다. "……놀라웠어, 안나 마리아. 어떤 곡을 연주하면 될지 어떻게 알았어? 너를 보고 있으려니까 꼭—”

“범인이 누구야?” 안나 마리아는 그녀의 배를 가리키며 묻는다.

“사납게 굴지 마.” 파울리나가 말한다. “그래봐야 아무 도움도 안 되잖아.”

“누가 그랬는지 말해. 수녀님들께 말씀드리고 정식으로 항의하게.” 안나 마리아는 주먹을 불끈 쥔다. 분노가 몸속 여기저기에서 폭발한다. “범인이 누구인지 몰라도 가만두지 않겠어.”

“그러지 마, 제발. 분란 일으키고 싶지 않아.”

“분란 일으키고 싶지 않다고?” 안나 마리아는 카랑카랑하고 부자연스러운 어투로 친구가 한 말을 반복한다. 구역질이 치밀지 않았다면, 무서워서 죽을 것 같지 않았다면 웃음을 터뜨릴 수도 있었을 것이다.

둘은 잠깐 동안 서로 노려본다.

“이름을 대.” 안나 마리아는 강요한다. “그 인간을 보호하려는 이유가 뭐야?”

파울리나의 가슴이 빠르게 들썩이고 두 뺨이 새빨개진다.

“파울리나?” 키아라가 다가가 한 팔로 그녀를 감싸안는다. “무슨 일인데 그래?”

“아이가 생겼어.” 파울리나가 말한다. 눈물이 뺨을 타고 흘러내린다.

안나 마리아는 으르렁거린다. 왔다 갔다 걸어다니며 언성을 높인다. “어쩌면 그렇게 바보 같은 짓을 저지를 수가 있어! 이제 너는 끝장이야, 모든 게 끝장이라고. 들통나면 너는 필리에에서 쫓겨날 거야. 저들이 너한테 무슨 짓을 저지를지 아무도 모르는 일이야.”

“안나 마리아.” 키아라가 나무란다. “아무리 그래도 그건—”

“나라고 그걸 모르는 줄 알아?” 파울리나가 발끈하며 쏘아붙인다. “나도 알아. 하지만 이게 지금 내 상황이야. 이미 벌어진 일이라고.”

안나 마리아는 그녀의 말은 거의 듣지도 않는다. “없앨 수 있을지 몰라. 분명 방법이 있겠지. 독한 약이라든지 아니면 어떤 기구라든지—”

하지만 파울리나가 침대에서 일어나 안나 마리아를 노려보고 있다. “없애다니, 세상이 우리를 없애고 싶어 했던 것처럼 말이야?”

안나 마리아는 하던 말을 멈춘다.

“그런 짓은 하지 않을 거야.”

안나 마리아는 뭐라고 대꾸를 하려고 입을 벌리지만 속이 울렁이며 뒤집힌다. 그녀는 잠시 운하 저 밑바닥에서 숨을 헐떡인다.

그녀는 키아라 옆에 털썩 주저앉는다. 파울리나도 따라 한다. 그들은 저녁 해가 황혼으로 바뀌는 것을 지켜본다. 이 새로운 현실의 적막 속에서 시간을 그저 흘려보낸다.

안나 마리아는 헉하는 소리와 함께 눈을 뜬다.

발치에서 파울리나와 키아라도 깜빡 잠이 들었는지 셋이서 어린 애처럼 침대에 웅크리고 누워 있다. 안나 마리아는 일어나 촛불을 켜서 협탁 위 촛대에 꽂는다. 아직 어두컴컴한 새벽이다.

파울리나와 키아라를 가만히 흔들어 깨우자 파울리나가 언뜻 미소를 짓는다. 잠의 평온 속에서 현실을 잊은 모양이다. 하지만 곧 일어나 앉아 손을 들어 이마를 이리저리 문지른다.

키아라가 옷매무새를 가다듬고 먼저 말을 꺼낸다.

"어쩌면 그러지 않아도 될지 몰라." 그녀는 마치 방금 전까지 대화를 나누기라도 했던 양 조용히 이렇게 말한다.

"응?" 파울리나가 묻는다.

"……없애지 않아도 될지 모른다고." 그녀는 덧붙이고 파울리나를 돌아본다. "숨길 수 있을지 몰라."

"숨긴다고?" 파울리나는 묻는다. "무슨 수로?"

"우린 고아원에 살고 있잖아. 날마다 담에 뚫린 구멍으로 갓 태어난 아이들이 들어오는걸. 머리를 잘 쓰면 숨길 수 있을 거야."

"흘린 피는 어쩌고?"

"수녀님들이 알아차리지 못하게 둘러대면 되지. 전에도 그런 경우가 있다고 들었어. 배 나온 거 티 나지 않게 헐렁한 원피스 구해다줄게."

안나 마리아의 가슴에서 뭔가가 펄떡거린다. 키아라. 영리한 키아라가 친구를 구할 방법을 찾아낸 것이다. 안나 마리아는 고개를 끄덕이며 자기도 모르게 이런 말을 한다. "너는 어차피 체구도 작잖아. 때가 되면 어디 조용한 데로 가서 우리끼리 애를 받자. 그런 다음 한밤중에 나가서 개를 구멍에 넣는 거야. 개가 네 딸이라는 걸 아무도 모르게."

키아라가 말한다. "필리에서 쫓겨나지 않으려면 그 방법밖에 없다고 봐."

파울리나는 잠깐 아무 말 없이 고민에 잠겼다가 문득 조금 환해진 표정으로 안나 마리아를 쳐다본다. "딸이라고?"

"응. 느낌이 와. 딸일 거야."

19

다음 날 아침에 신문이 배달된다. 손으로 쓴 기사를 인쇄한 종이 한 장짜리다. 화가 카날레토의 신작 「대운하에서 펼쳐진 레가타*」가 러시아의 예카테리나 1세에게 낙찰됐다는 뉴스 아래에 루소가 이런 글을 게재했다.

어제 저녁 바르바리고 저택에서 베네치아는 깜짝 사건을 접했다. 필리에 디 코로의 바이올린 수석 안나 마리아 델라 피에타는 타르타니의 「악마의 트릴」을 연주할 만반의 준비를 마친 상태였다. 그러니 지휘자가 코렐리의 「협주곡 D장조」를 주문했을 때 까만색의 풍성한 고수머리를 자랑하는 이 상큼한 미녀가 얼마나 놀랐을까! 관객들은

* 보트 경주라는 뜻. 여기에서는 곤돌라 경주를 뜻한다.

상황을 파악한 그녀의 얼굴 위로 경악의 표정이 번지는 것을 목도했다. 그 혼란과 흔들림을. 그녀는 준비가 되어 있었지만 곡을 잘못 알았다. 그래서 어떻게 했을까? 그녀는 눈을 감고 기억 속의 작품을 샅샅이 뒤져 코렐리를 연주했다. 그리고 그 연주는 누가 들어도 하늘에서 직접 내린 선물이었다. 우리 앞에는 단 한 가지 확실한 사실만이 남아 있다. 안나 마리아 같은 연주자는 이 세대에도 다음 세대에도 없다는 것. 그녀에게는 두려울 것이 없다. 그녀는 베네치아 역사상 가장 뛰어난 여성 바이올리니스트다.

여성 바이올리니스트. 안나 마리아는 마지막 줄을 몇 번 더 읽고 침대에 털썩 주저앉는다. 루소가 그녀의 성별을 굳이 명시한 것이 참 이상하다는 생각이 든다. 가장 뛰어나다면 그냥 가장 뛰어나다고 할 것이지. 그러다 선생님이 떠오르자 심장이 살짝 내려앉는다. 그는 이 기사를 어떻게 생각할지 궁금해진다. 카페 플로리안에서 그랬듯이 이 기사로도 그들의 관계가 위태로워질 수 있다. 그녀가 꿈꿔왔던 모든 걸 이루기 직전인 지금, 그런 위험 부담을 감수할 수는 없다. 이제 다음 차례는 마에스트로가 되는 것이다. 그래야 곡을 발표할 수 있지 않은가.

하지만 1등은 한 명일 수밖에 없다. 가장 위대한 자는 오직 한 명뿐이다. 그녀는 지끈거리기 시작한 관자놀이를 문지른다. 이제 연주할 때마다 이런 식일까? 그와 그녀의 대결 구도로?

그녀는 신문을 구겨 침대 아래로 던진다. 생각하면 골치 아프다. 골치 아픈 건 이제 사절이다.

한 달 뒤 필리에 단원들의 방 사이 복도에서 키아라가 안나 마리아의 앞을 가로막는다. 원피스가 불룩하고 두 팔로는 조그만 꾸러미를 안고 있다. 그녀가 그 커다랗고 검은 눈으로 안나 마리아에게 따라오라고 눈짓한다. 둘은 파울리나의 방문을 끼이익 연다. 오보에가 책상 위에서 노래할 다음 기회를 조용히 기다리고 있다. 안나 마리아의 방에 달린 것보다 작은 유리창을 살짝 열어놔서 오후의 산들바람이 들어온다.

한쪽 팔로 허리를 받치고 침대에 앉은 파울리나가 원피스를 들어 올려 배를 살피고 있다. 운명의 그날 저녁에 대화를 나누었을 때보다 배가 더 둥그스름해졌고 피부가 더 팽팽하게 늘어났다. 배꼽이 지붕 꼭대기처럼 튀어나와서 베네치아의 어느 대성당 같다.

"그걸 왜 내놓고 있어." 안나 마리아는 얼른 앞으로 달려가 파울리나의 작달막한 체구를 덮도록 치맛단을 잡아 내린다. 어제 클라라 수녀의 벽장에서 최근에 슬쩍한 원피스다. 이걸로 한 달 정도 버티다가 그녀나 키아라가 다른 원피스를 또 몰래 꺼내 와야 할 것이다.

"기분이 정말 이상해. 오늘 아이가 움직이는 걸 느꼈어." 파울리나는 계속 허리춤을 내려다보며 말한다.

"그 생각은 하지 말고 아이를 잘 감추는 데 집중해." 안나 마리아는 말한다.

그녀는 친구를 부축해 일으킨다. 이내 키아라가 숨겨놓았던 피 묻은 천을 꺼내 시트에 토닥인 다음 이불 아래로 넣는다. 밤마다 수녀들이 한 달에 최소 한 번씩 핏자국이 남아 있는지 모든 원생의 침대를 확인한다. 안나 마리아와 키아라가 번갈아 가며 그들의 피 묻은 천을 들고 수녀들보다 먼저 파울리나의 방으로 달려오고 있다. 지금까지는 무사히 지나가고 있지만 안나 마리아는 어깨 너머를 계속 흘끗거리고, 마달레나 수녀의 방문 두드리는 소리나 클라라 수녀의 발소리가 들리나 싶어 귀를 쫑긋 세울 수밖에 없다.

"됐다." 키아라가 이불을 다시 잘 정리하며 말한다.

교회 종이 울리기 시작하자 짙은 보라색이 창문을 타고 흘러 들어온다.

"나는 이제 그만 가볼게." 안나 마리아는 그 소리가 그녀를 감싸고 넘실거리는 것을 느끼며 말한다.

그날 저녁에 안나 마리아는 선생님과 나란히 배를 타고 카 레초니코 저택으로 향한다. 돌기둥으로 이루어진 그곳에서 오늘의 연주회가 예정되어 있다.

세상이 전보다 빠르게 돌아간다. 일주일에 세 번 넘게 연주회를 하고, 선생님을 대신해 곡을 쓰고, 거기에 개인 연습과 필리에 연습까지 붙는 일이 허다하다. 이번 주만 해도 키아라, 산차와 함께 피에타 일요 연주회를 진행하고, 업무차 베네치아를 방문한 덴마크 국왕 앞에서 공연하고, 보수가 시급한 레이스 공장 후원금 행사에 필리에 대표로 참석했다. 이제는 한 시간 정도 연주하면 팔뚝이 저리기 시작한다. 하지만 그녀는 쉬지도 투덜대지도 않는다. 새로운 단원이 추가된 마당에 바이올린 수석으로서 어느 누구의 추격도 허용할 수 없다. 이제 그녀는 마에스트로의 반열에 오르기 직전이다.

여름의 열기가 그들 주변에 드리운다. 원피스 겨드랑이 부분이 젖어서 몸에 들러붙는다. 선생님은 무릎을 모으고 앉아 위에 바이올린 케이스를 올려놓고 콧노래를 부르고 있다. 조만간 베네치아공화국을 방문할 러시아의 여제를 맞이하는 행사에서 공개하려고 작업 중인 신곡의 멜로디다. 안나 마리아가 그에게 봄이라는 주제가 어떻겠느냐고 했고 그것이 사계절의 이야기로 발전했다.

그녀도 터득했다시피 음악은 찰흙처럼 이렇게 저렇게 빚을 수 있다. 그들은 알맞은 악기와 알맞은 리듬, 알맞은 분위기를 통해 계절에 성격을 부여할 수 있었다. 봄의 환희는 통통 튀는 멜로디로, 여름의 산들바람은 관능적인 박자로, 가을의 빛과 어둠은 합주의 음량 변화로. 겨울의 변화무쌍한 기세는 한 음을 빠르게 반복 연주해 흔들리는 효과를 연출하는 트레몰로로.

지금까지 그들이 만든 곡 중에 가장 완성도가 높은 작품이 될 것이다. 그는 지금까지 자신이 바라왔던 모든 것이 그 안에 담겼고 모든 세대를 대변할 수 있는 작품이라고 했다. 그녀는 공저자로 이름을 올려달라고 얘기를 꺼낼까 고민하는 중이다. 키아라와 파울리나가 옆에서 부추기고 있는데, 그러면 마에스트로 칭호를 받은 뒤에 그녀가 단독으로 만든 곡을 발표할 때 도움이 될 것이다.

안나 마리아는 그런 생각을 떨쳐버린다. 곤돌라 사공이 충돌을 방지하기 위해 다가오는 배를 향해 그들이 모퉁이를 돌 때까지 기다려달라고 외치는 소리에 집중한다. 그들은 조용히 서로 스쳐 지나고, 뱃전을 때리는 물살을 헤치며 저택 입구에 도착한다.

삼각 모자에 금단추 달린 재킷을 입은 문지기가 장갑 낀 손을 내밀어 바이올린을 먼저 달라고 한다. 하지만 안나 마리아는 바이올린을 내어줄 생각이 없다. 그래서 한 손으로 케이스를 더욱 세게 부여 잡고 다른 손을 내민다. 발이 물에 닿지 않게 조심해 가며 뭍으로 올라선다.

"다섯 번이라고요?" 저택을 나서며 그녀는 외친다. 공기가 당장 이라도 펑 터질 듯이 부풀어 오른다.

"네 인기를 고맙게 생각해야지. 마에스트로, 하는 속삭임이 들리지 않니, 안나 마리아."

다음 주에만 연주회가 다섯 번이다. 그러면 개인적으로 작곡할 시간은 전혀 없을 것이다. 그와 공동으로 작업할 시간도 있을까 말까 다. 파울리나는 키아라가 전담하다시피 해야 할 것이다. 안 그래도 매번 연주를 하고 나면 팔이 욱신거리는데, 그렇게 많이 연습을 하면 불이 난 듯 화끈거릴 것이다. 하지만 마에스트로, 하는 속삭임이 들린다니. 그날까지 얼마 남지 않았을 것이다. 열여덟 살이 되기도 전일 수도 있다.

"맞아요." 그녀는 말한다. "해볼게요."

그들은 대저택 앞 짧은 나무 선착장 옆에서 걸음을 멈춘다. 하지만 기둥에 묶여 있어야 할 곤돌라가 보이지 않는다. 하늘이 천둥소리를 내며 마음껏 침을 튀기기 시작하자 조그만 물방울이 수면 위로 움푹한 구멍을 내며 운하를 마구 휘젓고 번뜩이게 만든다.

"이쪽으로!" 선생님이 한 손으로 머리를 가리며 성문 아래로 달려간다. 안나 마리아도 뒤따라가 어두컴컴한 문간에서 비를 피한다. 2층에서 사람들이 담소를 나누는 소리가 흘러내려온다.

선생님은 숨을 헐떡이며 손수건을 꺼낸다. 기침 발작이 터질 게 분명하기 때문이다. 하지만 기침이 나오지 않자 그는 웃음을 터뜨린다. 조그만 빗방울이 맺힌 빨간 머리가 이슬 맺힌 거미줄처럼 반짝거린다.

그녀도 팔에 묻은 빗방울을 털며 같이 웃음을 터뜨린다. 하지만 잠시 후 그가 손을 들어 그녀의 뺨을 어루만진다. 늘 그렇듯 손길이 서늘하고 부드럽다. 그녀는 숨을 들이마신다. 뭔가가 몸속에서 깜빡거린다.

그의 손이 아래로 향하더니 그녀의 턱을 들어 그와 시선을 맞추게 한다. 그는 자랑스러워하는 표정이다. 그녀는 미소를 짓는다. 그가 베푼 은혜에, 지금도 자신을 돕고 있다는 데 감사의 뜻을 전해야 한다.

하지만 그녀가 말문을 열 겨를도 없이 한기가 스멀스멀 온몸으로 번진다.

그의 손끝이 그녀의 얇고 부드러운 눈꺼풀을 훑는다. 그녀는 성문 모서리에 등을 부딪혀 가며 움찔한다. 하지만 그는 더 바짝 다가와 다른 손으로 팔을 잡아서 그녀를 움직이지 못하게 붙들어 놓는다. 그의 표정이 달라졌다. 굶주린 표정이다. 먹잇감 위를 빙글빙글 도는 독수리 같다.

그의 손가락이 그녀의 눈가에 닿는다. 내밀하고 원초적인 곳이다. 지금까지 어느 누구도 건드린 적 없는 곳이다.

그녀의 심장이 빠르게 뛰고 안에서 나지막한 속삭임이 들린다. 안 돼. 그녀는 뻣뻣해진 몸을 꿈틀거리지만 그는 손을 떼지 않는다. 잡은 손을 놓지 않는다.

하늘이 비명을 지르고, 빗줄기가 수면을 산산이 흐트러뜨린다.

심장이 한 번 뛸 만큼의 시간이 흐르고 잠시 후—

"쉬어라." 그는 어색하게 미소를 지으며 뒤로 물러난다.

그녀의 흔적이 희끄무레하고 딱딱한 점으로 그의 가운뎃손가락에 남았다. 그는 머뭇거리며 회색 눈으로 그녀의 표정을 살핀다.

뭔지 모를 뜨거운 것이 그녀의 목을 타고 올라온다. 웃음을 터뜨려야 하는 시점인 듯하다. 그녀는 숨통이 졸린 소리를 낸다.

물이 다시 하늘로 빨려 들어간 것처럼 비가 갑자기 멈춘다. 안나 마리아는 손으로 벽을 짚고 몸을 가눈다.

문간 너머에서 뭔가가 움직인다. 선생님은 보지 못한다. 그들이 얼른 걸음을 옮기는 순간 누군가가 두건을 쓰고 망토를 흔들며 몸을 돌린다. 잠깐, 나를 두고 가지 마세요. 그녀는 외치고 싶어진다.

역청처럼 번들번들하고 시커먼 그들의 곤돌라가 스르르 등장한다. 공기가 차갑게 따끔거린다.

"좀 쉬어라." 그가 그녀의 자리를 새틴 재킷으로 닦아주며 말한다.

안나 마리아는 더듬더듬 묻는다. "선생님은…… 같이 안 가시나요?"

"나는 좀 걸을까 해서."

물속을 들여다보지 않으려고 애를 쓰며 곤돌라에 올라타는데, 말로 설명할 수 없고 악기로 표현할 수 있을지 자신이 없는 어떤 감정이 느껴진다.

그날 밤에 그녀는 침대 끝에 서 있는다. 어둠 속에 무엇이 있을지 상상하다 보니 잠시 몸을 움직일 수가 없게 된다. 운하 수면을 두드리던 빗방울을 떠올린다. 그녀를 만지던 그의 손가락이 느껴지자 몸서리친다. 하지만 이내 고개를 흔들고 그런 생각들을 숨어 있는 어둠 속으로 밀어낸다.

그는 그녀를 돕고 있었을 뿐이다. 늘 그랬던 것처럼. 앞으로도 그럴 것처럼.

머리가 침대에 닿자 그녀는 조약돌처럼 심연 속으로 빨려 들어간다.

다음 날 아침, 석호는 살아 있는 것처럼 보인다. 청회색에서 어두운 황갈색을 거쳐 은회색으로 물결친다. 안나 마리아는 그걸 지켜보며 겁에 질린다. 얼어붙는다.

필리에의 다른 단원 몇 명이 이미 도착해 리허설 준비를 하고 있다. 키아라가 들어오자 안나 마리아는 돌아본다. 둘만 아는 눈빛을 교환한다.

그녀는 제대로 인사하려고 걸음을 옮기지만, 잠시 후 바닥이 쿵쿵거리며 뭔지 모를 묵직한 것이 일정한 속도로 그들을 향해 다가오는 소리가 들린다. 그녀가 도착하기도 전에, 무슨 말을 꺼내기도 전에 안나 마리아의 뼛골을 타고 두려움이 엄습한다.

마달레나 수녀가 가슴을 들썩이며 교실로 들이닥친다. 급히 오느라 두건이 벗겨져 짙은 회색 머리칼이 길게 한 줄 드러났다. 콧김을 뿜으며 씩씩대는 황소처럼 기운이 넘친다.

"너냐?" 그녀는 으르렁거리며 첼로 연주자 로산나를 향해 달려든다. 헉하는 소리를 내뱉으며 붙들린 로산나의 치맛자락이 위로 치켜

올라간다.

그녀는 치마를 다시 내리려고 버둥거린다. "그게 무슨…… 지금 무슨 말씀을 하시는 거예요?"

다른 아이가 외친다. "무슨 일로 그러세요?"

마달레나 수녀는 치마를 추켜올렸던 손을 놓고 이번에는 바로 옆에 있던 아이에게 달려든다. 아이들은 서로 밀치고 꿈틀대며 그녀와 반대 방향으로 뒷걸음질 친다. 이번에 붙들린 사람은 안나 마리아다. 마달레나 수녀의 굳은살 박인 손이 복부를 누르자 냉기가 뱃속을 한바탕 훑고 지나간다. 마달레나 수녀는 으르렁거리며 손을 뗀다.

"오늘 아침에 식당에서 몇몇 아이들이 수군대더구나. 피에타에 임신한 학생이 있다고." 이제 의자 등받이에 한 손을 얹은 그녀는 문 옆에 서 있는 키아라를 쳐다본다. "누구냐?"

키아라는 안나 마리아를 흘끗 쳐다보고 시선을 떨군다. "저는 몰라요, 수녀님."

"너." 마달레나 수녀는 몸을 돌려 안나 마리아에게 다시 돌진한다. 그녀의 머리칼을 한 움큼 쥐고 뒤로 홱 당긴다. "누구야? 아이를 가진 게 누구야?"

안나 마리아는 쿵쾅거리는 심장을 느끼며 아무 말도 하지 않고 고개만 젓는다.

"마달레나 수녀님, 잠시만요." 키아라가 나지막이 말을 건네며 앞으로 다가온다. "분명 없는 얘기일 거예요. 헛소문에 사람들이 얼마나 이성을 잃는지 아시잖아요. 그리고 필리에 단원일 리 없어요. 저희는 연주에 집중하느라 눈코 뜰 새가 없는걸요."

마달레나 수녀는 안나 마리아의 머리칼을 비틀어 쥔 채 키아라를 노려본다. 하지만 그녀의 대답이 마음에 들었는지 끙 하는 소리를 내며 잡고 있던 손을 놓는다.

문 앞에서 마달레나 수녀는 몸을 돌리고 그들 둘을 노려보며 말한다. "누군지 몰라도 내가 알아내고 말 테다."

안나 마리아는 고개를 뒤로 젖히고 비명을 지르고 싶지만 기를 쓰고 참는다.

그날 오후에 안나 마리아는 방에 서서 클라라 수녀를 대면한다. 허벅지 사이로 땀이 고인다. 밖이 얼마나 더운지 보일 정도라 답답한 공기가 진동하고 떨린다.

클라라 수녀는 매 연주회를 앞두고 연습하는 동안 안나 마리아의 머리를 빗기고 얼굴에 분칠하는 일을 맡고 있다. 곱슬머리를 정수리 위로 하도 높게 쌓아서 목이 아플 지경이다. 연주회 때 입으라며 그들에게 옷을 보내는 후원자들이 많다. 고아가 아니라 그 자리에 걸맞은 사람처럼 보이라는 거다.

"이 옷은 어처구니가 없어요. 거의 움직이지도 못하겠어요." 안나 마리아는 꼭 끼는 새틴 드레스의 긴 소매가 얼마나 답답한지 팔을 들어 보이며 말한다. 허리로부터 겨우 5센티미터 움직이고 끝이다. "이 옷을 입고 무슨 수로 연주를 해요?"

"시뇨레 단돌로가 특별히 보내신 거야. 오늘 저녁에 입으라고 하셨다는 거 너도 알잖아."

"하지만 숨을 못 쉬겠는걸요." 그녀는 말한다. 가슴이 눌려서 답답하다. "검은색 원피스랑 망토 입게 해주세요."

안나 마리아는 벽 촛대 위에 걸쳐진 망토를 향해 몸을 기울이지만 클라라 수녀가 그녀의 손을 찰싹 쳐서 치운다.

"그 망토는 너무 남성적이야. 시뇨레 콘티가 똑같은 걸 입고 다닌다고. 네 미모를 뽐내야지. 네가 요즘 얼마나 예쁜지 아니?"

안나 마리아는 바이올린 쪽으로 몸을 뒤틀어 본다. 옷 얘기나 하고 있을 시간이 없다.

"그것 봐. 연주할 수 있잖아." 클라라 수녀는 이제 볼연지가 담긴 조그만 통을 들고 다가온다. 그걸 손으로 톡톡 두드리고 시뻘게진 손끝을 안나 마리아의 뺨을 향해 내민다.

하지만 안나 마리아가 그걸 보고 으르렁거리자 보디스* 안에 있던 고래수염 코르셋 하나가 부러진다. 그 정교한 장치에 걸맞지 않게 너무 깊이 몸을 숙이고 있었던 것이다. 그녀는 클라라 수녀가 말릴 겨를도 없이 옷을 잡아당기고 리본을 풀어서 새틴 드레스를 바닥에 수북이 벗어놓는다.

안나 마리아가 할 수 있는 건 오로지 집중뿐이다. 멜로디와, 색으로 이루어진 그녀의 세상에 집중하는 것. 연주를 시작하자 팔이 저리기 시작하지만 멈출 수 없다. 멈출 생각도 없다. 통증이 팔을 타고 어깨 쪽으로, 거기에서 다시 가슴 정중앙을 향해 이동한다.

---

* 코르셋 위에 입는 여성 옷 중 하나. 가슴과 허리 둘레에 꼭 들어맞게 제작된다.

다음 날 아침에 리허설을 하러 들어가 보니 그가 교실 앞에 서서 그들 모두를 기다리고 있다. 보면대에 새 악보가 있다. 안나 마리아는 미간을 찌푸린다. 그녀가 모르는 악보다. 언뜻 보니 그의 필체고 검은색으로 뒤덮였는데, 빽빽이 적힌 음표가 위아래로 급격하게 오르내린다. 강렬하고 빠른 곡이다. 대개는 그가 그녀에게 의견을 묻는다. 대개 이런 작품은 둘이 같이 만드니.

"얼른 자리에 앉아서 악기 꺼내라." 그가 이제 왔다 갔다 걸으면서 말한다. 그에게서 어떤 에너지가 느껴진다. 그녀는 바이올린을 목에 댄다.

선생님이 팔을 들고 그들은 연주를 시작한다. 쾌속으로 질주하고 있을 때 그가 그녀를 돌아본다.

"프레스토, 안나 마리아."

그녀의 속이 울렁거린다. 그녀는 눈을 깜빡이며 더 열심히 집중한다. 손가락을 더 빨리 움직인다.

"프레스토라고 했다. 악보 못 읽니? 첫 번째 마디 위에 그렇게 적혀 있잖아."

그녀는 그를 흘끗 쳐다보았다가 다시 악보로 시선을 돌린다. 그녀는 프레스토로 연주하고 있다. 프레스토보다 더 빠른 속도로 연주하고 있다.

그가 박수를 치며 더 빠른, 더 저돌적인 속도를 요구한다. 그녀의 힘줄이 화끈거린다.

"내 말 못 알아듣겠나?" 그가 말한다. "빠르게, 더 빠르게. 더 빠르게 연주하란 말이다!"

팔뚝이 비명을 지르기 시작한다. 하지만 그녀는 마지막 음표까지 더 최선을 다해 밀어붙인다. 손이 욱신거리고 심장이 쿵쾅거릴 때까지. 그러고는 바이올린을 다시 내려놓는다. 그의 눈을 쳐다본다. 그가 천천히 고개를 젓는 모습을 본다. 잔치를 벌일 준비가 된 독수리처럼 그녀에게 꽂히는 필리에 단원들의 시선이 느껴진다.

그녀는 다른 단원들이 모두 빠져나갈 때까지 기다린다.

"영문을 모르겠어요." 그들이 모두 사라지자 그녀는 말문을 연다. "저는 선생님께서 시키신 대로 연주했는데요."

그는 책상 위에 앉아서 눈앞의 악보에 시선을 고정하고 있다. 그녀는 그의 가슴이 위아래로 들썩이는 것을 지켜본다.

"오늘 아침에 키아라가 나를 찾아왔다." 마침내 그가 말한다. "자기가 만든 곡을 들고. 자기도 우리의 이 작은 그룹에 합류해도 되느냐고 묻더구나."

공포가 파도처럼 그녀를 관통한다. 키아라가 그런 짓을 저지르다니. 그녀는 그들을 믿었기 때문에 키아라와 파울리나에게 비밀을 털어놓았다. 그런데 그걸 자기 이득을 위해 이용한 것이다.

"네가 얘기한 게지." 그가 이제 눈을 들며 말한다.

부끄러움이 불쑥 고개를 든다. "아니, 그게 아니라—"

그는 다시 책상으로 시선을 옮긴다. "아무 말도 듣고 싶지 않다."

"그러지 마세요." 안나 마리아는 애원한다. "제가 다 설명할게요."

그는 벌게진 얼굴로 언성을 높인다. "아무 말도 듣고 싶지 않다니까! 나가라. 내 눈앞에서 사라져."

그녀는 할 말이 더 이상 떠오르지 않는다. 손목에서 시작된 두근거림이 온몸으로 번져 마침내 심장이 뛸 때마다 북소리가 난다.

키아라 델라 피에타가 모든 걸 망쳐놓았다. 키아라 델라 피에타는 저주를 받을 것이다.

20

필리에 단원 몇 명이 2층 복도 끝에 동그랗게 모여서 산수를 가르치는 시뇨레 페로티를 기다리고 있다.

아니나 다를까, 키아라는 웃고 있다. 아니나 다를까, 자기 말에 귀를 기울이는 아이들을 거느리고서 윤기가 흐르는 자기 머리칼을 쓰다듬으며 미소를 머금고 있다.

그 앞에 다다르기도 전에 안나 마리아의 입에서 폭언이 쏟아진다. 다른 아이들이 쓰는 걸 듣기만 했고 뜻도 잘 모르는 말들이다.

상처를 받은 듯한 키아라가 물러서며 휘청거린다.

"뭐라고?" 그녀는 눈을 동그랗게 뜨고 묻는다. "안나 마리아, 너 지금—"

"네가 말했지!" 안나 마리아는 이제 그녀의 바로 앞까지 들이닥친다.

왜 그러는지 알겠다는 표정이 키아라의 얼굴을 언뜻 스치고 지나간다. "여기서 이러지 말자." 그녀가 언성을 낮추고서 말한다.

"별일 없는 거지?" 한 아이가 묻는다.

"응. 잠깐 나갔다 올게."

안나 마리아는 키아라를 뒤에 거느리고 씩씩대며 왔던 길을 되짚어간다. 나선형 계단을 지나 마당에 심긴 팽나무 옆으로 나간다. 작렬하는 태양 아래에서 이파리가 번들거리고 가지에는 짙은 빨간색의 조그만 열매가 점점이 달렸다.

"안나 마리아, 설명을 하자면……." 걸음을 멈춘 키아라가 한 손을 코르크 같은 나무 몸통에 얹으며 말한다.

안나 마리아는 홱 돌아본다. "비밀이었어. 내가 말했잖아. 비밀 지켜달라고."

"나 때문에 난처하게 됐다면 정말 미안해. 나는 그냥……." 그녀는 머리칼을 쓸어 넘긴다. "나는 필리에 단원으로 활동한 지 몇 년째야, 안나 마리아. 그리고 거기에 대해 감사하게 생각해. 진심으로. 하지만 선생님은 나한테 특별한 기회를 주신 적이 없어. 나도 뭔가 새로운 일, 다른 일을 하고 싶었는데. 네가 공연 스케줄 때문에 바쁘고 작곡 일이 선생님과 너, 두 사람 모두에게 부담이라면 돕는 사람이 좀 더 필요하지 않을까 생각했어. 나도 같이 작업을 할 수 있지 않을까 생각했어. 몇 달 전부터 쓰던 곡이 몇 개 있거든."

"같이 작업을 하고 싶었다면 미리 말을 했어야지." 안나 마리아는 이렇게 말하고 다시 덧붙인다. "몇 달 전부터 쓰던 곡이 있었다고? 왜 진작 말을 안 했어?"

"그게 그냥, 어쩌면—"

"어쩌면 뭐?"

"네가 너무 야심만만하잖아!" 키아라의 두 손이 허공으로 날아오른다. "마에스트로가 되겠다는 일념뿐이라 가끔은 네 앞을 가로막았다가는 각오해야겠구나, 하는 생각이 들 정도야."

안나 마리아는 몸에 힘이 들어가는 것을 느낀다. "우리는 날마다 서로 경쟁하잖아. 위대한 음악가가 될 수 없다면 다른 선택지가 뭐가 있겠어?"

"나는 그냥…… 내가 선생님께 말씀을 드리는 걸 네가 괜찮아할지 자신이 없었어."

"어째서? 내가 뭘 어쨌길래 그렇게 생각을 한 거야? 나는 너랑 친구처럼 지낸 죄밖에 없는데."

"모르겠어. 나는……." 키아라는 괴롭고 불편해하는 표정으로 잠깐 말을 멈춘다. "네가 네 경력에 가장 보탬이 되는 길을 선택할 거라는 생각이 들었어."

맞는 말이라 안나 마리아의 폐부 깊숙한 곳이 뜨끔하다. 음 세 개가 날아올라 그녀를 향해 흘러온다. 진홍색, 청동색, 옅은 갈색이다. 그녀는 고개를 저으며 모르는 사람 대하듯 키아라를 빤히 쳐다본다.

"키아라, 안나 마리아. 이게 무슨 일이야?" 파울리나가 부른 배가 허락하는 한도 내에서 최대한 빨리 마당을 달려오며 묻는다.

"가자. 쟤는 믿을 만한 애가 못 돼." 안나 마리아는 영문을 몰라 하는 파울리나의 팔을 잡고 반대편으로 끌고 가기 시작한다.

"하지만 안나 마리아, 우리는 키아라의 도움이 필요해. 애기는 어쩌라고? 그리고—"

"안나 마리아, 그러지 마!" 키아라가 외친다.

안나 마리아는 키아라가 움찔할 정도로 홱 돌아본다. "우리 건드리지 마." 그녀는 소리를 지른다. "우리 근처에 오지도 마, 내 근처에 오지도 마."

다음 날 음악실로 찾아가 보니 문이 잠겨 있다. 주중에는 날마다 오후 기도가 끝난 직후에 개인 레슨을 받기로 되어 있는데도 말이다. 그녀는 문고리를 잡고 흔들고 얼룩덜룩한 유리창 안을 들여다보다가 온몸이 오싹해지는 것을 느낀다. 천천히 왔다 갔다 하는 어둑어둑한 형체가 보인다.

그녀가 왔다는 사실을 그가 모르는 것일 수도 있다. 그녀는 문을 두드리고 그의 이름을 조그맣게 불러본다. 하지만 아무 대꾸도, 움직임도 없다. 그녀는 문고리를 놓고 천천히 복도를 되짚어 간다.

냉전기가 또다시 시작된 것이다. 처음은 이런 식이다. 그리고 여기서 다음 단계는 두말하면 잔소리지만 방출. 아찔하고 겁이 난다. 방으로 돌아가야겠는데 어디로 방향을 꺾어야 하는지, 어느 길로 가야 안전한지 모르겠다. 깨어 있는 동안에는 익사하는 기분을 느낀 적이 없었는데, 그건 항상 꿈속에서만 벌어지는 일이었는데, 이제는 아니다. 더는 그렇지 않다.

방에 들어가 보니 책상 위에 그가 휘갈겨 쓴 쪽지가 있다. 텅 빈 트렁크가 입을 벌린 채 침대 위에 놓여 있다.

조반니 바르바리고 추기경께서 시골 별장으로 너를 부르셨다. 오늘 오후에 출발하도록.

안나 마리아는 파울리나를 찾기 위해 달려 나가려 하지만 그녀가 이미 방문 앞에 서 있다.

"시골 별장으로 불려 가게 됐어. 얼마 동안 가 있을지는 모르겠고."

불려 가는 게 아니다. 쫓겨난 거다.

"나 혼자 잘 지낼 수 있어." 파울리나가 그녀의 손을 잡으며 말한다. "진짜야. 아이가 태어나려면 몇 달은 더 있어야 하고 네가 훔쳐다 준 원피스도 풍성하니까. 이제 적응도 됐고 하니까 다녀와. 지금보다 상황이 더 골치 아파지기 전에."

파울리나의 두 뺨이 점점 발게지는 걸 보면 이 말이 진심이 아니라는 걸 알 수 있다. 하지만 그들로서는 선택의 여지가 없다. 그녀는 짐을 싼다.

안나 마리아는 베네치아를 떠날 날을 꿈꾸어 왔다. 자유를 향해, 영감을 향해 뛰쳐나갈 날을. 하지만 빌라 바르바리고는 그런 곳이 아니다. 정원과 분수, 셀 수 없이 많은 발코니와 작은 탑을 갖춘 이 거대한 건물은 근신실만큼이나 숨이 막힌다.

그녀는 별장과 반대편으로 자갈이 깔린 오솔길을 걸으며 완벽하게 다듬어진 산울타리를 발로 걷어찬다. 저 멀리서 수도승들이 웅얼웅얼 예배하는 소리가 들리고 뜨거운 햇살이 그녀의 목덜미에 내리꽂힌다.

뒤에서 사탕을 빨아먹기라도 한 것 같은 매끈한 음성이 들린다.

"우리 삼촌께서 이 쉼터를 구상하셨을 때," 바르바리고 추기경이 한 손을 그녀의 어깨에 얹으며 말한다. "성난 구둣발에 차일 가능성을 염두에 두지는 않으셨을 것 같구나."

"죄송해요." 안나 마리아는 우물우물 말한다.

그는 그녀를 가볍게 토닥이고 정원 사이를 지나 별채로 향한다.

추기경은 뭐 그리 나쁘지 않다. 그는 하루 종일 기도한다. 그녀는 낮 동안 자유롭게 부지를 돌아다니며 그물처럼 얽혀 있는 여러 정원을 살필 수 있다. 연습을 할 수도 있고 해야 하지만 그럴 필요성을 느끼지 못한다.

저녁이 되면 벽에는 돌을, 바닥에는 고동색의 화려한 러그를 깐 길쭉한 응접실의 한쪽 끝에서 깜빡깜빡 조는 추기경과 옆에서 호들 갑을 떠는 그의 보좌진을 앞에 두고 그와 함께 만든 곡을 연주한다. 추기경의 코 고는 소리 때문에 집중이 잘 되지는 않는다.

그녀는 이제 구불구불한 돌다리 위로 올라가 토끼섬으로 해자를 건너간다. 이번 주 내내 오후에는 이 길을 걷고 있다. 어렸을 때 클라라 수녀에게 들은 이야기가 사실이었다. 이 섬은 실제로 존재하는 곳이다.

그녀는 융단처럼 완벽한 풀밭 위에 책상다리를 하고 앉는다. 조그맣고 토실토실한 동물들이 그녀의 무릎 위를 폴짝 지나가자 미소를 짓는다. 하지만 그 미소는 이내 사라진다. 녀석들의 살날이 얼마 남지 않았다는 것을, 예리한 칼과 도마가 녀석들 모두를 기다리고 있다는 것을 알기 때문이다.

그 생각이 들자 색깔 하나가 떠오른다. 강렬한 빨간색이다. 고개를 들어보니 머리 위 하늘에서 그 색이 그녀를 부르고 있다.

아니야. 이제는 곡을 써봐야 아무 의미 없어.

하지만 잠시 후 이번에는 파울리나와, 그녀의 뜻과 상관없이 점점 부풀어 오르는 배가 생각난다. 그러자 노란색이 보인다. 그 색이 빨간색 옆으로 둥실둥실 떠오른다.

이제 그녀는 이 섬에 앉아 있는 자기 자신에 대해 생각해 본다. 재능을 뽐내기는커녕 오로지 피곤에 전 늙은이에게 여흥을 제공하기 위해 불려온 영재. 펄떡거리며 피가 뜨거워진다. 그러자 해자에서 점점 더 많은 빛깔이 빙글빙글 하늘로 솟구쳐 오른다. 그 빛깔들이 그녀를 부르고 어떤 멜로디를 읊으며 악보에 악상을 옮겨 적으라고 말한다.

그녀는 당장 벌떡 일어선다. 다른 잡생각에 가로막히기 전에 종이를 가지러 자갈을 튀겨가며 달린다.

밤이 되자 거대한 기둥 네 개짜리 침대에 누워 반쪽짜리 트럼프를 쳐다보는데, 깊고 사나운 공포가 온몸에 엄습한다. 그녀는 물속으로 고꾸라진다. 사위가 어두워진다. 몸을 뒤집고 발버둥 치고 손을 내밀지만 앞이 보이지 않는다. 손끝에 닿는 튼튼한 현과 악기의 매끈한 형체가 느껴진다. 그걸 붙들어 목을 잡고 몸을 위로 끌어 올려본다. 하지만 물살에 휩쓸린다. 매일 밤마다 점점 더 멀리 떠내려간다. 둥실둥실 사라진다.

월요일 오전 나절. 인도를 메운 수천 명이 박수하고 환호하며 통령을 기다린다. 오늘 그가 배를 타고 석호에 금반지를 던져 베네치아공화국의 해상권을 선포할 예정이다.

자리를 비운 지 2주밖에 되지 않았는데 모든 게 달라진 느낌이다. 나선형 계단 발치에 서 있는 안나 마리아의 귀에, 군중들의 발소리 사이로 필리에 연주 소리가 들린다.

왜 이 시각에 연습을 하고 있을까? 그것도 그녀 없이. 한데 섞인 소음의 과부하로 머리가 지끈거린다. 그녀는 한 손에 든 바이올린을 흔들며 계단을 달려 올라간다. 문간을 힘차게 지나 음악실 안으로 들어간다. 소리가 딱 끊긴다. 파울리나는 그녀를 올려다보고 키아라는 입을 벌리고 다른 아이들은 어색하게 부스럭거린다.

"아, 안나 마리아!" 그는 바이올린을 내리고 웃으며 그녀를 똑바로 쳐다본다. 밖에서 군중들이 괴성을 지른다. "돌아온 걸 보니 반갑구나. 전원 생활은 즐거웠겠지?"

왜 그런 말을 하는지 이해가 되지 않는다. 안나 마리아는 파울리나를 흘끗 쳐다본다. 그녀는 보일락 말락 하게 고개를 끄덕인다. 안나 마리아는 고개를 살짝 갸웃한다.

"네…… 좋았어요. 감사합니다." 그녀는 말한다.

그는 고개를 끄덕인다. "다행이로구나. 자리에 가서 앉아라." 그가 활로 그녀의 자리를 가리킨다.

그러니까 아직은 그녀가 계속 바이올린 수석인 모양이다. 그녀는 성큼성큼 교실을 가로질러 가서 케이스에서 바이올린을 꺼내 무릎에 올려놓고 꼭 쥔다. 반질반질한 나무를 엄지손가락으로 쓰다듬는다. 인도가 요란해진다. 군중들이 일제히 박수를 친다.

짝. 짝. 짝.

그가 다시 말문을 열어 어떤 곡을 연습 중인지 설명하는 동안 그녀는 교실을 두리번거린다.

"별일 없었어?" 파울리나가 입 모양으로 묻는다.

안나 마리아는 고개를 끄덕인다. 좌석을 따라 일렬로 움직이던 그녀의 시선이 새로운 얼굴 위에서 멎는다. 그녀가 앉은 데서 몇 자리 옆에 조그만 여자아이가 앉아 있다. 체구가 작기도 하지만 나이가 어리기도 하다. 아직 어린애 같다. 안나 마리아는 그녀를 잽싸게 훑어본다. 까만 머리는 한데 뒤엉켰고 눈은 황록색이다. 기껏해야 이제 겨우 열세 살쯤 되어 보인다. 안나 마리아가 필리에에 입단했을 때보다 어린 나이일까? 저 자리에는 왜 앉아 있는 걸까?

그들은 악기를 들고 그의 지휘에 따라 연주하지만 안나 마리아는 온전히 집중하지 못한다. 군중들의 박수 소리, 머리가 쿵쿵 울리는 소리는 그녀의 귀에 들어오지 않는다. 그 아이의 바이올린에서 흘러나오는 소리만 들린다. 감미롭고 관능적이다. 짙고 강렬한 빨간색이다. 안나 마리아의 몸에서 전율이 인다. 너무 훌륭해서 손을 내밀어 바이올린과 그 여자아이, 양쪽 모두를 통째로 삼켜버리고 싶어진다. 맛있게 한입에 꿀꺽. 안나 마리아는 심지어 그 아이가 연주를 멈추고 그녀를 빤히 쳐다보고 있다는 사실조차 알아차리지 못한다.

"무슨 문제 있니?" 그가 안나 마리아 옆에 서서 삐딱하게 미소를 지으며 묻는다.

밖에서는 두툼한 해초가 물가를 때린다. 군중들은 발을 구르며 울부짖기 시작한다. 통령이 배에 올라탔다. 통령이 지나가고 있다.

"아뇨." 안나 마리아는 얼른 교실로 돌아와 앞을 똑바로 쳐다본다. 허파 안으로 물이 가득 들어온 것처럼 짓눌리는 느낌이 든다.

"아무 문제 없어요. 전혀요."

통령의 반지가 반짝이며 허공에서 포물선을 그린다. 그리고 물속 깊숙이 가라앉는다.

"안나." 수업을 마치고 나가려는데 그가 명랑한 목소리로 부른다. 군중들의 광기가 마침내 가라앉았다. 그녀는 몸을 돌려 그에게로 다가간다. "보고 싶었다."

그녀는 어느 정도 시간이 지난 다음에서야 그가 무슨 말을 했는지 알아듣는다. 그녀는 왜 방출되지 않았을까? 그는 왜 화가 풀렸을까?

"저기, 키아라 일은요……." 안나 마리아는 말문을 연다.

그의 표정이 달라지고 미소가 사라진다. 하지만 그는 이렇게 말한다. "그건 지나간 일이다. 다 잊힌 일이다."

"선생님의 심기를 불편하게 만들 생각은—"

"지나간 일이라니까!" 그는 언성을 높이고는 씩씩하게 책상 쪽으로 걸어간다. "이제 다시 우리 일정대로 움직여야지. 네가 시골로 잠시 소풍을 다녀오느라 일이 많이 밀렸으니 저녁 식사를 마친 뒤에 여기서 다시 만나자꾸나."

"진심이세요?" 그녀는 묻는다. 그의 태도가 어딘지 모르게 이상하다. 홀홀 털고 지나갈 수 있게 그의 감정에 대해 대화를 나누면 좋겠다.

하지만 그는 다시 종이 위에 뭔가를 끼적이고 있다. "음?" 그가 고개를 들지도 않고서 묻는다.

바이올린 케이스 가득 담긴 그녀의 작품이 살게 해달라고, 숨통을 틔워달라고 애원하는 것이 느껴진다. 목표까지 얼마 남지 않았다. 정말 얼마 남지 않았다.

"그럼 이따 뵈어요." 그녀는 이렇게 말하고 다시 몸을 돌린다.

"끝까지 용서하지 않을 작정이야?" 파울리나는 한숨을 쉰다.

8월이다. 산책로에서 뿜어져 나온 나른한 열기가 창문을 넘어 산 마르코 광장의 프로쿠라티에 베키에 안으로 들어온다. 이곳은 우뚝한 기둥이 받치고 있는 퇴폐적인 건물이다.

안나 마리아는 알록달록한 음악의 풍경을 혼자 감상하고 있다가 눈 깜짝할 새에 현실로 돌아온다. 그들은 금테를 두른 남자들의 초 상화가 벽에 걸린 휑뎅그렁한 회랑에서 기다리는 중이다. 그녀는 눈 을 번쩍 뜬다.

"용서라니 누굴?"

파울리나는 키아라 쪽을 가리킨다. 그녀는 회랑 맞은편 끝에서 다 른 단원들에게 둘러싸인 채 조용히 바이올린을 조율하고 있다. 안나 마리아는 그런 그녀를 보기만 해도 속이 울렁거린다.

"응." 안나 마리아는 대답한 뒤 친구를 쳐다본다. "오늘은 몸 좀 어때?"

파울리나는 본능적으로 배를 만진다. "좋아. 피곤하고 욱신거리 긴 하지만. 좀 전에 안에서 꿈틀대는 게 느껴졌어."

안나 마리아는 파울리나의 손을 치우고 헐렁해지도록 옷자락을 잡아당긴다. 다행히 파울리나의 체구에 걸맞게 배는 별로 나오지 않았지만 마달레나 수녀가 계속 범인을 찾고 있다. 만전을 기해야 한다.

파울리나가 다시 똑같은 말을 꺼낸다. "쟤는 너를 곤경에 빠뜨리려고 그런 게—"

"그만해." 안나 마리아는 쏘아붙인다.

키아라 생각은 할 겨를이 없다. 지금 당장은. 오늘 저녁에 그들은 러시아의 여제 앞에서 연주할 예정이다. 들리는 소문에 따르면 올 한 해를 통틀어 가장 성대한 연회가 될 거라고 한다. 청중은 그녀가 준비돼 있길 요구할 것이다. 그녀의 모든 걸 요구할 것이다.

안나 마리아와 선생님이 1년 넘게 작업한 곡이 필리에를 통해 공개될 것이다. 환희와 찬양, 향수와 격정이 담긴 이야기가. 매일 밤 야심한 시각까지 자아낸 이야기가. 사계절의 이야기가.

파울리나가 안나 마리아를 따라 회랑에서 벗어나 좁고 구불구불한 계단을 오른다. 안나 마리아의 다이아몬드 귀걸이가 서로 부딪쳐 쨍그랑거린다. 익명의 후원자에게 가장 최근에 받은 선물이다. 머리는 우아하게 하나로 틀어 올리되 가운데로 가르마를 타서 곱슬곱슬한 앞머리를 좌우로 늘어뜨렸다. 다른 필리에 단원들도 뒤에서 따라온다. 그들은 연회장이 내려다보이고 가파른 단이 설치된 무대로 입장한다. 안나 마리아와 다른 바이올린 주자들이 첫 번째 줄, 파울리나와 관악기 주자들이 두 번째 줄, 싱어들이 저 위 꼭대기 줄에 자리를 잡는다. 그는 은색으로 자수를 놓고 큼지막한 레이스 칼라를 단 흰색 재킷을 입고 무대 전면의 단상에 서서 그들을 등지고 연회장을 내려다보고 있다.

안나 마리아가 정중앙의 자리에 앉자 다른 단원들이 물 위로 번지는 잉크처럼 사방으로 펼쳐져 조율을 하기 시작한다. 40대의 악기가 서로 소통하는 따뜻한 소리가 연회장 곳곳으로 퍼진다.

러시아의 예카테리나 1세는 필리에를 마주 보고서, 칼로 무늬를 새기고 진주로 꾸민 옥좌에 위풍당당하게 앉아 있다. 갈색 곱슬머리의 절반은 허리까지 늘어뜨리고 나머지 절반은 정수리에 높다랗게 틀어 올렸다.

선생님이 단상에서 여제를 향해 고개를 숙이자 그녀는 무뚝뚝한 표정으로 한 손을 들어 답한다. 청중은 그녀를 중심으로 산개해 춤을 추고 대화를 나눈다. 다들 밝고 화려한 색상의 새틴과 실크를 두르고 있어서 마치 극락조처럼 보인다.

이제 그가 실크 연미복 재킷의 꼬리를 휙 떨치며 필리에를 향해 몸을 돌린다. 그가 팔을 들고 안나 마리아를 쳐다보자 연주가 시작된다.

고상한 웅성거림이 연회장 사방으로 번지고 노란색과 초록색이 흘러나오기 시작한다. 도입부는 유쾌하고 봄 그 자체처럼 활기가 넘친다. 필리에는 뒤로 물러나고 안나 마리아가 나뭇잎의 트릴을 엮기 시작한다. 그녀는 여제가 미소를 지으며 그 느낌을 몸으로 온전히 받아들이는 것을 지켜본다.

저들은 나를 사랑해.

안나 마리아는 눈을 감고 청중을 시야에서 차단한다. 하지만 연주를 하다 보니 놀랍게도 그녀가 구상한 이야기가 눈앞에서 펼쳐지지 않는다. 나뭇잎이 허공을 가르며 잔물결을 일으키지도, 여름의 꽃봉오리가 뜨거운 태양을 온몸으로 쬐지도 않는다. 멜로디가 공중제비를 넘자 색깔들이 소용돌이치고 온갖 추억이 눈앞을 질주하기 시작한다. 파울리나의 팽팽하게 늘어난 배가 보인다. 아이가 발로 찬다며 몸을 웅크리고 배를 부여잡았던 것도. 키아라도 보이고, 그녀의 배신이 작품에서 마구 휘돌며 쏟아져 나오는 보라색, 암갈색과 한데 어우러진다. 안에서 어두컴컴한 형체가 왔다 갔다 하는 모습을 보며 문 밖에서 떨리는 손으로 문고리를 부여잡고 서 있는 자기 자신도 보인다. 생각이 여기에 다다른 순간 그녀의 안에서 뭔가가 산산이 부서져 이 공간에서 풀려난다. 그녀가 분노로 춤을 추며 솟구치자 빛이 치직거리며 불꽃을 튀긴다. 아래를 내려다보니 청중이 빙글빙글 돌고 있다. 그리고 예카테리나가 옥좌에서 그녀를 쳐다보고 있다.

그녀는 높이, 더 높이 솟아올라 손을 천장에 얹고, 그녀의 손길이 닿자마자 천장이 무너져 내리는 것을 지켜본다. 한 손으로 천장의 나무와 벽돌을 잡아 뜯어 새파란 하늘이 머리 위로 드러나게 한다. 그녀는 시원한 공기를, 색깔을 몸속으로 들이마셨다가 다시 쏟아낸다. 그런 다음 천장 밖으로 기어나가 날아오른다. 뼛속 깊은 곳까지 차분해질 만큼 선명하게 위로 계속 날아오른다. 모든 연주가 끝나 활로 마지막 현을 그을 때까지.

마지막 음이 조용히 사그라들자 그녀는 퍼뜩 현실로 돌아와 눈을 깜빡이며 무대 위에서 객석을 내다본다.

"마에스트로!" 그 안에서 누군가가 외친다.

남자다. 빨간색 벨벳 망토를 입은 남자. 설마? 타르티니가 직접 그 단어를 외친 걸까?

"마에스트로!" 그는 그녀를 향해 두 손을 들고서 다시 한번 외친다.

다른 사람이 자리에서 일어선다. 한 명, 또 한 명이 그 뒤를 잇는다. 이내 모든 청중이 일어나 환호한다. 마에스트로, 마에스트로, 마에스트로.

그녀는 다리를 후들거리며 자리에서 일어난다. 심장이 전보다 더 세게, 더 빠르게 쿵쾅거린다. 그녀의 시간이다. 그녀의 지휘대, 그녀의 꿈이다.

샹들리에에서 은은하게 빛나는 촛불이 그녀의 시야를 방해하고 연회장 곳곳에서 어른거린다. 자부심이 시뻘건 화산처럼 끝없이 솟구친다. 하지만 그와 더불어 너무 뜨거운 열기가 너무 빠르게 그녀를 덮친다. 그녀는 손을 들어 눈부신 빛을 가리려고 한다. 하지만 이번에는 머릿속이 빙글빙글 돌며 현실이 눈앞에서 한데 뒤엉킨다. 몸이 떨리고 얼굴에서 핏기가 가신다. 그녀는 눈을 깜빡인다. 천천히 눈을 길게 감았다가 다시 뜬 순간 헉하고 숨을 토한다.

이제 객석에 사람은 없고 온통 가면뿐이다. 수백 개는 되어 보이는 가면은 하얀 바탕에 검은 눈구멍이 뚫려 있다. 그들이 뒤틀린 입술로 기괴하게 웃으며 그녀에게로 조금씩 다가온다. 안나 마리아는 뒷걸음질 치다가 의자에 발이 걸리자 손을 뻗으며 안 돼, 라고 말한다.

그녀가 그 말을 내뱉은 순간 가면들 사이로 빈 공간이 생긴다. 좌석 사이로 통로가 생긴다. 그리고 그 뒤편에서 뭔가가 움직이더니 새로운 가면이 등장한다. 시커먼 눈과 울부짖는 얼굴들 속에서 그 가면이 돋보이는 이유는 대각선으로 반 토막이 나 있기 때문이다. 그녀가 그 오랜 세월 동안 곁에 두고 있었던 카드와 완벽하게 맞아떨어지기 때문이다.

그 가면이 고개를 갸우뚱하며 그녀를 쳐다본다. 안나 마리아도 쿵쾅거리는 심장을 달래며 마주 본다. 허파에 물이 차기 시작한다. 그녀는 숨을 헐떡인다. 객석에서 누군가가 비명을 지른다. 그리고 마침내 세상이 시커멓게 변한다.

21

내리쬐는 태양이 정사각형 모양으로 그녀의 방 벽을 비춘다. 아직
새벽인데 벌써부터 숨이 막히도록 후텁지근하다.

그녀는 똑바로 돌아누워 천장을 올려다본다. 나무 들보에 홈이 파
였고 금이 가 있다. 얇은 선이 시커먼 나무를 따라 길게 이어지다가
동그랗고 단단한 옹이와 만난다.

간밤에 무슨 일이 벌어진 걸까? 정신을 차려보니 수녀들에게 들
려서 궁궐 밖으로 옮겨지고 있던 기억이 난다. 일어나 앉으려 하자
클라라 수녀가 밀어서 다시 눕혔다. 그녀가 기절하여 실려 나가는
것을 모두가 보았다.

눈앞에서 객석이 조롱하는 가면으로 뒤덮였던 광경이 떠오르자
몸서리가 난다. 너무 생생하고 너무나 공포스러웠다. 그리고 그 가
면. 그건 꼭……. 그녀는 침대 옆 테이블로 팔을 뻗어 반쪽짜리 트럼

프를 손에 쥐고 다시 누워서 카드를 위로 든다. 그 가면을 보았을 때 받은 인상이 문제였다. 물이 허파를 가득 채웠고, 그 압력과 무게가 느껴졌다.

그녀는 카드를 물끄러미 바라보며 숨을 쉰다. 내가 미쳐가고 있는 걸까?

뜨거운 숯덩이라도 되는 듯 카드를 무릎 위로 내동댕이친다. 손으로 쳐서 바닥으로 떨어뜨린다.

하지만 잠시 후 그녀의 머리가 조심스럽게 기억을 더듬는다. 관중과 촛불과 박수갈채와 환호성. 마에스트로.

문이 열리고 파울리나가 햇빛을 맞으며 들어온다. 신문을 움켜쥔 채 침대 끝에 자리를 잡고 앉는다. 둘은 잠깐 동안 말없이 있다가—

"기억나? 우리 어렸을 때 네가 나중에 인증서를 받을 거라고 생각했잖아."

순식간에 그녀는 여덟 살이 되고 아가타는 구석에서 손뼉을 치고 파울리나는 신이 나서 침대 끝에서 폴짝폴짝 뛴다.

"전부 여기 담겼어, 안나 마리아." 파울리나가 신문을 높이 들며 말한다. "너더러 필적할 자가 없대." 자부심으로 그녀의 얼굴이 환하게 빛난다. "네가 해냈어. 네가 장담했던 대로."

안나 마리아의 눈썹이 올라간다. 그녀의 몸은 그 사실을 거의 믿지 못한다. 스스로 할 수 있다고 생각했지만, 할 수 있을 줄 알았지만 그래도 그저 꿈이었던 시절이 너무 길었다. 어린애 같은 바람이었던 시절이. 그녀는 바이올린을 바짝 당기고 엄지손가락으로 나무를 쓰다듬으며 고개를 젓는다. 이제 비로소 실감이 난다. "알아." 그녀는 조용히 말한다. "나도 알아."

허송세월할 겨를이 없다. 더는 그림자 속에 숨지 않을 것이다. 이제는 온 세상에 쉽게 지워지지 않을 흔적을 남기고, 그녀가 만든 곡을 발표하고, 그녀의 잠재력이 얼마나 어마어마한지 만천하에 보여줄 것이다.

그녀는 오선 노트를 손에 들고 씩씩하게 개인 레슨을 받으러 나선다. 몇 년 전에 써놓고 이후로 계속 여기저기 손을 보고 있던 작품을 골라서 들고 왔다. 처음에는 천천히, 모호하게 시작돼 매혹적인 세상에 대한 호기심을 자극하지만 점점 속도가 빨라지면서 이해할 수 있겠느냐며 듣는 이를 도발하는 곡이다. 그녀는 베네치아의 모든 작곡가를 연구했고 이런 작품은 분명 존재하지 않는다는 결론을 내렸다. 이건 새로운 어떤 것, 획기적인 어떤 것이다.

"어서 오거라, 마에스트로." 그가 웃으며 말한다. "어젯밤의 충격에서 좀 회복됐니? 대중 앞에서 대가로 떠받들리는 일이 날마다 있는 일은 아니긴 하지."

기절을 하다니 정말 싫다. 그가 하필이면 이 이야기부터 꺼내다니 정말 싫다. 좀 더 프로답게 상황에 대처했어야 하는 건데. 하지만 그녀는 아무 대꾸도 하지 않는다. 얼른 다른 이야기로 넘어간다.

"선생님께 보여드리고 싶은 게 있어요."

그녀는 가방에서 종이를 꺼내 그에게 건넨다.

그는 궁금해하며 미간을 찌푸린다. 그녀가 적은 음표가 뒷면에 비쳐 보인다. 그 안으로 뛰어들어 함께 이리저리 뒹굴고 싶지만 기를 쓰고 참아야 한다.

그는 첫 페이지의 맨 마지막 부분에 다다르자 보다 말고 고개를 든다. "네가 쓴 거라고?"

"시간이 날 때마다 조금씩 발전시켰어요."

새벽이나 야심한 밤에 만든 곡이 40개쯤 된다는 얘기는 하지 않을 것이다. 몇 년 동안 잠을 아끼고 때로는 굶어가며 갈고닦고 듣고 외운 곡이 그 정도라는 얘기는. 그에게 이 곡을 보여주자. 먼저 이 곡에 대해 뭐라고 하는지 들어보자.

그는 두 번째 페이지, 세 번째 페이지로 넘어간다.

"맙소사." 그가 왼쪽에서 오른쪽으로 시선을 옮기며 숨을 토한다.

"괜찮아 보이세요?" 그녀는 묻는다.

"이건…… 예상의 범주에서 벗어나는구나. 다르고, 참신하다고 할까."

그녀의 얼굴 위로 미소가 번지는 게 느껴진다.

"그걸 연주해 보고 싶었어요. 이제 제가 마에스트로도 됐고 하니 다음 주 일요일에 피에타에서 있을 연주회 때 공개하면 어떨까요?"

두 사람 모두 알다시피 그건 특별한 행사다. 베네치아 사교계 인사 50명을 초대해 피에타 음악 프로그램의 후원을 독려하는 자선 행사다. 푯값도 그 어느 때보다 비싸다. 안나 마리아의 이름 덕분이다.

잠시 정적이 흐른다. 그는 그녀의 악보를 책상에 내려놓고 손바닥으로 누른다.

"이 곡을 공개하고 싶다고 확실하게 말할 수 있니?"

그녀의 시선이 흔들린다.

"마에스트로는 준비가 끝났는지 안 끝났는지 알아야 해, 기억하지?"

오래전 주방에서 허공에 날리던 밀가루가 그의 머리 위로 쏟아지던 때가 불현듯 떠오른다. 확실하게 말할 수 있을까? 그녀는 준비가 끝났을까?

그녀의 몸이 뻣뻣해진다. 맞아. 그녀는 속으로 중얼거린다. 너는 마에스트로잖아.

그녀는 고개를 끄덕인다.

"뭐, 그렇다면." 그는 말한다. "확실하다면 해야지. 오늘은 이 곡을 연습해 보자. 발상이 훌륭하다, 안나……." 그는 말끝을 흐리다 덧붙인다. "마에스트로라고 불러야 하나? 아무튼 발상이 아주 훌륭하다."

"고맙습니다." 그녀는 말한다. 얼굴이 찢어질 듯 미소가 번지는 게 느껴진다.

일요일이고, 안나 마리아는 시원한 피에타 예배당의 무대 위에 앉아 있다.

"준비됐니?" 그가 옆에서 묻는다.

그녀는 간밤에 꾼 악몽을 생각하고 있다가 그의 말을 듣고 번쩍 정신을 차린다. 어린아이가 필사적으로 울부짖는 소리가 들렸고, 트럼프가 계속 맴돌며 심연으로부터 그녀를 따라다녔다. 그녀는 바이올린을 잡은 손에 조금 더 힘을 주며 여기가 어딘지 떠올린다.

너는 여기서 공연하는 걸 좋아하지 않느냐고 얼른 기억을 환기한다. 피에타는 그녀의 집이고, 이 예배당은 그녀가 맨 처음 공연한 곳이다. 그리고 오늘은 특별하다. 오늘은 연주자뿐 아니라 작곡가로서 그녀의 진가를 처음으로 세상에 공개하는 날이다. 그러니 신이 나야 한다. 신이 난다. 그녀는 고개를 저으며 좀 더 똑바로 앉는다.

"그럼요." 그녀는 중얼거리며 애써 정신을 똑바로 차린다. 청중에 집중한다. 그녀의 곡에 집중한다.

둘은 악기를 든다. 서로 시선이 만나자 그녀의 심장이 박자에 맞춰서 뛰기 시작한다. 그녀는 고개를 끄덕이고 활을 긋고 이로써 발랄한 도입부 연주가 시작된다. 그녀는 악보에서 쏟아져 나오는 색채를 따라 이 악장의 제목을 「라 스트라바간차」*라고 지었다. 활기가 넘치고 특이하며 풍성한 잔치 같은 악장이다.

그는 열심히 집중하느라 뻣뻣하게 몸을 세운 반면 그녀는 풋사과와 버찌, 제비꽃과 서양자두 색에 맞춰 몸을 구부리고 비틀며 미소를 짓기 시작한다. 그녀의 손목은 유연하고 몸은 튼튼하며 어깨와 팔의 가는 근육은 그녀가 만든 소리의 필요에 맞게 꿈틀거린다.

음과 음이 프라이팬에서 튀기는 기름처럼 탁탁거리고, 힘차고 생동감 넘치는 멜로디에 청중들이 들썩이기 시작한다. 개별적 움직임이 아니라 팔다리가 백 개 달린 하나의 유기체처럼 움직인다. 가슴들이 일제히 올라갔다가 내려오고 발들이 그들을 감싸고 빙글빙글 도는 색채에 맞춰 바닥을 두드린다. 안나 마리아가 새로운 요소를

* 이탈리아어로 기묘한 것, 색다른 것을 가리킨다.

362

켜켜이 쌓고 그와는 한 번도 시도한 적 없는 멜로디를 탐구하며 재미있게 작업한 곡이다. 음표들이 이리저리 움직이고 소용돌이친다. 바다 거품 같은 담청색이 바람을 맞은 돛처럼 펄럭펄럭 사방으로 번지고 한데 어우러진다. 이내 그녀의 피부도 뜨거운 용암처럼 부글거릴 듯 느껴지지만 상관없다. 중요한 건 이것뿐이다.

마지막 음이 종처럼 의기양양하게 울린다. 청중들은 얼굴을 환히 빛내며 미친 듯이 박수를 친다. 그녀의 심장이 쿵쾅거린다. 그들이 좋아한다. 그녀의 음악을. 그들이 그녀의 음악을 좋아한다!

이 따뜻한 반응이 그녀를 적셔 얼굴 위로 미소가 번진다. 하지만 잠시 후 곁눈으로 들어온 광경에 그녀의 온몸이 차가워진다.

그가 일어서 있다. 그녀가 그를 지켜보는 동안 세상의 속도가 느려지고 객석의 열광적인 박수 소리도 짝, 짝, 짝 하는 슬로모션으로 뭉개진다. 그녀는 고개를 기울이고서 그가 고개 숙여 인사하고 손을 흔드는 동안 소맷단이 흔들리는 것을 지켜본다. 이제는 웃을 기분이 아니지만 그래도 미소를 머금고 눈을 깜빡이며, 그가 자리에 앉으며 그녀에게 일어나라는 신호를 보낼 때까지 기다린다. 거장 안나 마리아. 창작자 안나 마리아. 하지만 그는 허리를 숙이고 악보를 정리하며 로티가 쓴 다음 곡으로 넘어갈 준비를 한다. 그녀의 작품에서 관심을 옮기려고 한다.

그녀의 활이 덜거덕 바닥으로 떨어지는 게 느껴진다.

그는 그녀를 흘끗 노려본다. 활을 주워서 그녀에게 돌려준다.

왜 그러지? 그는 이렇게 묻는 표정을 짓는다.

그녀의 시선이 천천히 악보 쪽으로 되돌아간다. 다음 곡.

객석에서 기침 소리가 들리자 그녀는 번쩍 정신을 차린다. 눈을 깜빡이며 기다리는 그들을 감안해 집중하려고 애를 써본다. 하지만 피가 끓는다. 그녀의 악기가 비명을 지르듯 첫 음을 토해낸다. 청중들은 그야말로 움찔한다. 다음 음은 삐죽빼죽하고 냉랭하다. 그녀는 고개를 저으며 손의 힘을 풀려고 애를 써본다. 하지만 활이 나무를 켜는 톱처럼 움직인다. 바이올린이 반항하고 통증이 팔에 작렬한다.

그가 공을 가로챘다. 자기가 쓴 곡인 척했다.

청중들이 미간을 찌푸린다. 못마땅해하며 투덜대는 소리에 이어 혀를 차는 소리가 들린다. 몇 명이 자리에서 일어난다. 잠시 후 몇 명이 더 대열에 합류해 예배당 입구 쪽으로 걸음을 옮긴다. 그녀의 활이 비명을 지르며 현을 긋는다. 힘줄은 그만하라고 악을 쓴다. 악기에서 나는 소리는 씁쓸하고 날카롭고 신랄하다.

그녀는 바이올린을 치우고 씩씩대며 예배당으로 돌아가는 길에 그를 발견한다. 타르티니가 그녀를 등진 채 세 명의 다른 남자들과 열띤 대화를 나누고 있다. 심장이 쿵쾅거린다. 선생님이 그럴 생각이 없다면 그녀가 직접 얘기할 셈이다. 첫 번째 작품이 그녀가 쓴 곡이었다고, 출간해 줄 사람을 찾고 있다고. 그녀는 가던 발길을 돌려 그의 어깨를 두드린다.

그는 만면에 미소를 짓는다. "안나 마리아! 내 동료들과 인사 나누던 중이었다. 코렐리는 당연히 알 테고, 반디니와 로티는 만난 적 있던가?"

그녀가 세계에서 가장 유명한 작곡가들끼리 만나는 자리에 끼어든 것이다. 숨이 턱 막힌다. 입을 벌리지만 아무 말도 나오지가 않는다. 톡, 톡, 톡 옆구리를 두드리며 손을 떨기만 한다.

남자들은 눈을 깜빡인다. 서로 흘끗거린다.

뱃속이 음악이 빚어내는 빛깔처럼 부풀어 오르며 한데 뭉뚱그려진다. 그녀가 상황을 제대로 파악한 게 맞을까? 어쩌다 보니 오해한 건 아닐까? 선생님이 작곡자가 그녀라는 사실을 더 근사하게 공개할 계획을 세워놓은 건 아닐까? 어쩌면 지금 이 순간에도 추후에 그녀에게 제공할 대가와 기회에 대해 논의하고 있을지 모른다.

타르티니가 눈살을 찌푸린다. "안나 마리아? 무슨 일 있니?"

그녀는 두 다리에 힘을 준다. 선생님이 그녀의 공로를 인정할 작정이었다면 충분히 그럴 수 있었다. 하지만 그는 자리에서 일어났다. 자기가 일어나고 그녀는 말없이 뒤에 앉아 있게 했다.

"여러분." 그녀는 힘차게 말문을 연다. "오늘 저녁 연주회 즐겁게 들으셨나요? 제가 이렇게 세 분께 말씀을 건네는 이유가 있어요. 지난 5년 동안 저는—"

"무슨 일입니까?"

옆에 등장한 선생님이 날카롭게 묻는다. 동그랗게 모여서 호기심 어린 표정으로 그녀의 말에 귀를 기울이고 있는 작곡가들을 살핀다.

"잠깐 실례하겠습니다." 그는 어색하게 미소를 짓는다. 그녀의 팔을 잡고 손끝으로 세게 눌러가며 다른 데로 끌고 간다. 작곡가들은 폭소를 터뜨리고 원이 닫힌다. 안나 마리아는 그 안으로 들어가지 못하고서 예배당 한쪽 구석으로 끌려간다.

선생님의 얼굴이 스트레스로 초췌하다. "오늘 로시 운영위원이 연주회를 보러 오셨던 거 몰랐니? 그분이 피에타 음악 프로그램의 가장 중요한 후원자인 건 너도 알겠지. 그분이 나를 아끼셔서 다행인 줄 알아라. 내년에는 기부를 전액 취소하시겠다는 걸 내가 말렸어."

그녀는 관자놀이를 문지르며 상황을 파악하고 이성적으로 생각해 보려 하지만 말이 먼저 튀어나온다. 더는 담아둘 수가 없다. 쏟아내는 수밖에 없다.

"선생님이 빼앗아 갔어요." 그녀는 그의 눈을 쳐다보며 말한다.

그는 눈을 깜빡인다. "그게 무슨 말이냐?"

"제 곡이 끝나니까 선생님이 일어나서 인사하셨잖아요. 저한테는 눈길조차 주지 않으시고."

그는 미간을 찌푸리며 자세를 살짝 바꾼다. 잠시 후에 답을 하는데, 목소리가 평소보다 고음이다. "평소처럼 청중들에게 인사를 했을 뿐이잖니." 그는 빙그레 웃으며 그녀 쪽으로 손을 뻗는다. "안나, 뭘 그리 호들갑을 떠니. 이 예쁜 얼굴에 어울리지 않게."

"안나 마리아예요!" 그녀는 두 뺨을 시뻘겋게 붉히며 그의 손을 쳐서 치운다.

그는 자기 손바닥을 쳐다보다가 그녀를 흘끗 바라본다. 둘 사이의 공기가 얼어붙는 게 느껴진다. "나를 못 믿니? 그래서 그래? 내가 그동안 그렇게 잘해주었는데?"

"그건 그렇죠. 하지만—"

누군가가 그의 이름을 부른다. 그는 그쪽으로 고개를 돌린다.

"후원하시는 분들과 이야기를 나누어야 해서. 네가 저지른 사고를 수습해야 하거든."

그녀가 뭐라고 답을 하기도 전에 그는 걸음을 옮겨 깃털과 드레스 사이로 사라진다. 그녀는 그를 따라가 이야기를 마무리 지으려고 몸을 돌린다. 하지만 파울리나가 뒤에서 등장하는데, 얼굴이 흙빛이고 배에 손을 얹고 있다.

"우리 이제 가야겠어." 그녀가 말한다.

"말도 안 돼. 아직은 그럴 때가 안 됐잖아. 한참 남았잖아."

안나 마리아는 파울리나의 방에서 그 옆에 무릎을 꿇고 앉아 있다. 몸을 앞으로 내던진 파울리나가 손과 무릎으로 바닥을 짚고서 숨을 헐떡인다. 숨소리가 점점 빨라지더니 비명 소리가 방 안에 울려 퍼진다.

안나 마리아는 온몸에 엄습하는 공포를 느끼며 창문을 쳐다본다.

해가 거의 졌다. 저녁 식사가 끝나가는 시각이다. 조만간 생활관의 자기 방으로 돌아가는 아이들이 이 앞을 잔뜩 지나갈 것이다. 그들은 들키고 말 것이다.

"쉬잇, 조용히 해, 조용히." 안나 마리아는 친구의 손을 잡는다. 하지만 파울리나는 다시 빠르게 짐승처럼 비명을 지르며 그녀의 손을 부여잡는다. 안나 마리아도 뼈가 으스러지는 걸 느끼며 같이 비명을 지른다.

문이 열린다. 키아라가 무명을 한 아름 안고 물이 담긴 작은 양동이를 들고서 등장한다.

"나가, 우리 근처에는 오지도 마." 안나 마리아가 말하지만 키아라는 안으로 들어온다.

"얘 상태가 이런데 어떻게 나가라는 거야?"

안나 마리아는 되받아치고 싶지만 비명을 지르는 파울리나의 손에서 다시 무시무시한 고통이 느껴진다.

"그냥…… 있으라고 해, 안나 마리아." 파울리나는 진통이 오는 사이사이 숨을 토한다. 이마에 고운 땀이 맺힌다. "너희 둘 다…… 여기…… 있어줘." 마지막 단어는 우렁찬 비명으로 복도까지 메아리친다.

키아라가 천으로 입을 틀어막으려고 하지만 파울리나가 꿈틀대며 소리를 지르는 바람에 성공하지 못한다.

"파울리나, 쉿!" 안나 마리아는 문 앞으로 달려가 얼른 닫는다. "그만해. 그렇게 소리 지르면 안 돼."

파울리나는 씩씩대며 다시 한번 아까보다 더 우렁차게 소리를 지른다. 너무 작고 너무 어린 몸이라 이런 고통을 받아들일 준비가 되어 있지 않다. 안나 마리아는 손이 떨리고 축축한 땀이 목덜미에 맺히는 것을 느낀다. 그녀는 자기가 도울 수 있을 줄 알았다. 이걸 숨길 수 있을 줄 알았다. 하지만 그녀는 그저 어린애다. 뭘 어쩌면 좋을지 전혀 모르는 바보 같은 어린애다.

파울리나가 다시 비명을 지른다. 그 소리가 경종처럼, 경보처럼 요란하게 안나 마리아를 관통한다. 그들은 들통날 것이다. 그녀는 모든 것을 잃을 것이다. 마침내 그걸 손에 쥔 바로 이때에. 마에스트로. 작품을 발표할 기회. 기억될 기회. 갑자기 구역질이 올라오고 배가 찢어질 듯이 아프다. 그녀는 친구에게 잡혔던 손을 빼고 자기도 모르게 벌떡 일어난다.

파울리나가 고개를 홱 든다. "어딜 가려는 거야." 뒷걸음질 치는 안나 마리아를 보고, 문 쪽을 흘끗 쳐다보는 안나 마리아를 보고 그녀가 으르렁거린다.

이런 말들이 그녀의 입에서 쏟아져 나온다. "못 하겠어. 나는 여기 있으면 안 돼. 이러다 방출될 거야, 파울리나. 이러다 들키면, 이러다—"

"안나 마리아, 가지 마. 제발 도와줘." 키아라가 다급하게 외친다.

파울리나의 비명 소리가 그녀의 말허리를 자른다. 그와 함께 뭔가가 찢어지는 소리가 들린다. 피가 바닥으로 뚝뚝 떨어진다.

안나 마리아는 그 광경으로부터, 두 친구로부터 몸을 돌린다. 눈물이 앞을 가리지만 두 다리가 허락하는 한도 안에서 최대한 빠르게 문을 지나 복도로 질주한다.

"그럼 가." 진통이 다시 느껴지자 파울리나는 비명을 지른다. 얼룩덜룩한 얼굴 위로 눈물이 쏟아진다. "젠장, 그럼 가버려!"

콰트로
QUATTRO

22

수백 마리의 갈매기가 머리를 수그린 베네치아 주민들 위에서 요란하게 울어대며 하늘을 호령한다. 그들 아래로 잿빛 석호가 보이고, 지나가는 배에 놀란 물고기들로 수면이 출렁인다. 갈매기들은 성난 회오리바람처럼 빙글빙글 돌며 꽥꽥대고, 녀석들의 몸뚱이가 수면을 가르자 그곳에서 물결이 인다.

안나 마리아는 방 안에서 부들부들 떨고 있다. 시트가 땀으로 절었다. 비명 소리가 뇌를 뒤흔든다.

그만. 제발 그만해. 그녀는 이리저리 뒤척이며 애원한다.

하지만 그녀는 점점 더 깊이 빨려 들어가고 비명 소리는 점점 더 커진다. 눈물범벅인 얼굴로 벌벌 떨며 일어나 앉는데 드디어 동이 튼다. 눈을 떠보니 현실이 무거운 철망처럼 위에 매달려 있다. 그녀는 바이올린을 잡아당겨서 끌어안는다.

이런 기분은 처음이다. 사랑받고 싶다는 무지근하고 둔한 아픔이 몸속 깊숙한 데서 느껴진다. 그녀의 재능을 보며 즐거워하는 청중이나 대중이 아니라 머리칼을 가볍게 쓸어주며 다 잘될 거라고 말해주는 사람이 있으면 좋겠다. 너는 못된 인간이 아니라고, 지금까지 일군 모든 걸 지키려면 어쩔 수 없었다고 말해주는 사람. 어쩌면 심지어 오늘은 연주를 하지 않아도 된다고, 여기에서 쉬어도 된다고, 꿈속에서 물에 빠져 허우적대는 일 없이 푹 자도 된다고 말해주는 사람.

하지만 그녀를 달래줄 사람은 없다. 여기에는 그녀 혼자뿐이다.

그녀는 협탁에서 쪽지를 꺼내 손끝으로 부드러운 질감을 느껴본다.

너를 사랑하는 사람이 있었다는 걸 알아주길.

이걸 쓴 사람은 어디 있을까? 그 사람은 왜 그녀를 사랑하고 곁에 두고 보호해 줄 수 없었을까? 그녀는 왜 결국엔 항상 혼자 남겨져야 할까?

당연히 답은 정해져 있다. 그녀는 그런 사랑을 받을 자격이 없기 때문이다. 지금까지 저지른 짓도 있으니.

그녀는 도망쳤다. 비명을 지르며 바닥 위로 피를 흘리는 가장 친한 친구를 두고. 늘 그랬듯이. 어렸을 때 그녀를 사랑해 주었던 딱 두 명 중 나머지 한 명에게, 아가타에게 그랬던 것처럼.

구역질이 파도처럼 밀려온다. 그녀는 이불을 홱 젖히고 구석에 놓인 양동이 앞으로 달려간다. 하지만 하루도 넘게 먹은 것이 없어서 녹황색 쓸개즙만 올라온다. 가슴을 들썩이며 컥컥대도 아무것도 나오지 않는다. 결국 그녀는 휘청휘청 침대로 돌아간다.

그녀는 친구를 두고 도망쳤다. 친구를 두고. 그 생각이 거미처럼 스멀스멀 기어올라 와 그녀를 수면 아래 깊은 곳으로 잡아당긴다. 자리에서 일어나 말 그대로 털어내야 한다. 그녀는 가라앉지 않을 것이다. 가라앉을 수 없다. 아직도 해야 할 일이 너무 많다.

잠시 후에 그가 떠오른다. 그러자 분노가 치밀어 오른다.

이 모든 게 그가 그녀의 인생에 들어오면서부터 시작됐다. 아가타의 곁을 지키지 않고 파울리나를 두 번 배신하게 된 것이. 신속하고 예리하고 선명한 이 깨달음이 그녀에게 원동력을 불어넣는다.

이제 그녀의 이성은 하나의 생각, 오로지 그 생각만을 단단히 부여잡는다. 음악을 통해 그와 정면으로 부딪치겠다는 생각이다.

그녀는 일어나 매트리스를 젖힌다. 그리고 잠시 후 그 자리에서 얼어붙는다.

그녀의 악상으로 터질 것 같고 이리저리 삐져나온 종이들로 두툼하며 그녀의 열정과 추억과 수년의 인생을 음악에 담은 오선 노트가 보이지 않는다.

"잠깐, 나 좀 봐." 키아라가 뒤에서 부른다.

심장이 뛸 때마다 안나 마리아의 관자놀이가 쿵, 쿵, 쿵 울린다. 습한 공기가 그녀를 답답하게 조여온다. 그녀는 계속 앞으로 걸어간다. 뒤돌아보지 않을 것이다.

"안나 마리아, 잠깐만!" 키아라가 외치며 달려온다.

"나 좀 그냥 내버려둬!"

키아라는 우뚝 멈추어 선다. "어제 들통 났어. 수녀님들이 파울리 나를 데려갔어."

안나 마리아는 달리기 시작한다.

"아이가 어떻게 됐는지 모르겠어. 도와줘, 안나 마리아, 제발!"

그녀가 복도를 요란하게 달려 넓은 음악실로 들이닥치자 조그만 벽돌 조각들이 바닥으로 우수수 떨어진다. 그가 앞에서 수업을 하고 있다. 아이들은 열두 살 아니면 열세 살쯤 되어 보인다. 요전 날 오 케스트라에서 본 아이가 그 안에 있다. 검은 머리를 짧게 자르고 먹 음직하게 멜로디를 연주했던 그 아이.

그녀가 들어서자 그는 벽난로를 흘끗 쳐다보고는 그녀에게로 시 선을 돌린다. 그녀는 오늘처럼 따뜻한 날 장작을 때다니 이상하다는 생각을 한다.

"이런 깜짝이야. 얘들아, 마에스트로께서 우리 교실에 오셨다."

그의 표정, 그 말투. 그녀는 잠시 무기력해진다. 아무것도 모르는 아이들은 신나서 미소를 지으며 박수를 친다. 그가 말한다. "……얼 마 전에는 코렐리의 5번을 아주 아름답게 연주한 바 있지. 청중들이 일어나서 박수를 쳤는데—"

"그러지 마세요." 그녀는 그의 말을 물어뜯을 것이다. 그의 생각 을 꼭꼭 씹어서 그에게 다시 뱉어줄 것이다.

"그러지 말라니?" 그는 영문을 몰라 한다.

"내 머리를 토닥이면서 똑똑한 천사라고 하지 마세요. 나를 조롱 하지 마세요. 선생님은 내 아이디어를 가져다가 자기 것인 양 포장

했어요. 내가 열세 살이었을 때부터.”

그의 얼굴이 실룩거린다. “안나 마리아. 지금 무슨 말을 하는 거냐?”

“이 아이들이 듣거나 말거나 상관없으신 거죠?”

그는 한숨을 쉰다. “알겠다. 다들 자리를 비켜주겠니?”

아이들은 서로 흘끗 쳐다보지만 순순히 냉큼 밖으로 나간다. 마지막 아이까지 복도로 사라지자 그는 안나 마리아 쪽으로 몸을 돌리고 가만히 선다.

“무슨 말을 하려는 건지 모르겠지만 네 앞에 있는 사람이 누군지 잊지 말기 바란다.”

“내가 어느 정도 나이를 먹으면 선생님이 내 공로를 인정해 줄 거라고 생각했던 거 아세요? 선생님은 나를 존중하는 줄 알았어요.” 그녀는 쓸쓸하게 웃음을 터뜨린다. “바보 같으니라고.”

“너를 존중하는 거 맞다.” 그는 이렇게 말하고 끝이다.

그녀는 이제 교실 안을 왔다 갔다 한다. “우리는 평범하지 않은 걸 창조했어요. 우리 음악은 기존에 없던 거예요. 특별해요. 기억될 음악이에요. 우리 둘 다 그걸로 기억될 수 있었어요. 하지만 선생님은 그걸 용납하지 않겠죠.”

“글쎄. 내 음악이고 내 스타일이잖니, 안나 마리아.”

그녀는 걷던 걸 멈추고 눈을 깜빡인다. 어떻게 모를 수 있을까?

“나는 너를 내가 원하는 이미지로 다듬고 대부분의 아이들은 꿈도 꾸지 못할 기회를 주었다.” 그는 잠시 그녀를 뜯어본다. “내가 너를 창조했지.”

그녀의 손이 부들부들 떨린다. 손톱이 손바닥을 파고든다.

"너는 이러니저러니 해도 계집애고 여자야. 무슨 생각을 한 거냐? 네가 역사상 가장 위대한 작곡가 중 하나로 기록될 거라는 생각? 네 이름으로 작품을 발표하겠다는 생각?"

"결국에는 그렇게 될 거예요." 그녀는 목덜미에서부터 열이 올라오는 것을 느끼며 이렇게 말한다. "나는 마에스트로, 그것도 현재 최고의 마에스트로니까요."

"아가씨. 평론가 한 명, 청중 한 명의 의견으로 이게 바뀌지는 않아. 수년 동안 찬사를 받아야 우리 공화국에서 네 입지를 다질 수 있지. 게다가." 그는 책상 앞으로 자리를 옮겨 그 위에 흩뿌려진 종이를 쿡쿡 쑤신다. "이걸 봐라. 뭐가 보이니?"

그녀는 가까이 다가가 바라본다. 거기에서 솟아나는 멜로디가 들리고 빛깔들은 분노로 덮여 흐릿해진다.

"남자들이지!" 그는 종이를 아까보다 더 빠르고 세게 두드리며 말한다. "전부 남자들 이름이—"

"선생님 같은 인간들의 자만심에 짓밟힌 여자들의 아이디어일 수도 있겠네요." 안나 마리아는 말한다. "당신들은 우리가 뭘 빼앗겼는지, 우리가 할 수 없는 게 뭔지 알 만큼만 가르치죠. 배운 만큼 얻을 수 없다면 머리 쓰는 법은 왜 가르치는 거예요? 어쩌면 그렇게 잔인할 수 있어요?"

그는 따귀를 한 대 맞은 사람처럼 서서 안에서 뭔가가 무너지고 있는 것 같은 표정으로 그녀를 쳐다본다. "너 같은 어린애가 세상일에 대해 뭘 안다고."

그녀는 멈출 수가 없다. 멈출 생각도 없다. "내가 선생님보다 실력이 더 좋다는 걸 받아들이지 못하는 거죠? 연주는 물론이고 작곡에서도 그렇다는 걸. 아닌 게 아니라……." 그녀는 손을 내밀면 닿을 만큼 가까이 성큼성큼 다가간다. "어디 있어요? 내가 쓴 곡들."

그는 그녀를 쳐다보기만 할 뿐 아무 대꾸도 하지 않는다. 대신 벽난로 쪽을 다시 한번 흘끗 쳐다본다.

심장이 한 번 뛸 만큼의 시간이 흐른다. 그녀의 눈이 휘둥그레진다. 순간 장작불이 그녀에게 최면을 건다. 그리고 잠시 후 뭔지 모를 거대하고 무거운 것에 복부를 강타당하기라도 한 것 같은 소리가 그녀의 입에서 터져 나온다.

그녀의 짐작이 맞았다. 오늘처럼 더운 날 벽난로가 타고 있으면 안 되는 거였다.

그녀의 호흡이 느려진다. 몸을 움직일 수가 없다. 그가 손목을 잡고 그녀를 붙들어 놓은 듯한 느낌이다.

수천 개의 자잘한 선택이 모여서 곡 하나가 완성된다. 위로 올라가거나 아래로 내려가거나, 그 자리에 있거나 움직이거나. 더 높이, 더 빠르게 뻗어나갔다가 툭. 여기서는 반전. 하지만 저기서는 은은하게. 빌드 업. 빌드 업, 빌드 업, 빌드 업, 빌드 업 그러고 나서…… 숨 고르기. 잠깐 동작을 멈추고 머무르기. 그러고 나서 그 마지막 음, 피날레. 필연적이고 압도적인 정적.

선택. 그 자체로는 사소하지만 몇 년에 걸쳐 신중하고 조심스럽게 한데 엮으면 놀라운 뭔가를 만들어낼 수 있다.

그녀는 심장이 멎은 게 분명하다고 생각한다. 그녀는 하늘에서 떨어지는 먼지다. 발에 밟혀 으스러지는 바위다.

그건 그냥 오선 노트가 아니다. 그녀가 색칠하게 될 줄 꿈에도 몰랐던 수많은 색의 조각들로 이루어진 천이다. 어둠이고, 뜻밖의 것이며, 대담하고 놀랍고 새로운 어떤 것이다. 몇 번이고 해석할 수 있는 기회다. 해마다, 영원 동안 모든 영혼을 울릴 수 있을 작품이다. 종이에 옮겨진 그녀의 아름다운 생각이다. 그녀가 할 수 있는 모든 것의 증거다.

이제 주문이 깨지고 그녀를 붙잡고 있던 손이 풀린다. 그녀는 벽난로 앞으로 달려가 장작불 속으로 손을 집어넣는다. 동그랗게 말린 회색의 재를 두 줌 끄집어낸다.

안나 마리아 델라 피에타는 말을 배우기 전에 음을 배웠고 모든 음에는 색채가 있었다. 그녀는 여기에 꿇어앉아 그 색채들이 희미해지는 것을 지켜본다. 그 색채들이 장작불 연기와 함께 멀어져 가고 결국에는 모든 것이 이 벽난로 안의 잉걸불처럼 생명을 잃는다. 결국에는 어둠이 찾아온다. 결국에는 아무것도 남지 않는다.

이윽고 그녀가 내뱉은 말은 깊은 데서 흘러나왔으니 흠뻑 젖어 있을 것이다.

"당신이 여기 오지 말았어야 했어. 당신을 만나지 말았어야 했어."

목덜미로 입김이 느껴질 정도로 가까운 데서 그의 음성이 들린다. "너는 다른 애들처럼 운하에 빠져 죽었어야 했고."

그가 그렇게 속삭인 순간 그녀는 느낀다. 산소를 갈구하며 온몸이 아우성치고 있다.

"그게 무슨 말이에요?" 그녀는 허파에 물이 차기 시작하는 것을 느끼며 숨을 토하듯이 묻는다.

"내가 아픈 데를 건드린 모양이지?" 그가 냉랭하게 묻는다. "너희들이 신생아 때 겪는 일이 그런 거야. 숨이 끊기도록 엎어놓는 거. 작년에만 운하에서 건져낸 아이가 200명이다. 너 같은 애가 200명이었다는 거지."

그녀는 얼른 두 손으로 목을 감싼다. 그러고는 뛰쳐나간다.

"이제 이런 식으로 손뼉을 치기 바란다." 시뇨레 콘티가 곱슬곱슬한 금발을 위아래로 까닥이며 손뼉을 친다. 안나 마리아는 왼편의 파울리나와 오른편의 아가타를 쳐다본다. 그들은 키득거리고 있다. 시뇨레 콘티의 수업시간에는 항상 그런다. 그들은 서로 팔짱을 끼고 손뼉을 치고 있어서 어느 팔이 누구 건지 잘 구분이 되지 않는다. 창문으로 쏟아진 햇살이 그들의 싱그러운 얼굴을 비춘다.

"그리고 이제는 이런 식으로 발을 구르자." 그가 양쪽 발을 번갈아 30센티미터 위로 들었다가 나무 바닥을 때리며 시범을 보인다. 광택제 위로 그림자가 드리워진다. "하지만 손뼉 치는 건 멈추지 말고! 발을 구르고 손뼉을 치면서 박자라는 걸 맞추는 거다."

이제 그들은 다리를 서로 걸고 발을 구르기 시작한다. 바닥이 흔들릴 정도로 세게. 너무 웃기고 재미있어서 안나 마리아는 이러다 바지에 실례라도 하는 게 아닌가 생각이 든다. 아가타는 안나 마리아의 팔을 잡아서 자기 옆구리에 댄다. 파울리나의 머리칼이 안나 마리아의 어깨를 스친다. 그들은 팔다리를 서로 휘감고 박자를 세고 있다.

안나 마리아의 기억에 남은, 가장 행복했던 순간이다. 일평생 그렇게 행복했던 순간은 없었다. 12년도 더 된 추억이다.

달리기가 걷기로 느려지고 이제 그녀는 음악실과 멀찌감치 떨어져 있다. 장작불과도 그와도 멀찌감치 떨어져 있다.

이번에는 음악 소리가 들린다. 그의 연주를 처음 들었을 때 귀에 꽂힌 처음 몇 마디. 그 멜로디가 허공으로 솟구치며 그녀를 끌어당겼다. 그건 그녀의 것일 수밖에 없었다. 그녀는 그 소리, 그 악기가 자신의 것이라는 사실을 모를 수 없었다.

이번에는 그녀가 처음으로 혀를 내밀고서 음을 종이에 적던 순간으로 건너간다. 그 빛깔, 그 가능성에 휘둥그레지던 그녀의 눈.

팔이 실룩거린다. 그녀는 재로 뒤덮인 손가락을 쳐다본다. 오디션 직전에 문에 찧어서 움푹 파인 흉터가 여전히 남아 있다. 약의 쓴맛과 커피의 신맛이 함께 느껴진다. 그녀가 곤경에 처했을 때 파울리나가 가져다준 커피다.

이제 교실에 들어가 고개를 들어보니 파울리나가 마주 보며 씩 웃고 있다. 필리에 단원이 된 그녀의 친구.

이제 그녀는 의무실에서 꽁꽁 얼어붙은, 조그맣고 생명이 끊긴 손을 움켜쥐고 속삭이고 있다. "돌아와."

이제 그녀는 걸어가고 있다. 친구가 바닥에서 피를 흘리며 비명을 지르는데, 그녀는 걸음을 멈추지 않는다. 돌아가서 친구를 돕지 않는다.

그녀는 손을 방문에 얹는다. 온몸의 혈관이 쿵쿵거린다.

이제 모든 게 이해가 된다. 물에 빠져 죽는 꿈, 물 공포증. 그녀를 물속에 처박는 기분이 어땠을까? 그녀가 물속 깊은 데서 버둥거리는 모습을 지켜보고, 물속으로 풍덩 던져진 아이가 지르는 비명을 듣는 기분이 어땠을까?

어떤 인간이 그런 짓을 저지를까?

답은 하나일 수밖에 없다. 그녀는 차가운 쇠 손잡이가 손안에서 떨릴 때까지 더욱 세게 움켜쥔다.

그녀는 괴물의 자식이다. 그리고 괴물 밑에서는 괴물이 태어날 수밖에 없다. 안나 마리아가 이토록 잔인한 이유가 그 때문이다. 그래서 그녀가 이런 인간인 거다.

그녀는 문을 쾅 열고 방을 둘러본다. 바닥에서부터 천장까지 이런저런 것들로 가득 채워져 있다. 레이스 숄과 무명 넥타이, 꽃병과 금박을 입힌 거울, 주머니 빗과 진주 귀걸이. 그 광경을 보고 그녀는 움찔한다. 이게 다 뭘까? 무얼 위한 것이며 어떤 의미일까? 이 선물을 보낸 사람들은 그녀를 모른다. 그들이 아는 건 그녀의 연주뿐이다. 그녀가 어떤 식으로 곡조를 변형시켜 청중들로 하여금 선율의 파도 아래로 몸을 던져 빠져 죽게 만드는가 하는 것뿐이다. 그리고 이런 이유에서 그들은 그녀를 사랑한다. 이런 이유에서 그녀에게 칭찬 세례를 퍼붓는다.

그녀는 공허한 웃음을 터뜨린다. 이 방 안에 그녀의 것은 하나도 없다. 모든 게 기증품이다. 그녀의 독창성과 꿈은 예쁘장한 프릴과 함께 매수됐다. 그녀는 허공에서 곤두박질치고 사방으로 흩어지는 하나의 음계일 뿐이다.

그래도 은행에 모아놓은 돈은 있다. 이제 그녀의 손은 머리칼을 쓸어넘기고 심장은 조금 빠르게 뛴다. 액수가 얼마나 되는지는 전혀 모른다. 어디에 있는 어느 은행인지도. 그 돈을 본 적도 없다. 물어볼 생각조차 한 적 없다. 속이 요동친다. 모아놓은 돈이 있기는 할까?

그녀는 고개를 젓는다. 모든 게 이제는 좀 더 선명해졌다.

그녀는 가진 것이 아무것도 없다. 수중에 아무것도 없다. 그녀는 아무것도 아니다.

맨 처음은 거울이다. 책상에 대고 박살 내자 조그만 유리 조각들이 괴성과 함께 사방으로 튄다. 진주 케이스는 분홍색 조각들로 산산이 부서져 바닥으로 쏟아진다. 이제 그녀는 꽃병에 꽂혔던 꽃을 벽으로 던진다. 자주색 꽃잎이 공중에서 폭발한다. 귀걸이와 목걸이가 날아간다. 베갯잇을 갈기갈기 찢고 의자를 침대에 대고 내리친다. 그리고 쪽지. 이런 짓을 저지른, 그녀를 두고 떠난 여자의 메시지. 그걸 협탁에서 낚아챈다. 갈기갈기 찢어 가루처럼 바닥에 흩뿌린다. ‘알아주길’은 의자 위에, ‘사랑하는’은 바닥에. 이제 더는 메시지가 아니다. 외따로 흩어진 의미 없는 단어들이다.

그녀는 숨을 쉬느라 가슴을 들썩이며 비틀비틀 뒷걸음질 친다. 방 안에서 온전한 물건은 하나뿐이다. 케이스. 그리고 그 안에는 그녀의 바이올린과 활이 들어 있다. 그녀는 그걸 겨드랑이에 끼고 벨벳 망토로 덮은 뒤 몸을 돌린다. 마지막으로 방을 한 번 돌아보고 이 거짓의 공간, 이 괴물들의 공간을 영원히 떠나기로 결심한다.

23

이곳에서는 세상이 밀려왔다가 밀려간다. 공기는 답답하고 뜨겁고 묵직하고, 빛은 너무 환해서 눈이 부시다. 안나 마리아는 어쩔 수 없이 손을 들어 눈을 가린다. 빙글빙글 돌며 골목길을 따라 걸어가는 느낌이다. 이 도시의 에너지에 갇혀서 현기증이 난다.

광장에 있는 산타 마리아 포르모사의 문이 요란하게 열리자 좁고 구불구불한 운하에서 뻥 뚫린 석호로 난입하는 물고기 떼처럼 인파가 쏟아져 나온다. 대다수가 가면을 쓰고 있다. 눈이 없는 일그러진 가면을 쓰고서 잔인하게 폭소를 터뜨리며 그녀를 비웃는다.

"조심해." "어이." 사람들이 나무라며 뒤로 밀치자 안나 마리아는 주름 잡는 기계에 들어간 옷감처럼 그들 사이로 빨려 들어간다. 이리저리 비틀리고 숨을 토하며 그들에게 떠밀려 자기 뜻과 상관없이 앞으로 나아간다. 위에서 새 한 마리가 햇빛에 황금색으로 물든 배를 번쩍이며 괴성을 지른다. 나도 하늘로 올라 같이 날아다니게 해줘. 그녀는 속으로 애원한다. 하늘을 등지고 날개를 저으며 여기서 영영 멀어지게 해줘.

그녀는 앞으로 떠밀리는 바람에 옆에 서 있던 여자에게 부딪힌다. 여자의 웃음소리가 낄낄대는 비웃음으로 바뀌어 안나 마리아의 뇌를 뒤흔든다. 이제 그녀는 비틀거리며 광장 가장자리로 점점 밀려나 운하의 물이 그녀의 발치를 탐욕스럽게 할짝거리는 자리에 다다른다. 젖은 돌을 밟고 미끄러지자 그녀는 비명을 토하며 운하 바로 앞 제방 위에서 위험하게 휘청거린다. 손을 획 뻗어 맨 먼저 손끝에 닿은 것을 부여잡는다. 앞에 서 있던 키가 큰 남자의 재킷 자락이다. 그가 그녀의 팔꿈치를 잡는다. 한쪽으로 기울었던 그녀의 몸이 중심을 찾고 두 발이 다시 탄탄한 땅을 딛는다. 부연 물이 아무것도 모르는 척 시치미를 떼며 물러난다. 그녀는 돌아보지 않을 것이다. 그 비취색 깊은 데서 그녀를 올려다보는 것 같은 눈동자와 눈을 맞추지 않을 것이다.

남자가 넓은 이마를 찡그리며 그녀를 쳐다본다. 초록색 눈의 이 우울한 미녀를 어디에선가 본 것 같다는 표정을 짓는다. 남자가 고개를 모로 꼬고 “너, 너로구나” 하고 말하려고 입을 벌리지만 그녀는 팔꿈치를 잡아 빼고 인파를 빙 돌아서 환한 인도 안으로 달려 들어간다.

그녀는 숨을 헐떡이며 어깨 너머를 확인하고 속도를 늦춰 빠르게 걷는다. 원래는 이런 식으로 나와서 길거리를 돌아다니면 안 된다. 어느 귀족이 알아보거나 군중들이 떼로 달려들 것이다.

스무 걸음 앞에 있는 노점이 보이자 그녀는 해결책을 고민하며 고개를 숙인 채 그쪽으로 다가간다. 튀어나온 허리춤에 한 손을 올려놓은 주인이 모자 가격을 두고 어떤 여자와 실랑이를 벌이고 있다. 가까이 다가갈수록 소리가 크게 들린다.

"그 가격은 너무 비싸잖아요." 여자는 이렇게 말하며 이번에는 지팡이로 다른 모자를 가리킨다. "저 빨간 건 얼마예요? 깃털 달린 거요."

주인은 가판대에서 갈고리가 달린 막대를 꺼내 맨 윗줄에 걸린 모자를 낚아챈다.

안나 마리아는 조용히, 잽싸게 바로 앞에 걸려 있는 가면을 집는다. 눈만 가리는 검은색의 반질반질한 밴드형 가면이다.

"이건 두 배 더 비싼데요." 그는 말하지만 이후에 벌어진 일을 보지 못한다. 안나 마리아가 그의 가면을 쓰고 까만 곱슬머리 위로 리본을 묶는 것을 알아차리지 못한다. 그녀가 어두컴컴한 미궁 속으로 또다시 사라지는 것을 보지 못한다.

길이 하도 좁아서 장바구니와 과일, 채소와 향신료를 들고 있는 사람들 사이를 헤치고 지나려면 숨을 참아야 한다. 그녀는 목적지도 알지 못한 채 잰걸음을 옮긴다. 계속 제자리에서 맴도는 건 아닌지 불안해하며 모퉁이를 한 번, 두 번 도는 동안 깨달음이 둔중하게 그녀를 강타한다. 그녀는 이 도시에 대해 아는 게 없다. 여태껏 피에타 창문 너머로, 아니면 옥상 아지트에서, 아니면 연주회장으로 가는 길에 다른 사람들의 안내를 받으며 여행객처럼 베네치아를 접했을 뿐이다. 이 도시의 가장 으리으리한 대저택에는 가보았지만 그녀가 사는 지역에 대해서는 전혀 모른다.

심장이 발걸음과 박자를 맞춰 갈비뼈를 예리하게 두드린다. 돌아갈 수는 없는데, 그러면 지금은 어디로, 그다음에는 어디로 가야 할까?

하도 오래 걸어서 발이 아파온다. 계피와 정향 냄새가 섞인 운하의 악취를 유일한 길잡이 삼아 이리저리 방향을 튼다. 비취색 운하가 앞을 가로막아서 왔던 길로 되돌아가야 하는 상황이 계속 반복된다.

그녀는 어느 쇼윈도 앞에 잠깐 서서 숨을 고른다. 두툼하고 알록달록한 종이가 뭉텅이로 진열되어 있다. 쇼윈도를 유심히 들여다보지만 뭘 찾으려고 했는지 생각이 나지 않는다. 머릿속 저 깊은 데서 나지막한 속삭임이 들린다. 그녀의 속을 울렁거리게 하는 질문이 떠오른다.

그게 저기 있지 않을까? 저 뭉텅이 아래 숨겨져 있지 않을까? 하지만 아니다. 그럴 리 없다는 걸 그녀는 안다.

그녀는 자기 손에 쥐어져 있을지 모른다는 생각을 하며 손을 내려다본다. 지금까지의 모든 작업이 담긴 오선 노트. 그 묵직하고 두툼했던 느낌, 손을 간질였던 종이가 느껴진다. 가장자리를 타고 흐르던 잉크 얼룩. 어떻게 그녀의 손에 아무것도 없을 수 있을까? 어떻게?

그녀는 몸을 돌려 쇼윈도에 등을 대고 이번에는 지나가는 사람들을 훑어본다. 그들이 망토 아래에 그녀의 오선 노트를 숨기고 있는 건 아닐까? 셔츠 속에 쑤셔 넣은 건 아닐까?

오선 노트가 사라져 버렸다는 건 안다. 그래도 계속 두리번거릴 수밖에 없다. 계속 찾을 수밖에 없다. 그것이 잿더미로 변해 벽난로 바닥에 수북이 쌓였을 리 없다. 그랬을 리 없다.

오늘 하룻밤이라도 어디 묵으려면 돈이 있어야 할 것이다. 손으로 다급하게 목을 더듬는 순간 안도감이 파도처럼 밀려든다. 어느 얼굴 모를 팬이 선물한 목걸이가 거기 걸려 있다. 홧김에 박살 내지 않은 몇 안 되는 물건 가운데 하나다. 그녀는 광장으로 들어가 팔 아래에 누더기 조각을 끼고 절뚝절뚝 걸어가는 여자를 붙잡고 전당포가 어디 있느냐고 묻는다.

"유대인을 찾아가야 해." 그녀는 여자가 속사포처럼 알려주는 방향을 열심히 기억에 담는다. 몇 번 길을 잘못 들며 20분쯤 걷다 보니 출입문에 자물쇠가 달린 커다란 철교가 등장한다. 빨간색 베레모를 쓰고 커다란 열쇠를 목에 건 노인이 그 앞에 서 있다. 그녀가 용건을 밝히자 그는 아무 말 없이 문을 연다.

그 건너편은 냄새가 다르다. 갓 구운 빵, 달큰한 양파 그리고 튀긴 생선 냄새가 난다. 유대인 거주지는 다리 너머의 도시와 높다란 담으로 분리되어 있다. 그녀는 웅성웅성 활기 넘치는 세상 속으로 들어가며 공화국에서 이렇게까지 해가며 주민을 구분한 이유가 뭔지 궁금해한다. 뒤죽박죽 한데 찌부러져 있는 허름한 판잣집과 가게를 지난다. 여기는 그녀가 알던 베네치아가 아니다.

문 위에 달린 간판이 바람에 퍼덕인다. 여자가 가르쳐준 것처럼 파란색과 하얀색이고 위에 베네치아어와 히브리어, 두 언어로 이름이 적혀 있다.

그녀는 종을 울리며 안으로 들어가 나무 계산대를 지키고 있는 조금 뚱뚱한 남자에게 인사한다. 삼각 모자에 눌린 까만 머리가 사방으로 뻗쳤다. 바쁜 가게다. 심장이 뛰는 속도에 맞춰 발을 두드리며 세 명의 다른 손님 뒤에 줄을 서서 기다린다. 마침내 그녀의 차례가 된다.

"이거 얼마 받을 수 있어요?" 그녀는 체인을 풀어서 그에게 내밀며 묻는다. 목걸이를 집은 그는 길고 얇은 손가락으로 만져본다.

"잘 만든 목걸이로구나." 그는 조그만 유리가 달린 도구로 꼼꼼하게 살피며 말한다. 잠시 후 그가 액수를 말한다.

"그 세 배는 될 텐데요." 안나 마리아는 한 손은 계산대에 얹고 다른 손으로는 바이올린을 옆구리에 바짝 대며 얼른 말한다. 사실 그녀는 그게 얼마나 나가는지 전혀 모른다. 그 생각이 들자 속이 불편해진다. 그녀는 뭐가 얼마나 나가는지 전혀 모른다.

"내가 줄 수 있는 돈은 그 정도야. 그 케이스 안에 든 것까지 팔겠다고 하면 더 줄 수도 있겠다만." 그는 그녀의 손에 들린 바이올린을 빤히 내려다본다.

손잡이를 더욱 세게 움켜쥐자 케이스가 그녀의 다리를 들이받는 느낌이 든다. 이 바이올린에는 얼마의 가격을 매길 수 있을까? 그녀에게 자신이 아직 살아 있다는 확신을 부여하는 물건은 온 세상을 통틀어 이거 하나뿐인데.

그는 여러 가지 생각이 그녀의 머릿속을 스치고 지나가는 모습을 지켜보며 기다리다가 계산대 위로 몸을 기울이며 말한다. "내가 말한 금액에 목걸이를 팔든지 아니면 이제 그만 나가주겠니?"

그녀는 동전을 바이올린 케이스에 쑤셔 넣고 밖으로 나온다.

이런 식으로 계속 걸을 수는 없다. 묵을 곳을 찾아야 한다. 하지만 여태껏 사람과 길거리와 운하로 이루어진 미로를 온갖 방향으로 꺾고 틀어가며 너무 오래 돌아다녔다. 이 일대는 모르는 곳이고 그녀가 전에 섰던 그 어떤 연주회장과도 멀찌감치 떨어져 있을 것이다. 그녀는 쪼개진 나무문 앞에서 걸음을 멈춘다. 아치문 위에 둥글둥글한 서체로 이렇게 적혀 있다. 오스테리아 만초니.[*]

"매춘부는 사절이야." 입구 오른쪽의 조그만 방에서 누군가가 말한다. 안나 마리아보다 키가 아무리 못해도 30센티미터는 작고 매부리코가 긴 남자가 문지방 너머로 고개를 내밀고서 의심스러워하는 눈빛으로 그녀를 쳐다본다.

그녀는 놀라고 불쾌한 마음에 턱을 내밀고 소리를 지른다. "저 매춘부 아니에요." 남자에게 그녀의 정체를 알려주고 싶다. 하지만 그는 빨래가 가득 담긴 광주리를 들고 좁은 복도를 걸어가 버린다. 그녀는 남자의 뒤를 쫓아간다.

"상관없어." 그는 광주리를 좀 더 높게 떠받치며 말한다. "여자는 안 받으니까."

"그럼 저 혼자 지낼 곳을 찾으려면 어디로 가야 해요?"

"사창가." 그는 다른 복도로 방향을 틀어 허리춤에 매고 있던 큼지막한 청동 열쇠를 꺼낸다.

"사창가요?" 그녀는 토하듯이 그 단어를 내뱉는다. "아까 제가 한

* 만초니 여관이라는 뜻이다.

애기 못 들으셨어요?"

그는 홱 고개를 돌린다. "나는 못 도와줘, 응? 이 도시에 젊은 여자 혼자 받아주는 곳은 아무 데도 없어."

그녀는 바이올린 케이스를 열어 동전을 꺼낸다.

"이걸 한 줌 가지고 있어도요?"

멈칫한 그가 그녀를 다시 한번 위아래로 훑어본다. "따라와." 그가 못마땅한 투로 말한다.

객실은 그녀가 피에타에서 쓰던 방보다 두 배 정도 넓고 먼지와 삶은 채소 냄새가 섞인 퀴퀴한 냄새를 풍긴다. 그녀는 좀먹은 커튼과 벼룩이 득시글거릴 게 분명한 침대를 보며, 여기가 바로 상상력의 묘지겠다는 생각을 한다.

등 뒤에서 문이 쾅 닫히지만 그녀는 몸을 돌려서 곧바로 다시 문을 연다. 밖으로 고개를 내밀고, 등을 구부린 채 절뚝절뚝 멀어져 가는 남자에게 외친다. "양동이, 물, 비누 좀 가져다주세요." 그녀의 배에서 천둥소리가 난다. "그리고 먹을 것도요."

"식사는 제공하지 않아. 밖에 나가면 노점 있어." 남자는 뒤를 돌아보지도 않은 채 무뚝뚝하게 대답한다.

그녀는 방 안으로 도로 들어간다. 흥분한 군중 속으로 재차 섞이고 싶은 마음은 없다.

부서진 등나무 의자를 끌고 와 등받이를 문고리 아래로 돌려둔다. 벗겨져 가는 벽과 운하가 내다보이는 창밖 풍경을 살핀다. 길거리에서 요란한 소리가 들린다. 술꾼들의 야유와 거친 조롱이 들린다.

그녀는 오늘 밤만 견디면 된다고 속으로 중얼거린다. 그다음에는 어디로 가야 할까? 파리? 거기 사람들은 음악을 사랑한다고 들었다. 극장이나 교회에 연주자로 취직할 수도 있겠다. 아니면 로마는 어떨까? 하지만 혼자서 그게 가능할까? 그녀는 모르는 게 너무 많다. 정확히 현의 어디를 짚어야 가장 풍성한 소리를 낼 수 있는지는 안다. 가장 밝은 색을 비추는 음과 밤처럼 가장 어두운 색을 소환하는 음으로 오선 노트 한 권을 색칠할 수도 있다. 하지만 이 세상과 이곳의 규칙은 모른다. 여자가 알아야 하는 것에 대해서도 전혀 모른다.

그녀는 덧문을 닫고 이런 생각들을 꾸짖는다. 일단은 어둠 속으로, 침대 위로 후퇴하고 계획은 날이 밝으면 짜기로 한다. 하지만 방문 두드리는 소리가 들린다. 그녀는 의자로 만든 방벽을 치운다. 물이 담긴 조그만 양동이가 보인다. 쓰던 비누가 그 가장자리에 놓여 있는데 표면에 금이 가도록 말랐어도 여전히 톡 쏘는 냄새가 난다. 그 옆 바닥에는 얇은 면 수건이 있다. 그녀가 부탁한 세면용품이다. 그녀는 양동이를 객실 협탁 위에 올려놓고 망토와 원피스를 벗는다. 하루 종일 달리고 인파에 이리저리 떠밀렸더니 그녀의 몸에서 나는 악취가 물 빠진 운하에서 풍기는 악취와 한데 어우러진다. 적어도 이건 그녀가 할 줄 아는 일이다. 여기에서부터 시작하면 된다.

드러난 알몸이 그녀에게 놀라움을 선사한다. 전에는 통통했건만 이제는 쇄골이 앙상하게 드러나 보인다. 갈비뼈도 옆으로 툭 튀어나왔다. 언제 이렇게 됐을까? 그녀는 의아해하며 묵은때와 각질을 벗겨낸다.

경첩에 매달려 삐걱거리는 덧문 사이로 오늘 하루의 마지막 햇빛이 새어 들어와 꽂힌다. 배에서 다시 천둥소리가 난다. 협탁 위 양동이 옆에 이가 나간 유리병과 뭉툭한 유리잔이 나란히 놓여 있다. 그녀는 맹맹한 포도주를 한 모금, 또 한 모금 마시지만 허기를 달래주지는 못한다. 필리에서 먹은 음식들이 당장 떠오른다. 껍질을 바삭하게 구워서 로즈마리와 마늘을 위에 얹은 농어. 턱으로 흘러내리는 달콤한 과즙을 핥아가며 먹었던, 봄꽃처럼 신선한 과일.

그녀는 한숨을 쉰다.

나가서 먹을거리를 찾아야 한다. 협탁에 쌓아놓은 돈을 흘끗 쳐다본다. 끼니 걱정은 평생 처음이다. 목걸이를 팔아서 받은 돈으로 몇 끼나 사 먹을 수 있을지 모르겠다. 그리고 어떤 식으로 자신을 보호하면 좋을지도. 뱃속에서 허기가 아닌 다른 통증이 느껴진다. 어둠 속에서 속삭임이 들린다. 이게 과연 잘한 일일까?

바이올린이 침대 발치에 놓여 있다. 그걸 들고 나갈 수는 없다. 위험하다. 하지만 바이올린과 헤어지고 싶지 않다. 지금 여기서는 싫다. 그녀는 심호흡을 하고 바이올린을 또다시 쳐다본다. 하지만 더는 뜸을 들일 수가 없다. 더는 굶고 있을 수가 없다. 그녀는 바이올린을 이불 아래에 조심스럽게 숨기고 문을 잠근 뒤 열쇠를 망토 안에 챙긴다.

길거리에서는 불안한 에너지가 흐른다. 여기 군중들은 생선과 포도주뿐 아니라 다른 데에서도 기운과 생기를 얻는다. 여자들과 남자들은 그녀의 앞을 지날 때면 걸음을 늦추고 그녀의 몸을 뚫어져라 쳐다본다. 그들은 그녀를 알지 못한다. 알 수 있을 리가 없다.

별로 구미가 당기지는 않지만 그래도 음식 냄새가 나기에 좁은 골목길로 걸음을 옮긴다. 여관과는 반대편이고 끝에 조그맣고 동그스름한 돌다리가 있는 길이다. 운하 건너편의 조그만 나무 가판대가 있는 노점에서 장작불 위에 큼지막한 쇠냄비를 올려놓고서 뭔가를 끓이고 있다.

"하나 주시겠어요?" 그녀는 이렇게 말해놓고, 예의 교육에 열을 낸 클라라 수녀를 당장 원망한다. 깍듯한 말투 때문에 상점 주인에게 얕잡아 보일까 봐 몸에 힘을 줘서 덩치가 커 보이고 기운 있어 보이게 한다.

그녀는 물컹한 채소와 흰색 생선이 점점이 떠다니는 묽은 수프와 퀴퀴한 빵 덩어리를 건네받는다. 필리에 디 코로의 최연소 단원이 되기 전에 늘 먹었던 음식처럼 온통 갈색이다. 하지만 그 무엇도 그녀의 허기를 멈출 수 없다. 상점 주인이 소금이 가득 담긴 조그만 그릇을 내밀고 있지만 그녀는 이미 입안에 빵을 욱여넣고, 수프를 후루룩 들이마시고, 손가락에 묻은 국물을 핥고 있다. 안에 사는 걸신 들린 짐승이 한 그릇, 또 한 그릇 더 달라고 으르렁거린다. 그녀는 숨을 고르지도 않고 허겁지겁 먹는다.

어둠이 내리자 도시는 고요해진다. 그녀는 벽난로의 석탄불로 창문이 환하게 빛나는 술집들을 지나 여관 쪽으로 다시 발걸음을 옮긴다. 조용해지자 마음이 진정되고, 배가 차서 기분이 한 옥타브 이상 좋아진다. 그녀는 물가의 돌담 위에 잠깐 앉아서 시원한 저녁 공기를 마신다. 어쩌면 할 수 있을지 모른다. 피에타를 떠나 다른 사람으로 남은 삶을 살 수 있을지 모른다. 아니면 이 도시 밖에 광활한 바다 말고 또 뭐가 있는지 알아보러 나설 수 있을지도 모른다. 돌 위에 손을 얹어 지면과 자신을 연결한 그녀는 이런 생각들을 하며 숨을 돌린다.

잠시 후 어떤 소리가 들린다.

그녀는 그쪽으로 고개를 홱 돌린다. 멜로디에 북소리가 가세하자 머릿속이 갑자기 색으로 가득 찬다. 음악이 그녀에게 말을 걸고 그녀만의 이야기를 엮는다. 슬프고 무섭고 아름답고 기쁜 이야기다. 어떻게 삶이 이렇게 많은 것들로 가득할 수 있을까? 그리고 가끔, 어떻게 이 모든 게 동시에 찾아올 수 있을까? 그녀는 참지 못하고 일어나 그 소리를 따라간다.

음악이 처음에는 오른쪽으로, 그다음에는 왼쪽으로 구부러지며 움직이기 시작하자 그녀의 발걸음이 빨라진다. 이내 인파가 늘어난다. 큼지막한 유리등을 흔들며 걷는 신사들을 따라가는 행렬에 그녀도 합류한다. 좁은 골목길에서 리알토 다리를 지나 넓은 광장으로 들어선다. 벌어지고 있는 일들이 너무 많아서 눈으로 다 담을 수가 없을 정도다. 곡예사들이 서로의 무게를 버티느라 팔다리를 후들거려 가며 높은 탑을 쌓았고, 곰들은 우리 안에서 으르렁대며 철창을 할퀸다. 무용수들은 비단을 두른 공작새처럼 알록달록하게 군중들 사이를 날쌔게 누비고, 훈련사가 마멋에게 지시를 내리자 그 조그만 녀석이 일어나 박수와 환호를 받는다. 잘레티요! 잘레티!* 노란색

<hr>

* 옥수수 가루 반죽에 레몬 껍질로 맛을 내고 건포도를 넣는 이탈리아의 전통 과자.

비스킷이 담긴 납작한 바구니를 품에 안고 지나가던 남자가 이렇게 외친다. 그녀는 구운 땅콩의 달달한 냄새를 들이마시며 사람들 사이를 구불구불 지난다. 주변의 광장은 수백 개의 기름등과 셀 수 없을 만큼 많은 촛불로 환하게 빛난다. 오른쪽에서 사람들이 헉하고 숨을 토한다. 남자아이 하나가 허리를 뒤로 젖히고 입에서 불을 뿜고 있다. 하지만 그녀는 멜로디의 강줄기를 따라가던 발걸음을 멈추지 않는다. 광장 담벼락을 등지고 조금씩, 조금씩 다가가 소리의 근원지를 찾는다. 검은색 모자와 흰색 가면을 쓴 세 명의 남자가 연주하는 바이올린 삼중주다. 그녀가 다가가는 동안 활기와 의욕이 더해지면서 연주 속도가 빨라진다. 연주자들은 사람들 사이를 누비며, 그들의 음악에 맞춰 춤추는 동네 주민들을 인도한다. 그녀도 그 틈바구니에 낀다. 여러 가지 색깔들이 팔다리를 오가며 소용돌이친다.

그들을 따라가면 안 된다. 돌아가야 한다. 하지만 몸이 말을 듣지 않는다. 그녀가 리듬을 타기 시작하자 몸과 색깔들이 하나로 어우러진다. 마침내 그녀는 광장을 벗어나 동네 주민들과 함께 바이올린 연주자들을 따라 어느 건물 안으로 들어간다. 문을 통과해 이 세상에서 저 세상으로 건너간다.

24

그녀가 들어선 곳은 지하 세계다. 얼기설기 뻗은 어두컴컴한 동굴이다. 그녀는 볼연지를 빨갛게 칠한 여자들이 삼각 모자를 쓴 남자들 무릎에 앉아 있는 동그란 테이블을 지난다. 한 여자가 남자의 귀에 대고 소곤대고, 다른 여자는 허리를 활처럼 뒤로 젖히고 미친 듯이 웃고 있다. 안나 마리아는 얼른 그들 앞을 지나쳐 허공에 살짝 감도는 술 냄새를 느끼며 연주자들을 따라간다. 이제 뻥 뚫린 공간이 등장하고, 사람들이 웃으며 술을 마시는 소리, 음악과 여흥을 즐기는 소리가 사방에서 쿵쿵거린다. 그녀는 1.5층으로 올라가는 계단을 눈으로 따라가다 조그맣게 비명을 터뜨린다. 어떤 남자가 난간 너머로 몸을 젖힌 다른 남자의 허리를 잡고 열정적으로 입을 맞추고 있는 게 아닌가. 그 아래쪽 구석진 공간에는 큼지막한 쿠션이 놓여 있고 그 위에 속옷 차림의 남자와 여자들이 널브러져 있다. 안나 마리아는 고개를 돌린다. 여기서 나가야 한다. 하지만 초록색과 금색 소용돌이무늬 가면 아래로 반질반질한 입술을 드러낸 여자가 다가온다.

"이거 마셔." 그녀가 말한다. "그리고 잊어."

그녀가 잉크처럼 진한 액체가 담긴 길쭉한 샴페인 잔을 내민다. 안나 마리아는 이 죄악의 공간, 타락의 공간에서 나가야 한다는 걸 안다. 하지만 어디로? 무엇을 위해? 그녀에게는 갈 데도 없고, 돌아가든 말든 상관할 친구도 가족도 없다. 이제는 그녀를 기다리는 사람이 아무도 없다.

여자가 다시 웃으며 잔을 좀 더 가까이 들어 보인다.

안나 마리아는 눈을 감는다. 이 세상, 이 공간을 잊자. 영원히 사라지게 하자. 샴페인 잔이 그녀의 입술에 닿는다.

첫 한 모금에 평생 동안 모아온 작업을 도난당한 고통이 무뎌진다. 이제 그 고통은 뱃속을 칼로 쑤시는 것처럼 아프지 않고 숨이 죽은 통증에 가깝다. 두 번째 모금이 혀를 태우자 그와 함께 파울리나를 잃은 기억이 사라진다. 세 번째 모금은 그녀가 안고 있는 두려움, 무엇을 잃었는지에 대한 자각을 태워 없앤다. 그래서 그녀는 멈추지 않고 그 액체가 몸속으로 흘러들어 고통을 지우게 둔다. 마지막 찌꺼기가 목구멍을 타고 내려가는 동안 빈 잔의 바닥을 멍하니 바라본다.

이 세상의 덧문이 그녀의 의지와 상관없이 주기적으로 열렸다 닫혔다 한다. 쿠션에 기댄 몸은 무겁게 느껴지지만 세상은 가볍고 자유롭다. 음악이 달콤한 독약처럼 그녀의 혈관을 타고 흐른다. 입을 벌리자 뭔지 모를 날카로운 것으로 묶인 보라색 포도송이가 입술 사이로 스르르 빠져나온다. 누군가의 몸과 그녀의 몸이 부딪치자 그녀가 갈망했던 기분이 느껴진다. 난생처음 맛본 설탕처럼 강렬하고 중독적이다. 그녀는 살과 살이 닿는 감촉을 들이마신다. 이내 다시 어둠이 찾아온다.

다시 눈을 떠보니 머릿속이 좀 더 선명하게 반짝인다. 구석에 테이블이 있고, 젊은 남자들이 그 테이블을 에워싸고서 환호성을 지르고 인상을 써가며 도박을 하고 있다. 프랑스어, 독일어, 영어로 주고받는 대화가 단편적으로 그녀의 귀에 들린다. 어떤 소리가 들리길래 오른쪽으로 고개를 돌려보니 아직 걷지도 못하는 아이가 거기 있다. 아이는 커다란 눈을 천천히 깜빡이며 안나 마리아의 얼굴을 살핀다. 이제 시야에 그녀의 몸이 들어오고 그녀는 고개를 모로 꼬고 그걸 이해해 보려고 한다. 이제 보니 옆에 앉은 여자가 한쪽 다리를 안나 마리아의 허리에 걸쳐놓았다. 안나 마리아는 몸을 비틀어 남의 몸과 뒤엉킨 자기 팔다리를 끄집어낸다.

"쉿." 잠에서 깨어난 여자가 손을 들어 안나 마리아의 이마를 짚는다. 눈이 어찌나 크고 새까만지, 그 속으로 빨려 들어갈 수도 있을 것 같다. 여자의 손바닥은 따뜻하고 부드럽다. 안나 마리아가 그 손길 안에서 긴장을 푸는 동안 여자가 다시 잔을 들며 말한다. "한 모금 더 마셔."

이 어둠, 이 쾌락이 얼마나 지속될지 안나 마리아는 모른다. 상관없다는 것, 이 음악 말고는 아무것도 생각할 수 없다는 것, 그 안의 달콤한 독약 말고는 그 무엇에도 복종하고 싶지 않다는 것만 알 수 있을 따름이다.

이번에는 지끈거리는 두통이 그녀를 깨운다. 그녀는 끙끙대며 일어나 앉는다. 눈앞에 펼쳐진 광경을 이해하느라 잠시 뜸을 들인다. 신음하는 사람들이 한데 포개어져 있고 덩치가 육중한 남자가 그녀의 발치에서 코를 골고 있다. 그녀는 비틀거리며 일어난다. 뇌가 꼭 쪼그라진 호두 같은 게, 마치 양쪽 관자놀이를 심하게 맞기라도 한 기분이다. 눈앞이 흐릿해지고 그녀는 휘청휘청 어둠에서…… 빛으로 이동한다. 어떻게 새벽일 수 있을까? 어떻게 벌써 날이 밝을 수 있을까?

그녀는 술집을 나서 뒤뚱거리며 몇 걸음 걸어가다가 술집과 나란히 이어지는 골목길로 접어든다. 그 길을 반쯤 가다 말고 걸음을 멈춘다. 온몸이 쿵쾅거려서 벽에 등을 기댄다. 몸을 앞으로 내던져 몸속에 남아 있던 그 지긋지긋한 술을 게워낸다. 잠시 후 사향이 살짝 섞인 향수 냄새가 허공을 가득 메운다.

"너 같은 피에타 모범생이 여긴 어쩐 일일까?"

그녀는 두 손으로 얼른 얼굴을 더듬어보지만 가면이 없다. 그 소굴에서 잃어버린 모양이다. 그녀는 고개를 숙이고 몸을 돌린다. 반대편으로 얼른 도망치려 한다. 하지만 따라오는 발소리가 들린다. 어깨에 얹힌 손이 그녀를 돌려세운다.

엘리사베타 마르치니가 그녀를 내려다본다. 눈가의 잔주름이 깊은 주름으로 바뀌었고 시커먼 가발을 쓰고 있다. 오늘은 차림새가 소박하다. 퇴폐적인 드레스도 나뭇잎 모양의 보석도 보이지 않는다. 아무 무늬 없는 무명 원피스에 검은색 숄을 둘렀고 롤빵이 가득 담긴 바구니를 안고 있다. 안나 마리아의 심장이 철렁 내려앉는다. 선생님 다음으로 만나고 싶지 않은 사람이 아마 이 여자일 것이다.

"너, 눈은 왜 그래?" 엘리사베타가 안나 마리아의 동공을 빤히 들여다보며 묻는다. 그녀는 한쪽 골반을 오른쪽으로 내밀고 서 있다. 시프트드레스 위에 하얀 앞치마를 두르고 머리에 무명 캡을 쓴 하녀 둘을 좌우에 거느리고 있다.

"아무것도 아니에요. 상관하지 마세요." 안나 마리아는 어깨를 으쓱해 엘리사베타의 손을 치운다. 하지만 또다시 구역질이 치밀어 오르자 허리를 숙이고 다시 속을 게운다.

엘리사베타는 뒤에 서 있는 하녀들을 돌아보더니 그중 한 명에게 들고 있던 바구니를 넘긴다.

"이거 계속 나눠줘. 나는 여기 있을게."

하녀들은 고개를 숙여 인사한 뒤 골목길을 따라 걸음을 옮기고 엘리사베타는 다시 안나 마리아를 본다. 안나 마리아는 허리를 펴고 입에 묻은 쓸개즙을 소매로 닦는다. 목구멍이 따끔거린다.

"자리를 옮기자." 엘리사베타는 덤덤하지만 서두르는 말투로 이렇게 말한다. "리알토 다리 저편에서 소동이 벌어졌어. 여기 있으면 위험해. 이 시각에는 남자들이 철없어지기 쉽거든." 그녀는 자기 어깨너머를 돌아보고 나서 덧붙인다. "그러니까, 평소보다 더 철이 없어진다고."

하지만 안나 마리아는 고개를 젓는다. 혈관 속에 남은 독극물 때문에 온몸이 부들부들 떨린다.

"피에타로 돌아갈 필요는 없어. 대운하 반대편 저택에 내 방이 있거든. 오붓한 공간이니까 아무 방해 받지 않고 있을 수 있어. 가자."

안나 마리아는 얼굴을 찡그리지만 대안이 없다.

"바이올린." 그녀는 말을 하다 말고 기침을 한다. 뱃속이 오그라드는 게 느껴진다. "바이올린부터 먼저 챙겨야 해요."

엘리사베타는 고개를 끄덕인다. "앞장서라."

안나 마리아는 손잡이를 잡고 다시 한번 흔들어보지만 꿈쩍하지 않는다. 그녀는 나무문을 두드리며 고함을 지른다. "이봐요! 문 열어요, 문 열어!" 그녀의 바이올린이 그 안에 있다. 어떻게 그걸 거기 두고 나왔을까? 어떻게 그렇게 바보 같은 짓을 저질렀을까?

발소리에 이어 문이 벌컥 열리고 은발 한 줌이 이상한 각도로 뻗친 장신의 남자가 모습을 드러낸다.

"아니…… 지금이 몇 시냐? 원하는 게 뭐야?"

"여긴 내 방이에요."

"토요일부터는 내 방이다. 내가 일주일 동안 빌렸으니까."

토요일? 안나 마리아는 움찔한다. 엘리사베타가 쓰러지지 않게 그녀의 팔을 잡는다. 사흘 밤낮 동안 그 술집에 있었던 것이다.

"그럴 리가……." 머릿속이 빙글빙글 돌아서 아무 말도 꺼낼 수가 없다. "내 바이올린을 여기 두고 나왔어요."

"나는 아는 바 없다." 남자는 말한다. 그녀의 면전에 대고 바람을 일으키며 문을 닫는다.

이제 그녀는 복도를 되짚어 달려가 얼룩이 진 깔개를 넘어 입구 오른편의 조그만 방문을 주먹으로 두드린다.

"내 바이올린 어떻게 했어요? 내놔요!" 문이 딸깍하고 열리자 그녀는 소리를 지른다.

여관 주인은 무표정한 얼굴로 팔짱을 낀다.

"하룻밤 요금만 내고 소지품을 그냥 두고 갔잖아. 숙박비 대신 네 바이올린을 챙겼지."

"그거 어쨌어요?" 그녀는 다시 묻는다. "망가뜨리기라도 했으면 내가—"

엘리사베타가 당당하고 우아하게 둘 사이에 끼어든다. 그녀는 안나 마리아를 가만히 뒤로 물리고 부드럽게 말을 꺼낸다. 얼마 안 있어 여관 주인이 웃음을 터뜨리며 뒤편 선반에서 안나 마리아의 바이올린 케이스를 꺼내자 엘리사베타는 동전을 몇 닢 건네고 그의 두 손을 부여잡는다.

"감사합니다." 안나 마리아는 우물우물 말하고 케이스를 얼른 낚아채 품에 안는다.

엘리사베타가 주인에게 감사의 뜻을 전하고 사업과 가족의 안부를 챙기는 동안 안나 마리아는 실눈을 뜨고 지켜보며 다음 행보를 고민한다. 엘리사베타와 돈 많은 친구들은 늘 그녀의 수업을 방해했다. 엘리사베타는 그녀를 싫어한다. 덕분에 바이올린을 되찾을 수 있었을지 몰라도 믿을 수 있는 여자는 아니다.

안나 마리아는 결정을 내린다. 그녀에게서 도망치기로. 달아나야 한다. 바로 지금.

다시 밖으로 뛰쳐나온 그녀가 창가 화단에 가득 심긴 로즈마리 향을 맡으며 운하 옆 좁은 골목길을 달리려 할 때—

"그렇게 그녀는 달렸습니다." 몇 발짝 뒤에서 엘리사베타가 말한다. 안나 마리아는 끙 하는 소리를 내며 돌아본다.

엘리사베타는 한숨을 쉰다. "이 길 끝에서 오른쪽으로 꺾어서 운하를 지나 계속 가면 석호가 나와. 거기에 도착하면 네가 아는 길이 나올 거야. 내 집은 리알토 다리를 건너서 시장 뒤편 부둣가에 있어. 무늬가 새겨진 쌍여닫이문이 달려 있고. 생각 있으면 오다가다 들르라고."

"당신 도움은 필요 없어요." 안나 마리아는 말한다.

"그렇겠지." 엘리사베타는 고개를 끄덕인다. "좋을 대로 하렴."

생선 광주리를 짊어진 장수가 지나가자 소금과 바다 냄새가 둘 사이를 구불구불 관통한다. 안나 마리아는 이제 그만 떠나려고 하지만 엘리사베타가 다시 말을 건넨다.

"이거 하나만 기억해 주길 바랄게. 나는 베네치아에서 50년 넘게 살았어. 그동안 너와 비슷한 아이들을 숱하게 만났고 이 도시가 너 같은 아이들을 파괴하는 것을 지켜보았지. 필요할 때 남의 도움을 받는 건 부끄러운 일이 아니야."

밤은 어둡고 춥고 하늘에서는 보슬비가 내리기 시작한다. 안나 마리아는 아치 모양의 다리를 앞에 두고 무너져 가는 벽돌 담벼락에 등을 대고 앉아 있다. 성난 운하가 제방을 덥석거린다. 지나가던 사람이 보고 채어가지 못하게 바이올린은 뒤에 감추었다. 언제라도 싸울 수 있게 온몸에 힘을 주고 있다.

검은 천을 머리에 묶은 거지 할머니가 고개를 수그리고 다가온다. 등이 어찌나 굽었는지 바닥과 거의 수평을 이루고 있다. 조그만 지팡이로 천천히 바닥을 긁으며 걷는다. 부우욱, 탁, 부우욱, 탁. 안나 마리아의 맥박이 빨라진다.

할머니가 안나 마리아의 옆에 다다른다. 허공에서 비 맞은 흙냄새가 난다. 안나 마리아는 숨을 들이마신다. 하지만 할머니는 망토 안에서 동전을 꺼내 안나 마리아의 무릎에 던져준다.

안나 마리아는 놀란 마음에 벌떡 일어나 멀어져 가는 할머니를 지켜본다. 거지가 그녀에게 돈을 준 것이다. 자기가 그 지경에 이르렀다는 말인가.

잠시 후 뒤에서 발소리가 들리는데, 하도 빨라서 미처 대응할 겨를이 없다.

달려온 남자에게 들이받혀 담벼락에 부딪히자 안나 마리아의 숨이 턱 막힌다. 그녀는 손을 위로 올려 방어 자세를 취하지만 다른 남자가 그에게 달려들고, 둘은 쏟아지는 비를 맞으며 자갈길 위에 대자로 뻗는다. 주먹질과 신음과 한숨 소리가 난무한다. 그녀는 그 자리에서 꼼짝하지 않는다. 움직였다가는 그들이 그녀의 존재를 알아차리고 공격 대상을 그녀로 바꿀 수도 있다. 질척한 소리에 이어 끙끙대는 소리가 들린다. 한 남자가 물웅덩이를 첨벙첨벙 밟아가며 도망치고, 다른 남자는 골반 위쪽에 생긴 핏자국을 움켜쥔 채 비틀거리며 일어나 왔던 길을 비척비척 되짚어간다.

안나 마리아는 고민하지 않는다. 바이올린 케이스를 들고 사력을 다해 달린다. 리알토 다리를 향해.

그녀는 동그랗게 뜬 눈으로 어깨 너머를 흘끗거리다 숨을 헐떡이며 문을 두드린다. 비를 맞아서 망토와 머리가 흠뻑 젖었다. 검은색 원피스에는 몸싸움을 벌이던 남자들에게서 튄 핏방울이 묻었고 치맛단은 흙탕물을 흠뻑 뒤집어썼다.

그런 몰골을 보며 문을 연 하녀는 당연히도 자기 앞에 서 있는 젊은 여자를 보고 저리 가라고, 여기는 그녀가 있을 곳이 아니라고 한다. 하지만 현관에 서 있던 엘리사베타가 뒤편에서 가만히 말한다. "방으로 데려가."

비단 침구 속에서 며칠이 지난다. 안나 마리아는 잠에서 깨지 않으려 한다. 어쩌다 한 번씩만 눈을 떠서 협탁에 누가 두고 간 묽은 죽을 먹는다. 어둠 속에서 소용돌이치는 생각들이 이불을 더 높이 끌어당기고 정적 속으로 몸을 더 깊숙이 묻게 한다.

그녀는 엉망진창이다. 사회 지도층의 동정을 살 만큼. 너무 바보 같았고 너무 생각이 짧았다. 그녀는 끙끙대며 몸을 돌려 매트리스에 얼굴을 묻는다. 이제는 더 이상 떨어질 곳도 없다.

침대 발치에서 엘리사베타가 등장한다. 안나 마리아는 열어젖힌 덧문 사이로 들어오는 햇빛을 막느라 눈을 가린다. 엘리사베타는 뜨거운 물이 담긴 구리 대야, 자수가 놓아진 무명 수건, 손잡이에 진주가 달린 빗을 창가 화장대 위에 놓는다. 빳빳한 리넨으로 만든 가운이 그 옆에 놓여 있다. 안나 마리아의 원피스도 빨아서 말려놓았다.

이제 침대 쪽으로 돌아온 그녀는 말려서 의자에 걸쳐놓은 안나 마리아의 벨벳 망토에 손을 얹는다. 뭐라고 말을 하려다가 허리를 숙여 망토에서 러그 위로 떨어진 반쪽짜리 트럼프를 집는다. 햇빛이 비치는 쪽으로 들고서, 예리하게 사선으로 잘린 면과 하트 퀸의 가면에 그려진 금색 점과 소용돌이무늬를 유심히 들여다본다.

"제 거예요." 안나 마리아는 얼른 말한다.

고개를 돌린 엘리사베타의 눈빛에 뭔가가 있다. 안나 마리아의 목이 멘다. 엘리사베타는 카드를 화장대 위에 놓고 그 위에서 한동안 손을 거두지 않는다.

"준비가 끝나면 1층 응접실에서 만나자." 그녀는 이렇게 말하고 나간다.

안나 마리아는 있는 힘을 다해야 침대에서 몸을 일으킬 수 있지만, 왠지 모르게 일어나 엘리사베타가 시키는 대로 해야만 할 것 같다. 속이 뒤집어진 듯하지만 따뜻한 물로 팔다리를 씻었더니 조금 낫다. 이제 그녀는 방문을 열고 햇빛이 환하게 비치는 넓은 복도로 나서 깨끗한 가운을 입고 구불구불한 계단을 향해 걸음을 옮긴다.

발바닥에 닿는 대리석 바닥이 시원하다. 한 손으로는 천을 씌운 벽을 더듬고, 다른 손으로는 바이올린 케이스를 움켜쥐고 있다. 두 번 다시는 바이올린과 떨어지지 않을 것이다.

맞은편에 손으로 그린 족보가 걸려 있는데, 시조의 탄생이 1305년이다. 정교한 금테 액자에 담긴 초상화가 복도 이 끝에서 저 끝까지 걸려 있는데, 모델들마다 레이스와 진주를 달고 있다. 복도 맨 끝에는 진홍색 술이 달린 벨벳 커튼이 있다. 여기에 비하면 피에타는 어두컴컴한 잿빛 감옥이다.

그녀는 계단 앞에 거의 다다랐을 때 걸음을 멈춘다. 그녀 오른쪽 방향에 천사 모양 손잡이가 달린 두툼한 호두나무 문이 살짝 열려 있다. 거기서 향기가 쏟아져 나온다. 야생화가 핀 벌판처럼 기분 좋은 향기다. 그녀는 문을 조금 더 열어본다.

벽에 복숭아색 새틴을 바른 조그맣고 예쁜 방이 눈앞에 펼쳐진다. 오른편에는 가늘고 둥그스름한 다리가 달린 테이블이 있다. 반질반질하게 광을 내서 안구처럼 빛을 반사한다. 그 위에 레이스 보닛과 장갑이 가지런히 놓여 있다. 어린아이 손에 맞는 크기다. 조그만 벨벳 드레스 밖으로 발을 내민 인형이 그 바로 옆에 꼿꼿이 앉아 있다.

한쪽 구석에 놓인 흔들의자는 'I'라고 이니셜을 수놓은 천이 등받이에 걸쳐져 있다. 벽에는 금박을 입힌 거울이 리본에 묶여서 걸려 있다. 그리고 아기 침대가 있다. 나무 침대고, 접어서 한쪽으로 치운 하얀 이불 말고는 아무것도 없다. 너무 깔끔하고 레이스도 주름 하나 없다. 아무도 건드린 적 없는 듯이 완벽하다.

마룻바닥이 삐걱거리는 소리에 안나 마리아는 움찔한다. 엘리사베타가 옆으로 다가와 그녀가 아니라 방 안을 들여다본다. 천사 모양 손잡이를 말없이, 가만히 잡아서 문을 닫는다.

그녀는 안나 마리아를 쳐다보지도 않고 이렇게 말한다. "나랑 얘기 좀 하자."

"앉아라." 그녀는 응접실에서 맞은편 의자를 가리키며 말한다.

안나 마리아는 의자에 앉아서 발에 닿을 만큼 가까운 바닥에 바이올린 케이스를 놓는다. 엘리사베타는 고급 커피잔을 들고 벽난로 옆에 놓인 큼지막한 의자에 마주 앉는다.

이제 하녀가 들어와 테이블에 놓인 주전자를 집는다. 꽃과 이파리가 그려진 크림색 주전자의 주둥이에서 김이 모락모락 피어오른다. 그녀는 똑같은 잔에 커피를 따라 안나 마리아에게 건넨다.

"고마워, 루치아." 엘리사베타가 말한다.

하녀는 한쪽 다리를 뒤로 빼며 인사하고 나간다. 엘리사베타는 안나 마리아를 돌아본다.

"어떻게 된 일인지 설명해 주겠니? 아주 사소한 부분까지 남김없이."

"제가 말씀 드려봐야 이해하지 못하실 거예요."

엘리사베타는 웃음을 터뜨린다. 건조하고 짧게.

"그럴 리가 있나. 너도 내 나이가 되면 별의별 일을 다 겪어서 이해하지 못할 일이 없을 거다."

안나 마리아는 입을 꾹 다물고 그녀를 잠깐 응시하다가—

"왜 이러세요? 왜 저를 도와주시는데요? 저를 잘 알지도 못하고 심지어 저를 좋아하지도 않으시잖아요."

엘리사베타는 한숨을 쉬고 커피를 한 모금 마신다. "그냥 고맙다는 인사 한마디면 충분할 텐데."

안나 마리아는 미간을 찌푸린다. "이유를 얘기하지 않으실 거예요?"

엘리사베타는 한쪽 눈썹을 추어올린다. 안나 마리아는 그녀의 눈을 잠깐 동안 쳐다본다. 둘은 서로 힘겨루기를, 그리고 신경전을 벌인다.

"좋아요." 안나 마리아는 더 이상 침묵을 지킬 수가 없기에 결국 이렇게 말한다.

이윽고 그녀의 입에서 이야기가 술술 쏟아져 나온다. 말다툼. 키아라의 배신. 선생님이 저지른 짓. 그가 앗아간 것.

이야기가 끝나자 엘리사베타는 고개를 갸우뚱한다. 안나 마리아의 안색으로부터 좀 더 깊숙이 감추어둔 비밀이나 밝히지 않은 진실을 살피기라도 하는 것처럼 군다.

"그가 너를 인정하지 않고 네가 쓴 작품을 태워버려서 놀랐니?" 마침내 그녀가 묻는다.

"네……." 누가 들어도 빤한 질문이라 안나 마리아는 느릿느릿 대답한다.

순간 정적이 흐른다. 잠시 후 엘리사베타는 몸을 앞으로 숙이고 갈비뼈를 들썩여 가며 웃는다. 커피를 쏟지 않으려고 잔을 테이블 위에 내려놓는다.

안나 마리아는 놀람과 짜증이 섞인 소리를 내며 팔짱을 낀다.

"너 괜찮은 거지?" 이번에는 엘리사베타가 이렇게 묻는다. "이 도시에서 남자를 조롱한 여자들은 사라지거나 죽거나 둘 중 하나거든. 특히 그이처럼 정서가 불안한 남자를 건드린 경우에는."

"하지만 전부 사실인걸요!" 그녀는 외친다. "선생님은 제 아이디어를 훔쳐가서 자기 거라고 했어요. 저에게는 제 곡을 발표할 권리가 있어요. 제 이름을 세상에 알릴 권리도 있고요."

“그게 무슨 권리인데?” 엘리사베타가 걸고넘어진다. “하느님이 너에게 무슨 권한을 부여했길래?”

“저는 안나 마리에 델라 피에타예요. 유명한 음악가예요.”

엘리사베타가 다시 깔깔댄다. 안나 마리아는 몸을 내밀어 테이블에 놓인 잔을 쳐서 떨어뜨리고 그 비싼 주전자를 발로 밟아서 한 방에 박살 내고 싶어진다. 엘리사베타는 어느 정도 시간이 지난 다음에야 이렇게 말한다. “네 유명세는 아무 의미 없어. 너는 계집애잖아! 아니다, 젊은 아가씨지. 아무도 너한테 알려주지 않던?”

안나 마리아는 인상을 쓰며 자리에서 일어난다. 나가서 다른 묵을 데를 찾아봐야겠다. “됐어요. 이해 못 하실 줄 알고 있었어요.”

“잠깐.” 엘리사베타는 손을 내밀어 그녀를 도로 앉힌다. 안나 마리아는 내키지 않지만 다시 앉는다. “미안. 그렇게 웃다니 내가 잘못했네. 그게⋯⋯.” 엘리사베타는 다음 말을 고민한다. “너처럼 투지로 똘똘 뭉친 사람을 만난 게 하도 오랜만이라. 그게 어떤 건지 잊고 있었다.”

안나 마리아는 씩씩댄다.

“화가 났나보구나.” 엘리사베타는 뒤로 기대앉아 커피를 다시 한 모금 마시며 말한다.

“네, 화났어요! 분해요!”

“그럼 그걸 활용해 봐.” 그녀가 딱 잘라 말한다.

안나 마리아는 미간을 찌푸린다.

“네 분노를 말이야.”

안나 마리아는 공허한 웃음을 터뜨린다. “부인처럼 돈도 많고 권력도 있는 사람은 그런 말을 쉽게 할 수 있겠죠.” 그녀는 엘리사베타가 그녀의 바이올린을 저당 잡고 있는 남자에게 얼마나 아무렇지 않게 돈을 주었는지, 그녀에게 소리를 지르는 수밖에 없었을 때 그 둘이 서로 웃으며 어떤 식으로 악수했는지 기억을 되짚는다. “저는 가진 게 아무도 없는데 무슨 수로 제 선생님을 상대할 수 있겠어요?”

“너한테 돈은 없을지 몰라도 권력은 있어. 사람들로 하여금 귀 기울일 수밖에 없도록 만드는 도구를 가지고 있으니. 네 음악 말이다.”

안나 마리아는 의자에 몸을 묻는다. 어떤 생각 하나가 그녀의 발목을 잡는다.

“선생님 때문만은 아니에요.” 안나 마리아는 아까보다 조그만 목소리로 이렇게 말한다. 잠시 정적이 흐른다. 차마 입을 열 수가 없다. “제가 도망쳤거든요. 걔를 두고.”

엘리사베타는 몸을 앞으로 내민다.

“제 친구. 소중한…… 파울리나를 두고.” 그녀는 간신히 이 말을 내뱉는다. 눈물이 손 위로 뚝뚝 떨어진다. “아이를 낳고 있었는데, 들킬까 봐 너무 무서웠어요. 나 혼자 살겠다고 그 친구를 두고 도망쳤어요. 수녀님들이 그 친구를 데려갔어요. 그러니까…… 들킨 거예요.”

엘리사베타는 자세를 좀 더 바로 한다. “이제 내 말 잘 들어. 그런 처지에 놓이는 젊은 여자들은 수도 없이 많고, 그럴 때 어떻게 하면 되는지 아는 열일곱 살짜리는 없어. 이 일 때문에 침몰하면 안 돼, 안나 마리아. 너는 그런 여유를 부릴 처지가 아니야.”

안나 마리아는 이런 말을 듣고 있을 수가 없기에 고개를 젓는다.
"아니에요. 저는 괴물이에요. 괴물의 자식이에요."

"그게 도대체 무슨 소리니?"

"그분은 저를 물에 빠뜨려 죽이려고 했어요." 안나 마리아는 조그
맣게 속삭이지만 여전히 그 사실을 믿을 수가 없다. 허파에 물이 차
기 시작하고 눈앞이 빙글빙글 돌고 숨을 헐떡인다. 이러다 운하에
떨어진 빗방울처럼 그냥 해체되고 말겠다. 수면 위에 오목하게 자국
을 남기는 그 한순간 하늘로 튀는 불똥, 하지만 이내 심연으로 흡수
돼 한데 섞이고, 그렇게 사라지는 것이다.

"네 어머니 말이니?" 엘리사베타가 조용히 묻는다.

안나 마리아는 아무 말도 할 수가 없기에 고개를 끄덕인다. 딱 한
번.

그러자 엘리사베타는 자리에서 일어나 그녀의 손을 잡는다. "같
이 나가자, 지금 당장."

"어디 가는 거예요?"

안나 마리아는 바이올린을 끌어안고 어두컴컴한 그녀의 방으로
다시 기어들어 가서 이불을 뒤집어쓰고 겨울잠을 자는 동물처럼 가
만히 누워 있고 싶은 생각뿐이다. 이건 싫다. 눈부시게 내리쬐는 햇
빛을 맞으며 배를 타고 운하를 이동하는 건 싫다. 안나 마리아의 시
선은 그녀를 올려다보는 갓난아이를 찾느라, 그들의 끔찍한 마지막
표정과 '너'라고 속삭이는 죽은 얼굴을 찾느라 수면을 훑는다.

엘리사베타는 아무 대답도 하지 않고, 가게 주인과 행상인들이 외

치는 소리로 북적대는 대운하의 넓은 물살을 지나 미궁처럼 얽힌 좁은 수로로 들어가는 동안 정면만을 응시한다. 그들은 판잣집, 과일과 채소가 빼곡히 쌓여 있는 선착장, 수면 위로 둥그스름하게 솟은 대저택의 반짝이는 전면을 지난다. 도시 깊숙한 데로 들어서자 운하의 비취색이 더 짙어지고 고목처럼 울퉁불퉁하게 뒤틀린다.

엘리사베타가 손으로 조그맣게 신호를 보내자 사공이 어느 다리 아래를 지나도록 방향을 튼다. 안나 마리아도 손을 뻗으면 닿겠다 싶을 만큼 낮은 다리다. 공기가 더 답답하고 습해지고 햇볕이 돌벽 위로 찌를 듯이 쏟아진다. 잠시 후에는 냄새가 달라진다. 대운하 주변의 대저택에서 은은하게 풍기던 값비싼 재스민과 장미 향이 오줌과 술과 썩은 내로 바뀐다. 물결이 마치 수면 아래로 빨아들이고 싶은 것처럼 곤돌라 옆면을 때린다. 안나 마리아는 주춤주춤 안쪽으로 자리를 옮긴다. 이 일대에서는 집들이 수면 위로 솟구치는 게 아니라 그 속으로 주저앉는 것처럼 보인다.

시장 근처에 왔는지 사람들이 향신료와 옷감을 흥정하는 소리가 물을 건너 그들에게까지 전해진다.

"얼마나 더 가야 할까요?" 사공은 중얼거린다. 평생 노를 젓다 보니 엄지손가락이 삐딱하게 튀어나온 남자다. "산폴로에 있다고 하셨는데, 도착했는뎁쇼."

엘리사베타는 가장 가까운 건물 앞에 배를 대라고 한다. 그런 다음 한쪽 팔을 내밀고 손바닥을 펼쳐 보인다. 곤돌라가 가만히 앞뒤로 흔들린다.

"아까 그 카드." 그녀가 말한다.

안나 마리아는 망토에서 카드를 꺼내 그녀에게 건넨다.

엘리사베타는 배에서 내려 어느 건물 안으로 들어갔다가 금세 나와서 다시 배에 올라탄다. 한 시간쯤 이러기를 반복하는데, 횟수가 거듭될수록 점점 체념하는 표정을 짓는다. 안나 마리아는 피곤하고 사지가 쑤셔서 돌아가고 싶은 마음뿐이다.

"저 앞, 오른쪽으로." 엘리사베타가 앞에 보이는 3층짜리 건물을 가리키며 말한다. 회반죽은 벗겨져 가고 깨진 덧문이 덜커덩거리는 건물이다. 그 맞은편 건물에서는 여자 둘이 원피스를 허리까지 내려 가슴을 드러낸 채 발코니 위로 몸을 숙이고서 재잘재잘 대화를 나누고 있다. 안나 마리아는 머리 위에서 울어대는 갈매기 소리에 집중하며 애써 귀를 닫으려고 한다. 그렇게 눈을 감고 얼굴을 돌리고 있을 때 조금 더 큰 곤돌라가 옆을 쌩하니 지나가 물살에 여자들의 말소리가 먹히고 만다. 잠시 후에 다시 위를 올려다보니 발코니로 나온 키 큰 남자가 못이 박인 손으로 두 여자를 묵직한 커튼 뒤편으로 끌고 간다.

"여기야." 엘리사베타가 말하자 사공은 포르콜라, 즉 호두나무 갈고리에 걸어두고서 방향을 조종할 때 쓰는 노를 움직여 말없이 배를 댄다. 엘리사베타는 안나 마리아 쪽으로 고개를 돌려 호박색 눈으로 그녀의 눈을 똑바로 쳐다본다.

"네가 아는 베네치아는 대저택과 황금의 도시일 거다. 신에게 걸맞은 음악의 도시이기도 하고. 너에게 있어 교육은 당연한 것이었고, 네 고아원은 각국의 왕과 여왕들이 자주 방문하는 장소지. 하지만 나와보면 다른 세상이 있어. 죄악이 넘쳐나고 폭음과 욕망과 탐욕이 넘쳐나는 도시가. 그 모든 것의 중심에는 섹스가, 그리고 그로 인해 파멸의 길을 걷는 여자들이 있지." 엘리사베타는 이제 허리를 숙여 그녀의 말이 그들을 비추는 햇빛처럼 선명하게 들리도록 한다. "너는 괴물의 자식이 아니야. 이곳의 자식이지." 그녀는 건물을 가리킨다.

안나 마리아는 분노로 가슴이 빠르게 쿵쾅거리는 것을 느낀다. 그녀가 미끄러운 돌계단 위로 발을 내딛자 배가 출렁거린다.

늙수그레한 여자가 입구에 걸어놓은 술 달린 빨간색 커튼 사이로 모습을 드러낸다. 등이 굽었고 살이 늘어진 목에 노란색 스카프를 매고 있다.

"남자 아니면 여자?" 그녀가 운하를 위아래로 훑어보며 묻는다. 안나 마리아를 쳐다보지는 않고 그녀의 당황한 기미도 알아차리지 못한다.

"그게…… 무슨 말씀이세요?"

"어느 쪽을 원하느냐고. 열네 살 아래부터는 더 비싸."

열네 살 아래? 안나 마리아의 속이 울렁거린다.

엘리사베타가 그녀의 옆으로 다가온다. 노파가 갑자기 고개를 숙인다. "죄송합니다, 부인. 제가 몰라뵈었네요." 그 둘은 수군수군 대화를 나눈다. 안나 마리아는 몇 단어를 주워듣는다. '고아'라는 단어와 '어머니'라는 단어다. 노파는 어쩌다 한 번씩 안나 마리아를 흘끗거린다. 막판에 딱 한 번 고개를 끄덕인다.

엘리사베타가 사선으로 잘린 카드를 내민다. 노파는 그걸 들고 커튼 너머로 사라진다. "따라오세요"라는 말이 그들 뒤편에서 둔탁하게 들린다.

안나 마리아는 손을 내밀어 묵직한 커튼을 옆으로 밀어젖히고 다시 한번 빛을 등지고서 떠난다.

25

그들은 어두컴컴하고 좁은 복도의 긴 나무 의자에 앉아서 기다린다. 벽에 붙어 있는 이 의자에는 얼룩덜룩한 쿠션이 놓여 있다. 침대 헤드가 쿵, 쿵, 쿵 하고 벽에 부딪히는 소리에 맞춰 천장이 흔들리고 먼지가 우수수 떨어진다.

엘리사베타가 안나 마리아의 무릎에 손을 얹는다. 이제 보니 다리를 덜덜 떨고 있었다.

안나 마리아는 심호흡을 하고 주변을 파악하는 데 집중한다. 입구 옆 탁자 위에서 길쭉한 양초 몇 개가 타고 있다. 큼지막한 책자도 있다. 그녀는 자리에서 일어나 그 앞으로 다가간다. 가장자리가 말린 종이에 싸구려 잉크로 이름과 화대, 심지어 특징까지 적혀 있다. 아나스타시아는 '날씬하고 날렵하다'. 파트리치아는 '예쁘고 말을 잘 듣는다'. 안나 마리아는 고개를 저으며 파트리치아의 이미지를 머릿속에서 떨쳐버리려고 한다. 다른 집중할 거리를 찾는다.

책자 옆에 뚜껑이 없어서 말라가는 잉크병이 놓여 있다. 깃펜의 깃털이 부스스하고 듬성듬성하다. 여기서 나는 냄새는 잘 파악이 되지 않는다. 여러 냄새가 한데 뭉뚱그려졌다. 꽃향기가 섞인 자극적인 사향 냄새, 퀴퀴한 담배 냄새, 포도주 냄새도 살짝 나지만 그 아래에 뭔가 다른 것이 있다. 내밀하고 인간적이며 원초적인 냄새. 그녀는 이 냄새 때문에 불편해져서 몸을 움직이다가 깃펜을 쳐서 떨어뜨린다.

"이쪽으로 오세요." 왼쪽의 어느 방에서 나온 노파가 엘리사베타에게 말한다. "조만간 생리 때 쓸 천과 물, 음식이 좀 더 필요할 거예요. 다음 번에 오실 때 부탁드려도 될까요?"

엘리사베타는 걱정 말라는 듯 노파의 어깨에 손을 얹는다. 안나 마리아는 그걸 보고 그래도 되나 의아해한다. 저 노파와는 접촉을 자제하는 편이 좋지 않을까?

"내일 들고 올게요." 그녀가 말한다.

하지만 이제 안나 마리아의 관심사는 노파나 엘리사베타가 아니다. 그들이 들어선 넓은 방이다.

그녀가 요전 날 밤에 갔던 곳과 별반 다르지 않은 일종의 은신처다. 천장에 천이 매달려 있다.

민머리 여자가 금이 간 거울 앞에 앉아서 눈썹을 뽑고 뺨에 연지를 바르고 있다. 가발이 거죽을 벗긴 짐승처럼 그녀의 앞쪽 화장대에 놓여 있다. 다른 여자 넷은 잠이 들었거나 기절했는지 바닥에 누워 있다. 위층 어느 방에서 신음 소리가 나지막한 파도처럼 밀려온다.

"젤트루데가 아는 게 있다네요." 노파가 말하며 그들을 한쪽 구석으로 손짓해 부른다. 거기에 안나 마리아가 보지 못한 다른 여자가 벽에 등을 대고 다리를 뻗고 앉아 있다. 실크 가운을 입었고 헝클어진 머리는 양옆으로 땋았다. 조그만 천을 손에 쥐고 분홍색 실로 꽃을 수놓고 있다.

노파가 허리를 수그리고 안나 마리아의 반쪽짜리 트럼프를 내민다. 젤트루데는 아무 말 없이 천을 내려놓고 옆 바닥에 놓인 큼지막한 나무 상자 쪽으로 몸을 돌린다. 손목에 든 멍이 은은한 촛불에 비쳐 보인다. 자기 피부색보다 색이 더 옅은 파우더를 발라놓았다. 세상에는 가릴 수 없는 상처도 있다.

여자는 뚜껑을 열고 손끝으로 이리저리 뒤지기 시작한다.

상자 안에는 이런저런 물건들이 잔뜩 들어 있다. 반으로 잘린 단추들이 바닥에서 덜거덕거리고 새와 나무를 수놓은 천이 못해도 50개는 되어 보인다.

"저게 왜 저렇게 많아요?" 안나 마리아는 엘리사베타에게 조그맣게 묻는다.

"전부 엄마들이 두고 간 거야. 나중에 아이를 데려올 때 쓸 증표로."

안나 마리아는 썰물 빠지듯 점점 고요해지다가 잠잠해지는 멜로디처럼 분노가 증발하는 것을 느낀다.

부스럭거림이 멈춘다. 젤트루데가 잡동사니 깊숙한 데서 카드를 꺼낸다. 들어서 깜빡이는 촛불에 비춰본다. 이번에는 안나 마리아에게 받은 반쪽을 들어 원래 그럴 운명이라도 됐던 듯이 둘을 합친다.

영혼을 공유하는 두 조각의 카드가 17년 만에 어둠 속에서 만난다.

"이름은 아마라였어." 젤트루데가 말한다. 목소리가 허스키하고 최소 두 번째 인생을 사는 듯 심드렁하다.

엘리사베타가 쿠션을 가리킨다. 둘은 책상다리를 하고 여자의 옆에 앉는다.

"착한 아이였지. 이 도시가 아니라 시골 마을의 세탁소 집안 출신이었고. 아버지가 이 도시에 사는 어느 귀족에게 재킷 배달을 맡겼나 봐. 귀족이 보기에 예뻤는지, 너무 예뻐서 탈이었다고 볼 수도 있겠지만 아무튼 자기 정부로 삼아서 집도 주고 심지어 교육도 받게 했어. 하지만 몇 달이 지나니까 싫증이 나서 어느 돈 많은 유대인에게 넘겨버렸는데, 얼마 안 돼서 그 유대인에게까지 버림을 받았지 뭐야. 그래서 집으로 돌아가려고 했지만 아버지가 받아줘야 말이지. 차비가 없으니 결국에는 거리의 여자가 됐지. 여러 번 자살을 시도했어. 한 번은 물에 빠져 죽으려고 했고, 또 한 번은 칼로 그었고."

"왜 그랬는데요?" 안나 마리아는 조용히 묻는다.

"우리 대부분은 한 번쯤 그러곤 해. 이보다 더 내려갈 곳도 없고 더 우울할 수도 없을 때 그것 말고 뭘 할 수 있겠니?" 젤트루데는 뚜껑을 닫고 말을 잇는다. "그 친구는 여기 들어오기 직전에 피에타에 아이를 맡겼어. 열일곱 살밖에 안 됐는데 먹은 것도 없고 목말라 죽기 일보 직전이고 엉망이었지." 그녀는 말을 멈추고 혼자 험상궂게 웃는다. "베네치아는 물의 도시라는데 가난한 사람들의 갈증은 해결하지 못한단 말이야."

"내가 그분을 망가뜨렸어요." 안나 마리아는 혼잣말처럼 속삭인다. 여기가 아니라 피에타에 있는 그녀의 방을 떠올린다. 섬뜩한 색종이 조각처럼 찢겨서 바닥에 흩뿌려진 엽서를 떠올린다. 종이가 아니라 그녀의 살을 찢기라도 한 것처럼 충격이 몸으로 느껴진다.

"여기서 일하던 여자의 눈에 띄어서 여기로 들어오게 됐어." 젤트루데는 말을 잇는다. "리알토 다리 뒤편의 어느 여관 앞에 기절해 있었나 봐. 착한 애고 하니 불쌍하게 여긴 거지. 아직 앞날이 창창할 수도 있고. 그래서 그 여자가 아마라를 여기로 데려왔어. 나는 그때 옆에서 구경하면서 팁도 좀 챙기고 요령도 배우는 어린애였어. 아마라는 그 여자의 보살핌 덕분에 건강해졌고 심지어 미모도 되찾았지. 눈이 너처럼 쨍한 초록색이었어. 그리고 말하는 게 특이했고. 단어마다 맛과 색이 있다고 그랬거든."

안나 마리아는 이제 좀 더 똑바로 앉는다. "색이요?"

"'춤'이라는 단어에서는 감귤 맛이 나고 '여자아이'라는 단어는 파란색이랬어."

안나 마리아의 시야가 흐려진다. 좀 전까지는 반신반의했다. 제대로 찾아왔을 리 없다고, 이 젤트루데라는 여자가 어머니를 알았을 리 없다고 생각했다. 하지만 안나 마리아는 여태껏 자기 같은 사람은 만나본 적이 없었다. 세상을 알록달록하게 느끼는 사람은. 어머니. 그녀의 어머니. 그녀는 실존했다.

"우리들은 그녀가 엉뚱하다고 생각했지." 젤트루데가 말한다. "하지만 그런 식으로 볼 줄 안다니 근사했어. 그 빨간색과 초록색과 파란색에서 희망을 느낄 수 있었거든. 어느 정도 시간이 지나니까 자기 딸 얘기를 하기 시작하더라. 피에타 담벼락에 뚫린 구멍에 두고 왔다고. 여기 여자들 중에 다시 가서 아이를 만나고 심지어 돈을 모아서 아이를 직접 키우는 경우도 있었거든. 그게 그녀에게 사는 목적이 되어줘서 몸도 튼튼해지고 눈빛도 조금 살아났지. 게다가 미모를 되찾았으니 선택의 여지가 생겼어. 상대할 남자를 고를 수 있었다는 뜻이야. 모두가 그럴 수 있는 건 아니거든. 대부분 자기를 골라주는 남자한테 학대나 당하지. 하지만 아마라는 선택할 수 있었어. 베네치아에서 제일 돈이 많은 남자들로. 덕분에 자신감을 얻었고 술을 끊을 수 있었지. 어찌어찌 돈도 제법 모을 수 있었고. 아마라는 여름이면 여기 일을 그만두고 딸을 찾으러 갈 생각이었어. 셋집도 하나 장만하고."

젤트루데는 아마라의 반쪽짜리 카드를 엄지와 검지로 든다. 이제 보니 손톱을 끝까지 잘근잘근 씹어놓았다. "이걸 화장대 뒤편 벽에 보관했거든. 나는 그때까지 천, 단추, 리본, 동전이라면 모를까, 이런 식으로 자른 카드는 본 적이 없었어. 그녀가 밤에 이걸 벽에 감추는 걸 몇 번 훔쳐보았지. 그녀는 아무도 모를 거라고 생각했지만 나는 알았어. 나는 아마라를 훔쳐보는 걸 좋아했거든. 달걀이라도 되는 듯이 조심스럽게 토닥였는데. 착한 여자였는데, 결국에는 매독으로 저세상 사람이 됐지 뭐야." 그녀는 한숨을 쉰다. "그때가 스물세 살이었나 스물네 살이었나 그랬을 거야."

젤트루데는 이제 안나 마리아의 뺨을 잡고 촛불 쪽으로 얼굴을 돌린다. "천연두니?" 그녀가 남은 흉터를 살피며 묻는다.

안나 마리아는 숨을 쉬는 것조차 잊고 있다. "네." 그녀는 가까스로 대답한다. "여섯 살 때 걸렸어요."

"가볍게 지나갔구나." 젤트루데는 말하고 다시 수를 놓기 시작한다. 분홍색 실을 몇 번 잡아당긴다. 그러더니 동작을 멈추고 안나 마리아의 눈을 똑바로 쳐다본다. "그녀가 작정하고 너를 가졌을까? 아니. 그 어린 나이에 그게 무슨 일인지 알 길이 없었겠지. 하지만 네가 그녀를 망가뜨렸다고? 그건 아니다, 아가. 그건 절대 아니지."

"그분은 제 나이 때 저를 가졌어요." 안나 마리아는 자기 무릎을 내려다보며 말한다. 엘리사베타와 함께 곤돌라를 타고 유곽에서 멀어지는 동안 그녀의 손바닥 위로 눈물이 뚝뚝 떨어진다. "저는 그분이 괴물인 줄 알았는데."

"괴물일 리가. 그저 그 어떤 것도, 그중에서도 특히 자기 자신을 사랑할 이유가 없었던 평범한 여자였지."

배가 가볍게 까딱이며 잔잔한 수면을 가른다. 이따금 다른 배가 지나갈 때마다 물살에 흔들리며 빽빽하게 엉킨 운하를 구불구불 지나 석호로 나선다. 등 뒤로 도시가 점점 멀어져 간다.

"장관이지?" 엘리사베타가 묻는다.

사공이 노를 저어, 돌로 만든 왕관처럼 수면 위로 건물들이 삐죽 솟은 베네치아를 돌아볼 수 있게 배를 돌린다.

"이렇게 부유한 도시는 그 어디에도 없지. 예술을 볼 줄 아는 눈이 있고 음악을 들을 줄 아는 귀가 있고. 꿈이 있는 사람은 성공할 수 있고. 온갖 죄악이 들끓어도 세상에서 가장 번성하고 평화로운 도시야. 여기에서 태어난 게 얼마나 행운이니."

그녀는 이제 안나 마리아를 쳐다본다. "네가 얼마나 운이 좋은지 이제 알겠니? 남들에게 없는 걸 얼마나 많이 가지고 있는지. 그래, 네 어머니가 너를 키우지는 못했지. 하지만 대신 기회와 교육과 음악이 네게 주어졌잖니. 대부분의 여자아이들은 죽을 때까지 그런 게 존재하는지도 모를 선물이 말이다.”

안나 마리아는 대꾸하지 않는다. 쉽지 않았다고 말하고 싶다. 죽음과 질병, 회초리와 근신실을 겪었고 실패할지 모른다는 두려움에 계속 시달렸다고.

“그리고 필리에.” 엘리사베타는 말을 잇는다. “필리에에 입단하다니 그런 영광이 어디 있니? 안나 마리아, 너희들이 얼마나 특별한지 몰라? 너 하나만으로도 대단하지만 필리에로 한데 뭉쳤을 때는 경이로운 작품이 된다고. 너희는 믿을 수 없을 만큼 막강해.”

“모두 다 대단한 건 아니에요.” 그녀는 험상궂게 말한다. “키아라는 선생님 못지않게 저질이었어요.”

“너도 거기서 네 자리를 지키려고 네가 가진 능력을 총동원하지 않았니?”

안나 마리아는 찌르는 듯한 통증을 느낀다. 파울리나가 바닥에서 그녀를 향해 비명을 지르던 게 생각난다.

엘리사베타가 말한다. “음악이 여러모로 너를 살렸지.”

안나 마리아는 어깨를 늘어뜨리고 쭈그려 앉는다. 바람이 그녀의 긴 고수머리를 헝클어뜨린다. 공허하고 고단하다. 더 이상은 견딜 힘이 없다. 파울리나와 필리에와 그녀의 음악에 대해 하는 말을 듣는 것만으로도 내동댕이쳐져 금이 가고 박살 난 거울로 전락하는 느낌이 든다.

"아까 거기서 네가 네 엄마를 망가뜨렸다고 했지?" 엘리사베타가 조금 더 바짝 다가오며 묻는다. 내리쬐는 햇빛에 강한 턱선이 도드라지고 다이아몬드 귀걸이가 반짝거린다. "하지만 너는 어떠니? 누가 널 망가뜨렸니?"

"그만하세요." 안나 마리아는 경고한다.

석호 바닥에 걸린 닻처럼 무거운 뭔가가 가슴을 짓누른다. 그녀는 자신이 이 상실감을 평생 끌어안고 살아왔다는 사실을 깨닫는다. 그녀를 여기까지 끌고 온 원동력은 재능이나 결연한 의지가 아니었다. 그녀가 가지지 못한 모든 것이었다.

하지만 엘리사베타는 몸을 바짝 기울이고 아까보다 빠르게 말을 잇는다. "전에 한 여자아이가 무대에서 연주하는 걸 본 적 있어. 화염과 번개와 폭풍이 인간으로 구현된 아이였지. 그런 에너지, 그런 극적인 분위기와 열정은 전에도 후에도 본 적이 없어. 그 아이는 지금 어디 갔을까?"

안나 마리아는 운하를 물끄러미 들여다본다. 허파에 물이 차기 시작한다.

"망가졌지. 그 인간에게 납치당했고. 그 아이의 인생과 음악은 불길 속에서 질식했어. 반항도 못 해보고 목 졸려 죽었지."

"반항도 못 하지는 않았어요. 저는, 저는……." 안나 마리아는 말문을 맺지 못하고 뒤로 털썩 몸을 기댄다.

"내가 무대에서 보았던 그 안나 마리아라면 이런 상황을 받아들이지 않을 거야. 유명해지기 전, 으리으리해지기 전의 그 안나 마리아라면 거부할 테니."

그 말이 안나 마리아의 몸속을 두드리자 전보다 빠르게 피가 흐르기 시작한다.

"네 이야기는 어떻게 될까?" 엘리사베타가 속삭인다.

안나 마리아는 물속을 노려본다. 파울리나를 떠올린다. 그녀는 친구를 배신한 죄를 짊어지고 살아야 하겠지만, 애초에 아이를 만든 죄는 누가 짊어지고 살아야 할까? 아이 때문에 남자가 고초를 겪거나 속죄할 일은 없다. 그리고 안나 마리아의 음악, 그녀의 악상은 어떻게 될까? 그것이 없어진 일에 대해서는 누가 대가를 치를까? 아무도 모를 것이다. 아무도 신경 쓰지 않을 것이다. 그녀의 이름은 아무도 기억하지 못하게 될 것이다. 그녀가 노력을 하지 않아서가 아니라 그녀보다 능력이 부족한 인간에게 강탈당하고 파괴됐기 때문에. 그리고 그 오랜 세월 동안 그녀를 괴롭혔던 이 물, 이 어둠은 그녀의 꿈을 쥐락펴락하고, 그녀의 허파를 오그라들게 하고, 밤이면 밤마다 그녀의 숨통을 졸랐던 것에 대해 어떤 대가를 치를까?

흥분한 피가 펄떡거리며 그녀의 몸속에서 끓어오른다.

더는 용납하지 않을 것이다. 더는 그냥 끌려가 그 속에서 허우적거리지 않을 것이다. 그녀는 일어나 운하를 노려보며 욕을 퍼붓는다.

그녀의 이야기는 그녀 스스로 결정할 것이다.

안나 마리아는 비명이 터지기 전에, 엘리사베타가 앞으로 달려들며 "안 돼"라고 외치기 전에 물속으로 뛰어든다.

이 짐승과 한판 붙어야겠다. 온 힘을 다해 물리치고 말 것이다. 이 후려치는 물살에 그녀의 힘을 보여줄 것이다.

있는 힘껏 덤벼봐. 그녀는 다그친다. 나는 준비됐어. 너랑 싸울 준비가 됐어.

그런데 잠깐, 이게 무슨 일일까? 아무 힘도 아무 전의도 느껴지지 않는다. 그녀는 몸을 일으켜 선다. 따뜻한 햇볕이 얼굴을 적시고 물은 허리 높이에서 찰랑거린다.

석호. 공포의 대상이었던 이 위협적인 물의 깊이가 고작 120센티미터 정도다. 이제 안나 마리아는 고개를 뒤로 젖히고 사방으로 물방울을 튀겨가며 깔깔대고 웃는다. 그토록 무서워했던 것의 정체가 이거였다니. 이런 목욕탕 수준의, 이렇게 얕은 웅덩이였다니.

그녀는 안으로 다시 풍덩 들어갔다가 수면 위로 부상한다. 물살이 몸에 부드럽게 부딪힌다. 태양이 수평선 아래로 저물기 직전에 새로운 불길이 지펴진다. 물 위에 건설된 도시조차 태울 수 있는 불길이다.

엘리사베타는 새로 따른 커피가 담긴 잔을 들고 응접실의 큼지막하고 푹신한 의자에 앉아 텅 빈 대리석 벽난로 앞을 왔다 갔다 걷는 안나 마리아를 지켜본다.

은은한 햇빛이 길쭉한 내리닫이창을 뚫고 들어와 안나 마리아를 따뜻하게 적신다. 그녀는 피에타로 돌아갈 방법을 찾아야 한다. 파울리나의 곁으로 다시 돌아가야 한다. 잘못을 바로잡아야 한다.

엘리사베타가 했던 말에 대해 생각해 본다. 음악이 그녀의 힘이라는 말. 하지만 무슨 수로 그걸 활용할 수 있을까? 그냥 음악일 뿐인데. 그냥 멜로디일 뿐인데. 거기서 어떤 도움을—

그녀의 손가락이 손바닥을 파고든다.

그냥 음악이 아니다. 돈이 되는 음악이다. 그리고 대중들이 돈을 들고 몰려드는 것은 그녀의 이름 때문이다. 안나 마리아가 피에타에 벌어준 돈이 필리에의 다른 모든 단원이 벌어온 금액의 합보다 많다.

그녀가 필리에에 있고 싶다고 하면 필리에에서는 두 팔 벌려 환영할 것이다.

안나 마리아의 시선이 엘리사베타의 시선과 만난다. 안나 마리아는 걸음을 멈춘다. 그녀의 얼굴 위로 미소가 번진다.

엘리사베타는 한쪽 눈썹을 추어올린다. "왜 그러지?"

미소가 더욱 커진다. 그녀는 엘리사베타의 도움이 필요할 것이다. 그녀의 후원으로 새로운 공연을 기획해 달라고, 연주자는 그녀가 선별하게 해달라고 설득해야 할 것이다. 그녀 자신, 파울리나…… 심지어 키아라까지. 그거면 충분할지 모른다. 그러면 파울리나에게 기회가 생길지 모른다.

그리고 그도 감안해야 한다. 그는 무슨 일이 벌어지는지 전혀 몰라야 한다.

"부탁드릴 게 하나 더 있어요." 안나 마리아는 말한다.

이제 엘리사베타의 입술이 곡선을 그리며 미소를 짓는다. 그녀는 몸을 앞으로 기울이며 말한다. "뭔지 들어보자."

벽난로 선반에 놓인 시계가 째깍, 째깍, 째깍 움직인다. 하늘 높이 떠오른 태양의 열기가 대저택의 테라코타 타일에 반사돼 파문처럼 번진다. 안나 마리아는 반질반질하게 닦인 돌을 끽끽대고 밟아가며 엘리사베타의 집 현관에 달린 높다란 쌍여닫이문을 향해 걸어간다. 한손으로는 바이올린 케이스를 움켜쥐고 다른 손은 문고리에 손바닥을 얹고 엘리사베타를 향해 고개를 돌린다.

"파울리나가 저를 용서해 줄까요?"

"그야 나도 모르지." 엘리사베타는 말한다. "하지만 몰라도 시도는 해볼 수 있지 않을까?"

26

시계탑의 종이 한 번 울린다. 안나 마리아와 엘리사베타는 관광객과 상인들 사이를 누비며 인도를 따라 걸어간다. 갈색 재킷을 입은 남자아이가 신문을 내밀고 오늘의 단신을 외치고 있다. 나이 지긋한 여자 둘은 가판대 위로 허리를 숙이고 레이스 숄의 값을 깎으려 흥정한다. 석호 위에는 배들이 떠다닌다. 선원들의 노랫소리가 수면 위로 넘실거린다. 안나 마리아는 천천히 걸음을 멈춘다.

일주일밖에 안 됐는데 모든 게 달라졌다. 마치 피에타를 난생처음 보는 듯한 느낌이다. 흰색의 우뚝한 전면, 철창이 달린 창문, 초록색으로 칠한 덧문. 고아원이지만 이 도시에서 손꼽히는 상징적 건물이기도 하다. 그녀는 바이올린을 들고 열린 대문을 지나 나무 현관문을 밀어서 연다.

인도의 소음과 열기가 당장 사라진다. 돌이 깔린 입구가 서늘하고 고요하다. 아이들은 연습을 하거나 수업을 받는 중이다. 가볍게 걷는 발소리가 점점 크게 들리더니 학생 하나가 왼쪽 복도 모퉁이를 돌아 나온다.

"얘." 아이가 그들 앞을 쌩하니 지나가자 안나 마리아가 불러 세운다. 체구가 작고 까만 눈썹이 동그스름하며 머리는 어깨를 스치는 길이로 자른 아이다.

아이는 고개를 돌렸다가 자기를 부른 사람이 그 유명한 안나 마리아라는 사실을 알아차리고 당장 얼굴을 붉힌다.

"곧바로 교실로 돌아갈게요, 선생님. 수업 빼먹으려는 게 아니라 화장실이 급해서 그래요."

"나더러 선생님이라고 할 필요 없어. 그리고 너 혼내려고 부른 거 아니야."

아이는 고개를 끄덕인다.

"필리에 바이올린 주자 중에 키아라가 누군지 알아?" 안나 마리아는 묻는다.

"당연하죠."

"가서 불러와 줘. 얼른."

아이는 다시 고개를 끄덕이고 사라진다.

엘리사베타가 안나 마리아의 어깨를 손으로 꼭 잡는 것이 느껴진다. "나는 수녀님들이랑 얘기를 나눠보마."

키아라가 복도에서 걸어오는데, 살짝 놀란 표정을 짓고 있다. 안나 마리아는 현관홀에서 혼자 그녀를 기다린다.

“돌아왔구나.” 키아라가 말한다. 머리를 모두 넘겨 목덜미에서 검은색 리본으로 묶었고 차분하고 어른스러운 분위기를 풍긴다.

안나 마리아는 고개를 끄덕인다. “나도 내가 돌아올 줄 몰랐어.”

한 박자의 시간이 지난다. 어색한 침묵이 흐른다.

안나 마리아는 숨을 토한다. “미안.” 그녀는 말을 잇는다. “너를 그런 식으로 대하고, 너희 둘을 두고 도망치다니. 너는 좋은 사람이고 좋은 친구인데, 내가 그걸 몰랐어.”

키아라는 그녀를 가만히 지켜본다. 잠시 후 미소가 만면에 번진다.

“네가 돌아와서 기뻐. 그리고 그렇게 얘기해 줘서 고맙고.”

부끄럽다는 생각이 안나 마리아의 머릿속을 점점 가득 채운다. 키아라는 착한 아이다. 전부터 그랬다. 안나 마리아는 왜 그걸 보지 못했을까?

“파울리나 어디 있는지 알아?” 그녀는 묻는다.

키아라는 이두운 표정으로 고개를 끄덕인다. “사태를 파악한 수녀님들이 의무실로 데려가서 아이를 낳게 했어. 네가 말한 것처럼 딸이었고. 근신실에 가둘 거라는 소문이 돌았지만 수녀님들이 곧바로 탁아실로 옮기셨더라고. 어제 보러 다녀왔는데 상황이…… 별로 좋지 않아. 계속 거기서 지낼 수 있을지, 앞으로 어떻게 될지 잘 모르겠어.”

안나 마리아는 안마당과 그 너머에 탁아실이 있는 쪽 출입문으로 이미 걸음을 옮기고 있다.

“잠깐.” 키아라가 외치며 그녀를 따라온다.

“왜 또?” 안나 마리아는 속도를 높이며 묻는다.

“그게…… 미안하지만…… 걔가 널 만나려고 할지 잘 모르겠어, 안나 마리아.”

안나 마리아는 얼굴의 절반은 창가에, 다른 절반은 어두컴컴한 복도에 둔 채 걸음을 멈춘다. “알아. 하지만 도울 수 있으면 도울 거야. 말은 꺼내볼 거야.”

의무실 뒤편 건물에서 버림받은 아이들이 악을 쓰며 우는 소리가 들린다. 가끔은 운하가 출렁이는 소리에 그 소리가 묻히고 삼켜지기도 한다.

가까이 다가갈수록 들리는 소리가 커진다. 아직 말을 제대로 배우기 전이라 꾸르륵대는 수준이지만 나, 나를 선택해 주세요, 나를 사랑해 주세요, 이런 뜻이리라.

횅뎅그렁한 공간이다. 침대 대신 열두 개의 큼지막한 철제 울타리가 설치되어 있는데 각 울타리마다 울어대는 세 살도 안 된 아기 열 명이 그득하다. 게워낸 우유 냄새와 더러운 기저귀 냄새가 섞인 역한 냄새가 난다. 안나 마리아는 어렸을 때 여기서 지낸 기억이 전혀 없다. 그녀의 가장 오래된 기억은 세 살 무렵이다. 그리고 그 당시의 모든 장면 속에는 파울리나와 아가타가 있다. 마당 덤불 속에 숨었던 일, 주방에서 비스킷을 훔쳐 먹었던 일, 나뭇가지와 흙으로 궁전을 만들었던 일. 주변에서 항상 어른거리던 수녀들, 엉덩이 맞는 소리, 회초리로 손바닥을 때리는 소리도 기억난다. 그녀와 두 친구가 나눈 사랑이라면 모를까, 다른 누군가의 사랑을 받은 기억은 없다.

가장 가까운 울타리에 몸을 기대고 서 있는, 이제 겨우 한 살쯤 됐을까 싶은 꼬맹이의 눈과 안나 마리아의 시선이 만난다. 눈이 커다랗고 새까맣고 콧물을 흘리고 있다. 뺨은 빨갛고 뜨끈하다. 누구라도 와서 얼굴을 닦아주고 머리에 차가운 수건을 얹어주어야 하겠지만, 이런 아이가 백 명이 넘고 수녀는 고작 세 명이다. 그중 한 명은 울부짖는 어린애를 때리고 있다. 아이는 충격을 받은 표정을 짓더니 헉하는 소리와 함께 울음을 뚝 그친다.

수녀 한 명이 근엄하게 미간을 찌푸리고 안나 마리아의 옆으로 다가온다. "학생은 출입 금지—"

"제가 누군지 아시잖아요." 안나 마리아는 마음의 준비를 단단히 하고 되받아친다.

수녀는 뒤로 물러나 고개를 숙인다. "죄송합니다, 마에스트로."

"파울리나를 만나러 왔어요. 아이를 낳고 여기로 옮겨졌다고 해서요."

수녀는 울타리 안에서 울부짖는 아이들을 지나 탁아실 오른쪽 뒤편의 문 앞으로 앞장선다. 문을 열자 조그만 방이 나온다. 안에 갓난아이 여덟 명을 눕혀놓은 철제 침대가 있다. 너무 작고 쭈글쭈글해서 인간이라기보다 동물에 더 가깝다. 그리고 한쪽 구석에—

"아." 안나 마리아는 숨을 토한다.

파울리나는 안색이 초췌하고 흙빛이다. 안나 마리아는 그녀가 원피스를 허리까지 내려 젖이 돌아 축 처지고 시뻘게진 가슴을 내놓고 있는 모습을 보고 당황한다. 쓸려서 피가 나는 분홍색 젖꼭지가 그녀를 노려본다. 품에 갓난아이를 안은 채 파울리나도 깜빡 잠이 들었다. 아이 위로 고개를 떨구고 가볍게 까딱거린다. 원피스 치마와 단에 피가 묻어 있다. 옷도 갈아입지 못하게 한 것이다.

안나 마리아의 뱃속이 울렁거린다. 한 걸음 뒤로 물러나자 뒤에서 문이 딸깍 닫힌다.

파울리나가 눈을 번쩍 뜬다. 고개를 저으며 자기가 깜빡 졸았다는 데 놀라워한다. 아이가 무사한지 확인하고 더욱 세게 끌어안는다. 그러다 안나 마리아를 발견하자 눈빛이 폭풍보다 더 험상궂게 변한다.

"저 아이 데리고 나가주세요." 그녀가 수녀에게 말한다.

"파울리나, 부탁이야. 나랑 얘기 좀 해."

"그러느니 차라리 죽어버리겠어. 진심이야."

안나 마리아는 수녀를 돌아본다. "자리 좀 비켜주세요."

수녀는 군침을 삼킨다. 저녁 식사 시간에 다른 수녀들과 함께 맘껏 씹을 이야깃거리를 줍고 싶은 눈치다. 하지만 고개를 끄덕이고 한쪽 다리를 뒤로 빼며 인사하고 나간다.

파울리나의 품에 안긴 아기가 꼼지락거린다. 파울리나는 안나 마리아를 등지고 창문 쪽으로 몸을 돌린다. 아이에게 젖을 물리고 아이가 빨기 시작하자 움찔한다.

안나 마리아는 조용히 말을 건넨다. "그 후에 어떻게—?"

"네가 도망친 뒤에 말이야? 하, 얼마나 재밌었는지 몰라. 그래, 어디 한번 기억을 더듬어보자." 파울리나의 콧구멍이 벌름거린다. "맨 처음에는 내가 바닥에서 계속 비명을 질렀지. 너도 그 부분은 기억 나겠지? 키아라가 최선을 다했지만 결국에는 마달레나 수녀님한테 들통났어. 수녀님이 내 상황을 보고 얼마나 놀랐을지 상상할 수 있 겠지? 나를 보자마자 뺨을 때리더라고. 나는 그런 줄도 몰랐어. 아랫 구멍으로 아이를 낳느라 정신이 없어서."

그녀는 말투가 다른 사람 같다. 더 나이가 많고 차갑고 모진 사람 같다.

"잠시 후에 아이를 낳았어. 어두컴컴하고 비참한 의무실에서 나 혼자. 그것도—" 그녀는 눈물이 떨어지려는 걸 막느라 숨을 참는다. "아가타랑 같은 침대에서." 그녀는 마침내 이렇게 말한다. "아이가 태어나자마자 여기로 끌려왔어. 필리에에서는 당연히 잘렸지. 선생 님이 나 같은 걸레를 자기 오케스트라에 둘 리 없으니까."

그녀는 자기 아이를 내려놓고 다른 아이를 안는다. 그 아이가 젖 을 빨자 다시 움찔한다.

"너 지금—?"

"키아라한테 못 들었어?" 파울리나는 미소를 짓지만 평소에 짓던 미소가 아니다. 분노와 짜증이 섞인 미소다. "이 아홉 명을 다 내가 책임져야 돼."

안나 마리아는 쭈글쭈글한 신생아들이 누워 있는 철제 침대를 다 시 쳐다본다. 경악을 감추지 못한다.

"하긴." 아이가 젖꼭지를 깨물자 파울리나는 으르렁댄다. "너라도 그 사랑하는 바이올린을 연주해야지."

한 박자, 두 박자의 시간이 지난다. "어떻게 그럴 수가 있었어?" 파 울리나가 조그맣게 묻는다.

"내가 너를 여기서 꺼내줄게. 내가 이 사태를 해결할게."

"괜히 기운 쓸 거 없어." 파울리나는 말하고 등을 돌린다. "지금까지 도와준 걸로 충분하니까."

엘리사베타는 현관홀에 서서, 소매로 눈을 훔치며 걸어오는 안나 마리아를 지켜본다. 그녀는 아무 말도 하지 않고 그냥 두 팔을 벌린다. 안나 마리아는 그녀의 품에 몸을 맡긴다. 얼마나 오래인지 모를 시간 동안 거기 그렇게 서서 흐느껴 운다.

한참 만에 엘리사베타가 포옹을 풀고 안나 마리아의 턱을 들고서 허리를 살짝 숙여 그녀를 똑바로 쳐다본다. "수녀님들과 얘기 나눴다. 공연은 일주일 뒤에 내 집에서 열릴 거야. 파울리나와 키아라, 그리고 네가 말한 아이들 모두 요청했어."

안나 마리아도 몸을 뗀다. 고맙다는 뜻에서 고개를 끄덕인다. 그런 다음 몸에 힘을 주고 눈물을 닦고서 에너지를 다시 끌어올린다. 이제 작업에 착수해야 할 시간이다.

그녀는 전부터 이 복도를 사랑했다. 여기만큼은 전혀 바뀌지 않았다는 점이 그녀를 기쁘게 한다. 음악실 문 아래, 문틀과 벽 사이로 흘러나오는 멜로디에 귀를 기울인다. 지저분한 양말을 신고 손에 로진*을 묻히고는 신나서 시끌벅적하게 교실에서 빠져 나오는 학생들을 지켜본다.

---

* rosin. 송진에서 추출한 황갈색의 고체 수지로, 바이올린 등의 현악기의 활의 마찰력을 줄이기 위해 바른다.

그녀가 교실로 들어서자 놀란 표정이 그의 얼굴을 스치고 지나간다. 교실을 청소하고 벽난로의 재도 치워져 있다. 누가 보더라도 아무 일도 벌어진 적 없는 것 같으리라.

그도 빨간 고수머리를 단정하게 하나로 묶어서 전과 달라 보인다. 복장도 얌전해져서 레이스 주름 장식 대신 귀가 가려질 정도로 높은 톨칼라가 달린 반질반질한 흰색 셔츠로 바꿔 입었다. 신사의 표상이다.

"이렇게 금세 돌아오다니." 그가 말한다. "위대하신 안나 마리아도 피에타 밖에서 일주일 이상은 버틸 수 없었던 모양이지?"

말려들지 않을 것이다. 그녀는 시선을 바닥으로 떨어뜨려 그가 원하는 분위기의 학생으로 변신하고 그의 이름을 부른다. "사과드리러 왔어요. 선생님은 제게 잘해주신 것밖에 없는데. 음악을 가르쳐주시고 보살펴 주시고 지금과 같은 바이올리니스트가 될 수 있게 도와주셨는데. 선생님 말마따나 지금의 저를 만드셨는데. 그런데도 저는 배은망덕하게 굴었어요. 죄송해요." 그녀는 고개를 들고 두 눈을 최대한 크고 동그랗게 뜬다. "정말 죄송해요."

그는 실눈을 뜨고 벌레를 살피는 새처럼 고개를 모로 꼰다. 그가 이 미끼에 걸려들까? 과연?

벽난로에서 새어 나온 한 줄기 바람이 비명 비슷한 휘파람 소리를 낸다. 그녀는 그쪽을 흘끗 쳐다본다. 더는 외면하지 않을 것이다. 재와 먼지로 바뀌어버린 그녀의 곡이 그 안에 있다. 거기에 생각이 미치자 기운이 불끈 솟는다.

그는 숨을 한 번, 다시 한번 쉬고 마침내 이렇게 말한다. "다 지난

일이다."

그녀는 얼른 그에게로 다시 시선을 돌린다. "감사합니다. 너그럽게 용서해 주셔서, 이해해 주셔서 감사합니다."

그는 고개를 끄덕인다.

그녀는 한 발 앞으로 다가간다. 조심스럽게 얘기를 꺼낸다. "일주일 뒤에 공연이 있다고 들었어요."

"이번에도 마르치니 저택에서 치르는 공연이지." 그는 반색하며 말한다. 책상 위에 흩어져 있던 양피지와 악보를 정리하고 잉크 뚜껑을 닫기 시작한다. "너는 참여할 거다. 특별히 엄선한 몇 명의 다른 단원들과 함께. 그 집안에 네 팬이 있는 것 같더구나." 그는 고개를 들고 그녀의 반응을 살핀다.

그녀는 활짝 웃어 보인다. 수줍어하며 깜찍하게 눈을 깜빡인다. "곡은 완성하셨어요? 연습 시작하려고요."

그는 뻣뻣하게 굳는다. "이번 주에 작업할 거니까 걱정할 필요 없다. 시간은 많을 거야."

"그럼요." 그녀가 말한다. "그럼요."

그들은 가장 큰 음악실 맞은편 벽장 속에서 기다린다. 정적이 잔잔한 음악처럼 그들을 감싼다. 마침내 그가 문을 열고 복도를 지나 사라지는 소리가 들린다.

"준비 됐어?" 무릎을 어색하게 겹쳐서 끌어안고 있던 안나 마리아가 묻는다.

"응." 키아라가 속삭인다.

안나 마리아는 키아라를 뒤에 거느리고 벽장에서 뛰쳐나간다. 문이 잠기지 않게 틈새에 발을 집어넣는다.

"전에도 해본 솜씨네?" 키아라가 묻는다.

"한두 번." 안나 마리아는 고개를 끄덕인다. "선생님이 이 방 벽장에 뭐를 잘 두거든."

그들은 벽장을 향해 달려간다.

안나 마리아는 키아라가 뒤에 바짝 붙어 있는 것을 느끼며 벽장을 연다. 잠시 후 그들은 양피지, 잉크, 깃펜을 한 아름 가득 안고 복도를 달린다.

그녀의 방에 도착해 보니 네 명의 필리에 단원이 기다리고 있다. 안나 마리아는 놀라서 뒷걸음질 친다.

"걱정 마, 내가 불렀어." 키아라가 말한다. "안젤리카, 카밀라, 로렌차, 로산나 알지? 그리고 오늘 저녁에 몇 명 더 올 거야."

그녀도 다 아는 단원들이다. 하지만 친구는 아니다. 필리에에서 그녀에게 말을 거는 단원은 없다. 그게 아니라 그녀 쪽에서 말을 걸지 않은 거였나? 이제 와서 생각해 보니 궁금해진다.

"우리가 작업 중이던 악상이 몇 개 있거든." 하프시코드 주자 안젤리카가 안나 마리아의 반응을 살피며 말한다.

그녀의 옆에서 오보에 주자 카밀라가 고개를 끄덕인다. "우리도 돕고 싶어."

안나 마리아는 오래 망설이지 않는다.

"좋아." 그녀는 바이올린을 향해 성큼성큼 방을 가로지른다. "그럼 시작하자."

다음 날 아침에 안나 마리아가 식당으로 나선형 계단을 내려가는데, 감미로운 멜로디가 그녀의 발목을 잡는다. 소리가 하도 선명해서 빛이 날 정도고 색채들이 당장 그녀의 온몸으로 번진다. 그녀는 식당 대신 3층 복도로 들어가 살금살금 다가가 모퉁이 너머로 내다본다. 그가 그 아이와 함께 있다. 필리에의 꼬맹이. 그녀도 개인 레슨을 받고 있는 것이다.

그 광경을 보고 있자니 기분이 묘하다. 마치 자신의 과거를 마주하고 있는 느낌이다.

그가 이제 그 아이에게 다가가자 안나 마리아는 찌릿한 공포를 느낀다. 그가 저 아이한테서는 뭘 앗아갈까? 저 아이에게는 무슨 짓을 저지를까?

그가 아이의 뺨을 한손으로 감싸고 너무 가까이 얼굴을 갖다 댄다. "아름다웠다." 그가 말한다. "아름다웠어."

안나 마리아는 안에서 뜨거운 기운이 치밀어 오르는 것을 느낀다. 이건 너무 심하다. 저 아이는 아직 어린아이 아닌가.

"고맙습니다, 마에스트로." 아이는 그를 올려다보며 말한다.

안나 마리아는 모든 의지를 동원해 몸을 돌리고 걸음을 옮긴다.

아직은 아니라고, 자신을 다독인다.

"선생님이 필리에에 새로 입단한 그 어린애를 어떤 식으로 대하는지 본 적 있어?" 안나 마리아는 썰어놓은 오렌지를 씹으며 키아라에게 묻는다.

그들은 식당에 있다. 뭉근히 끓인 귀리와 빵 냄새가 허공에 감돌고 아이들의 수다 소리, 이 빠진 사기 접시에 칼이 부딪히는 소리가 들린다. 평소와 같은데 다르게 느껴진다. 테이블은 어째 작아진 것 같고 나무의 긁힌 자국과 떨어져 나간 부분들이 갑자기 눈에 확 들어온다.

"안나 말이야? 응, 본 적 있지." 그녀는 말하고 고개를 젓는다. "이제 겨우 열세 살인데."

개 이름이 안나라고? 뭐 이런 희한한 우연의 일치가 있을까. 하지만 티를 내지는 않고 대신 이렇게 묻는다. "왜 그러는 걸까?"

"말도 마. 선생님이 개를 데리고 나가려고 한다는 얘기 들었어?"

"공연장에?" 안나 마리아는 물었다. "나한테도 그랬는데."

"아니, 공연장이 아니라 빈 순회공연에 데리고 가겠대. 아예 학교를 그만두게 하고."

안나 마리아의 숟가락이 그릇 위로 떨어진다. "선생님이 영영 떠난대? 개를 데리고?"

키아라는 고개를 끄덕인다. "몇 주 안으로 그런다나 봐. 어디 가?"

안나 마리아가 벌떡 일어나는 바람에 테이블이 덜커덩거린다. 하지만 그녀는 키아라의 질문에 대답하지 않고 다시 뛰쳐나간다.

"네가 안나로구나."

그 아이는 가장 작은 음악실의 구석 창가에 앉아 있다. 송진 토막을 보석이라도 되는 것처럼 들고 그걸로 활을 문지르고 있다. 하얀 무명천이 짧은 머리를 덮었고 필리에 단복은 가냘픈 체구에 비해 너무 크다.

안나 마리아는 여기 오면 이 아이를 만날 수 있을 줄 알았다. 그녀도 항상 여기에서 연습했으니.

"네." 안나는 송진 문지르던 것을 멈추고 고개를 든다. "언니는 안나 마리아지요?"

"맞아." 안나 마리아는 다가가 보면대 옆에 서서 그 위에 손을 얹는다. "저기, 너한테 하고 싶은 얘기가 있어서 왔어. 학교를 그만둔다고 하던데—"

"네." 그녀는 의기양양하게 대답한다. "선생님이 순회공연에 데리고 가고 싶어 하셔서요."

안나 마리아는 턱에 힘을 준다. 그녀를 가르치려 들지는 않을 것이다. 만약 자기한테 그런다고 한다면 자신도 질색했을테니.

"알아. 정말 기분 좋겠다. 하지만…… 실은 선생님을 믿으면 안 돼. 너한테 어떤 짓을 저지를지 알 수가 없거든."

안나는 미간을 찌푸리며 말한다. "아니에요. 얼마나 좋은 분이라고요. 언니가 선생님을 잘 모르는 거 아니에요?"

안나 마리아의 말이 빨라진다. 열심히 애를 써 알맞은 단어를 찾는다. "나는 잘 알아. 아주 잘 알지. 선생님은 뛰어난 바이올리니스트고 훌륭한 작곡가이기도 해. 하지만 까다로운 분이야. 잔인하고 자신감이 없고 우리와 우리 아이디어를 이용하기도 하고."

안나는 다시 활에 대고 송진을 문지르기 시작한다. 보면대 옆에 빈 의자가 있다. 안나 마리아는 그걸 끌고 와서 앉는다. "우리 주변에 갈 길을 인도하고, 좋은 선택과 나쁜 선택을 구분하는 법을 가르쳐주는 사람이 없긴 해. 하지만 우리에게는 서로가 있잖아." 그녀는 활을 가만히 아래로 내려서 안나가 그녀와 다시 한번 눈을 맞출 수밖에 없도록 만든다. "선생님을 따라가지 않아도 돼. 여기 이 필리에에 남아도 돼. 학교에 계속 다녀도 돼."

그녀는 아직 어린 나이인데도 불구하고 어느 모로 보나 그 나이 때 안나 마리아만큼, 어쩌면 그보다 더 자신만만하다. "언니 도움은 필요 없어요." 안나는 이제 짜증난 투로 말한다. "나를 알지도 못하잖아요."

"응, 맞아. 하지만 나는 네 나이 때 친구가 필요했는데 없었거든. 그래서 지금 너한테 친구가 되어주고 싶어. 학교를 그만두지 않아도, 선생님이랑 같이 살지 않아도 돼. 선생님도 참, 그러면 안 되는데."

안나는 고개를 젓는다. "내가 평생 원했던 모든 걸 줄 수 있는 기회라고요."

안나 마리아는 잠깐 뜸을 들이지만 그녀의 마음을 돌릴 방법이 없다는 걸 안다.

"그래. 하지만…… 그래." 그녀는 일어나 문 쪽으로 한 걸음 내딛는다. "떠나기 전에 한 가지만 알려줄게. 생각을 바꾸고 싶으면 그래도 돼. 여기가 네 집이니까. 우리 모두의 집이니까."

안나는 다시 활의 털로 관심을 돌린다. 하지만 보일락 말락 하게 한 번 고개를 끄덕인다.

작은 방에서 나는 냄새가 오늘은 더 끔찍하다. 운하에서 올라오는 썩은 내와 뜨끈한 젖내 그리고 똥 냄새가 섞였다. 안나 마리아가 애기를 늘어놓는 동안 파울리나는 어깨에 들쳐 멘 아이의 등을 토닥이며 인상을 쓰고 침대 주변을 왔다 갔다 걷는다.

"이건 멋진 계획이야, 파울리나. 그렇다는 걸 너도 알잖아. 너도 같이 가야 해. 그래야—" 파울리나가 앞을 다시 지나가자 그녀는 벽에 등을 납작하게 대며 옆으로 비킨다. "그래야 여기서 빠져나올 수 있어."

파울리나는 계속 아이의 등을 두드린다. 아이가 젖과 침을 그녀의 어깨에 댄 모슬린 천 위로 게운다. 그녀는 아이의 입을 닦아준다.

"파울리나?" 안나 마리아가 이번에는 좀 더 크게 묻는다.

"싫어." 그녀는 곧바로 대답한다. 벌써 세 번째 같은 말을 반복하고 있다. "너도 그렇고 네 계획도 그렇고 상관하고 싶지 않아. 왜 내 대답을 무시해? 왜 나를 자꾸 귀찮게 해?"

안나 마리아는 더 이상 아무 말도 하지 않는다. 테이블 위에 놓인 천 기저귀와 핀을 치우고 그 자리에 들고 있던 종이를 내려놓는다. "이게 악보야. 공연은 앞으로 사흘 뒤에 마르치니 저택에서 열려. 여덟 시 정각에."

파울리나는 계속 걷는다.

"고민해 줘." 안나 마리아는 말하면서도 목이 멘다. "내가 아니라 너를 위해서. 이게 너에게 어떤 의미가 될 수 있을지 고민해 줘."

안나 마리아는 얇은 무명 이불을 젖혀가며 이리저리 뒤척이다가 천장을 마주 보고 뻣뻣하게 눕는다. 잠이 오지 않는데, 물에 빠져 죽는 꿈을 꾸다가 깨서 그런 건 아니다. 석호 속으로 뛰어든 뒤로 그 악몽은 완전히 자취를 감추었다. 잠이 오지 않는 이유는 피가 끓고 심장이 쿵쾅대기 때문이다. 그녀는 바이올린을 슬그머니 끌고 와 현을 가볍게 퉁겨본다. 스며든 달빛이 짙은 빨간색과 금색의 바이올린을 비춘다. 그녀는 옆으로 돌아누워서 웅크린 품에 바이올린을 끌어안고 내일의 꿈을 꿔보려고 애를 쓴다.

시계탑 위에서 갈매기 한 마리가 날개를 펴고 하늘로 솟구친다.

마르치니 저택 정원의 재스민 아치에 앉아 있던 벌이 달콤한 냄새를 따라 높은 창문을 지나서 저택 안으로 들어온다. 연회실의 분위기가 힘차게 윙윙대는 벌과 맞먹는다. 녀석은 목적지를 찾는다. 한쪽 벽에 붙여놓은 길고 좁은 테이블에 장미와 재스민 꽃다발이 펼쳐져 있다.

연회실 한쪽 끝에 무대가 설치돼 있고, 빈 의자들이 필리에 단원의 등단을 기다리고 있다. 정중앙에 달린 샹들리에가 가볍게 쨍그랑거리며 그 위의 촛불이 벽을 비춘다. 웃고 떠들고 잡담을 나누고 수군대는 소리가 객석을 맴돈다.

검은색 새틴 원피스를 입은 안나 마리아는 활짝 웃는 얼굴로 객석을 누비며 한쪽 다리를 뒤로 빼서 인사하고 악수하고 그들의 눈을 지그시 들여다본다. 어서 오세요, 와주셔서 감사해요, 만나서 반갑습니다, 하고 인사한다. 어떤 여자가 종이와 깃펜을 들고 다가온다. 안나 마리아가 그 위에 동글동글하게 자기 이름을 적자 펜촉이 종이를 긁는 소리가 난다. 여자는 좋아서 손뼉을 친다.

"하늘의 선물한테서 받은 손길이라니!" 여자는 속삭인다. 집에 들고 가 동네 사람들에게 자랑할 게 생겼다. 사방이 캄캄한 한밤중에 깨어나도 들여다볼 수 있는 게 생긴 거다. 이로써 그녀는 안나 마리아 델라 피에타를 만난 순간을 되새길 수 있다.

안나 마리아는 우아하게 웃으며 주름 장식과 보석으로 치장한 사회 지도층 관객 속으로 좀 더 깊숙이 들어간다. 그들에게 그녀를 만지도록 허락한다. 그녀를 끌어안고 체취를 마시고 통째 삼킬 수 있게 허락한다. 이 모든 것이 계획의 일부다.

엘리사베타는 소매가 넓고 뒤로 길게 늘어지는 짙은 자주색 드레스를 입고 존재감을 과시한다. 유럽 전역에서 건너온 운영위원과 귀족, 철학자와 사상가, 시인과 작가 들을 문 앞에서 맞이한다. 안나 마리아의 스승은 검은색 반바지, 주름 장식이 달린 흰색 셔츠를 입고서 연회실 정중앙에 서서 웃는 얼굴로 악수하고 정중하게 인사한다.

그런 그가 보이자 안나 마리아의 가슴이 옥죄어 온다. 그녀는 방향을 돌려 풍성한 주름이 달린 드레스를 입은 세 여자 뒤의 한적한 구석 한쪽으로 가서 그를 슬그머니 피한다. 거기서 객석을 살핀다. 사흘 전에 대화를 나눈 뒤로 파울리나에게서는 아무 소식이 없었고 지금도 그녀의 모습이 보이지 않는다. 하지만 아직 시간이 있다. 아직 늦지 않았다.

머리에 석류꽃을 꽂은 키아라가 손에도 한 송이를 들고 연회실을 가로질러 온다.

"그 유명한 카사노바한테서 받은 거야." 그녀는 웃으며 이렇게 말하고 꽃을 안나 마리아의 귀에 꽂아준다.

그들이 원하는 천사가 되어주리라.

"준비됐어?" 키아라가 묻는다.

"거의. 단원들 좀 모아줄래? 그리고 5분 뒤에 응접실에서 만나."

안나 마리아는 화려한 쌍여닫이문을 지나 밖으로 나간다. 안마당으로 나가는 출입문과 연결된 넓고 구불구불한 돌계단 꼭대기에 서서 밖을 지켜보며 기다린다.

시간이 째깍째깍 흐르고 웅성거리는 대화 소리와 잔끼리 부딪치는 소리는 닫힌 문에 덮여 희미해진다.

그녀가 와야 한다. 그래야 한다.

안나 마리아는 난간 너머를 내다본다. 난간을 구불구불 덮은 담쟁이덩굴이 산들바람에 춤을 춘다. 하지만 어깨 너머로 금발을 나부끼며 계단을 올라오는 친구의 모습은 보이지 않는다.

불안이 엄습한다. 공연이 조만간 시작될 것이다. 그래도 안나 마리아는 그 자리를 지킨다. 계속 기다린다.

그녀가 오지 않는다면…… 그건 생각하기도 싫다. 젖이 마르고 쓸모없어지면 파울리나가 어떤 끔찍한 현실과 맞닥뜨리게 될지 상상하기도 싫다. 생각할 수 있는 대책이 이것 하나뿐이라 안나 마리아는 이제 달린다. 계단을 내려가 안마당과 대리석 기둥을 지나 시원한 저녁 공기 속으로 내달린다.

대문 밖으로 뛰쳐나가 숨을 가쁘게 몰아쉰다. 그 자리에서 혼자 두리번거리는데 희망이 점점 사그라든다.

잠시 후 어딘가에서 소리가 들린다. 그녀는 운하 쪽으로 홱 고개를 돌린다.

그녀의 친구가 클라라 수녀의 부축을 받으며 곤돌라에서 내리고 있다.

응접실은 연회실 바로 옆에 있는 타원형의 넓은 방이다. 벽에는 감색 새틴이 덮여 있다. 정중앙에 둥그스름한 소파 두 개가 서로 마주 보고 있다. 오늘 연주자로 선별된 열한 명의 아가씨가 거기 앉아 있다. 오케스트라를 통틀어 가장 실력이 좋은 열한 명이다. 열두 번째 연주자인 파울리나는 문가의 어둑어둑한 구석에 자리를 잡고 앉는다. 피곤해 보이고 안나 마리아 쪽은 쳐다보지도 않지만 상관없다. 왔으니 이걸로 됐다.

안나 마리아는 앞쪽에서 커다란 거울을 등지고 그들 모두를 마주 보고 선다. "오늘 저녁 연주에 앞서 해두고 싶은 말이 있어. 모두 기억해 주었으면 하는 말."

필리에 단원들은 그녀를 쳐다본다. 귀를 쫑긋 세우고 집중한다.

"우리 모두는 각자가 특별해. 우리에게는 대부분의 사람들이 꿈도 꿀 수 없을 만큼 엄청난 재능이 있고 이 자리에 참석할 자격이 있어. 천사라든지 기적이라든지 하늘이 내린 선물이라서가 아니라 열심히 하기 때문에. 노력하기 때문에." 여기저기서 고개를 끄덕인다. 키아라는 그녀를 보며 미소를 짓는다. "다른 데 가면 우리는 쓰레기로 간주되고 가장 천한 사람들조차 우리에게 침을 뱉을 거야. 하지만 지금 우리는 우리 발아래 엎드리는 사람들을 모아놓고 베네치아에서 가장 손꼽히는 저택에 이렇게 서 있잖아. 그게 우리 오케스트라의 힘이고 영향력이야. 적어도 오늘 저녁에 공연할 때 이 생각을 해

주길 바라. 지금은 우리의 시간이라고. 여기가 우리의 음악의 나라
라고."

고요가 두툼한 장막처럼 객석을 덮는다. 필리에 단원들은 단상의
자기 자리에서 기다리고 있다. 그는 빨간 머리를 나부끼며 앞쪽에
서 있다.

안나 마리아는 정적을 기다린다. 그 차분한 기대의 순간을. 그리
고 잠시 후 문고리를 돌린다. 그녀가 연회실로 입장해 계단을 오르
고 무대를 가로지르자 객석에서 탄성이 번진다.

그는 객석을 등지고 앞쪽 중앙에 서 있다. 어색한 미소를 머금고
뻣뻣하게 시작하려는 자세를 잡고 있다. 그녀는 바이올린 수석의 자
리에 앉으며 그가 아니라 바로 맞은편에 앉아 있는 파울리나를 쳐
다본다.

안나 마리아는 바이올린을 들고 라음을 켜서 조율을 주도한다. 음
하나에 불과하지만 황홀한 소리가 흘러나온다. 수백 년 역사에 쌓인
음악계의 혁신이 그녀의 귓전을 때린다. 아라비아의 현악기 라바브
의 속이 빈 울림통 소리와 비잔틴 리라의 쌍둥이 현 소리가 들린다.
중세 피들의 노랫소리와 중국 이호의 차분한 음성도 들린다. 예전에
있었던 모든 악기 소리가 들린다. 상상한 도면에 따라 나무를 깎아
풀로 붙이고 다듬고 연주하고 다시 좀 더 다듬어 여기에까지 이어
진 역사. 그 투명한 음색이 바이올린을 들고 있는 안나 마리아의 몸
속으로 스며든다.

그는 숨을 참고 입가에 힘을 주고서 기다린다.

그녀는 그를 쳐다보며 고개를 끄덕인다. 날카롭고 빠르게. 그가 손을 든다. 그들은 악기를 든다.

바이올린에서는 빨간색이 꼬불꼬불, 첼로에서는 금색이 뱅글뱅글.

그리고 그의 얼굴이 당장 일그러진다.

이건 그의 계획과 다르다. 그의 예상과 전혀 다르다.

27

지휘봉이 삐죽빼죽 엉거주춤하게 허공을 가른다. 그는 팔을 계속 움직이지만 그녀만 쳐다본다. 안나 마리아는 그를 뚫어져라 바라본다. 온갖 빛깔이 머리 위에서 폭발한다.

이건 음악으로 전하는 이야기다. 안나 마리아 혼자가 아니라 필리에 디 코로가 만든 곡이다. 안나 마리아처럼 몇 년 전부터 촛불을 켜놓고 몰래 습작한 친구들끼리 그녀의 조그만 방에 모여서 슬쩍한 종이에 밑그림을 그린 공동 작품이다. 그들은 이 세계에서 여자로 살아간다는 것이 어떤 의미인지를 연주한다. 인기와 나락, 공포와 희열, 쏟아지는 아이디어와 무거운 침묵을.

안나 마리아의 이마에 땀이 맺히고 팔이 욱신거리기 시작한다.

그만해라. 그가 입 모양으로 벙긋거린다. 이쯤에서 끝내. 그는 객석을 살짝 흘끗거리며 자신이 평정을 유지하고 있는 듯한 인상을 풍기기 위해 어렴풋이 미소를 짓는다.

꿈 깨시지. 안나 마리아는 생각한다. 당신을 위해 중단할 일은 절대 없어.

안나 마리아는 맞은편에서 손가락으로 오보에를 열심히 짚고 있는 파울리나를 흘끗 쳐다본다. 지켜보는 시선을 느끼기라도 한 듯 그녀가 눈을 맞춘다. 그녀가 살짝 미소를 짓자 안나 마리아의 가슴 가득 흥분이 번진다. 잠시 후 파울리나는 악보를 넘기고 다시 연주에 집중한다. 이제 안나 마리아는 다른 단원들을 얼른 둘러본다.

필리에가 하나의 집단이 되어 안나 마리아의 리드 아래 서로 눈빛과 고갯짓으로 대화를 나눈다. 그녀는 의자 끝에 걸터앉아 있다. 손가락이 위아래로 바삐 오가며 현을 짚는 속도에 맞춰 영혼이 춤을 춘다. 그 소리가 설탕을 뿌린 반죽보다, 녹인 버터보다, 빵 위에 뿌린 꿀보다 더 달콤하다.

그가 눈빛으로 안나 마리아에게 다시 한번 경고한다. 하지만 분위기가 점점 고조되고 있다. 필리에가 박자를 순식간에 바꾸자 누군가가 숨을 토한다.

그물이 던져지기라도 한 것처럼 청중이 그들의 포로가 된다. 거의 눈도 깜빡하지 않고 감정을 따라 이리저리 구불구불 소리 여행을 떠난다.

그의 얼굴이 점점 벌게진다. 파리한 입술은 굳게 다물려 있다. 그럼에도 한 번도 들어본 적 없는 곡을 지휘한다. 연기하는 것 말고 달리 무슨 도리가 있을까.

필리에는 이제 청중을 어둠 속으로 옮겨다 놓는다. 시커먼 핏빛

구덩이 속으로 떨어뜨려 좌석의 팔걸이를 꼭 붙들게 만든다.

안나 마리아의 얼굴 위로 미소가 번진다. 그녀의 악상과 함께 재가 된 줄 알았던 색깔이 이제 다시 머릿속에서 생생하고 선명하게 분출한다.

필리에가 어둠에서 분홍색과 노란색으로 뱅그르르 되돌아간다. 안나 마리아는 벌떡 일어나 그 색들을 따라가고 싶지만 참아야 한다.

나비. 수백, 아니 수천 마리다. 각자의 어깨에서 허공으로 빙글빙글 날아오른 그 나비들은 한 마리씩 외따로 존재하지 않고 하나로 펄떡거리는 덩어리가 된다.

안나 마리아는 마지막으로 현을 긋는다. 공기가 빽빽해지는 것 같다. 침묵의 순간이 길게 이어지며 그들을 무겁게 짓누른다. 그리고 잠시 후 박수갈채가 터진다. 관객들이 자리에서 일어나 환호한다. 브라보. 마에스트로, 마에스트로, 브라보.

안나 마리아는 그가 무대에서 내려오는 동안 옆에서 지켜본다.

"환상적이었어요, 마에스트로. 정말 환상적이었어요." 깃털로 치맛자락을 정교하게 장식한 여자가 그에게 말한다.

"지금까지 들은 당신 작품 중에서도 가장 훌륭했어요." 옆에서 다른 여자가 맞장구친다.

옷깃에 금색 단추를 단 남자가 그 사이로 끼어들어 악수를 청한다. "아니, 어쩌면 매번 이렇게 감동을 주십니까, 비르투오소*?"

* 연주 실력이 매우 뛰어난 대가를 일컫는 말이다.

더 많은 관객들이 배고픈 비둘기처럼 그의 주변으로 몰려들어 칭찬과 축하 인사를 건네고, 등을 두드리고, 앞으로 있을 행사와 공연과 파티에 초대하고, 곡을 의뢰한다.

"고맙습니다, 백작님, 백작 부인님…… 전하! 오신 줄 미처 몰랐습니다…… 아닙니다, 제가 영광이죠…… 별말씀을요." 그는 말한다. "별 거 아닙니다."

그러자 깃털 달린 드레스를 입은 여자가 조그맣게 웃는다. 그가 아니라 자기 집에 초대된 다른 손님들을 향해 웃는 거다. 엘리사베타 마르치니는 무라노 샴페인 잔을 들어 사회 지도층 친구들과 부딪치며, 불길처럼 뜨겁고 강렬하게 사람들과 길거리로 번질 질문을 한다.

"저이가 이 아이들을 통솔할 수 있는 거 맞아요?"

안나 마리아는 애써 시선을 돌린다. 조용히 응접실로 들어가 앞으로 닥칠 일에 대비해 마음의 준비를 한다.

문이 쾅 하고 열린다. 그가 들어오자 그녀는 자리에서 일어난다.

"이 바보 같은 녀석." 그는 손잡이를 잡고 문을 닫으며 말한다. "이따위 장난을 치다니 프로그램을 통째로 말아먹을 셈이냐? 내가 태연하게 대처했기 망정이지. 뭐 하러 그런 짓을 저지른 거야? 관객들은 여전히 그게 내 작품인 줄 안다고!" 다가온 그는 걸음을 멈추고 그녀의 맞은편 소파 등받이를 두 손으로 부여잡는다.

"맞아요." 그녀는 말한다. "하지만 중요한 건 그게 아니에요."

그의 자신감이 잠깐 흔들린다.

"저는 이게 우리 작품이라는 걸 알잖아요. 선생님도 이게 우리 작품이라는 걸 알고요. 그리고 아마도 언젠가는 온 세상이 알게 될 거예요. 손가락이 없고, 한쪽 눈동자가 없고, 얼굴이 얽고, 팔에 'P'라는 낙인이 찍힌 여자아이들 이야기를 듣게 될 거예요. 우리가 여기 있었고, 이런 성과를 거두었다는 걸. 이 음악이 우리 삶의 빛나는 순간이에요. 저는 받아들일 수 있어요. 선생님은 어떠신가요?"

"뭘 말이냐?"

"이게 다 선생님 혼자만의 작품은 아니라는 거, 한 남자가 역사를 만드는 게 아니라는 사실을 받아들일 수 있으시냐고요."

"그런 건 중요한 문제가 아니야." 그는 얼른 대답한다. "나는 이만 나가봐야겠다. 갈 데가 있어서." 그는 다시 문 쪽으로 걸음을 옮긴다.

"빈에 가신다면서요?" 그녀는 말한다. "그렇다고 들었어요. 게다가 가장 어리고 가장 재능이 뛰어난 단원을 데리고 가신다고."

"이런 좋은 기회를—"

"기회가 아니라 남부끄러운 일이죠. 열세 살밖에 안 된 아이가 자기보다 나이가 두 배도 더 많은 스승과 동거를 하다니. 그 아이의 명예는 쓰레기가 될 거예요."

그는 문손잡이를 돌린다.

"궁금해요. 마에스트로께서 우리한테서 빼앗아 가지 않고 남겨두는 게 뭐가 있을지."

그는 이제 벌컥 화를 낸다. "내가 왜 이런 말을 듣고 있어야 하는지 모르겠다. 너는 현실을 모르지. 가난하다는 게 어떤 건지 전혀 몰라."

그녀는 짧고 거칠고 냉랭하게 웃음을 터뜨린다. "제가 고아라는 걸 잊으셨나 본데—"

"날마다 끼니를 챙겨주는 사람이 있고 악기와 교육을 공짜로 받는 고아지. 너는 장남에게조차 빵 한 조각 제대로 돌아가지 않는 집에서 다섯 명의 형제들과 끼어 산다는 게 어떤 건지 몰라. 거장인 아버지 밑에서 인정을 받지 못하며 산다는 것도. 여섯 명이 쪼개진 식탁에 둘러앉아 오늘은 누가 저녁을 먹을지 정하는 그런 시절로 돌아갈 생각은 없다."

"성공하고 싶은 마음은 완벽하게 이해해요. 하지만 이건 선생님만의 문제가 아니잖아요. 안나라는 그 아이도 걸린 문제라고요."

"예전의 나로 돌아가지는 않을 거야."

"이건 옳은 길이 아니에요."

그의 표정이 잠깐 바뀐다. 유감스러워하는 표정 같기도 하다.

"나는 네 안에서 항상 나를 보았다, 안나 마리아. 우리 둘 다 어느 무엇보다 탁월함의 가치를 믿는다는 점에서. 이제 그만해라. 우리 둘이 함께했던 시간을—"

"저는 선생님과 달라요." 그녀는 침착하게 딱 잘라 말한다. "저는 선생님처럼 아이들을 내쫓고 그 아이들로부터 모든 걸 빼앗는 그런 짓은 절대 하지 않을 거예요."

"하지만 이미 한 걸로 아는데." 그가 말한다. "체칠리아에게, 비안카에게. 쫓겨난 아이들이 있었기에 네가 승급할 수 있었던 거야."

그녀의 속이 불편해진다. 그녀에게는 선택의 여지가 없었다고, 그가 그렇게 만들지 않았느냐고 되받아치고 싶다. 하지만 아니다. 맞는 말이다. 침묵이 숄처럼 그녀를 덮는다.

그녀는 그가 이대로 떠나겠거니 생각한다. 하지만 그는 잠깐 걸음을 멈추고 마지막으로 그녀를 돌아본다.

"나를 저버리려거든 마음대로 해라. 하지만 진실은 네가 생각하는 것처럼 그리 단순하지 않아."

문이 닫히고 그녀는 어둠 속에 묻힌다.

햇살이 마당의 나뭇가지 사이를 지나 그녀의 방 창문으로 들어온다. 하도 푹 자서 어느 정도 시간이 지난 다음에서야 아이들이 꺅꺅대며 나무 주변을 뛰어다니는 소리, 카트가 덜커덩덜커덩 지나는 소리, 담벼락 너머 시장에서 상인들이 외치는 소리가 귀에 들어온다. 도시가 깨어나고 있다. 침대에서 일어서는데 공기가 달라져서 더는 그녀를 어떻게 할 수 없게 되기라도 한 듯 몸이 가벼워진 느낌이다.

그녀는 멍하니 옷을 갈아입으며 간밤의 기억을 떠올린다. 몸을 좌우로 흔들던 관객, 완벽했던 공연, 미소를 짓던 파울리나. 손으로 벽을 쓸어가며 식당으로 정처 없이 걸어가는 동안 필리에의 음악이 머릿속에서 재생된다. 뭘 좀 먹고 안나를 찾아가 다시 얘기를 나누어야겠다. 가지 말라고 설득해야겠다.

오늘 당번인 클라라 수녀가 입구에 서서 실눈을 뜨고 아이들을 지켜보고 있다.

"안나를 찾고 있는데요. 필리에의 그 어린애요. 혹시 보셨어요?"

"그래, 잘 잤니, 안나 마리아?" 클라라 수녀가 평소보다 까칠하게 말한다.

안나 마리아는 왜 그러는지 이유를 들을 수 있을까 싶어 기다리지만 부연 설명이 없길래 말을 잇는다. "네, 안녕히 주무셨어요?"

클라라 수녀의 얼굴이 못마땅한 표정으로 일그러진다. "네가 말한 그 애는 오늘 아침에 떠났어. 선생과 함께 빈으로."

안나 마리아의 심장이 철렁 내려앉는다. 일주일 정도 뒤에 떠난다고 했는데. 그녀가 그렇게 만류했는데도 안나는 그와 함께 떠난 것이다.

"다시 돌아오겠다고 그러던가요?"

"우리가 창녀까지 거두지는 않아. 아이만 받지. 너도 이제는 알 거라고 본다만."

신선한 복숭아와 포도가 아침 메뉴로 앞에 놓여 있다. 그녀는 자리에 앉아 먹기 시작하지만 맛도, 껍질이 입안에서 터지는 식감도 느끼지 못하고, 주변에서 아이들이 떠드는 소리도 듣지 못한다.

안나는 어리지만 그 나이 때 그녀처럼 강단 있어 보였다. 안나 마리아는 그것으로 충분하길 빌어본다. 그 아이를 도울 기회가 아직 남아 있을 거라고, 마음의 준비가 되면 그 아이가 전갈을 보낼 거라고 믿는 수밖에 없다.

복숭아를 한 입 베어 물자 달콤한 과즙이 턱을 타고 흘러내린다. 새로운 생각이 하나 떠오른다. 그녀가 고민조차 해본 적 없는 기회, 가능하다고 생각해 본 적 없는 기회다. 그녀는 일어나 다시 클라라 수녀에게 달려간다. 수녀가 그녀를 올려다보며 묻는다. "왜?"

“음악감독이요. 아직 공석이죠?”

“아마 그럴걸? 2층에서 마달레나 수녀님이 후보를 살피고 있어.”

안나 마리아는 계단을 두 개씩 올라간다. 문을 세 번 크게 두드리고 안에서 “들어오세요” 하는 소리가 들리자 마달레나 수녀의 방문을 벌컥 열고 들어간다.

“드릴 말씀이 있어요.”

마달레나 수녀는 서류 더미 위로 몸을 수그리고 있다. 뒤에서 문이 닫힌다. 안나 마리아는 그제야 다른 손님이 있는 걸 알아차린다.

“아…… 죄송합니다, 시뇨레.” 그녀는 오른쪽으로 자리를 옮겨 그의 거대한 체구를 눈에 담는다.

그 남자는 한눈에 알아볼 수 있다. 마지막으로 만났을 때보다 조금 늙어서 숱이 많은 눈썹은 이제 희끗희끗한 게 아니라 흰색이고 얼굴의 주름은 더욱 깊어지고 분명해졌다.

“치우반 운영위원님이 계신 줄 몰랐네요.” 안나 마리아는 말한다. 그녀가 맨 처음 무대에 섰을 때 박수갈채를 보냈던 남자, 필리에 오디션을 주도해 겨우 13세밖에 안 된 그녀의 입단을 허락한 남자다.

그의 목소리는 그녀의 기억보다 더 허스키하지만 비음은 여전하다.

“마에스트로.” 그는 머리에 쓰고 있던 검은색의 삼각 모자를 들었다가 다시 쓰며 정식으로 고개를 숙이고 인사한다.

“이따가 다시 올게요.” 안나 마리아는 그렇게 말하고는 나가려고 몸을 돌린다.

치우반 운영위원은 의자에 걸어놓은 옅은 색 새틴 재킷을 집는다.

"그럴 것 없다. 막 나가려던 참이었어. 말씀드렸다시피," 그가 다시 마달레나 수녀를 돌아보며 말한다. "이렇게 급하게 적임자를 찾으려면 골치 좀 아프겠어요. 그 명단은 오전 중으로 전달해 주세요, 수녀님. 아무리 늦어도 그때까지는요."

마달레나 수녀는 무뚝뚝하게 고개를 끄덕인다. 그의 등 뒤로 문이 닫힌다.

책상 위에 놓인 두툼한 종이에 빽빽이 적힌 남자들의 이름과 자세한 이력이 안나 마리아의 눈에 거꾸로 들어온다. 마달레나 수녀는 방금 전까지 똥통에서 구르고 길거리를 돌아다닌 떠돌이 개 대하듯 그녀를 쳐다본다.

"그래, 원하는 게 뭐니? 우리 공주님께서 좀 더 호사스러운 침구를 원하실까? 아니면 박살 낼 수 있는 다른 거울? 이번에는 자기가 만들어놓은 쑥대밭을 직접 치우는 데 쓸 빗자루일까?"

"음악감독이요. 제가 원하는 건 그거예요."

마달레나 수녀는 폭소를 터뜨린다. "어련하실까."

안나 마리아는 눈 하나 깜짝하지 않는다. 마달레나 수녀는 쥐고 있던 깃펜을 내려놓고 의자에 기대 앉아 팔짱을 낀다. "너, 넘어졌니? 아니면 어디 머리를 찧었니?"

안나 마리아는 물러나지 않는다. "아뇨, 그런 적 없어요."

"그건 남자들이 하는—"

"그건 능력이 되는 사람이 하는 일이죠."

"하." 마달레나 수녀는 고개를 젓는다. 바보 대하는 투로 말한다. "어차피 내가 결정하는 것도 아니야. 운영위원들을 설득해야 하고,

어디 가니?”

안나 마리아는 그녀의 말이 끝나기도 전에 문을 열고 복도를 달린다. 운영위원이 나선형 계단 꼭대기에서 한 손으로 난간을 잡고 한 발을 앞으로 내밀어 내려가려 하고 있다.

“운영위원님, 잠시만요.”

그가 놀란 표정으로 그녀를 쳐다본다.

“운영위원님과 마달레나 수녀님께 드릴 말씀이 있어요. 잠깐 시간을 내주세요. 부탁드릴게요.”

그는 빳빳한 새틴 재킷이 셔츠와 닿아 부스럭거리는 소리를 내가며 그녀를 따라 마달레나 수녀의 방으로 돌아가 한쪽 구석 자리에 다시 앉는다.

마달레나 수녀는 재미있어하는 표정으로 눈썹을 추어올리고 상황을 지켜본다.

“저, 음악감독이 되고 싶어요.” 안나 마리아는 그들 앞의 책상 위에 양손을 올려놓으며 말한다. “저는 필리에 디 코로의 최연소 단원이었고, 비르투오소 바이올리니스트이자 작곡가이고, 피에타에 벌어다 준 돈도 많아요. 그 유명한 안나 마리아 델라 피에타가 계속 웃는 얼굴로 연주하길 바라신다면 그 자리를 저한테 주세요. 저한데 두 분이 필요한 것보다 두 분에게 제가 더 필요할 거예요.”

미동도 없이 그녀를 지켜보며 말을 듣고 있는 치우반 운영위원을 마달레나 수녀가 힐끔한다.

안나 마리아는 말을 잇는다. “그리고 제가 번 돈에 대해 파악하고 싶어요. 입금되어 있는 은행 이름과 또 다른 세부적인 사실들도 알려주세요. 그리고 음악 프로그램의 전권을 주세요. 필리에 단원도 제가 선발하고, 언제 어디서 어떤 곡을 연주할 건지도 제가 정할게요. 아이들에게 작곡할 수 있는 기회를 제공할게요. 그렇게 해주시면 피에타의 음악 프로그램을 상상할 수 없을 만큼 유명하고 막강한 수준으로 끌어올릴게요.”

그녀는 절대 원작자로 이름을 올릴 수 없을지 모른다. 친구들도 마찬가지일지 모른다. 하지만 그녀가 연결된 사슬의 일부분이라는 걸 이제는 알겠다. 그녀는 그보다 더 훌륭한 선생님이 될 수 있고 그보다 더 많은 기회를 만들어낼 수 있다. 결국에는 뭔가가 달라질 때까지 그 사슬을 계속 이어나갈 수 있다.

심장이 한 번, 두 번 뛰는 시간이 지난다.

“여자가 음악감독을 맡는다면 정말 흔치 않은 일이 되겠지.” 치우반 운영위원이 말한다.

“알아요. 하지만 저는 누구보다 자격이 충분하고—”

그가 고개를 젓는 것을 보고 안나 마리아는 하던 말을 멈춘다.

“내 얘기 아직 안 끝났다.” 그가 말한다. “여자가 음악감독을 맡는다면 정말 흔치 않은 일이 되겠지. 하지만 또 한편으로 생각하면…….” 안나 마리아는 들이마신 숨을 뱉지 않고 참는다. “피에타에서 너만큼 재능 있는 아이가 배출된 적은 없었지.”

마달레나 수녀는 운영위원을 빤히 쳐다본다.

치우반 운영위원은 자리에서 일어나 무릎까지 오는 바지의 주름을 펴고 두 여자를 돌아본다. “나는 승인하겠어요.”

안나 마리아는 마침내 참았던 숨을 토한다.

“승인하신다고요?” 마달레나 수녀가 깜짝 놀란 목소리로 묻는다.

“수습 개념으로. 3개월. 그러면 단기간에 후임을 선발하는 문제도 해결되지 않겠습니까? 저 아이가 연주와 교습과 작곡을 병행하면서 그 정도 수준의 책임을 어떤 식으로 감당하는지 지켜봅시다. 잘 수행하면 다른 운영위원들도 찬성할 수밖에 없을 겁니다. 세부적인 부분들은 수녀님에게 맡기겠습니다. 나는 3주 뒤에 다시 와서 상황을 살필게요.”

그가 방에서 나가자 짙고 묵직한 정적이 깔린다. 마달레나 수녀는 커다랗고 불쾌한 뭔가를 삼킨 것 같은 표정을 짓고 있다. 하지만 놀랍게도 그녀가 새 종이를 꺼내 어떤 단어와 숫자를 그 위에 적는다. 그러고는 자리에서 일어나 책상 위로 팔을 내밀어 악수를 청한다.

“환영합니다, 감독님.” 그녀가 말한다. “이제 그만 나가주시지요.”

안나 마리아는 복도를 내달리고, 계단을 뛰어 내려가다가 두어 번 난간을 부여잡고 제자리에서 폴짝폴짝 뛴다. 이제 그녀가 음악감독이다! 음악감독! 이 소식을 알려주고 싶은 사람이 딱 한 명 있다. 그녀는 탁아실로 달려가다가 입구에서 다른 사람과 부딪힌다.

“엘리사베타 부인? 여긴 어쩐 일이세요? 죄송해요…… 여기요.” 그녀는 엘리사베타가 들고 있는 광주리에서 바닥으로 떨어진 롤빵을 집는다.

“어딜 그렇게 급히 가니?” 엘리사베타가 묻는다.

대답이 그녀의 입에서 쏟아져 나온다. “제가 음악감독을 맡게 됐어요! 지금까지 도와주신 거 감사해요.”

"잘됐다, 안나 마리아. 내가 쓸모가 있었다니 기쁘네."

"파울리나한테 알려주려고 가는 중이에요. 제 말을 들으면 못 믿겠다고—"

"걔는 여기 없다."

안나 마리아는 자신의 발소리에 묻힌 그녀의 말을 듣지 못한다. "네?" 현관홀 저편에서 안나 마리아가 되묻는다.

"걔는 여기 없다고."

"그럼…… 어디 있어요?"

"오늘 아침 일찍 떠났어. 내가 파울리나와 그 딸을 위해 사공을 알아봐 줬어. 네가 얼마나—"

안나 마리아는 그녀의 앞으로 다가간다. "떠났다고요? 어디로요? 언제 돌아오는데요?"

잠깐 정적이 흐른다.

"가는 곳은 비밀로 해달라고 했어. 그리고 돌아오지 않을 거야."

안나 마리아는 벽에 기대고 주저앉으며 눈을 깜빡인다. 그리고 돌아오지 않을 거야.

엘리사베타는 빵이 담긴 광주리를 허리춤에 걸치고 다른 쪽 손을 안나 마리아의 어깨에 얹는다. "네 친구는 자기 길을 찾을 거야. 가정교사를 구하는 좋은 가족이 있거든. 네 친구가 음악적인 재능을 잘 활용할 수 있게 내가 손을 쓸게."

"저를 만나고 싶지 않대요?" 안나 마리아는 조용히 묻는다.

"너무 깊이 남는 상처도 있거든. 낙심하지 마, 안나 마리아. 네 친구는 마음만 먹으면 언제든 자유롭게 떠날 수 있었어. 네 수고 덕분에 그걸 깨달을 수 있었지.”

새 한 마리가 바깥쪽 창턱에 내려앉는다. 안나 마리아는 그 새를 잠깐 쳐다본다. 목이 멘다. 잠시 후에 그녀가 묻는다. “이유가 뭐예요?”

“뭐가?”

“파울리나를 왜 도와주세요? 왜 저번에 저를 도와주셨어요? 저는 부인이 저를 싫어하시는 줄 알았거든요. 제가 느끼기에는……”

엘리사베타는 한숨을 쉰다. 광주리를 살짝 위로 당긴다. “나는 너를 싫어하지 않았어. 내 관심을 너무 당연하게 여기는 걸 보고…… 건방지다고 생각했을지는 몰라도, 아니, 너를 싫어하지는 않았어. 그냥 너는 안전하다고 생각했지.”

안나 마리아는 미간을 찌푸린다.

“재능이 워낙 출중하니까. 너를 맨 처음 봤을 때부터 그랬지. 여덟 살 때 예배당 무대에서 하느님이 네 안에 있는 것처럼 연주를 했으니. 너는 성공할 줄 알았어.” 그녀는 서글픈 미소를 짓는다. “나는 내 도움이 필요한 아이들을 돕거든.”

어린아이 몇 명의 높고 날카로운 노랫소리가 위에서 나선형 계단을 타고 그들에게로 내려온다. 산들바람에 나뭇잎이 흔들리듯 안나 마리아는 그 소리가 그녀의 머리칼을 훑고 지나가는 것을 느낀다.

엘리사베타는 소리가 들리는 쪽을 쳐다보며 말한다. “물론 그 아치문 아래에서 그가 너와 함께 있는 걸 봤을 때 내 생각이 틀렸다는 걸 깨달았지만.”

안나 마리아의 머릿속에 그때의 기억이 떠오른다. 두건을 쓰고 서

"나는 엄마도 아니라는 거 알아. 하지만 내 돈과 지위로 만회할 기회가 있다는 걸 나중에 알게 됐어. 마음만 먹으면 살짝 도울 수 있다는 걸. 그래서 견딜 수 있었지. 일어나서 옷을 갈아입고 계속 살아갈 이유도 생겼고. 죽지 않을 이유도." 그녀는 미소를 짓지만 황량한 미소라 안나 마리아의 가슴이 무너진다.

"그게 내 필생의 사업이 되었지만 실은 생존을 위한 몸부림이야. 바이올린과 작곡이 있는 너의 삶, 그게 진짜로 사는 것답게 사는 거지."

그녀는 허리를 세우고 손바닥으로 뺨을 닦는다. "그게 내가 이 일을 하는 이유야. 너, 파울리나, 다른 아이들을 살피는 이유. 나도 한때는 아무것도 없는 여자아이였거든. 나는 좀 더 제대로 살다가 세상을 뜰 거야."

안나 마리아는 허리를 숙여 바닥에 떨어진 롤빵을 다 주운 뒤 광주리를 그녀에게 돌려준다.

엘리사베타는 광주리를 받아 들고 딱 한 번 고개를 끄덕인다.

안나 마리아는 그녀의 오른쪽으로 현관문 맞은편에 놓인, 아무것도 없는 테이블을 바라본다. 너무 예뻐서 유리를 불어서 만든 것 같았던, 파란색이 도는 보라색 꽃다발이 배달됐던 것을 떠올린다. 엘리사베타는 서서 허리를 부여잡은 채 울고 있다.

"따님 이름이 뭐였어요?" 안나 마리아는 걸어가며 큰 소리로 물어본다.

엘리사베타는 멈칫하며 돌아본다. 이제 미소를 짓는다. "이리스. 내 딸 이름은 이리스였어."

그녀는 강인하고 우뚝한 실루엣을 남기며 피에타 정문을 지나 그 너머의 도시로 걸어간다.

안나 마리아는 음악실이 있는 복도 끝에 다다랐을 때 걸음을 멈춘다. 두 손을 옆으로 떨어뜨린다.

그녀는 진심으로 그렇게 믿었다. 여기로 돌아오면 모든 문제가 해결될 줄, 그 작전으로 파울리나가 필리에로 복귀할 수 있을 줄 알았다. 하지만 파울리나는 떠났다. 사라져 버렸다.

귀 뒤로 넘긴 곱슬머리 한 가닥이 흘러내리지만 안나 마리아는 움직이지도 그걸 다시 넘기지도 않는다. 순간 수면 아래로 또다시 추락해 허파로 물이 차도록 속수무책으로 허우적거릴 것 같다는 생각이 든다. 하지만 그저 정적뿐이다. 고요하고 진정한 슬픔뿐이다.

그녀는 돌아오지 않는다.

시간이 흐르는 동안 주변 세상은 계속 웅웅거리고 쿵쿵댄다. 그때 다른 뭔가가 등장한다. 뭔가가 베네치아의 엷은 안개처럼 천천히, 차분하게 그녀를 덮는다.

파울리나는 돌아오지 않는다. 그리고 그건 그녀의 선택이다. 수많은 다른 것들처럼 그 사실도 받아들여야 한다.

안나 마리아는 조용히 자기 방으로 돌아가는 길에 키아라, 로렌차, 안젤리카가 3층 제일 큰 음악실에서 종이 위로 허리를 숙이고 악상을 적고 있는 모습을 본다. 그 광경에 미소가 나오지만 안으로 들어가 알은체하지는 않는다. 지금 있고 싶은 곳은 딱 한 군데뿐이다.

그녀는 문을 닫고 밀려드는 정적에 온몸을 맡긴다. 그런 다음 침대 앞으로 걸어가 이불을 젖히고 바이올린을 드러낸다. 그 옆으로 기어들어 가서 둥그스름한 나무 본체에 맞춰 몸을 수그린다.

"우리가 해냈어." 그녀는 바이올린을 움켜쥐며 나지막이 속삭인다. "이제 내가 음악감독이야."

반짝임을 머금은 여명의 빛이 운하를 스치듯 지나 바실리카교회당으로 쏜살같이 올라가자 백만 개의 네모반듯한 황금색 유리가 지붕에서 반짝거린다. 이제 그 빛은 폴짝 뛰어올라 바늘 대신 다리로, 실 대신 물로 한데 이어진 조각이불 같은 섬들 사이를 질주한다. 지붕을 맞고 튕겨져 나오고 창문 위에서 어른거리고 석호에 잔물결을 일으키며 하늘로 뻗어나간다.

안나 마리아는 반코 델리 피아차 디 리알토* 출입문 앞에서 발치에 바이올린을 놓고 손에 쥔 금화 주머니를 쨍그랑거리며 그 광경을 구경한다. 썰렁한 바람이 뺨을 스치고 지나가자 손을 입으로 가져가 남은 프리텔라를 삼켜 부드러운 크림을 음미하고 손에 묻은 설탕을 핥아먹는다. 지난 몇 주 동안 하루에 두 끼를 쌀과 파스타, 싱싱한 과일과 고기를 먹었더니 속이 든든하다. 튼튼하고 건강해진 기분이다.

그녀는 시장 사람들을 헤치고 토마토와 흙과 소금 냄새를 맡으며 구불구불 길을 걸어간다. 그런 다음 산마르코 광장으로 다리를 건너

---

* 리알토 다리 옆 광장에 위치한 은행.

바실리카의 금박 지붕을 지난다. 새 역할을 맡게 된 이후로 날마다 그랬던 것처럼 자유롭게 도시를 누빈다.

"안나 마리아 아니에요?" 한 아이가 꺅꺅대며 묻는다. 아이 어머니는 뒤에서 아들의 어깨를 한 팔로 감싸안고 있다.

"맞아." 그녀는 허리를 숙여 눈높이를 맞추며 말한다.

"엄마, 안나 마리아예요! 안나 마리아라고요!"

"나도 알아." 아이 어머니는 폭소를 터뜨린다. "미안해요. 언젠가는 아가씨처럼 연주하고 싶다고 하는 아이예요. 여기 이거 부탁드려도 될까요?" 그녀는 망토 주머니에서 장 볼 목록을 적은 네모난 종이를 꺼내 뒷면으로 뒤집은 다음 안나 마리아에게 조그만 숯덩이를 건넨다. 안나 마리아는 그 위에 우아하고 동글동글하게 이름을 적는다.

"연습 열심히 해." 안나 마리아는 이렇게 말하고는 웃으며 걸음을 옮긴다.

그녀는 반짝이는 석호를 보고 감탄하며 인도를 따라 걷는다. 공창의 담벼락이 눈앞에 우뚝 등장한다. 일렬로 널린 흰색 무명 셔츠들이 머리 위에서 나부끼는 옆 골목으로 들어가 어느 건물의 문을 두드린다.

마지막으로 온 지 몇 년이 지났지만 기억하는 그대로다. 넓은 입구홀, 금테를 두른 큼지막한 거울, 머리 위에서 가볍게 흔들리거나 유리 진열장 뒤편에서 반짝거리는 바이올린들. 피에타 밖에서 친절과 존중을 경험했던 곳, 사는 게 좀 더 단순하고 순수했던 시절에 왔던 곳이다. 여기는 전에도 그랬고 앞으로도 영원히, 행복한 시간을 상징하는 곳으로 남을 것이다.

그는 나이를 먹었고 걷는 게 불편하지만 다정한 눈빛은 여전하다. 얼굴은 웃느라 생긴 잔주름으로 자글자글하다. "다시는 안 올 줄 알았더니." 니콜로는 그녀의 손을 잡으며 말한다.

그녀는 작업장을 지나 뒤편에 있는 그의 방으로 따라간다. 입구 반대편에 달린 창문이 열려 있어서 도시의 음악이 흘러들어 온다. 하지만 그녀의 숨을 멎게 만든 건 입구 맞은편 벽이다. 거기에 핀으로 꽂힌 공연 감상 평과 소개가 산들바람에 펄럭이고 있다. 전부 그녀와 연관이 있는 내용이다. 그녀가 여덟 살 때 피에타에서 한 공연을 소개하는 신문 기사, 그녀의 첫 번째 공연 관람 평, 그녀를 마에스트로로 선포한 기사. 그녀를 기리며, 그는 그녀가 활동한 모든 순간을 바이올린들이 생명을 부여받는 여기 이곳에 세심하게 모아서 보관하고 있었다.

그들은 말없이 서서 그 벽을 쳐다본다. 안나 마리아가 소매로 눈물을 닦으려 하자 니콜로가 주머니에서 자수가 놓아진 깨끗한 손수건을 꺼내 뺨을 훔치는 그녀에게 건넨다.

"이거 사려고 왔어요." 그녀는 이제 그를 쳐다보며 말한다.

"네 바이올린? 하지만 이미 값을 치렀는걸."

"제대로 제 것으로 만들고 싶어요. 돈 들고 왔어요." 그녀는 망토에서 돈 주머니를 꺼낸다. "제 선생님과 피에타에 환불해 달라고 부탁드려도 될까요?"

니콜로는 미소를 짓는다. "알겠다." 그는 그녀가 들고 있는 바이올린 케이스를 가리킨다. "혹시?"

"그럼요."

직원들이 먼지를 뒤집어쓴 앞치마에 손을 닦으며 의자들 사이를 지나 바이올린 공방 응접실에 모인다. 안나 마리아는 유리 진열장을 등지고서 바이올린을 높이 들고 그들 앞에 선다. 심장이 한 번 뛸 만한 시간이 지난 뒤 그녀의 몸을 지나, 활에서 현으로, 손가락에서 나무로 멜로디가 흐르기 시작한다. 그녀는 저 너머로 날아가 음악과 하나가 된다.

그녀는 짭짤한 석호의 공기를 마시며 천천히 피에타로 돌아간다. 바람결에서 가을의 첫 속삭임이 느껴진다. 손에 들린 바이올린, 그러니까 그녀의 바이올린이 앞뒤로 흔들린다. 어떤 남자가 오페라를 부르는 소리가 오른쪽 골목길에서 흘러나온다. 곤돌라 사공들이 외치는 소리가 여기에 섞여 들어가고 이제 구두닦이들의 음성까지 가세한다. 한데 어우러져 허공에서 춤춘다. 제작자와 창작자, 선각자와 몽상가들의 도시. 그녀의 도시. 그들의 도시. 그들의 음악 공화국.

이런 생각이 들자 색이 펼쳐진다. 사방의 열린 창문에서 슬금슬금 흘러나온다. 금색과 빨간색, 초록색과 파란색, 저마다 짙고 생생하고 눈부시게 아름다운 색조가 천 개 어쩌면 그보다 더 많이 보인다. 그리고 그녀는 달린다. 그 색조들을 따라 미로를 누비며 미래를 향해 달린다. 그 미래는 알지 못하고 알 수도 없지만 그녀는 아직 허기진 상태고 모든 준비가 끝났다. 그렇기에 기분 좋고 매혹적인 백지 상태로 그녀의 책상 위에 놓여 있는 새 오선 노트를 향해 점점 더 빠르게 질주한다.

색들을 오선지 위로 잡아당기고 그녀의 머릿속에서 터뜨려 각 곡의 첫 마디를 구성한다.

그리고 마침내 작업이 끝나자 여전히 가슴 아래 심장이 박동하고 잉크 얼룩이 묻은 손이 욱신거린다. 멈춰서 숨을 토하고 오선 노트를 다시 덮는다. 표지에 선명히 적힌 금색 글자 위로 하루의 마지막 햇살이 물결처럼 번진다.

안나 마리아 델라 피에타.

언젠가 기억될 준비를 하며 어둠 속에서 반짝이는 이름이다.

작가의 말

『피에타』는 안나 마리아 델라 피에타의 생애에 실제로 벌어진 사건을 재구성한 허구의 작품이다. 1696년에 베네치아에서 태어났고 부모에게 버림받은 그녀는 18세기를 통틀어 가장 손꼽히는 바이올리니스트로 전 세계에 명성을 떨쳤다. 안나 마리아의 작품과 일생에 대해서는 남은 자료가 거의 없지만 그래도 최대한 진실에 가깝게 재구성하려고 했다.

베네치아는 경제적으로 쇠퇴하다 1797년에 결국 나폴레옹에게 함락되기 전까지 수 세기 동안 경제적·정치적으로 안정을 구가했다. 막강한 귀족 가문이나 교회가 아니라 군주제와 과두제와 민주주의가 한데 어우러진 정부가 이 도시를 다스렸다. 버네사 토넬리가 학위 논문으로 제출한 「베네치아 고아원 출신 여성들과 음악」에서 기술했다시피 "베네치아 주민들은 경제적·정치적 자유를 누렸기에 다른 어디에도 없는 수준의 창작 예술을 계발할 수 있었다". 이때는 18세기였지만 안나 마리아와 고아로 이루어진 그 오케스트라 단원들은 여러 면에서 신식 여성이었다. 그들은 돈을 벌었고 교육을 받았고 능력과 꿈이 있었다.

안나 마리아는 피에타 고아원에서 여덟 살 때부터 음악 영재로 인정을 받았고 결국에는 전 세계 평론가와 대중들에게 '마에스트라'라는 영광스러운 호칭을 부여받았다. 나는 이『피에타』에서 '마에스트로'라는 남성형을 썼는데, 나의 안나 마리아는 자신을 여성이 아니라 그냥 최고의 음악가로 간주하기 때문이다.

안나 마리아의 어머니는 매춘 여성이었을 가능성이 컸고, 피에타가 없었다면 그 당시 수많은 여자아이들이 그랬던 것처럼 안나 마리아도 운하에 빠져 죽었을 것이다. 안나 마리아는 안토니오 비발디의 총애를 받았는데, 그는 바이올린을 장만해 주었는가 하면 그녀를 위해 특별히 곡을 쓰기도 했다. 그녀는 지휘자였고 비발디의 악보를 대필한 필경사였지만, 직접 쓴 곡이 있다 한들 오늘날까지 전해지는 작품은 없다. 피에타에서 음악적인 재능이 출중한 고아들에게 맡긴 마에스트라 디 코로(음악감독)의 자리에 올라 평생 그곳에서 살다가 86세에 눈을 감았다.

필리에 디 코로 단원들이 안토니오 비발디의 이름으로 발표된 작품을 작곡하는 데 일조했다는 실질적인 증거가 존재하기에 그것을 『피에타』의 안나 마리아 이야기에 대거 활용했다. 예를 들어 비발디의「라 스트라바간차」의 원작자가 안나 마리아라는 식으로 말이다.

「여성과 음악」이라는 보고서에서 이브 베시에르와 파트리치아 니에즈비에츠키는 피에타를 "비발디에게 '악상'을 제공하는 비르투오소 양성소"였다고 묘사한다. 그들은 라비니아라는 피에타 학생이 쓴 편지를 인용해 "[라비니아는] 칸타타와 콘체르토를 비롯한 다양한 작품을 비밀리에 그리고 비발디의 스타일을 모방해 작곡해야 했다"라고 말한다. 라비니아의 편지 일부를 소개하자면 다음과 같다. "그럴 수밖에 없는 게…… 나를 진지하게 대해주거나 작곡을 허락할 리 없거든. 남들이 만든 음악은 남들이 내게 건네는 말과 같아. 나는 내 음성을 듣고 내 음성에 대답하고 싶어. 그리고 그 음성을 들으면 들을수록 내 노래와 내 소리는 다르다는 걸 깨닫게 되는데…… 저들에게 들켰다가는 화를 면치 못할 거야."

피에타의 그 유명한 필리에 디 코로는 이탈리아에서 가장 훌륭한 오케스트라로 간주됐다. 거기 입단한 단원들에게는 어마어마한 기회가 주어졌다. 예를 들어 코르푸에서 벌어진 베네치아와 오스만튀르크의 전투를 풍자한 군악 오라토리오라 할 수 있는 비발디의 「유딧의 승리」만 해도 1716년 피에타에서 초연된 곡이다.

필리에의 단원들은 대개 여러 악기를 능숙하게 다루었다. 그들은 왕과 여왕을 위해 열린 연주회 무대에 올랐고 전 세계 사회 지도층과 교제했다. 심지어 아이들을 피에타에 보내 고아 학생들에게 음악을 배우도록 한 사회 지도층 인사도 있었다. 발코니를 막으로 가리고 그 뒤에서 연주한 경우도 종종 있었는데, 남자들을 자극해 죄를 저지르게 하지 못하도록 소리만 들리고 얼굴은 보이지 않게 하려는 조치였다. 프랑스의 변호사 겸 학자 샤를 드브로스는 1739년에 필리에의 연주를 듣고 친구에게 이런 편지를 보낸 것으로 유명하다.

"그들은 천사의 목소리로 노래하고 바이올린, 플루트, 오르간, 오보에, 첼로 그리고 바순을 연주할 수 있어. 그러니까 한마디로 표현하자면 아무리 어려운 악기라도 그들에게는 어림없다는 거지." 베네치아에는 그들이 너무 똑똑해서 신붓감으로 부적절하다고 생각한 남자들이 많았다.

필리에 디 코로의 단원들은 기형과 불구가 많기로도 유명했다. 제네바의 철학자 장자크 루소는 『고백록』에서 그들에 대해 "대부분 상당한 흠결이 있는 아이들이었다"라고 썼다. 천연두로 얼굴이 얽은 아이가 여럿이고 한쪽 눈이 먼 아이도 있었다면서 말이다. 다른 학자들도 손가락과 발가락이 여러 개 없는 아이들을 보았다고 했다.

자코모 카사노바는 1725년에 베네치아에서 태어났으니 생전에 필리에 디 코로의 연주를 들었을 가능성이 크다. 그의 자서전 『카사노바 나의 편력』에는 18세기 베네치아의 수많은 관습과 규범이 소개되어 있다. 우리는 그를 허풍선이로 간주하지만 이 자서전에는 집단 성폭행이나 아동 성 착취와 같은 심란한 사건이 다수 공개되어 있다.

안토니오 비발디는 비범한 바이올리니스트이자 작곡가였다. 그런가 하면 빨간 머리가 눈에 확 띄는 서투르고 까다로운 남자였고 지병이 있었다(천식으로 추정된다). 그는 베네치아에서 인기를 구가하던 시절에 안나라는 학생과 동거를 함으로써 물의를 일으켰다. 둘의 관계를 둘러싸고 루머와 추측이 계속 이어지자 비발디가 1737년에 직접 혐의를 부인하는 편지를 썼을 정도다. 그는 음악가 인생의 대부분을 피에타에서 보냈고 평생에 걸쳐 770개가 넘는 작품을 썼다고 한다. 학자들은 그의 아이디어를 시험하는 영재 훈련소 역할을 했던 피에타와 필리에 디 코로가 없었다면 오늘날 그의 음악은 존재하지 않았을 거라는 데 동의한다. 우리는 불구와 기형이었던 고아들 덕분에 클래식 음악계에서 가장 유명한 곡이라 할 수 있는 「사계」를 들을 수 있게 된 것이다.

비발디는 결국 빈에서 땡전 한 푼 없는 신세로 혼자 눈을 감았다. 그리고 사후 150여 년이 지나 1900년대 초반에 그의 작품이 또 다른 음악가에게 영향을 준 사실이 학자들에 의해 재발견되었다. 그 음악가란 바로 J. S. 바흐였다.

나는 이 책에서 실제로 피에타에서 생활한 아이들의 실명을 차용했다. 비발디와 타르티니의 작품이 발표된 시기라든지 전쟁이나 축하행사와 같은 사건이 벌어진 정확한 날짜는 극적 재미를 위해 각색했다.

내가 『피에타』를 집필한 이유는 전 세계를 통틀어 가장 유명한 음악의 출처가 우리가 아는 것과 다른 경우가 있는데, 그 중심에는 수많은 여자들이 존재하기 때문이다. 이 책이 여러분에게 자문할 기회를 줄 수 있기를 바란다. 내가 모르는 건 또 뭐가 있을까? 우리가 그 진가를 알아차리지 못한 천재는 또 누가 있을까? 역사는 계속 상상되어야 한다. 계속 쓰여야 한다.

감사의 말

한 권의 책이 세상의 빛을 보려면 필요한 물적 자원과 인적 자원이 너무나 많다. 그래서 나는 이 작품을 여러 조각으로 쪼개서 도움이 되었던 모든 분들과 공유하려고 한다.

사랑하는 친구 크리스털 서덜랜드. 네게는 첫 음, 첫 씨앗을 선물할게. 네 우정과 응원과 영감이 없었다면 이 책은 존재하지 않았을 거야. 내게 무엇이 가능한지 보여줘서 고마워. 이 자리가 내 자리라고 얘기해 줘서 고마워.

에이전트 매들린 밀번과 훌륭한 팀원들. 안나 마리아의 이야기와 이 작품의 가능성을 알아봐 줘서 감사하다. 그들의 조언과 통찰력과 믿음을 통해 내게 주었던 그 반쪽짜리 트럼프를 나도 그들에게 선물하겠다.

편집자 알렉시스 커시바움과 카리나 기터먼, 이리스 텁홈 그리고

옮긴이 이은선

연세대학교에서 중어중문학을, 국제학대학원에서 동아시아학을 전공했다. 편집자, 저작권 담당자를 거쳐 전문 번역가로 활동 중이다. 옮긴 책으로는 『키르케』, 『아킬레우스의 노래』, 『베어타운』, 『우리와 당신들』, 『페어리 테일』, 『도둑 신부』 등이 있다.

피에타

초판 1쇄 인쇄 2025년 7월 25일
초판 1쇄 발행 2025년 8월 5일

지은이 해리엇 컨스터블
옮긴이 이은선
펴낸이 김선식

부사장 김은영
콘텐츠사업본부장 임보윤
책임편집 이승환   **디자인** 권예진   **책임마케터** 이고은
콘텐츠사업3팀장 이승환   **콘텐츠사업3팀** 김한솔, 권예진, 이가현, 곽세라
마케팅2팀 이고은, 양지환, 지석배
미디어홍보본부장 정명찬
브랜드홍보팀 오수미, 서가을, 김은지, 이소영, 박장미, 박주현   **채널홍보팀** 김민정, 정세림, 고나연, 변승주, 홍수경
영상홍보팀 이수인, 염아라, 김혜원, 이지연
편집관리팀 조세현, 김호주, 백설희   **저작권팀** 성민경, 이슬, 윤제희
재무관리팀 하미선, 임혜정, 이슬기, 김주영, 오지수
인사총무팀 강미숙, 이정환, 김혜진, 황종원
제작관리팀 이소현, 김소영, 김진경, 이지우, 황인우
물류관리팀 김형기, 김선진, 주정훈, 양문현, 채원석, 박재연, 이준희, 이민운
외부스태프 교정 원보름

펴낸곳 다산북스   **출판등록** 2005년 12월 23일 제313-2005-00277호
주소 경기도 파주시 회동길 490
전화 02-704-1724   **팩스** 02-703-2219   **이메일** dasanbooks@dasanbooks.com
홈페이지 www.dasan.group   **블로그** blog.naver.com/dasan_books
종이 신승INC   **인쇄** 민언프린텍   **후가공** 제이오엘앤피   **제본** 국일문화사

ISBN 979-11-306-6904-5 (03840)

- 책값은 뒤표지에 있습니다.
- 파본은 구입하신 서점에서 교환해드립니다.
- 이 책은 저작권법에 의하여 보호를 받는 저작물이므로 무단 전재와 복제를 금합니다.

특히 알레그라 르파뉴. 이 이야기에 보여준 깊은 애정과 전문적인 피드백과 제안에 감사하다. 여러분에게는 여러분의 마음처럼 풍요롭고 눈이 부셨던 안나 마리아의 베네치아를 선물하고 싶다.

자료 조사를 하는 데 도움을 준 은인도 많다. 버네사 토넬리와 그녀가 쓴 학위 논문 「베네치아 고아원 출신 여성들의 음악」, 제인 L. 발더프베르데스의 「베네치아의 여성 음악가」, 마이클 탤벗의 「비발디」 그리고 미키 화이트의 연구. 엘리자베스 던터먼은 나를 베네치아 기록 보관실로 데려가 안나 마리아의 기록을 찾을 수 있게 도와주었다. 리비아 솔스트리는 이탈리아어 번역을 도와주었다. 안나 마리아가 한 경험은 많은 부분 민 킴의 탁월한 자서전 『지나간 것』에서 정보를 얻었다. 어둠 속에서 빛을 찾을 수 있게 도와준 이들 모두에게는 생활관 천장 사이로 비친 달빛을 선물하고 싶다.

바이올린 제작 과정을 보여준 플로리안 레온하르트 파인 바이올린스의 직원들, 수업 청강을 허락한 왕립음악원의 잭 리벡, 베네치아 음악원의 학생과 교사진, 런던 심포니 오케스트라, 작곡가 대니 하워드와 드미트리 싯코베츠키. 각자의 사연과 지혜를 나와 공유한 이분들께는 안나 마리아가 맨 처음 자기 바이올린을 잡았을 때 느낀 경외감을 선물하고 싶다. 내가 그들과 대화를 나눴을 때 느꼈던 감정이 그거였다.

원고를 읽어봐 준 데이비드 라이프지거, 트레버 루이스, 얼리셔 옹, 루이즈 맥빈, 제니 큐잭, 캐서린 웨버, 애나 러셀, 알렉산더 파머, 킴 밸러드, 마틴 세네비라트네, 키런 루이스, 아리아 기브스, 브릿 콜린스. 베네치아까지 찾아와 준 줄리 페팅스미스, 노엘 페팅스미스,

앨리사 올랜도 그리고 어맨다 스퍼버. 그리고 응원을 아끼지 않은 이 밖의 친구들과 가족들. 키란 밀우드 하그레이브에게는 특별한 감사를. 이들에게는 반짝이는 드레스와 알록달록한 가면을 선물하고 싶다. 다 같이 춤을 추면 얼마나 근사할까.

엄마 주디스 컨스터블, 아빠 린지 컨스터블. 모두가 이렇게 사랑이 넘치고 힘이 되어주는 부모님 밑에서 태어나면 얼마나 좋을까. 내 삶을 음악과 색으로 채워주셔서, 모든 호기심을 쫓아가 볼 수 있게 도와주셔서 감사하다. 두 분께는 이 책의 모든 장에 굽이굽이 흐르는 멜로디를 선물하고 싶다.

그리고 내 사랑 오언. 흔들림 없는 동기 부여와 사랑, 늦은 밤 플롯 회의, 원고를 수도 없이 읽어준 것, 내가 상상한 모든 게 가능하다고 추호도 의심하지 않은 것, 고마워. 덕분에 날마다 내 세상이 조금씩 넓어지고 조금씩 아름다워졌어. 당신에게는 색을 선물할게.